先知开花

杜禅 著

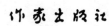
作家出版社

献给韩少功

以示敬意

我梦见，东方的一位先知，后面跟着一位女人，先知结结巴巴的预言几乎使女人进入了催眠状态。

　　我惊异地发现，我同我自己相隔竟是如此遥远。

——荣格

　　许多我们过去以为是自然法则的东西，现在发现，其实是人的约定。

——罗素

反讽的假说

—— 序杜禅《先知开花》

陈晓明

作为三部曲的收官之作,《先知开花》是小说家杜禅继《犹大开花》和《圣人开花》后的又一部探索之作,他总是探索,不知疲倦、永不停息地探索!早年我为他的探索精神所激动,十多年过去了,现在是为他的探索精神而感动。前两部作品他邀我写序,我欣然从命;第三部作品要出版时,我已然垂垂老矣花甲之年了,他还是希望我能作篇小序。既然一不做二不休,三也只能从命了。同前两部相比,《先知开花》延续了杜禅长于反讽的笔法,依然饱含以文化的虚假性为靶心的现实批判,但这一终曲的独特,却在于它将反讽的着力点导向了现实本身的虚构性,通过生活本身的戏剧性表达他对现实的态度,也表达了他对当今虚构文学的反省。

按照惯例,为小说而作的序会被置于正文之前,同时也有可能置于不止一篇序言之中。然而,《先知开花》却正是以《预言》《做梦也得有天赋》《器官假说》三篇小序开启叙述,序已然是小说的起始,它仿佛置于正文之外,实则在其内部,差异又无异于正文本身。我为小说而作的序因而是"序外之序","言外之意",却又由于叙述者自序对文本内外关系的打破而不再稳妥地居于正文之外,仿佛同样会被正文吸纳,成为小说叙述的有机部分或同谋。为了这种同谋,我这里似乎只能对整个小说围绕的圆心——叙述者和主人公方程即将在自序中透露的"器官假说"——做点到为止的陈述:它是关于我们现有的五官认知世界的限度，及要超越这个限度的奇思怪想。

正如我为这部小说而作的序很难置身于正文"之外"，方程的器官假说推想的世界"之外"也无从证实其超越的外在性，最终只能是这个被如此感知的有限世界的想象延长线，从属于世界的"正文"本身。而当小说里的器官假说被推进了佛道诸种假说的叙述漩涡之中，我这篇小序中针对《先知开花》而提出的阐释假说也陷入了叙述陷阱，或许还能暴露出真实或信念背后的叙述本质。

亨利·詹姆斯曾在《小说的艺术》中说道："有些虚构的花朵有着真实的气味。"① 小说作为"虚构的花朵"当然都是"假"说，《先知开花》当然也首先是这样一朵散发着真实气味的虚构之花。但从器官假说的角度来说，能闻到"虚构花朵"气味的嗅觉显然已经不是一般的嗅觉，而是我们极具拓展性的文学阅读官能，也正是小说在内的现代文化产品的大量生产，促进我们的文学官能亢进，让我们不断重设日常五官对世界的有限感知。不仅如此，若说亨利·詹姆斯道破了小说制造的真实的幻觉，《先知开花》所要戳穿的则恰恰是与之对称的一面，即真实所依赖的也无非是一种真实感、一种文学的结构，真实本身就是真实的幻觉。

还是回到小说的故事会更有趣。小说主人公方程人如其名，喜好逻辑思辨，又具有做梦的天赋，某一日受爱因斯坦的引力波的刺激，"波"出了他自以为创世纪式的器官假说，一个据说是他四十年前受梦境启发而提出的科学假说，当时以情书的形式写给初恋，后来与孟勋、乌女士和陶晋三位朋友分别讲述。方程回忆起的真实在妻子夏帆眼里就是十足的幻觉，后者以普通人家出不了此等先知为由，认定方程精神失常，由此引发了接连的夫妻关系震荡。方程觉得他妻子的判断才是幻觉，于是展开了向曾经的倾听者们的求证之旅。他的每一次求证却也都是一场叙述或假说间的互渗和竞夺：孟勋用他膜拜权力的"官能症"即"官僚体制本能症"来映照方程的"官能症"，本是质疑

---

① 亨利·詹姆斯：《小说的艺术：亨利·詹姆斯文论选》，朱雯等译，上海：上海译文出版社，2001年，第13页。

器官假说的动机和原创性,后来偏偏又基于自己的目的让方程坐实
其"先知"之名,以"信其有则有"的路数施法治疗她妻子的更年期
爆发;乌女士用佛教的"六识""六根"体认方程的"五官",以为器
官假说正是要穿透实相,通达如梦幻泡影的现世法外的"真";陶晋
则立足于道家的"五贼"和他对梦境的开发,坚信方程体内多出的一
"贼"即一个隐藏器官正在发芽生长;最终出场的初恋对器官假说毫
无兴趣,却和方程拼凑起了当年的经过,也颠覆了他对"初恋"单方
面的假说。不同的叙述层叠而至,假说包抄假说,幻象编排幻象,真
实的本源杳不可寻。这或许是《罗生门》的另一种戏仿。

就文学主题而言,《先知开花》写的是一个平凡人和一种奇想相
遭遇时的不堪承受,而这当中生活的全部脆弱性也得以展露。之所以
有所奇想,是要僭越平庸生活的日复一日的重复。联系到杜禅的前两
部小说,这种平庸仍需回溯到中国 90 年代以来的经济至上和文化坍
塌。《先知开花》里也不乏从体制内到体制外等时代背景的提示。

之所以不堪承受,则是因为不同的致信体系所发生的冲突。所谓
致信体系,就是那些使我们秉信某种事实和观念的叙述结构。日常生
活的法则、官场的世故、佛、道都形成了各自的致信体系,杜禅也借
助方程的逻辑思辨对这些体系的不可靠及其背后的深层欲望进行了揭
示、批判和戏谑。然而这种批判毋宁说是方程的器官假说投入众多叙
述之流里自然传来的回音,小说真正着重的不在于对某种特定致信体
系的攻讦,而在于信念撞上信念、叙述撞上叙述产生的波荡和弯曲。
致信体系并非浮在表面,每一种叙述都关涉到对生活和世界的特殊感
官,每一种叙述的后面都藏着一个主体的身份、位置和欲望,每一种
叙述都可能与某种现实结合、带来实际的变异或塑造行为模式。

器官假说对方程的蛊惑,同样不仅在于其发现的重大,更在于这
一发现预设的"先知"那种主体身份的迷人,它立刻画出了平庸日常
的出口,一跃而飘飘然。他越是进入这种假说的叙述,就越是获得现
实的确认,扮演起大师来也毫不费力,而他的现实主义式的妻子则苦
于这种新的主体身份与平凡生活质地的不谐。但致信体系也并非完全

封闭，它在固守自身的编码和结构时也保留缝隙和开口。因为各自固守，方程和妻子夏帆才会闹翻，从他们二人身上，我们可见人为地接受一个假说或拒绝一个假说所能到达的疯狂的极端处，而拒绝无非是缘于另有秉信。生活的保守和脆弱也由此显影，要撼动一种习惯的信念何其难也，拒斥反应的崩裂又是如此地迅速和纠结。又因为留有缝隙和开口，方程也才会在几位朋友的不同信奉间拉扯，器官假说一开始更强调可感世界之限度，但在拉扯中却偏倒向了多出一个器官一重世界，由此产生超越的可能。

　　器官假说一开始就是修辞性地生成的。一个关键的步骤是方程读到"有个科学家这样说，引力波是'我们在找的另一种光，一旦找到，意味着人类从此有了第六感，就像有了超能力，用一双天眼饱览宇宙中无尽的奥妙'"。引导出方程记忆深处的器官假说并为其灌注伟力的正是引力波作为"第六感"和"天眼"的意味。但这种"意味"其实并不比"就像有超能力"中的"就像"有更多意味。也就是说，"第六感"和"天眼"对引力波的刻画显然并非是科学的刻画，而仅仅是过分通俗的比喻，方程与其说是受到了引力波理论和接收的启发，不如说是受到一个比喻修辞的牵引。他逮着一个比喻、一种非必然的相似性关系，用另一个"就像"回溯性地生成了器官假说这样一个镜像，一个真正的伟大理论的简陋倒影。这种沿着比喻修辞的衍生，不仅是器官假说的引发装置，而且也是文学的自我引发装置，是小说叙述得以"开花"的生产机制。

　　保罗·德·曼在《阅读的寓言》一书中分析了普鲁斯特《追忆逝水年华》的比喻语言，他指出普鲁斯特想要追求的事物与事物之间处于某种必然性的关系因而可相互替代的隐喻实际上无法达成，"追忆"的语言繁殖仍要依靠基于偶然的临近而建立的转喻结构①。在《先知开花》这部以求证和解谜的方式突显"追忆"的作品中，器官假说和小说对器官假说的叙述，同样来自那种偶然连接的转喻方式。乌女士

———————————

① 保尔·德·曼：《阅读的寓言——卢梭、尼采、里尔克和普鲁斯特的比喻语言》，沈勇译，天津：天津人民出版社，2007年，62—83页。

的佛理和陶晋的道法对器官假说的收纳改编，也都基于一种模糊的"像"，并非方程所认可的"是"。在这"像"与"不像"之间，小说的叙述周转开来，叙述在很大程度上就是假说之镜像的差异化重复。

　　和第一部《犹大开花》中贯穿始终的人物祝贺类似，方程宣称自己有做梦的天赋。但他最大的天赋实则是一厢情愿的天赋——当然"一厢情愿"也可以说是"做梦"的另外一种含义。正如他苦心收藏的几百面镜子都锁进了柜子，他摄影的专长也没有让他更能眼观六路，打破种种自设的假说圈套。在最极端的情况下，大半部的故事无法排除是精神病患者方程的想象叙述的可能。

　　小说的人物亦真亦幻，乌女士原本不姓乌，"乌女士"这个代称显出浓厚的虚空乌有的意味，"陶晋"这名号更是仙风道骨，而方程最终重访的初恋则始终以"燕妮"的名字示人——它不仅是对马克思的爱人这一历史人物的模仿，更是对方程当年所读的《马克思传》的文学叙述的模仿。马克思主义进入中国百年所造就的价值体系及科学思想，构成了这部小说的隐形底盘。不光如此，方程见过陶晋后总会想不起他的面容，他手机录下的乌女士"证词"迟迟没有向夏帆披露，燕妮总是同学聚会的缺席者，夏帆也一直怀疑孟勋是否确有其人，两者始终没打过照面。这一系列的有意虚化都使真实向幻觉塌入，生活向文本塌入，小说向假说塌入。小说最终满足了解谜的愿望，让方程回到了假说的起点也即初恋燕妮那里。然而，正如两人见面前方程做的那个"失火的梦"，火苗的"金色狐狸"吞吃了一本日记，它还将吞吃掉想象现实的堤坝，重述方程的脑中对初恋的叙述。果然，重聚的两人拼凑起了一个超出各自预想的单相思故事，自己的故事仿佛别人的故事，仿佛经过了再度的虚构创作，原来当年的燕妮压根儿都没有把情书和方程对上号，遑论那层爱恋或器官假说的奇谈。真实和记忆的本源终于是燕妮转笔刀上的镜像之源，方程收藏的几百面镜子化为一个大的误认机器，把拉康的精神分析理论中孩童时期的主体幻象搬到了青春期，甚至搬到了他的整个人生。假说和误认还在继续，五十六岁的方程眼里的燕妮是不俗的"知识女性"，可至少从她对器官假说的冷淡和一听见方程口吐莲花便用"远了远了"拉回的态度来看,这个判断恐怕仍然一厢情愿。讲求实证的方程颇为反讽地越证越虚。

事实上杜禅这部小说的智慧不在于方程、陶晋、乌女士等人所持的任何一种假说,不在于现实以内或世界"之外",而是在于真假虚实之间的转换,在于深入了人在这"之间"的间性存在。"梦幻才是生命的原动力,大地其实是弥漫天空的一种投影"或许是小说中最接近真相的假说,尽管它也不具有绝对的真理性且同样仰仗于特殊致信体系的作用。从人对故事、对叙述的依赖这一点来看,我们的确从来都是"诗意的栖居"。若改装亨利·詹姆斯的譬喻,不妨说真实的花朵也都栽种在虚构的土壤里,散发着虚构的气味。最终方程意识到他提出假说谱写情书构想初恋的举动是对文学传记中的马克思的模仿,但他似乎还没有意识到他的模仿如何凝结着欲望、叙述和行为实验将自身缝合为一种"创见"。而我们还需要意识到孟勖曾对方程提出的对假说原创性质疑同时适用于文学语言和叙述本身:语言和叙述从来都只能是对语言和叙述的模仿中的创造。

杜禅当然也有他的模仿和创造,《先知开花》的独特性在于它写实和先锋的双刃齐出:就小说挺进世情深处的、对诸种致信体系的揭露和谲讽而言,它坚守了现实批判的传统;而就其放大的梦幻原动力和本源缺失情境来说,它又回应了先锋文学的实验传统和后现代主义的价值旨归。为刺出先锋的一刃,《先知开花》并未变作一般意义上的"元小说",特别去亮明某种写作者身份和虚构叙述的行为。《先知开花》的方式是写实地展露生活的"元叙事",通过叙述向生活的扩散和生活向叙述的回流揭示生活的生产总是一种文学式的生产。这种生活和梦幻的相互折叠,尤其反映出造梦机器无处不在的后工业时代的生存本质。尽管小说并未着力展开后工业时代的缤纷画卷,却也标明了与社会隔离的"新世纪的自我",或许越是这种游离和"内循环"的自我,就越是需要多层叙述的包裹。这个"自我"也无疑构成了写作的基点。

小说中的陶晋开发了一种叫"梦牲"的药物，想让人在选定的夜梦中再造一个完美的现实，相当于活上两回。其实自18世纪现代小说兴起以来，人类的"生"就加速增殖，岂止三倍，而是二生三，三生万物。小说就最是那种使个体生命经验之外的世界得以被分享和体认的文化器官甚至"先知器官"。但也正如《先知开花》所演示的，信念或假说的开放与固执之处，亦是文学巨大的能量和限度所在。

2020 年 3 月 28 日于北京万柳庄

目录

木部 >>> 先知在台上

水部 >>> 先知在镜里

火部 >>> **先知在空中**

土部 >>> **先知在身边**

预 言

1

某天下午，发生了一件奇事。我在十字街头由北向南走，想到了A。恍惚觉得她马上要从东边出现，几秒钟后，我的念头还未消失，她果真骑着单车飘然而至。刹那间，我被应验的预感惊到了，心脏咚咚咚狂跳，我相信我的脸也随之涨得通红。心中嘀咕声"上帝！"我不知A看到我没，骑着车绕过路口向南驶去，我呆呆伫立望着远去的背影，那条连衣裙如朵彩云越飘越远，微缩如蝶。在往后的岁月里，但凡我骑车从这里向南沿路行驶，都觉得有只蝴蝶在前引着我。

很长时间，我还能听到心脏的狂跳，我说的很长时间以年为单位。几十年来，当生活突发什么事，心脏超出常规地跳，都能再度唤醒那天下午的咚咚咚。A是小学同学，初中后分开了。十字街头的奇事发生在分别两年后的某天下午，正值我迈向青春之际。那件事的重要意义并不在于预感，而在于应验。当然，只有应验的预感才能称之为预感。事情发生前就能提前感到即将发生，并且证明真的发生了。预感是存在的。因为应验，预感的神奇也就拥有了合法性。"十字街头"还有着推而广之的价值。就是说，既然能在男女事情上存在，也能在其他领域里存在。接下来我留意的问题是，这预感是极少数人的事呢，还是很多人也有？那十年里，作为好奇，我在不同的场合下问过其他的人。仅有一人应声。他说发生过，在菜市场门口看到某人，以为是S，转过身，天哪，S竟在另一柜台出现。结婚之前，我还特意问过夏帆，她想了好大一会儿，回答没有。

"没有就没有，干吗想那么长时间？"

"因为没有你说过的那种情况，我得想想怎么回事，等我明白了你要说什么，我就用最快的速度回答，没有过。"

没有就没有吧，自那"十字街头"之后，我也没有再发生过类似预感。

如果没有那"十字街头"的体验，有人问我预感，我也会像夏帆那样想好大一会儿。这件事给我的结论是，预感是极少数人的事，即使极少数人身上的预感也只有零星机会。

又是某个雨天，我读《歌德谈话录》，很意外地看到关于预感故事的那几页。起始，是爱克曼讲他近日发生的一件事，在街上散步"忽然有种预感"，仿佛到了剧院的拐角要碰上经年没有见过面的人，结果真的在剧院的拐角"碰见了她。这使人大为惊讶"。歌德回应说，"我在少年时代，像这样的事情经历过很多。"他对此的解释为，人们身上有种电力和磁场，在钟情的男女之间，这种磁力反应特别强烈。

由此看来，这种事并不是少数人的事，它的几率还是挺高的。到底属于什么性质和原因，歌德给以解释。如果我没有"十字街头"的经历，就不知他在说什么。我会觉得即使有也只是泰斗巨擘的身上才会发生，作为小人物，我身上不具备那种"磁场"，也就不可能在事情没有发生前就预感到发生，并果真兑现验证。

百科全书式的歌德将预感给以磁场解释也就等于科学地下了定论。这种定论对我很受用，歌德用磁场将我和 A 连接在一起。可是又觉得不大对劲，所谓磁场，就应该是共同的，相互的，不能只是单方面一个人。为此我怀疑甚至否定，在同一时刻，A 并没有像我想到她一样地想到我。

2

过了好多年，大约千禧之年之际，又是某个雪夜。我看到一篇文章，说人无所事事时，会想起有关异性的事情，男人平均五分钟左右，女人则时间长一点，长也长不到哪里去，大概七分钟。著名的心理学家权威地给出了时间表。见异思迁的时间表。至于"想起"的程度他没有指出，是一闪念，还是深一点？"想起"的内容他也没有指出。比如说异性的形象还是身体？是对一个旧情人回顾，还是对一个当下准备猎取的对象步骤的设计？是对一个丑女为了掩盖缺陷用服装头饰遮掩反而越掩越丑的嘲笑，还是对一个高冷女人回击男人的俯视的表情？

这五分钟的数字给了我颠覆性的启发。我将爱克曼的预感和歌德的多次预感，还有我本人的"十字街头"的经历进行重新审视。这里有一个共性，预感的对象都是女性。歌德的评判为"在钟情的男女之间，这种磁力反应特别强烈"。我已经坦承"十字街头"是我心仪的女生。每个人都有着几个心仪的异性，男人有几个或几个以上的女人，女人也有几个或几个以上的异性。这纯粹是个性化的幽暗之室。

不妨还原一下当时的场景，我在十字街头行走，想到心仪的女生，A真的出现在眼前，于是自然地想到转换成了神奇的预感。如果，进而言之，按照心理学家的"五分钟遐想"，我当时正好想到了那个女生，一天中无数个五分钟，那个五分钟正好想到了她，她又正好骑车出现了。

"偶尔，碰巧了。"

换一种说法，如果我当时没有那五分钟正好想A，她出现了也就出现了，属于自然现象，绝不会扯到预感的神秘、磁场和电力。而如果我想到了A，她又不在这个当口出现，我的五分钟也只是千万个五分钟之一，消失在无意识的暗流中，视若没有发生的不存在。

再换种说法，两者各是各，无序的散乱。A一年无数次走这条路，我也无数次走过这条路，那么在这难以统计的无数次中有一次碰上了又有什么了不起呢？通常情况下，是碰巧了，不期而遇的几率要大得多，没什么好稀罕的。就这么大的地方，天天要出门嘛。其实，如果从这句话里撕开条裂缝往下探究，还会发现隐藏着一个被人忽略的事实：我知道她家所住的方向，大约在十字街头朝东约一里的位置。那时出行大多有两种，步行和骑车。所谓预感其实更多的是对那个方向的渴望，想见到她的渴望，我已经在向那个方向有所期盼和迎接。整个奇事里有着一种转动的核心。还有一种心理，即你很喜欢她，你对自己的祝福也包进之中，以便在怪事中寻找出你和她之间的神秘。你不会在五分钟去遐想一个丑女，你不会假想不喜欢的女人。统共那几个心仪的女人整天在你的脑子里飘然而过，而那几个女人又在同一个有限的区域来来往往，碰上一次真的称不上稀罕。

3

千万次以上的五分钟遐想在不自觉的无意识中飘逝，偶尔碰上了，仅为几率问题。而有了"五分钟遐想"的解释，歌德的"经历过很多"就简单了。因为魏玛公国很小，很小就容易碰上。几率放大好几倍。如果歌德知道这是五分钟的对异性遐想，平均每五分钟来那么一次，恐怕就不会吐露实情，而呈现出一副回忆状迟疑地磕巴，"好像也有过吧？"

爱克曼说他的预感和应验中间相隔十分钟，我的则是半分钟，这就是我为什么心脏"咚咚咚"，间隔短就碰得重。于是就碰得了各种解释，不同人有不同的解释。事情总是有问题的，问题总是有核心的，这种事的核心都是喜欢的女孩。于是神奇也好，预感也好，碰巧也好，纷纷给以推翻，沦为一种普通如我的低俗解答。

我相信我的解释是终极性的，无意识暗流的一次碰巧，溅起一朵浪花。具体地说，我从十字街头、商场、影院，尤其长长的小巷，都有过要命的五分钟，只是没有碰到"她"也就消失了。歌德是世界巨人，二百年过去，磁场还是被公认为科学的定论。我只能被这科学的外衣和巫师光环的力量轻易地打倒了。普通者的结论注定不被人关注和接受，正是这世界一题多解的繁衍复杂的原因。当然，错误占据主导，也是这个世界的灾难和趣味之源。

每个人都有自己的视角，无数视线交织成漫天飞舞的网。

　　我问夏帆有过没有预感，她回答说没有。我将《歌德谈话录》推给她，这里有过。经历这种事已经不是主要的了，我在意的是想听到她对我的分析和歌德的评判两者的孰是孰非。我暗藏期盼。她是我夫人，在情感上会有意无意倾向于我，她是人民教师，也有着知识和理性明是非的能力。保不定她会借人民教师之名行助老公之实。我讲道理的时候特别擅长摆事实，那天我还额外增添个例子，"就像你前些天，手指伤了下，你总抱怨平时不碰着，现在动不动都碰着一样。其实平常也碰着，该怎么碰就怎么碰，因为没受伤你不知道碰"。

　　话都讲到这儿了，她还是脱口而出，歌德对。这就是小人物的悲剧。老公归老公，小人物归小人物，你别以为真理在手就能长驱直入，其实步步难行。心寒之后我报复地想，人民教师才理应如此回答呢。人民是大众的政治术语，她的回答仍是大众的回答。大众眼里只有大人物。我怎么用事实来证明，她就怎么用逻辑去证伪。

　　如果说，在十字路口，当时和一个同学一起走，并将预感说出来，"好像 A 要出现"，五分钟后，A 真的出现了，那么，我的预感就成了预言。将想的说出来，同学一定会非常震惊，以为我身上有着先知般的奇异功能。

　　几十年来，"十字街头"还在那里，尽管它的路面拓宽了，汽车比当年的单车还多，四周的建筑也像法国梧桐那样由低一层层地长到高，喧嚣的暴力驱走了安静，而那只从上世纪 70 年代中期我少年时代的某天下午在十字街头从东边飘来的蝴蝶，不管得到何种解答，科学磁场、不可知论、神秘主义，以及低俗的"五分钟遐想"，依然那么美好地深情地在我记忆之海翩飞。

序二

做梦也得有天赋

4

在我漫长的做梦史中，什么奇幻形态都照顾到了。每次醒来就酷似看完一场高潮迭起的荒诞主义的戏剧，散了场还渲浸和回顾。除了渴望梦的无所不能的内容，我想也许更喜欢它的形态。在梦里，时间不再是时间，时间没有了绵延，而成了爱因斯坦相对论所描绘的那样，具有弯曲折叠功能。我尤喜欢做梦时，那种梦中梦的双重性，梦进行着，同时在梦的边缘欣赏着里面的自己。

我一边做梦，一边在梦的一侧观赏自己。其实这种情景有三个自己在一个时空里共存。梦里本身的我，梦的一侧的观赏者的我，隐含着对这个观赏者在内的，还有一个视角，负责对梦中情景及待在一侧的观赏者进行梦后的回顾，或者说对梦的唤醒，这就是躺在床上的现实中的我。

做梦也得有天赋。不是你想做梦就能做的，更不是你想做什么梦就能做什么梦。有的人说起来也做梦，可那梦很干瘪，还无聊；有的很饱满却总恐怖地把自己吓醒。相比而言，我的梦就有极好的品质。我觉得我能称得起梦想家。白天发生了什么事，我能在发生的同时预感准会夜里在梦中复活。梦是另一个世界。在这个世界你能变来变去而没有什么不可能，也没有什么不好意思。我说做梦得有天赋，不仅做梦，除此之外，卓绝的是，我还能把夜里的梦拉到白天的现实里。在现实中将梦境给模拟出来。

春梦，这是梦世界最为常见的重要品种。它的离奇有趣之处在于同梦里云雨的那女人，在现实中，往往并不是太熟悉，没有什么交道，甚至还支支吾吾叫不上姓名。这种情况和"五分钟遐想"有着很大的区别，"五分钟遐想"的女人是漂亮的，暗恋的，值得遐想。夜梦的女人则宽泛得多，她甚至可以是几年前在公众场合仅仅见过一面的普通的过后再也没有想起过的女人。就是这种疏离关系，却在梦神的安排下登到巫山去播种。每个人都做过这种带有狐仙味道的春梦。做了也就做了，而我不。我说过，我能将春梦在现实中复活，能将梦中女人还原成生活里真真切切的情侣。

就拿某次春梦来说，那女人也仅仅打过几回交道，三四环以外的关系。可是那梦中的情景太过酣畅，第二天中午，还沉浸其中，隔着依稀的梦还能触摸她的肌肤。于是就跳出个奇想，既然在梦神的安排下，两个没有瓜葛的男女以梦为缘，成就了好事，会不会她也做了这个梦呢？我故意放纵这个荒唐的念头，越想，越往希望的地方想，越觉得非如此不可。我忍不住在手机里找到她的电话，假以某事相求，约她吃饭。如此这般，我们见了面。第二次，我给她讲了前些天的那春梦。第三次见面，当她仰卧床上，却冒出一句，"鬼才相信你编的梦，我只是装着相信，因为我喜欢你这种新奇的勾引大法。"唔？

这是个借助春梦而驰骋情场的经典故事。在现实的疆土开辟了一个隐形伊甸园，享受禁果的美味。为此我给自己定义为梦想家。梦想家就是梦想家，他既能将现实上升为梦，还能将梦演成现实。

5

还有件事更奇绝。很平常的一天，我的手机收到一位女士的私信，是段搞笑视频。我们只是一般关系，称不上朋友。出于礼节我回了条视频。按说到这一步也就完了，谁知她看了我的视频竟发了观后感，我也附和了两句。接着她问最近忙什么，这就超出了我们之间的关系。我还没当回事。第二天傍晚，我正在外面喝酒，又收到她发来的一段视频。如此热络，我判断她可能记错了人，把我当成了另一个男人。便不再回复。当我醉醺醺回家的路上，有一搭没一搭地想着多年前和这女人的短暂交往，四十来岁，还算有姿色，白而丰。突然，一道灵光，我想到了梦。

我大脑集中推导一个问题。

从她给我发第二个视频来看，她发的第一个视频是有意为之，而我们的关系达不到这种程度。达不到这种程度而又发两次视频，那就说明有什么动力。这当口，我必须承认我是酒态之中，酒色同谋。我就异想天开了，是不是她做了春梦？一个和我共度云雨的春梦？就像我曾在梦里和其他女人怎么了那样？

我兴奋不已，又兴奋不已地想尽快验证我的判断。第二天，不打招呼地摸到她所在的单位。我说摸到而不是找到，是对她的情况并没有把握。我得试着找她所在的地方。寻找的过程中，我觉得太好玩了，太好笑了。我在找一个现实生活中关系一般，因梦之缘，却在床上打得火热的女人。谁也没有规定这梦中的关系不是真正的关系。我相信，只要她真的在梦里和我打成一片，就会敏锐地感觉徘徊的身影。果然一切都像梦中似的，她正在屋里打电话，看到我便拿着手机从门缝挤出来。我在走廊堵着了她，伸手扶墙做出隔离状，以便营造只有我俩单独的样子。我的目光直截了当。她的脸咚的一声，涨得绯红。

"你怎么来了？"这句任何女人都会说的话，我听出的是，你终于来了。

看到她那被窥探隐私的不安和羞怯，我的疑惑落地。

"我接到你的视频，猜测我们在一个梦里待过。"

她用了共谋者的微笑，"你梦见什么？"

我也用了共谋者的口吻，"你梦到什么我就梦到什么。"

"我们梦到一起了。"

当天下午我们就开了房。她按她在梦中的情景布置安排。她在我的身下着火似的，要我们两个共同将头几天夜里的梦描述下来。我有过在梦里和别人如此这般的经验，只要移植过来就成。按照她讲的梦，再结合我过去的梦对她的梦进行补充，将梦中的情色呈现在现实的房间和床上。

她开始讲了，"我当时吃惊极了，我说咱们怎么坐在一起吃饭了？你说吧，你当时怎么说的？"我伏在上面说，"我说吃饭只是开始，睡觉才是目的。"她在下面摇头，"你不是这么说的。你说你也爱吃糖醋鱼。"我改口，"好像是这么说的。"她闭眼回想梦，"接着你叨了一块送进我嘴里。"我问她下面呢？她闭着眼笑，"我也送一块给你。"我问她下面呢？她舔了舔嘴唇，"你说你说，下面的你说。"我从她的羞怯中猜了大概，"我就把筷子挪开，直接吻上了。"她一愣，"不对，当着别人的面你怎么吻上了？"我直截了当地，"什么叫别人的面？当时就我们两个，连服务员都没有。"她觉得偏差太大，一口气说了梦中的情景，我也不打算再一同描述了，"看来我们的梦不大一样。"她讲完了她的梦之后，要我讲我的梦。我讲了，这个梦是多年前和另一个女人的梦。身下的女人越听越糊涂，说她的不一样。我给以心理学的解释，"不一定共时性，但梦的特性品质还是一样的。"

从元旦到春节，这期间我和那女人就生活在她的梦中，那女人每次和我做事之前，总要嘟囔一句莫名其妙的话，接着就将一个手指放在乳头一个手指触到舌尖。我想象这应该是描摹梦中的行为，我在以往的梦与现实的交替互换中，也沉迷过梦中的意境奇幻的渗透着肉欲的场景。我曾经复制梦中的角度，阴郁的光线，迷离的目光，我熟悉这种情景，所以就把自己交给了她，其实就是变相进入她的梦。

6

夏帆也多次想进入我的梦。作为夫妻，她经常听到我讲头天夜里的梦，当然我也有所选择。有许多梦我不会告诉她，那种"梦之约"就更不能告诉她了。她说她的梦也和我一样应有尽有，好像也无所不能，但又和我的梦有质的区别，就是一觉醒来什么都记不得。也就跟没做一个样。

我坦言，"我也好多记不起来。"

"那不一样，每次你醒来都跟我说梦见了什么。我就不行。我知道我做了梦，却不知道我做了什么样的梦。梦中还对自己说，这次一定记住，一定记住，可醒来还是给忘了。"

我觉得她说的情景很奇怪，既然醒来什么都记不得，你怎么就知道做了呢？哪怕一个片断，也记不起来吗？

她怅然地歪着头看别处，像丢了贵重物。"就你的事多。白天有'五分钟的遐想'，夜里还有好梦。一天到晚都是你的了！刷碗！"

我做出一副受罚状去厨房，边刷碗边琢磨，做了梦又想不起来你怎么就知道做了梦呢？由此看来，做梦和没做梦并不在做梦本身，而在醒来的时候是否能够回想起来。尽管我也偶尔有过夏帆说过想不起来的情景，但多少还残留某种云雾，而她却抱屈从来没有想起过，这可称得上重大的先天性缺失了。收拾好厨房，我突然笑了，记不住也好。如果哪天她真做了春梦和某货幽会，我也不怕，反正她想不起来，想不起来也就无从去找那家伙。

我的梦各种各样，春梦仅是其中的一种，所占比例也很小。大多和现实有关，和白天发生的什么事有关，有的直接反映，有的间接反映，有的则改装之后过一段时间再反映。睡觉前看动物世界，半夜就能从梦中蹿出一只老虎。看天文物理的影像，也会通过梦飞翔太空。这年春节过后，各种媒体大量报道"引力波"，我就受到刺激，失控地一连三次做了太空飞翔的梦。按说天文物理和百姓没有任何关系，可就是亢奋。爱因斯坦，这个人类的巫师，总能搞出你想知道又不明白的事情。就人的运气而言，他是真的太好了。活着的时候搞个相对论，获得无数的荣耀。临死之前，又默默埋下了一个叫引力波的假说。结果，在半个多世纪后，人们已经忘却他的时候，造物主又深深眷顾了他一回。LIGO 科学组织和 Virgo 合作团队宣布，他们利用高级LIGO 探测器，首次接收到了来自于双黑洞合并的引力波信号。于是全世界哗然。尽管没几个人懂得什么叫"引力波。"

有个科学家这样说，引力波是"我们在找的另一种光，一旦找到，意味着人类从此有了第六感，就像有了超能力，用一双天眼饱览神秘宇宙中无尽的奥妙。现在，我们，找到了"。我觉得他说的另一种光还不是天眼，但那句话里说的引力波是"第六感"击中了我。这个第六感的天眼，让我想到了我的"器官假说"。

夏帆斥道，"我最讨厌这种人了，懂不懂都要瞎起哄。就像足球，不管爱不爱，都装着痴迷的样子，尤其是从农村出来的，小时候没踢过，门朝哪都不知道，也跟着乱喊。他们只是想以此融入城市，跨越时代，硬装得很懂的样子，恶补一下枯萎的少年。我问你，你懂引力波吗？也跟着乱上天。"

我是不懂，但我逃不了日有所思的宿命，当天深夜，我又在梦的天空飞逝。那种虚无中的失重似棉絮轻飘，那种只有灵性的柔软渗透了两条翅膀似的胳膊。我好像叫出了声，呜呜的声音从梦中窜到现实，结果招惹来了隔壁的夏帆。

"又下不来了？"她撅开灯。

我粗重地喘着气，心脏咚咚咚咚地往外跳。我仍旧闭着眼。我知道一旦睁开梦就消失了。对我来说，我的身体是玻璃鱼缸，只要不睁眼就能看到梦里的金鱼浮游。夏帆握着我的手进行心理安慰，这种来自现实的抚摸很重要，它能让我渐渐摆脱梦境中的虚脱感。

"我也想看到太空什么样的。什么时候让我到你梦里看一看吧？"夏帆央求道。

我抱着肩膀沉思一下，好像自己是宇航员似的。

"只一眼。"她见我还不答应，条件又降低了，"眯着眼瞄一下也行。"

我抹了把从梦中流出的泪，沉浸了好大一会儿。我说过做梦也得有天赋，指的是，白天里犯疑惑的事情到了夜里的梦中就会有答案。这是我成为职业梦想家的必备条件。这次梦中，我又找到了重要的答案。我告诉她在梦里并不像她想象的那么美好。我告诉她梦中的天空是一个和大地对应的天穹，还有个顶。天空不再是《圣经》的天空了。到了牛顿时代，天空里装满了无数个旋转的星球，无边无际又密密麻麻。地球很大，也只是太阳系的一个球体，太阳系很大，也只是银河系里的一群球体，银河系更大，那又怎么样，也不过宇宙汪洋里的一条小河流。

"爱因斯坦很坏。"最后我恨恨地说。

"这么说你在梦里见到他了？"

"我还抓住了他呢！"

"你抓着他什么了？"

"大骗子哪。"我被自己的话说愣了。好大一会儿，改口叫道。"我是说我抓着了那帮接收者，那帮接收者是骗子。我在虚无中抓着了。首次接收？简直是拿爱因斯坦来对人类进行欺骗。什么叫首次接收？"

7

"什么叫首次接收？"

"这就是几天来我一直觉得不对劲的地方。终于在梦里找到了答案。"我以一个梦想家的姿态说，"这些天，全世界都在报道引力波。说是美国的科学家接收到了引力波。我和所有的人一样，感到神奇和兴奋。你也看到我这些天失常的样子了，可是隐隐中我又觉得不大对劲。宇宙那么大，有1000亿个银河系，又有那么多声音，那么多信息，在众多繁杂的信息中，你的探测器接收的信息，怎么能够分辨出哪一个是引力波的呢？还'首次接收'呢，对，问题就出在'首次'上。"

夏帆的表情沮丧迷茫，不再想进入我的梦了。

"引力波什么样子谁都不知道。谁都不知道，你怎么第一次接收到，就说是它呢？科学精神是实证，这也是它和宗教的本质的区别。那么第一次就无法说是实证了。得有参照得有比对。最起码得三次以上，第一次，接收到了，因为从来没有遇到过，会叫道，'咦，这是什么玩意儿？'第二次，又接收到了，会点头，'哦，和上次的一样，有意思了。'第三次，还接收到了，得到验证了，'哇！这玩意儿不会是引力波吧？'得有第二次验证第一次，第三次验证第二次，最好还有第四次，爆发'耶！'这才符合科学精神。同样的信息，即便有了相互印证，那也不能急着确定，更不能激动地发布。"

"那他们就是这样发布的，首次接收。"

"都在说接收了接收了接收了，都欢欣鼓舞地说人类又在宇宙的认识上前进了前进了，都在说爱因斯坦的相对了相对了，还拉起他的小提琴，还拉扯出他为什么不当以色列总理，说他这说他那，却无人出来质疑，没有经过'咦''哦''哇'就去喊'耶'！只能是骗人的。"

夏帆指出，"你也只是做了个梦。"

"你还要我给你说多少遍，我的梦不是梦，而是我生命的一部分，它是我的思维在夜晚神奇的延续。"

"你想说什么？"

"我想说那个什么科学机构是骗子！噢，爱因斯坦不是骗子，他被骗子利用了。几代人搞引力波，搞不到，并且看到后面的人也搞不到，就急了，这辈子总不能这样虚度呀，忍不住造假，硬把某种声音当成引力波的信息，先把这事定下来再说。反正别人不懂。谁想否定既无能力又没有凭证，闯不过他们这一关……"

"好了吧，我看你这是疯了！"

当我骂某些机构是骗子的时候，还没有意识到爱因斯坦和我有什么联系，事后想想，我对引力波超乎寻常的关注，其实预示着自己的某种东西正在悄悄地暗合。引力波在人类社会掀起的海啸，等到几天后平缓下来，却从海底卷起了一块宝石。我惊诧地看到这块宝石是我的，这是四十年前的一块石头，（给初恋的一封信）在爱因斯坦的引力波的照耀下，这块石头才发出宝石的异彩。如果说，爱因斯坦的引力波是对物理大宇宙的超级假说，那么，毫不夸张地说，我的这块宝石，我的器官假说则是对人体小宇宙的一种超级假说。

8

我的器官假说也是来自一个神奇的梦。这一点我从来没有给任何人提过。我知道，器官假说已经叫人们吃惊，如果我再说来自于一个梦，那更荒唐，从而丧失最基本的信任。

我说过，做梦得有天赋。

这个春季，因为重提器官假说，我失眠了。失眠的症状之一就是容易产生幻象。夏帆的世间法很要命，我是个普通人，那种玄奥的器官假说不可能产生于普通的脑袋里。一夜之间，跳出来个大仙那种灵异的东西，还硬说这是自己的原创。

在夏帆的眼中，有一条世俗的逻辑线向前走，日益加重的失眠使我产生了幻象。而在我这边，则是另一个真实的难以解释的图景了。事情来得那么真实，正是它太真实，就给人荒诞和病态了。为了证明自己不是幻象，我就得找出那份器官假说，找出那三个曾经听到过器官假说的证人。

找到那三个人就找到了凭证，没有凭证就涉嫌是不是自己的原创；而不是原创还非要说它是，就只能推论为是从某本书里看到，经过演绎，变成了自己的东西。毫无疑问，人有自我欺骗的本能又有自我超越的天性。

器官假说就像遗失在历史深处的一枚宝石。它在深处迷蒙地闪烁。只有我和初恋两个人见过。另外三个人也只是有所耳闻。这就构成了它的全部存在。我站在现实的洞口，向里面张望，整个时光通道四周没有丝毫障碍，它就沉在生命的底部。四十年来，它完好无损，所要做的就是人证和物证了。

四十年前的纸张和笔墨是造不成假的。我给夏帆讲述之际，很形象地指着地底下那个想象的深洞。

"它就在那里，在四十年前的一个信封里，跑不了的。"

夏帆内心害怕，更加增强了对我幻觉和精神错乱的误会。她恐惧地央求我别这样，指着那个看不见的黑洞让人害怕。

"这有什么好害怕的，看见就看见了，我不能隐瞒。过去没有说那是过去没有引力波。现在，引力波出来了，也把我的器官假说引了出来，两个形成了双璧。一个是外部的物理宇宙，一个是内在的人体世界。引力波被世人知晓，而我的器官假说还沉在那里。瞧，它就在那里，你就看着我怎么把它给捞起来吧。"

我知道我没有错乱，但我知道我的生活就此进入了错乱。这来自于夏帆。一个平庸者，不可能一夜之间有个世界级的伟大发现。从夏帆的角度来看也就是从常识和逻辑上来看。一个凡人，无论如何不能和伟大的爱因斯坦相联系，而器官假说同样不能和伟大的引力波同日而语。如果你听到一个篮球爱好者对你说他明天去参加世界杯大赛，听到一个学习很差的人突然领到北大录取通知书，你会怎么想？夏帆的看法是对的。但我却用彩票来阐述自己的情况，一个农民一个清洁工只花了十块钱，就中了千万元的大奖。你怎么想不到这上面来呢？我现在就是中了这个大奖。我说，你为何不能重新认识我？最好是无条件的，我握有证据，只是暂时拿不出来，而夫妻之间最应该在还拿不出证据的关键时候无条件地力挺。夏帆说力挺当然可以了，只是让我给个支点。

夏帆侧着脸，三分挖苦地说，"我从来没听过什么器官假说，按照你的逻辑，首次接收是骗子，没有得到第二次第三次的重复验证，就直接去'耶'了。那么，你又何尝不是？"

"你说我是骗子？"

"我没有说你是骗子，我只是用你的逻辑让你推算自己。我们朝夕相处三十载，从来，从来没有过，你说的，'咦''哦''哇'就直接奔向'耶'。"

"我有那封信为证。你也看到了，只是没找出。"

"你说你给三个人完整地说过器官假说。这在逻辑上又出了漏洞，既然在不同时期分别说给三个人，那就说明你当回事了。既然说了三次，总得有一次拿出来看一看吧，你最后一次看到那封信是什么时候？"

9

我震惊的不是夏帆说的内容，而是口气和表情。那脱口甩出来的话，仿佛一只猎豹长期蹲在洞口嗖地扑上来。你能明确地看到迫不及待的样子，已经开始在她的身上乱窜。这让我心凉。老婆都将话说得那么刻毒，该积聚多少成见和不满啊。

现在我遇到了有生以来最大的挑战。我得挖出这掩埋了四十年之久的私藏，不仅是对老婆夏帆的证实，也是对自己的证实。如果证实不了，这器官假说可能真的属于自己的幻象了。而幻象是精神病的一大特征：无论别人怎么认为可笑，患者本人非要坚称看到了。

现在要做的是必须找到那三个证人。

为什么找那三个证人而不直接找初恋？因为我知道，这会更严重地违反常理。噢，隔着四十年的遥远岁月，我去找她，去要那份写着器官假说的情书，在她眼里我疯了。任何人不可能再和疯子交往。这就是我当前处的极度荒唐的位置。我不能找初恋。还有就是，我还不敢给夏帆提到初恋，提到我的梦，提到情书，如果我给她说历史，说历史里还有个真相，她对我的幻象的认定就更加往前跨上一大步，真的疯了。我从来没有遇到过这种情况，在我的视野里，也没有其他什么人遇到这种情况。我清楚地看到，自己进入了命运的拐点，极具张力的拐点。想要别人承认我，就得找到物证和人证，拿得出来就证明自己正常；拿不出则成了反证，跳向反面，就会不打一点儿折扣地成为妄想症的恶劣证据了。

那个梦对人类而言有着创世式的发现。单就这个发现而言，不管是谁，都不得不将他升为先知。这完全符合人类认知逻辑，无须任何置疑。问题在于，这个人是"谁"，这个"谁"不是他人，居然是我。

我知道自己是谁，普通者，一介凡夫，从来没有发生过出乎其类拔乎其萃的事情。我很清楚，也甘心就这么普通平凡下去而终身不渝。只是世事诡异，比梦奇幻，经过遥远飘渺，这先知居然降到我头上。

我说的先知，是史书上记载的具有非凡能力的那种，给人类社会以重大启示的那种，改变认知世界方式的那种。而不是江湖上熟背几段经典书籍，瞒天过海故作高深的家伙们。

没有先知的世界无法走到今天，没有先知的世界难以想象。他们出入于古籍中、经书里，也印成画像贴在某种庄严的地方。但他绝不能是身边的人，更不能是个普通的人，这严重违背常理和逻辑了。我的生活陷入一片混乱，就是我作为普通人的身份搞了一项创世式的发现，这就难以从中画出伟大的等号关系了。当听到创世式的发现来自于我，所有的人都会像夏帆那样，第一反应，我疯了。紧接着就追问，你为什么疯？

我为什么疯？为此，我进行着一系列的抗争和反抗争，检测与反检测，求证与反求证，以此来证明我身心健康，我没有疯。

作为老婆，夏帆比起别人更容易受到冲击，也更便于进行家庭式的诊断，从吃饭到睡觉这些日常生活的点点滴滴，对我的创世式的发见进行一系列的检测。这个陡然空降到家里的灵异，在每间屋子飘来游去，充塞各个角落。吃饭碰上它，浇花碰上它，开电视，以及冲马桶还能碰上它。夏帆进行着痛苦而有趣的求证。从平凡常人到疯子骗子，又从疯子骗子回归平凡常人，她经历了惊悚，怀疑，绝望，突破和打压，升华和挫折。她哭过五次，戏剧性地大闹三次。那段时间，她总是从某个地方窥探我，犹如撩开幕布一角，过去的几十年构成了一种背景，她就坐在岁月的背景里，剿杀我的梦境。

这让我悲怆地想起基督徒来了。一个人本来好好的，只要成为基督徒你就平白无故地增添了原罪。从世俗来说，人只有犯了罪才有罪，但加入了基督教你不犯罪也有罪，因为人身上烙印了一种叫原罪的东西，降生的那一刻就跟上了你。漫长的一生就得忙忙碌碌去洗涤和赎罪，你拥有一辈子赎也赎不完的罪。

序三

器官假说

10

《圣经》上说，耶和华创世界，第七天造人。因为偷吃了禁果眼睛能够睁开看了。不听话被罚到地界。在禁果故事里呈现了人的各种器官。耳朵，听了蛇的诱惑；手，摘了禁果；嘴，吃了有滋味；眼睛，享受了禁果能看外部了。可以如此概括，一个禁果开通了人的五个器官。这就沟通了人与外部世界的联系。

就人类现有的情况而言，只有这五个器官与外界建立了感应的关系。耳、眼、手、鼻、舌各有自身的功能。有了眼睛，人们看到事物的形状和颜色，没有眼睛，你就看不到禁果，看不到河流、高山、天空、云彩，也看不到人，看不到自己。有了耳朵，你就听到河流的咆哮或淙淙，夜晚的风。没有鼻子，你就嗅不到清新的空气，鲜花香和排泄物的臭气。还有手，你能想象吗，没有手和肢体，你怎么知道实物的温软、粗糙和硬度呢？至于舌头，它的功能可以让你辨别甜酸咸苦辣和鲜美。

眼、耳、鼻、口、手这五个器官决定了视觉、听觉、嗅觉、味觉和触觉。常识告诉你，人类的这五个器官囊括了我们所面对的世界的全部存在。

这是一个非常通俗的尽人皆知的常识，我说的趣味十足在后面，这个常识一旦引入假说顿时就上升到了玄奥。

如果将五个器官去掉一个呢？

比如去掉眼睛，你就看不到外部世界的高山、树木、河流，你也看不到和你一样的人，和你不一样的动物。只因眼睛器官的缺失，那些原本存在的客体就无法看到。其他的以此类推。我们感知的世界是由我们的五个器官决定的。少一个器官，就少一种感知；少一种感知，就少一种感知的对应物。

音响和形态、气味等都是感觉材料，我的意思是，它们还应该有很多，只因为我们的感觉器官的局限，而无从得知。我要说的是，世界之外还有个世界。

既然人类对世界的认识来自于器官假说的多少，那么，我们现有的涉外器官到底够不够，也就有了科学假说的意义了。我用了够不够，这个词很关键。够，还是不够。够了，世界就是现在这个样。不够，世界应该成为另一个样。这另一个样又是什么样，就很有趣味了。

多年以来，每到这个时候，我就显得不好意思起来。一个成年人说一件少儿都晓得的常识，只能这种窘状。我停顿片刻，我知道这个停顿是必要的，这个片刻是对方需要思考一下。既然我讲了件常识的话题，那就一定有讲它的原因和理由。谁也不会平白无故拉扯低级的话头。可是，事实上人们听到这只能表现出不耐烦，要不是打哈欠，要不是看别处，就是不往我所渴望的思路上走。

我还记得自己的右手突然做个逆转手势，辅以亢奋的声音以期打动他们。

"五个器官是人对外部世界的五种感知，我要说的问题是，这五个器官难道正好与外部世界对应吗？外部世界怎么就会正好与人的五个器官严丝合缝地对应呢？"

这就到了关口，我再度停下来，双手摊面前，错开的五指一点一点迎面交叉，交叉得严丝合缝，滴水不漏。记得那一次，我在肚皮上拍打一下，模拟地拉出一个什么物件。要人的身体增加一个器官呢？既然我们少一个器官有可能，那么从逻辑上讲，再多一个器官，增加到第六个或第七个器官呢？同样有可能。好！我再谈假说，就假定它可能。你看，人类又多了一个器官。那个多出来的第六个或第七个器官，可不能让它白白多出来，得有自己的功能，发现它应该发现的东西。你明白吗？它得发现什么，不发现都不行。如果它隆重诞生了，发现了我们过去不知道的东西。那么会发生什么情况呢？一定会爆发出惊呼，咦，咦，天啊！这世界还有这东西，人类会欣喜若狂地看到，这世界还有其他的东西！

我所说的创世式的发见就是器官假说。"世界上肯定还有许多东西，只因人们器官的缺少而不知它们的存在。"

存在之外？

之外的存在？

11

在生命的长河中，因为某种机缘，只有三个人全程听完了。第一个是乌女士，这个女人和我同样收藏镜子，属于"镜友"。很早以前的某天下午，两人从镜子屋里出来说到什么话题，我讲了器官假说。女人对形而上的思辨缺乏先天的禀赋，谨以镜友之情耐心地听完，呈现一副似懂非懂略为往似懂上靠一靠的模样。

我清楚记得，跟孟勋说的时候在酒桌上。他本人还明晓之所以借酒力说这事，重要原因是器官假说，这个由貌似平常的东西迅速转入升级到玄奥，在正常的理性状态下很难张口。

孟勋好奇的时候，脸总是侧四十左右的角度，那次罕见地没有半路插话，等到说完后，我就感动得心里热乎乎。这可是第二个从头到尾听完的朋友。

"你明白了吗？"

"没有。"

"那你为什么从头到尾很专注？"

"因为我试图听明白。"

"我哪里没讲清楚呢？我好再解释解释。"

"不用了。"

"就器官假说，你是第二个能从头到尾听完的朋友。你能告诉我你为什么有这么大的耐心吗？"

"因为这个假说不可能是你的发现，既然不可能，还居然煞有介事地当成自己的东西，这就是我专注的原因。"对比一下，他和夏帆还是有区别的，夏帆主要质疑在幻觉上，而孟勋指向道德，一个平凡的人，胆大妄为盗取圣书里的智慧。

陶晋，第三个听我谈器官假说的人。像其他人一样，陶晋仍没有看到器官假说的睿智光芒。我只得努力往前推进，对我来讲，只要有人能坐下来听一听就满足了。以往听到不足一半就打断或转了话题。我感谢陶晋。我滔滔不绝，试图用滔滔不绝的语流挟裹着对方，生怕他分心走神。

陶晋研制了一种称作"梦牲"的奇药，为了贴上权威和神秘的标签，他就凭空杜撰了自己是明朝的第十几代传人。这样一搞，奇药就从历史深处沿着岁月一代代走过来，自己也有了响当当的名头。有身份和没身份就是不一样，那一晚上，听到器官假说本来应该激动一番，可是那有来头的身份还是让他显得很理智，甚至平静。对亢奋的我来说，这种平静涉嫌冷淡。只得暂停下来，认真端详对方，好从对方迷惑的样子猜测他能够领会到什么程度。

"假如人天生没有耳朵，不也同样以为自己的器官齐全吗？人听不到声音，就以为世上没有声音存在；倘若人天生没有嗅觉，如何知道各种各样的气味呢？没有眼睛，又怎么知道这个世界的形状和彩色的呢？以此类推，世界上肯定还有许多东西，只因人们器官的缺少而不知它们的存在。"

"世界上肯定还有许多东西，只因人们器官的缺少而不知它们的存在？"终于，这个假说的核心镇住了陶晋。重复了这句话。但他还停留在质疑的层面。

我继续说道："如果人的身上突然增加一种器官，那么，它会使人们发现新的东西。发现新的东西。到那时人们会幡然醒悟，咦，自己原来的器官很有限。人们认识的世界是以自身的器官多少而定的。而人的器官多一个或少一个并没有造物主意义上的必然。它不是造物主按计划定额定量造出来的。并不是世界有多少东西，造物主就去造相应的器官——认识它们。它是偶然的，随意的。人受自身器官的局限，只能认识世界的一部分，其余只好沉入茫茫黑夜了。"

那三个人的一致反应是把器官假说当成一种智力游戏。而我又属庸常之辈，也没有真正把这个假说上升到多么了不起的高度。

对霍金来说，他的大爆炸源自一个奇点，那么，对我而言，"器官假说"就是人类的奇点。这个奇点爆炸了，在短期内向四面扩散，我抢救性地恶补了有关书籍。还去找知道器官假说的三个证人。

器官假说的核心是，器官"之外"。关键在"之外"。这"之外"藏着世界的本质的一部分。我们没有这之外，也就不知这世界为什么运转，而"之外"知道，但因为人的器官的自我局限，就永远不可能知道"之外"在哪里。于是便有了天文学家、物理学家等科学的探讨，便有了中国的看不见摸不着而主宰的"道"；有了基督教万能的"上帝"，有了佛教的六道轮回和极乐世界。人类一直试图寻找世界"之外"。因为这个世界肯定不是我们五种器官的全部感知，它肯定有"之外"。

金部

先知在门外

第一章

时光弯曲的情书

12

冬天是我最喜欢的季节。寒风携着枯叶，怅然地掠过街道院落，雪花弥漫，装点喧闹中的城市。冬天的夜空很遥远，还有星光，这一点对我来说很重要，有了星光，我就可以怀着一种伤感和期待抬头仰望了。

我开始在家里翻找我的器官假说。已经遗忘沉寂很长时间了，我不知道这份写了器官假说的材料放在哪里。正值寒假期间，夏帆天天窝家里，我的翻找也只能限制在有计划地进行。头一天，我集中在自己的书房，寸土不放地搜索六个贴墙的书架，抽屉里的牛皮袋，纸盒，下面柜子里用绳子捆绑的资料，统统筛过一遍。作为细心人，凡是我过了的什物，基本上没有什么遗漏。寻找的所有动作都是为了那四张写满字的稿纸。它可以放在任何地方，夹在什么中间，裹在什么里面。

寻找的过程也是俯拾往事的过程，我在寻找四十年前的一封情书，正像去一个目的地，一路上见到其他的风景。我会看到一帧照片，而这照片又让我回忆不起有这档子事。我停下来，以这相片为中心画半圆，那段时光竟然空无一物。它们肯定发生了什么，肯定有过种种喜怒哀乐，但没有图文而归于虚无。这种时间的虚无造成了记忆的魅力，记忆的魅力又增加了生命的魅力。一分钟一分钟地来了，又一分钟一分钟地过去，一个月，一个年头，青春和岁月。最后暮年降落，走向永远的存在或不存在。所有的意义归于无意义。

也有另一种情景，有些事情绝对地消失，就跟没有发生过一样，但是眼前的一张纸片上的一句话，或是留言或是提示或是记录，就像魔棒将那件事从虚无中唤起，移到面前，近得触手可及。

有趣的是，当时最没意思的东西，经过岁月的淘洗，反倒成了一种生命的镂刻。一个发黄的本子，有了点点霉斑，还能散发出陈封的纸张的亲切味道。它存在过，构成了人生的一道路标和一个路口。寻找的过程多次被某个什物引向另一个远方。当然也有一些回想不起但绝对有某种意义的小玩意儿，一粒扣子，一枚邮票，甚至烟盒记的一句话，之所以还留存下来，注定当时有件什么事，只是后来遗忘了。这其实也是个追索的过程，叹息的过程，微笑和苦笑地摇头的过程。有一次，我甚至站在窗前长久地望着天空，还有一次，我兴奋地猛击了一下大腿，那个力度让我麻了好一阵子。我就在这缩简成符号的密林里，磕磕绊绊，稍作休息，迎接下一个未知的目标。一个微乎其微的东西能够画出一个大大的圆圈，一张车票，那是一个在当年重要的一个旅程。还有景区的门票。还有一小瓶风油精，还有一支钢笔，这是四十年前的东西了。怎么想都寻不出原貌。友谊的断裂，天天在一起玩的朋友，后来断得没有一点痕迹。许许多多的事情沿路丢失了，有些是真丢失，你再也不能寻找得到，从岁月的存在无声无息地抹去存在的痕迹；而有的则是假丢失，从其他事情或物件上还能唤醒。

13

回头来看，我确患有收藏癖，看似有一搭没一搭的凌乱，其实在我的记忆中，形成了一条弯曲的成长之路、情感之路。作为收藏镜子的爱好者，我拥有五百面镜子。最古的来自于明代，最大的像一面锣，最小的则如铜扣。

记忆的空白导致了往日生活的虚无，只有这些小小的，有意的存放或无意的随手一摆的物件将那段时光呼唤，从情书到今天间隔了四十年光阴，那封情书作为岁月河流的源头。四十年来，漫长又咫尺，生命的光速中自然有种眩晕感。在人生的某个终点回望逝去的岁月，充满了相对论。初恋就是生命的爆炸，岁月从此开始弯曲，日子像量子力学那样由无数小的叠印堆积。一张照片就是一片薄雾从远处聚拢过来，又似一团云雨丝丝地飘下。事实表明，一个人总在一地而极少照相，缺乏相片也就丧失了发生过的事情。而那些发生过的事情自身又挟裹着各种各样的情感，意义，忏悔，激动，启示等等，这样才能一步步地挪到今天。没有多余的步子也没有多余的路，发生就是存在。一湾湖水投放石块激起了浪花，涟漪，平复，再投放，再浪花，再涟漪，再平复，又一泓泓地流走了。岁月流逝了，只在我面前，留下一堆凌乱的文字。站在堆垒的旧物前最直观的感觉就是，我们的一生在追求中等待又在等待中目送。一个循环套着一个循环。而现在的当下何尝不是又一个循环之一呢？

人生的河流大部分回头看找不到痕迹，它们成了内陆河，消隐在虚无沙漠之中。为此，第二轮寻找工作更加精细化。尽管我的手脚保持高度的谨慎，夏帆还是有所察觉。书柜的开门声，书本的哗啦声，还有突然停下来那种看书中某一段某一句话的安静，接着又是纸张的沙沙沙。她以一个女人的直觉判断我在寻找什么重要的却又不让她知道的东西。有一次，夏帆将垃圾袋放到门外，经过书房时顺便瞅了一眼。书本倒是很有序地摆放，没有寻找的凌乱，这更掩饰了一种遮盖。

到了第三天，寻找范围扩大到其他地方。因为超出了自己的独立空间，手脚也就故意显得不那么经意。夏帆开始不舒服了，这种隐瞒是把她当成了傻瓜。好像她的眼力不济看不出来似的。一件事能够不顾及老婆的面子而希望她真的装成傻瓜，这既让人恼火又让人好奇。

14

通常而言，家庭有中心的地方也有非中心的地方。私藏是人人都会有的，所不同的是多少和贵贱，它具有个人的处世能力或风格。最高的境界是藏了就像没藏一样。年月太久了，我只得把每个地方都当成疑点。对我来讲，家里的每个地方都是藏处，而所要藏的东西只能是那种绝对不能让别人看的东西，这么一算我还真没有这种东西。现金，存折，黄色碟子，邪教资料，情人礼物等什么都没有。没有也就没法藏。三十年前结婚时，我是有一些自己的东西，它们以随从的身份跟主人一起进了家，那时我的书籍有近千本，那几本日记就混迹在这道天然屏障里。

我曾经下决心烧掉那几本日记，又觉得一旦消失，那些生命里的情感刻度、场景、细节也就宣布消亡。为了既展望未来又不断送历史痕迹，我踌躇地考虑是否上把旧锁，以锁上的锈斑告知新娘这只不过是对以往的存续而已。可是当我站在几米远端视那把旧锁，那把锁一下子就尖叫出声。如果真的挂上把锁，那么就得提前将新娘认定为十足的傻瓜，并且她本人也得接受傻瓜认定。这个我可拿不大准，我拿不大准的还有，在自己外出的时候，一只细软的手会不会举起铁锤砸下去。当我尽量理智地客观地重新审视这把锁的时候，也就发现自己险些犯了低级错误，那把锁其实是欲盖弥彰，愚蠢地告诉人家此处有秘密。有秘密就会惦记，就会操心打开。最后我用掺沙子的办法，几本日记插入近千册书的柜子里，就光明磊落地大隐隐于市了。那封唯一的四页纸情书，也夹在黑格尔艰涩卓绝的著作里。那时候三毛、琼瑶的书风靡时尚，我身边的这个女人也就哭哭笑笑。黑格尔、费尔巴哈，存在主义的书和她保持咫尺万里的距离，她会砸锁，断然不会去翻《精神现象学》《法哲学原理》。

那几本日记藏的跟没藏一样，而那四页情书又藏得跟没有那件东西一样。它像一道细月发出一缕只有我才能窥视到的幽光。

我知道它在家里，无效寻找使我烦躁和虚妄。有一次，我在想我的情书既然是器官假说，那么不妨做个实验，将自己闭塞起来。也许用潜意识能够回想起来。我将自己的眼睛用条围巾绑着，耳朵用耳塞堵着，鼻子和嘴用了三层口罩，手戴着从储藏室翻出的一双厚厚的棉手套。总之我将自己武装成一个和外界隔绝的人，我明明知道这种闭塞自己的做法毫无意义，却非要这样做不可。我在熟悉的家里按记忆摸索着，我知道哪里有桌子、椅子、床和热水器，我知道茶几和门框，它们是固定的，我只要把握好摸索的节奏就不会碰到什么东西。第二次，我更加变态地将东西打乱，桌子、椅子、小物件之外，还在地上摆了其他的东西。我想知道在一个陌生的环境怎么交往。

我的这种反寻找当然来自于器官假说。五个感官。眼睛第一重要，第二还是眼睛，耳朵是第三重要，其他应该是手脚肢体的触觉，第四或第五可以是嗅觉和味觉，这两个没法排序列。在实际生活中，一个瞎子是最痛苦和最无奈的，你要把他丢到荒野他就无法分辨方向，聋子则是生活不便。这一次的重新认识，在家里已经蒙上双眼，在熟悉的家里一点点地摸索着移动。从书房开始，突然觉得自己的无助和可怜，我坚持了半小时，我想象我要是真的瞎了，又过半小时我流出悲伤的眼泪，我和世界隔绝之后无法想象艰难。我用手在屋里一寸寸地摸索，尽管有着固化的视觉记忆，还是避免不了碰着腿脚，手将餐桌上的一个杯子碰歪，在倾斜的瞬间又扶稳。然而这也只是一种基础性的模拟，和我的假说有着根本性的差别。假说，是指人类之始就没有视觉，那么世界将是什么样的世界，这还不是我的假说要表达的，已经有了的就有了，你不可能让上帝再将它收回去。我的本意是，应该还有器官没有造出来，如果造出来那么就能够去感受其他的物质存在。即使我找一个先天的瞎子也没用处，瞎子不能看到外部世界但他的同类可以看到，瞎子的父母可以打小点点滴滴地教育他，用手去抚摸，用耳朵听鸟语，用鼻子嗅花香。

我进入模拟状态并不是迫使自己打开器官领域，这只能归结为一种向这个假说的一种挺入的姿态。这种捆绑式的闭塞当然荒谬至极，但我也不知道为什么我非要这样做，一种渴望似的本能。直到两个月后，我和陶晋见面，他质疑我的身上是不是多了一个器官，多了一个别人没有的器官，我才恍然想到自己闭塞其实是潜意识的指引。我的这种异常行为当然是趁夏帆不在家里时做的，但是，空气中飘浮的气息还是让她有所察觉。

第二章

犯了正确的错误

15

在家庭事务上，每个人都有敏感和处理的技巧，夏帆知道我寻找了两个房间，只差她的卧室、客厅上面的两米高的壁柜，那算是镜子专柜。只是碍于她在家，迟迟没有下手。三十年的夫妻可以凭直觉判断对方做什么和不能做什么。仅仅隔着街道，就知道对方在家里的身影，也仅仅隔着话语就能辨别掩盖的成分有多少。如果我将镜子搬出来，那得有匹配的搬出来的理由。十年前，她准确地判定我有情人，但她又巧妙地替我掩盖了秘密。男欢女爱最多是一个性游戏，自生自灭，完全符合漫长人生发展的规律。她使用的技巧是，讲了单位里的婚外恋，闹得孩子大受影响。这种智慧的影射其实给我提供了一个结束的时间表。结果，也就三四个月，我的身子重返了回来，又过了三四个月，我的心也重返了回来。

这天下午，夏帆假托和同事吃饭，晚一点回家。我借此机会再去扩大最后一块领域。我搬来梯子，在壁柜顶端搜索，那里有大大小小五百面镜子，是我曾经热衷于收藏镜子的成果。从理论上说，我的情书不可能混进来，但找东西就是这样，在该找的地方找不到，就只得去找不该找的地方了。我取下一面面镜子，当餐桌上放了二十多面镜子时，她突然杀了回来。这个场景酷似活生生的捉奸。因为从来没有捉过奸，也就觉得跟捉奸成功一样刺激亢奋。

夏帆一声不吭地坐到餐桌旁边的椅子上，看我喘着粗气从梯子上往下挪。手里的镜子反射着灯光，也随着移动的身子晃出了狼狈。事情已经很明确了。正像被当场捉奸一样，你总不能在床上边穿衣服边说，裸体有利于心灵交流。这时候的任何解释和掩盖都会愈发恶劣和丑陋。沉默也许是保持最后一点尊严的首选。

我正要坐椅子，夏帆觉得一个人办了错事，虽然暂时还不知道是什么错事，也不该这么坐下。她是老师，学校禁止罚站，可没有规定家里不行，便微笑地建议我还是站着吧。

"站着通畅。"

我就规矩地站着，人一规矩就显露了心怯。

"不用解释，"夏帆质问的声音里有点燎，"是什么说什么。"

我只能是什么说什么了，"我找东西。"

"没人说你搬梯子上房揭瓦。"

我斜她一眼，看来自己早就被盯上了，就等设伏抓活口呢。

范围只得缩小，也算个态度，"我找一份稿子。"

"噢？"对夏帆来说什么结果都不意外，她捕捉的不是我，而是我背后隐藏的行为。

"一份很早以前的，稿、子。"

"看样子，我不问你也不好说。"焦急的心情需要快节奏。"这样吧，你也别吞吞吐吐，我问你答效率高。这是什么稿、子？情书？"

我的脸瞬间变红，皮肤烙了下，"是，又不是。"

夏帆从来没有这么居高地审问过我，"什么叫是，什么叫又不是？"

"要是情书，我倒不找了，是一篇文章。"

"那就费解了，既然是文章，为什么背着我？"

这句话就把人逼到了墙角。我突然想起了前不久发生在超市的一次误解，你想解释而又难以解释，于是我有种佐证得救的感觉，就把超市的事情又讲一遍。夏帆听一半立刻给以否定，"这两件事没什么关系，那件事解释不清是因为人们不熟和时间仓促，而你这阵子都把梯子搬过来了，我们两个人又貌似很熟，还有大把大把的时间。"

"唉，我能暂时不说吗？"

"你可以永远不说！"都抓着现行了，问题也锐角似的犀利出来，已经不是说不说，而是交代不交代的问题了。

狼狈的我觉得只有坐下来才好受点，屁股试探地刚沾上椅子，夏帆用脚推了椅腿往后挪了挪。

"如果是情书，我可一点儿不吃醋，还有种分享的病态心理。"

"只是一个稿子。"事实上，我确实在寻找一个稿子。因为我说的是事实，口气和态度也就多少有种撑起来的那种硬度。

她诱惑地说，"你得说实话，也许我能帮你找到。"

我终于能坐下来了，两人在饭桌前呈现斜角态势，中间摆了几面大小不等的镜子。这种侧脸比正面有利于防守，安静的空气里凝结着骚动，多年的夫妻还没有遇到这种陌生和冷场。我告诉她在讲述之前，请允许我来点引题，好过渡一下，只有这样才能过渡到正题，不至于吓着她。

夏帆表现出对未知的好奇。"咱俩认识有相当长的时间了，可以说，不是情人胜似情人。你说吧。"

我从来没有过这种艰难的时候，不知道怎么去做。在一个巨大的好奇面前，任何调侃滑头，文过饰非，不仅无济于事还显得扭捏造作。夏帆起身捺了下开关，屋里瞬间黑了下来，两边楼的窗口透来灯光，透来夜色，人也就影影绰绰了。"说吧。这灯光效果还说得过去吧？"

我已经把自己摆到受审的位置上了，"过得去过得去。"

"过得去还等什么，说！"

我们家就这格局，谁占理谁厉害。谁占的理越多，厉害的程度越大。

16

于是我讲了我的创世式的器官假说。五个器官耳鼻眼手嘴与听嗅视触味觉的对应关系。没有耳朵就没有听觉，就是聋子，而聋子的世界是无法交流的，没有眼睛更不用说了。我解释说，如果只是这样实在低级没有意思。问题在后面，也就是假说的实质，如果再多一个呢，再多一个器官呢？那就会有新的东西，也就是我们现在仅有的五个器官不知道的东西。又讲了这个器官假说产生的时代背景。最后我说完了。准确地说是草草地收场了。因为没有我期待的惊诧和兴奋，而是沮丧地看到这种疑惑的反应是我在过去多次遇到过的。当夏帆听到这些超出寻物和隐匿的事情，她关注的是老公的神志丧失。

"这和你找的东西，是什么关系？"

"有，它是我写的。"

从道理上说，这句话必然的反应是惊诧，或是发呆，或者几秒钟后的哈哈大笑。可她仅一个冷字，"你？"

"是的，器官假说。"

"为什么，突然？我是问，突然？"

"因为引力波。"

"引力波？"夏帆终于表示了吃惊，"又是那个爱因斯坦。"她将爱因斯坦前面加了"那个"。

"对对，就是那个他。最近你看到了，他搞得引力波又热闹一番。引力波有望探到人的第六感。牛顿发现了万有引力，爱因斯坦发现了引力波。引力是一回事，引力还有波就是另一回事了。引力波是宇宙源头，器官假说则是人体的源头。以前，我一直以为我的器官假说，有点智力游戏的意思，现在引力波一出，那么轰动，我就想到了我的器官假说，它同样也有革命性意义。"

夏帆在倾听器官假说的时候，并没有对非常荒诞的假说的本身太在意，而是把大半心思放在我是不是患了妄想症。这也正是我所担心的。由于她从来没有听过更没见过一个精神病患者初期时所显现的样子，也就是说他们丧失理智之初的面孔是什么样的，夏帆就把握不住地恍惚起来。

"有些事情不必说得太明白，如果真是一个稿子，你也不会背着我找了两三天。你坦诚一点儿，是什么？"

我只能坦诚地点点头，供认情书，并讲了始末。

"方程，你说过你的初恋，那是你大一时的同学，谈了半年分手了。接着由我填房继任。这是三十年来你我都知道的事实。今天怎么跳出个中学时代，又一初恋呢？你的关乎人类的大命题，还和中学的那个初恋挂靠在了一起？这太不能理解了。你不要给我解释，你最好先给自己一个明白，你要是说不明白，那就不用给我说了。"面对突然袭来的荒唐，她有点语无伦次。

"我当然明白了。但我知道这件事太离奇，查遍世界都没有，只能我本人明白而无法让别人包括你来明白。而我有，这就是解释。"

"如果我们不认识，你说什么我都可以按着你的思路去想，想不明白也没关系。可我们太熟悉了，三十年来，你从来没有给我说过这件事，这才是我不明白的地方！"

"我没给你说是知道你不会明白。"

"那是你怕我知道你还有个初恋。"

"不是，单单说器官假说你也不会明白。"

"我从来没有觉得你的智商比我高出多少，我们这么多年，你是什么样的人我全知道，还没有一个你明白我不明白的事。"

"这件事就很特殊，很难让人明白。"

"听你的口气，好像你给别人说过似的。"夏帆说，"你总不会给别人说过这假说吧？"

"说过，我说过。在我记忆中，我给两三个朋友说过这个器官假说……"

"两三个？"夏帆吼叫着，"你给两三个人说过你的假说，还写成情书送给初恋？"

"不是，不是。我只给他们讲器官假说。"

"那你为什么从来没有给我讲这假说呢？你都给别人讲了，为什么没有给我讲呢？"

"那假说写在情书上，我要找假说只能先找到情书。而我们作为夫妻，我真的不想让你知道几十年前的那桩事。不想伤害你。中学那场是单相思。"

"这有什么可伤害的。都半世夫妻了又能伤害到哪里？要是这样，我倒真心渴望快点找出来，分享你的初恋这份福利。这个胸怀我还是有的。"

东边楼上的钢琴响起来了，弹琴的孩子要不是笨就是懒或者情绪抵触，一首曲子弹了半年还是弹不下来。

这种话题有点疯疯癫癫的意思了。夏帆沉默大约半分钟，再次发问质疑，"这可太奇怪了，这器官的事情，都给别人说了，为什么不给我说？都三十年了你怎么没有说？"

"因为三十年前和这三十年来，我们谁都不知道有引力波。"

质疑变成了讥讽，如果讥讽也分等级，那是最高一等，"看样子，我们这个普通家庭和伟大的科学巨擘有血缘喽。"

17

夏帆已经意识到，眼前的我应该是种记忆性的错误，这种记忆性的错误不是凭空产生，而是来自于外部的介入。那就是爱因斯坦。一时间，夏帆的大脑一定有种轻微的眩晕，"又是那个他！"

夏帆站起来，她扶着梯子登了三格，头快顶着天花板了。她站在上面，向柜橱里的镜子探望之后，半转过身，站在高处，用俯视的目光打量着我，那种打量称得上搜索，明确地停留在一个平庸的小人物身上。

"我不喜欢你提爱因斯坦，他是他，你是你。我不喜欢你和他有什么关系。小人物就是小人物。不能胡乱做梦去攀附大人物。你不是常说，命里一尺不求一丈吗？你这一丈可不是一丈。"

我仰头回应，"我一直没给你说，就是害怕你用平民的思维来看我，这不来了，你就是用一个平民思维来看我。总以为伟大的事情不可能和自己有关系，因为这个思维导致了你根本看不见我，看不见发生在我身上的事实。"

每当主人们争论什么提高声响，宾宾不管在哪里，总一溜儿小跑地钻入铁笼里，那是它的避风港，只要钻入这个避风港就能优雅地坐着，娉娉婷婷地观看外面的你一句我一句。宾宾听不懂人话，总能从口气和手语辨别出意思来。

"事实？你说的事实是什么？"

"我，我呀！"

夏帆重新斜靠梯子上，等了一会儿，她说："我们两个遇到了从来没有遇到过的问题。"

"所以我们相互还不适应，需要调整调整。"

"很难适应。多年来，我天天面对的是我的老公，吃喝拉撒睡都是那么的平民化、日常化。现在，突然一个伟大的人物降落到我的屋里，这让我如何适应？问题比这更严重。如果真是爱因斯坦来了，我调整几天也能适应一下，可是你一下子变成了爱因斯坦，这就太狗血了。"宾宾听到狗字，头往前探了两下。

我让她知道我谁也不是，依旧还是她的老公，没有什么区别，只是多了一点东西，这点东西早在四十年前就有了。

"那更可怕，四十年前就有了，我还一直不知道，现在突然就跳出来，这还不狗血就没有狗血的事情了。"

宾宾听出这个狗和自己没关系，出笼子扭身踏着蹄花跑向阳台。

桌子上的几面镜子躺着，如果换了角度来看就会感到它们像活物一样映照着屋子的各个地方。

夏帆有着自己的立场，她没有像其他的什么人那样，将器官假说轻易地以道德的名义去判断为窃为己有的品质问题。身为老婆，最不能直接看到老公品德上的污点，哪怕真的有污点也要不经意地用说得过去的理由去擦洗。她只从生理上考虑，我很可能出现了幻觉，因为一个伟大的假说绝不能诞生在这个平常人的身上。

"方程，你今晚就回答我一个问题，为什么不告诉我？三十年了，我们说过无数句话，无数个事，这件事为什么不给我说？"

就表面上情理上，这话她说得对极了。换到深层次，这话又说得很是错误。夫妻和睦，家庭幸福，还有另外一种面向，那就是有些事恰恰不能说。别的不谈，举梦为例，我要是将梦和盘托出，非闹得鸡犬不宁。我说过，做梦得有天赋，我的天赋极高。比如，我不办理任何手续，直接和某国时任总统共进晚餐，还有学校的校花作陪。早上醒来能说吗？再比如，某女人在微信里的过分互动，我竟然联想到可能她做了和我共度良宵的春梦，便去寻她，继而将梦境复制到现实中，说给她听吗？

"这个问题很好回答，没有你以为的故意藏着，因为我什么时候说，总料定你是这种反应。你现在的反应，我并不奇怪，我们是夫妻，我不想增加其他的影响我们关系的事。我知道，你绝对不相信，像今天表现得这样麻烦。"我的解说有着合理的地方，之所以不给老婆说是知道她听不懂，听不懂就会直接怀疑我的动机。

"那你这么多年，一直惦记着它吗？"

"那倒不是。最多算阵发式的。"

"多好的托词呀，阵发。想想也是，你这辈子尽忙着去阵发了。十六岁初恋，给阵发出来了。二十六岁结婚，给阵发出来了。三十六岁，婚外恋，那时候兴这玩意儿，为欢庆香港回归，举国狂欢，也算阵发的。四十六岁，你捣腾房子，阵发的时间长了点，收获颇丰，能让后半辈子过得体面。原以为可以本本分分走下半场，过了五十有六，嚯，又阵发了。这回更邪乎，硬是搞了个器官假说。看来你的老实是貌似老实。白天有五分钟遐想，夜里有美梦飘摇，一点儿都没闲着。"

"夏老师就是这样给我写评语的？"

"这是你本人的表现。"

我做个难道没有可取之处的表情。"就刚才的话题顺下来，你就没有责任？"

"你阵发，怎么跑到我身上了？"

"这几十年里，我阵发性地买些哲学、科学、宗教等有关的书，你就没看到？几十年来，我陆陆续续地买，躺在客厅的大沙发上，一本本地看，这种阵发性你就没看到？说到阵发性，那是受了某种事的触动。我常想，器官假说，一定不是我第一个提出来的，一定有人，只是我没有看到过。否则我就成先知了。而我知道我绝对不是先知。我翻阅许多书，你对我看这些书，问过没问过我为什么看它们？没有。上百本这样的书啊，你问过没？没有！哪怕问一次？没有，还是没有。这种形而上的书，你家老公看了那么多，你都没问过一次。一个老婆看到她老公躺在沙发上翻那么多和日常生活没关的书，都不问一次。一次！你从来没有问过，为什么看这种书？哪怕是好奇，也会问过一次吧。没有。如果，哪天不知哪根神经搭错了，你猛地问那么一句，"哎，你怎么看这些书？"顺着这句话，也许就扯出来了。可是，你一个人民教师，跟院子里的清洁工一样。就是清洁工也会因为几十年捧着一块石头，问上一句吧。你还狗血呢，责任在谁？"

18

面对我连珠炮的责问，她沉默无语。见她这副样子，我觉得自己真的很委屈了。我继续声讨："不能用沉默来回答。我还一肚子气呢。"

"听你这么说，我是有点儿责任。我没问过你为什么看这种书，是不……是不……"

"什么叫有点儿，什么叫是不？承认个错误就这么难？"

她还是说不出认错的话，但她用另一番话表达了错误，这是惯用的小伎俩。"十六岁啊，英俊少年，那时候你就有个不可告人的秘密，一直怀揣几十年呢？"她的口气变得友好起来。她说自己在家里做着基层工作，"什么东西放在哪里，衣物、食品、证件、工具箱，我都知道。平时你要什么东西从不带找的，张口问我一声，我就伸手拿到你面前。是不是？在这套房间里，其实开通了许许多多的小管道，它们不能因为看不见而不存在。"

我做出让步，不让步又能退到哪里？"你是说你可以帮助我找到吗？"

在夏帆的眼里，我已经是个病人了，器官假说绝对是我的一个臆想，它建立在一系列的不可能之上。不可能在四十年前，不可能发生在十六岁的学生身上。更为不可能的还是什么情书。所有的不可能都集中在了一起。我看出来她是这么想的。

"它是什么样的？"

"就在一个信封里，那是 70 年代的信封，白色的，还有两只小蝴蝶。"

"两只小蝴蝶？"

"对，两只小蝴蝶，你有印象没有？"

"小蝴蝶？"

"对，小蝴蝶。"

"让我想想。"夏帆想了想，因为几十年来蝴蝶的图案翩跹过许多的地方，即使想起来也只能是其他地方的小蝴蝶。

夏帆力争不让我发觉她看出来我有病。她善良又聪明。"四十年？我觉得可以分成两段，一段是婚前，一段是婚后。"

"噢，这倒是个思路。"我受到提醒。

夏帆问："你最后一次什么时候看到的？这总有印象吧？婚前还是婚后？"

"想不起来了。"

"这话可太假啦。这四页纸非同寻常，有双重意义，既是你人生情感生活的第一步，又赋予人类探索的新篇章。你怎么能忘记最后一眼呢？有这样对自己不负责的人吗？"

"真的想不起来了。"我羞愧难当，干咽一声喉咙。

她睄我一眼，试着替我下结论，"那就不一定有这事。"

"什么意思？"我怕她说这是自己凭空臆想的，并非品质问题，而是病理指向，"你在怀疑我有幻觉吗？"

"有点儿这个意思，"夏帆又改口说，"我没有怀疑。"但她的口气和表情出卖了她。

这是句致命的话。在突然袭来的复杂的情况里，她无从选择。一会儿是器官假说，一会儿是初恋情书，一会儿又是引力波。种种问题只能有一个解释——幻觉。

　　夏帆又一层一层地深入分析，你现在失眠造成了现实生活的错位感，再加上你后半夜做梦，也难免不将梦和现实在不易察觉的情况下，相互搞混。这一点，你可能还没有意识到。但从我这边来看，却非常清晰了。你出现过将梦当成现实发生过的情况，怎么办？她指出一条路，去医院看看。先把失眠的情况解决了，不要让它们过来干扰。

第三章

新型妄想症

19

又做了几次和引力波有关的梦。天空星云，乘汽车飞向虚无，飞向孤独。因为在速度和弯曲的空间，人的身子会弄得扁平并拉长成条，也就是说，将一个人形一点点拉成面条那样，这时候你的骨头也拉细了。我又哭了，由于身子拉成了细绳，哭的声音也给挤压成一缕缕的纤丝。

夏帆逼着我去医院。大夫一听失眠，马上往抑郁症上扯，问我平时会不会笑。大夫还说，会不会笑是抑郁症的初期表现。我就没有任何兴趣说我的病情了，我如果说是因为器官假说和做梦在浩渺的空间下不来，他非把我当成最高级别的疯子。

"把失眠治好就没幻觉了。"夏帆说。她还坚持让我到其他三甲医院看看。我不想让她陪着，就自己去。

我又去了几里远的三甲医院。这次是位女大夫，盘着个贵妇发髻，她一定觉得自己具有高雅气质，也一定经常听到别的什么人赞美她拥有绝代风华。她流露出和蔼的笑容，做个优雅的头势，尤其她的明亮的魅惑的眼睛告诉病人，信赖我吧，我是专家。

那天的天气寒冷，窗外的几条干枯的枝丫在夜空里静静地伸着，仿佛有几片雪花缠绕。我猜到女大夫要问关于会不会笑的问题，从进门到坐下已经提前在脸庞布置了均匀的微笑。

在经过同样的路数之后，终于到了更深一步的交流，她"噢？"了一声，然后鼓励地微笑，"比如说……"

我保持着正常人的笑容，低下头想了想该挑选什么样的梦。女大夫看我迟疑，便问是不是第二天记不大清楚了？

我依旧笑着，嘴角向后拉扯。我看着她明亮的魅惑的眼睛，我觉得一个医生不该有一双漂亮的眼睛，病人在讲述的时候容易分心。就是在这种分心的情况下我讲了我经常做梦，大多可以在梦中给以理解和接受的，只是这些天就不行了。我在空中飞行，过去也飞过，从小学就开始飞，以后就不再飞了，都几十年了。可这些日子又开始飞了。这次飞和过去飞得不一样。

"我不怕飞，而是飞得太快了，像光，停不下来。"

她的脸庞涂了一点不自然的微红，不易察觉但还是能察觉出来的窘态，有一会儿，屋里过于寂静。

"梦是现实的隐喻。"女大夫说，显然她比前一个男大夫在相关的知识上要多，"换成一般的说法，你这是性梦。费氏理论核心之一就是在梦里进行改装与变形。费氏说一个人在梦里上下楼是种做爱，你这在空中飞来飞去，停不下来，你知道我要说什么吗？"

我深深吸了口气，作出必要解释："大大，我是说，我经常会感到现实生活中像梦一样，比如说，我和你在谈话，不定什么原因，我就觉得此景此情恍如在梦里发生过。"我觉得表现得过于欢快不大像病人。

面对一个难以对付的患者，女大夫想早点儿结束诊断，"咱们不说梦，不说飞，也不说停不下来，咱们光说失眠好吗？"

这两者可是一回事啊。她怎么能分开说呢？

女大夫说："什么都是有因果关系的，你这失眠并不是真正的失眠，而是躺在床上，害怕睡着做飞行的梦，给吓着了。是不是？"

"您说对了一半，飞行梦我不怕，我怕在飞行中下不来。"

"每个人的病因都不一样。你说说你的原因，起码是你以为的原因。"女大夫又启发式地举个例子，"比如腿脚冰凉，放在中医是一个诊断结果，放到西医人家竟然会说你患了抑郁症。诊断错误，治疗也会错的，完全是两条路线。所以，你得告诉医生真实原因。"

　　我有点感动，就决定坦率地讲下器官假说。近期以来，由于多次地对自己讲，对宠物宾宾讲，那些比较难以叙述的段落经过反复演练，讲述也就轻车熟路甚至很流畅。当然我没有全盘照实地讲述。比如就没有讲到初恋，更不敢讲到爱因斯坦。只是突出了"器官假说"丢失之后的艰难寻找和亢奋追忆。最后我说每天夜里醒来，凭记忆写写当年的事情，结果弄着弄着就给弄得失眠了。

　　女大夫经验丰富，听到一半基本上断定我这是精神病人了。眼前主述者，大概就是这种人。我说话的内容是十足的精神病患者，但从我的一举一动，眼神口气，却看不出来有什么异样，都是正常的。大体上来说，精神病患者往往很难内外保持一致。说的内容和变形的表情及夸张的声调一看就知道出了问题。而我不。

　　女大夫没有流露出丝毫惊异。这应该是长期行医的自我保护的技巧，不着痕迹地回避不属于自己职责范围的病情。她从来没有听到过我这种病，也没在她博士期间读的书中遇到过，想了一大会儿，作了别具一格的决断，"新型妄想症。"

　　"这是什么意思？"

　　"妄想症自古以来就有，将没有的当成有的。我说新型的，是这些年来，社会发展变化太快了，又是高科技时代，就产生了一些过去没有的。比如你说你在太空下不来的梦，就属于新型，还有你说的什么器官都是大夫听不懂的。"

　　"我明白了，但凡大夫听不懂的，超出你们经验的，都称新型的？"

　　女大夫点点头，表示超出了她的知识范围，又回到了会笑不会笑。和前个男大夫一样，会笑不会笑成了一个重要的标志。对此我觉得太荒唐了。笑不笑应该是个问题，可是你让来就诊的人如何回答呢？它有着许多预设前提的，开怀大笑是笑，会心的笑算笑不算笑？自发的笑是笑，故意迎合别人的笑算不算呢？再就是苦恼的笑，伤心的笑算不算呢？关于笑，已经包括了许多社会的因素，该笑的时候，我不知道自己是不是已经笑了，而那些刻意提醒自己的笑，虽然称为笑，又能说明什么问题呢？

　　女大夫好像有神通，我脑子里的种种疑问句她都给听到了。为了回答我什么是她需要的笑，便让我躺在窄窄的白色床上。我听从指令，转身挪到狭窄的医院特制的小床上。她示意我撩卷衣服，右手的几只指肚便在我的仅隔了层内衣的腹部上捺了捺，接着好像有挠一挠的意思。我微闭双目，以为这是医生对病人的例行检查。她的几个指肚在胸部的侧面移动，连女人的温柔都渗透进了，那里很敏感，我不由得吭吭了两声，那手指就不经意似的伸到腋下轻中有重地挠了好几下，我没料到这一招，忍不住吭吭咯咯地笑起来。女大夫把手收回到腹部，捺了几下又移到胸部再一次目的明确地伸手到腋窝挠了好几下，我又笑起来。这一次有点刹不住。女大夫站在高处俯视着，又做了个去挠的假动作，我就条件反射地缩着身子自个儿咯咯笑着，我自己把自己给感染了，从咯咯过渡到哈哈，开怀得跟傻子一样。"哈、哈、哈、哈、哈。"

　　女大夫反身回到桌后，摊开报纸隔开两人，不再搭理我。我的笑点历来很低，一旦开了闸很难立刻关上。我小时候和同学经常胳肢玩闹，我总是笑得跟疯子那样。这当口我在雪白的床上，回想起小时候的胳肢窝的游戏，又重新燃烧我对把泪都笑出来的神经。虽然几十年了，但还是瞬间涌到眼前，那个笑疯了的孩子扑到我的怀里激发我再次笑。我和我过去的自己一起笑。一个成年人躺在另一个少妇的白色床上独个儿地笑，太荒唐了，也太喜剧性了。我仰着脸冲着天花板失控，我怎么调动意志命令自己，不能再笑了，不能再笑了。我深深吸口气半坐着向女大夫保证，这回行了，绝对不笑了。可是女大夫刚丢下报纸，沉着脸，我深深地吸进肚里的庄严的气，一下子旋转升腾，爆发出又一轮大笑。"哈哈哈哈哈。"

　　女大夫面对我的奇特的大笑，更坚定了自己的判断，她明亮的魅惑的眼睛看着我，"咦，真是新型妄想症哩。"

　　那个女大夫通过胳肢挠痒的方式，判断我会不会笑尤其是笑的程度。我想这大概是她的独创，对待一个新型的精神病患者应用原始

的手法进行有效的测试。我在回家的路上，没有任何根据地认为这是
她的独创。这当然和我目前的处境有关，既然器官假说这个伟大的发
见来自于民间的普通者，用胳肢挠痒的手法检测病人的情况就完全可
以来自于一个博士女大夫。女人有女人的智慧，她选用的方式只适合
她。男病人在床上被挠痒咯咯哈哈地笑，总比一个女病人给胳肢挠痒
要合乎情理，也好看得多。

20

　　我回到家给夏帆讲了医院的情况，"笑是控制不住的。越想控制
越控制不住，后来那女大夫实在无奈叫我走了。"

　　出乎我的意料，夏帆没有笑意。她听到笑或不笑竟成了抑郁症的
一个症候，而抑郁症还有着幻觉的情况，她的心沉重起来。她以为我
去医院只是治疗失眠，人家都胳肢你的腋窝那里检测笑不笑，也就接
近她对我的判断。她以为，器官假说一定是我的幻觉。抑郁症到一定
时候就有幻觉。

　　人家医生用胳肢的手法来测试，夏帆也有她的手法，就是说，除
了白天的活动之外，夫妻间床笫也是个重要场所。两个人在床上的对
话和戏剧性演变。她以一个女性的直觉和妻子的责任在测试的内容上
已经划分了几块，这些都是建立在我是不是抑郁症患者的前提上。这
里面有着逻辑上的联系，如果我是患者，那么就应该在其他方面有所
表现或流露。比如性欲的亢奋或者无力，一些下意识的动作在细节上
的流露，孤僻症，偏执症，莫名的怀疑等等。有了这些平添的额外的
想法，两个人也就没有像过去那样顺遂下来。

　　正如夫妻间发现对方有了婚外情总要在细节上捕捉一样，她在日
常生活中发现游离之外的丁点征兆，看是否引发隐匿在深处的损伤的
反应和冲突，即一种紊乱。一个人精神上有了疾病，比如幻觉，自大
狂，一定不是孤零零的，凭空而降，它应该有个酝酿的过程，哪怕这
个过程很短。还应在其他方面有所反应。眼下找不到，那也只是暂时

的，它们可能潜伏在深处，随着时间的作用一点点地显露。然而，这种基于生活经验的判断和期待过了些许日子没有兑现。我在其他事情上没有任何幻觉迹象。如果我不提器官假说，我就正常，而我提起器官假说，尽管也正常，但是在她的感觉里，我又回到不正常。

这天夜里我没有梦见空中飞行，下不来而哭泣，而是梦到贵妇式的女大夫。梦到她明亮的魅惑的眼睛，她在那个白色的窄窄的小床上挠我的腋窝，很可能是打着治病的旗号性侵。我为什么不利用一下呢，只要想干，"噢，你真棒！""你叫的声音真棒，噢。"女大夫还说在楼梯上上来下去的，还说在空中的船上飞来飞去的，"你知道我说的什么吗？"在梦中，我说我知道的，知道的。"我喜欢把你盘起的头发弄乱。"突然，女大夫说了一句话。这句话好几天了，又在梦里跳了出来，"新型的患者"。我回放女大夫的样子，她也跟着笑，此刻孤零零跳出这句话就恍然明白了。看来自己的病症在医生眼里不属于常见的，而是新型的，刚刚遇到的，那种精神病患者的内容和形式的分离。

我带着咯咯笑声从梦里跑出来，发现正在床上翻滚。夏帆披着棉衣缩着身子从隔壁溜过来。"笑什么又笑什么？"

我依然咯咯地笑着，想停下来，刚止了几秒钟，又被梦中的情景引逗得接着笑。夏帆无法料到这种开心的笑和梦里有关系，以为发生了什么事情，随之拉开灯，四下寻找引发这么开心笑的意外之物。

"前些天哭，现在又笑。"

我又笑了一会儿，已经是笑本身的感染，以及笑的惯性了，"我做了一个梦。"但我没有讲梦中的女大夫，没有讲我吻她的魅惑的眼睛，也没讲我们相互挠胳肢窝，更没有讲那个女大夫是脱了没有穿内衣的白大褂，呈现着丰满性感的少妇的肉体。

"你在梦里笑醒的？"

"太幸福了，我从来没在梦中笑过。"

第四章
证实与证伪

在人类的奇迹史，只要有件奇怪的事情发生，总能找到类似的事情作为参照，再加上后人的种种附会，这奇迹也就被接受地固定下来。但我的事情就不行。我是说，创世式的发现既然是创世式的发现，就得是第一个；这已经要命了，更要命的是这个创世式的发现来自于我，一个普通的平常人。那天吃饭的时候，夏帆再次重点作了强调，"器官假说已经够了，这还得看是谁。如果是爱因斯坦也不稀罕。问题坏在，你非赖到你身上。刷碗！"

我边刷碗边接受问题坏在我身上的事实。理论上，这个创世式的发现绝对不可能是我，而事实上，创世式发现真是我一手炮制出的。这就陷入了极大的悖论之中。我的存在构成了对二律背反的再背反。在逻辑里有一个重要的词语叫"必要条件"，我现在就被这个"必要条件"的高墙阻挡在外面。先知和普通人中间有条鸿沟，它甚至比元帅和士兵中间的鸿沟还要大，比亿万富翁与打工仔的鸿沟还要大。

我说极大的悖论完全可以从对立面来讲，既然创世式发现只能是先知所为，发现了这个创世式的"谁"就够得上先知了。我就是这个"谁"。那么通过对二律背反的再背反，这个我的"谁"就是先知。进一步说，不能因为我是个普通人而否定我是那个创世式发现的"谁"，即先知。如果这个世界是公正的，就不能唯出身论。尽管很难推导出这个"谁"的我和创世式发现有关系，尽管在世上，所有的逻辑甚至非逻辑，都无法将我与"先知"两者联系在一起。但我，就是这个

"谁"，这个"谁"也就是先知了。

夏帆总叫"刷碗"，并不是把刷碗当成事，而是提醒我是个日常生活中的普通人。在这个问题上，夏帆是逻辑主义的代表，三十年来，朝夕相处，她无法相信哪怕百分之一的事实部分。而是很快地得出了我有病的结论。我只能对她这个可悲的结论进行反抗。

通常情况下，夏帆是混合着贤淑和拿不大准的那种端庄，之所以说拿不大准是她还会偶尔来点风趣，风趣里还掺点风骚。就像那天突然刮起了大风，在大风里发生的事情。中原的初春总是来两三次浩荡东风，显示大自然的威力。那天我们俩走在街上，空中弥漫着沙尘、枯叶、纸片，塑料袋在狂风中鸟群似的穿梭，广告牌咣当当地怪叫。我们被卷进附近一家酒店，在大堂临时避一避。我在铜片装潢的立柱看到自己的头发像暴风卷过那样，抖下肩膀撞夏帆，示意铜镜里的人像谁，爱因斯坦在世上最经典的头像就是蓬乱的飞扬如音符的头发。她被什么触动向我使个媚眼，这可是第一次带有勾引意味的眼神。我为之心动，没有征询她的意见就到总台开了房。我挑了最高一层，二十五层。电梯将我们升到空中。我从后面进了屋，用背一靠关上门。拉着她胳膊，再扳着她的双肩，以一个被背叛的丈夫愤怒地进行审问，"刚才你在大堂向我抛媚眼的风骚，是不是有过前科啊？"

"看你开房的熟练样子，我正要审你哪。"

"那是你先抛媚眼了。"

"谁给你抛媚眼了？"

我学着她侧脸斜眼的姿态，"你就是这样抛的。"

"那是我看你的头发刮乱了，我当时还笑，怎么天天说爱因斯坦，说着说着，连刮乱的头发也像。"从高处眺望远处，树木一片连着一片像辽阔的草原，在楼与楼之间滚来滚去。阴暗的标间透着一种意外幽会的情色。她借此开起了玩笑，这也是特定光线中，特定情绪下的玩笑。她说你患有爱因斯坦情结也就算了，还在外形上向他靠拢。她承认抛了媚眼，她的解释非常动人也非常入理，为了测试你的幻觉，人家女医生还想方设法胳肢你，她当老婆的为什么不能抛媚眼。

这会儿我把她拥入怀中，连体人似的并排走向飘窗，硕大的飘窗简直成了一个屏幕，外面的城市在屏幕里癫狂。这时我整个人也很癫狂。探身往下看，雾蒙中的荒芜让人想起但丁《神曲》里的碳素插图。

22

我们又谈起了爱因斯坦。当然，我不能同爱因斯坦相比，他是大海，我是滴水；他是高山，我是石头。但我还是要说他。我之所以总是说他，还是他的引力波。"引力波"——这个爱因斯坦百年前的假说，被人接收到了，将我的器官假说给引力了出来。四十年了，我还是头一次发现，原来自己的假说并不是可有可无的游戏，在爱氏的照耀下，从科学的高度完全能够看出，它有着非常重大的意义。我的潜台词是，引力波激发出了我的器官假说，人家可以为人类做贡献，我的假说为什么就要被丢到荒郊野岭？因为引力波，在夏帆眼里我有了幻觉。老管爱因斯坦叫"那人"。她就数落"那人"的种种不是。比如他打小弱智，遭老师奚落，据说语文很差很差。我用昨天刮过今天硬茬儿的胡子刮她的额头，我说我小时候也很傻。

"啥都比，连傻你也比？"

"是你逼着我比的。你为什么就不能将我视为珍宝，当成中国的爱因斯坦呢？"

她突然又用昂扬的口气说："因为你不是。我也不想让你是。那人爱拉小提琴，一改科学家在世人面前的枯燥呆板，缺乏情趣。你会吗？"

我在她胳膊上划了几个来回，"我会拉二胡。"

"好吧，"她说，"你可以蓄发留胡子，也可以小时候傻乎乎。还可以将搭在胯上的二胡代替小提琴，但有一样，你要是办得到我就称你为中国的那人。"

我摇晃着脑袋，摇的幅度又大又缓慢，好像有着硕大的库存摇不动似的。沉重瓮声说，"你说我听。"

"那人是犹太人，"一副最后胜利的笑，"犹太人。你怎么样？"

这是一个没有想到也没法变更的问题，我迟疑了一下，不太有把握地说，"血统问题吗？开封有个犹太部落，从宋朝迁徙过来的，他们已经给同化得差不多了。开封离我们只有百十里地。你看我的鼻子，不多不少有点鹰钩……"

"哈哈哈哈。"她对我的胡说爆发出一阵大笑，"为了什么器官，你连祖宗都要背叛是不是？"

"背叛不背叛，也不是你自己说了算。爱因斯坦就说过，如果我的相对论被证明成功的话，德国人会称我是德国人，法国人会宣布我是世界公民；如果证明是错误的话，法国人就说我是德国人，德国人就说我是犹太人。"

"你想说什么？你想说，如果器官假说证明成功的话，你不是中国人？"

我做出伤心欲绝的样子，"还不是你成心给逼出来的。不过，从历史演绎上也不是不可能，都同化到汉人堆里了，十六分之一的血统还是可能的，你要查查你的 DNA，不定是什么族的八分之一呢。"

"你非要改血统，非要和那人同框，那我改叫你因斯坦好了。"她双臂向前一伸，热情欢迎地，"来吧，因斯坦。"

23

那次在狂风的喧嚣中阴郁的光线里，两人进行了一场罕见的床上运动，它不仅跨世纪更重要的是还跨国际。一种时间弯曲的错乱感受。

有些事完全有它的必然性，那天晚上我俩以情人的身份开了房，我躺在窗前的沙发里，外面的风还在狂野，没有开灯，黑暗有黑暗的好处，两人幽灵式的影子有利于对话。

关于器官假说发生在我身上的可能性，我真的没有料到，原本在家里要说的话，到了酒店，又是情人又是幽灵，也就不那么理性了。夏帆肚里憋了好多个问题，我们就在二十五层的酒店高楼，在狂风扫着的玻璃中，给以对答。

夏帆是个孩子王。这种职业有着很强的自主性，独立工作中养成了小天地唯我为大的习惯。跑到家里也光想对这批一批对那讲一讲。针对我的器官假说，她打了个比方，你就是一块平地，不可能突然就拔地而起矗立个山峰。

"你说当时十六岁，这个年龄懂什么？我十六岁连我现有的器官都不熟悉，正在发育中，你却搞出个器官之外的。器官之外还有器官就是要搞出一个世界之外还有世界。"

"事实上，就是这样的。"我现在最需要的就是事实上这三个字。因为它就是事实。但她看不到当时的事实，我只能在理论上多讲了，我说恰恰这个年龄抱有对世界的新鲜和好奇，你应该知道，人在最初的时候就好奇周围是怎么回事。比如男孩子为什么有小鸡鸡，怎么来到世上的，世界上第一个妈妈是谁？这些最原始有趣的宗教的初始问题。我的器官假说其实是好奇的一种深处延伸。这个问题通过分析其实并不是多么了不起。你说对不对？

"你在追究年龄问题，按照常规，年纪越大越有经验，越有发现，这放到人体上反而不大对劲。人的发现发明有个时间窗口，这一点很重要，如果你过了时间窗口，可能一辈子就那么回事了。牛顿的苹果和爱因斯坦的相对论都是年轻时的发现，而当时爱因斯坦只是个普通雇员。发现了就发现了，再用一辈子去证明发现，这就是科学的历史。"

再就是智力问题。我知道她对我最大的怀疑是从能力上说的。你能力一般呀，天赋一般呀，怎么就搞出个器官假说很形而上的东西呢？我是这么回答的，"我在琢磨怎么说服你，找来找去就找到了潜意识，对我的问题有很大的廓清作用。我为什么找到潜意识呢？还是因为器官假说是我的，在找不到很有说服力的证据时，我只能找到潜意识。你知道，我学电脑很快，一百多个字根对着键盘，一星期就会了，半个月就可以打字，然后就是盲打。什么叫盲打？不看电脑的键盘，脑里想什么手就在键盘上噼里啪啦地给打了出来。倒是用眼睛找字母，一个都不认识了。打字完全靠潜意识。意识这时候一点儿不行了，很笨。说到这儿我又突然想到弹琴，我是不识乐谱，不知键盘，只要会唱的歌都能弹，这也是事实，你惊讶觉得不可思议。多亏这两个你都亲眼见过。潜意识是幕后的指挥，以此类推，我有着别人所没有的潜意识的天赋。器官假说也就不难理解了，潜意识过渡到梦里。"

"你说的盲打和弹琴倒是事实。"她承认地说，口气里表示具有对事实尊重和负责的品质。那意思很明白，现在出现的问题不在她的身上。我很想看她这会儿的表情，突然拧开身边的落地灯。光线照着，她将脸转向一边。"关上关上。"

"其实说了一大圈，都不是核心问题，这件事的核心是，我不该做那个梦。"我重新关上灯。

黑暗里，夏帆却替我辩解。"其实我倒是相信在梦中了。不在梦中那更不可能。虽然我自己的梦毫无建树，连想都想不起来，我还是相信梦的神奇。德国化学家研究苯的分子结构，到了晚上，梦见了原子一个个站立起来，像蛇一样绕着圈，咬着尾巴，团团转。一惊喜就醒了，苯的问题解决了。但你是……"

我重重地长叹气，诚恳而责备，"相信我就这么难吗？还是那句话，我是你老公，你老公有这轰动全球的发现，为什么不好呢？"

她厌恶地说，"为什么，为什么将这事写成情书？这点太让人费解了。"夏帆又追加一句，"我说这话并不是说，我接受了器官假说是你的。我还没相信呢。我要更进一步问，一个假说成为情书，离奇中更离奇。这么说吧，在你这是一个完整的事实，在我这是一串串假说。只要其中一个能让你有漏洞，其他的就不攻自破。我问，你为什么写成情书？从梦到器官假说，再从器官假说到情书，这之间的距离太大了，你就没有想过你的初恋能不能看得懂？一个中学生，女孩子？你总不能还说那句话，事实如此？"

我暗地里笑了，这笑声儿几乎没有出来，夏帆倒是急着打开灯，她还想从这点上找出蛛丝马迹。如果前几个多多少少沾点边儿，这情书绝对站不住脚。

我深知这个难度，但我不怕，我不怕确实如她所言，事实如此。

24

既然是事实，那就讲事实。讲事实永远不会错。我说当时是禁欲时代，爱情既神圣又丑恶。我十六岁，看了不少的马克思的书，梅林写的《马克思传》《马克思的青年时代》，其中一篇马克思的高中毕业论文，《青年人如何选择自己的职业》，对我影响很直接。因为我也即将高中毕业。马克思的恋人燕妮，美丽端庄，而我的初恋在形态上也有几分相似。这是神圣的一面，而我说的丑恶，当时是禁欲时代，男女间的爱恋被丑恶化了，学校里谈情说爱的大都是问题学生，传纸条等。我该怎么办呢？正是这两点夹击导致了我将器官假说当成了情书。从而用高尚纯洁来掩盖丑恶，尽管那时真的没有一点肉欲成分。

我觉得这几点一个个都是那么真实入情入理，不由得连自己都欣赏一番，逻辑和科学都有了。只差说，因为没有科学家的身份和积累，只好潜伏得默默无闻，一天天地庸俗刷碗，苟活地拖地。

有意思的是，我的这几点事实，恰恰放到夏帆那里能够从中证伪。

夏帆说："这一段时间我总在考虑你的问题，思来想去还是那个结果，幻觉。器官假说表明了你有幻觉。这对别人来说，可以是精神病的别称，我之所以不这么说，主要是你没有到那种程度。幻觉，是一种美学的表达，一种修辞性。这么说吧，幻觉，在你的过去是没有的，据我三十年来对你的了解，你是很现实的，并不浪漫。"

夏帆说："既然你的假说是幻觉，那么我的答案，恰好是这个年龄的结果。我也举例说明，前几年你五十岁时得了肩周炎，俗名五十肩，到五十岁左右的人就得犯。再就是高血压，人老了血管硬化，血质黏稠，你也服了降压药。你可能猜到什么意思了。对，这精神和生理一样，"她停了停，运口气，"医生总在说生理随着年龄而发生问题，那么，我要说，随着年龄精神也会发生问题。关于器官假说，应该是你在听了某人说了之后，受了刺激，过了些时间便以为是自己的了。就像你当年跟我谈恋爱时的那个相对论。我见证了你的亢奋，用相对论对我们的恋爱进行种种歪曲的解读。还是那人，三十多年后，你听到那人，引力波，首尾一对接，就很容易发现别人发现不了的情景，你是以飘扬的方式进入了幻觉。并非你所言，十六岁的年龄和窗口期。不是的。"

夏帆的逻辑除了她说的之外，还有这种意思，因为引力波我亢奋而失眠，又因为失眠而幻觉。因为幻觉而有了器官假说。

我一步步地听，暗暗感慨地看到一件事总有许多曲解的现象再次发生，而本人却以为找到答案。"你一再说，我的幻觉是爱因斯坦的引力给波出来的？"

"对。你有爱因斯坦综合征。一提那人你就亢奋，一提那人你就浑身是劲。看样子，首次接收引力波，不光有科学家，还有你。没有什么初恋，没有什么情书，没有什么三个证人。只有一个器官假说，而这一个，是你在某年某月某日看的什么书，忘了，结果在爱因斯坦的引力下，你一首次接收，给波了出来。"

"你是说这事是从最近才开始的？"

"是的。这就是我的看法。你一直在说你身上发生的事实，那么我同样看到了我看你身上发生的事实。你找了几天东西而没有找到。我相信你也找不到，你无法站在自己的外面看自己。"她相信挖掘出来的这个答案，对我能有所启发醒悟。

"我无法站在自己的外面看自己？"

我不可能受到她以为的启发，我的事实部分我至今没有拿到一个让她看，情书和初恋还有三个证人，都是事实部分，而在她看这全是我的幻觉。我开了个玩笑，"那我就对着镜子看。"

"我不是这个意思。"

"我知道你是什么意思。"

她只用一个幻觉就把"我的事实"给毙了。"三十年了，我们说过以吨为计的话，为什么这件事你没给我说过？如果你没给我说是因为过去时，那么为什么分别给其他三个人说过？而你说了，他们还称不上什么朋友，起码一个我也没见过。"

这是很难讲清楚的，而我又必须说下去，按事实说下去。"我觉得你听不进去。我讲给别人，也不是胡乱讲的，一个是镜友，一个是梦甡的研制者，再一个是孟勋，这个人你没见过但我多次给你说过，讲副总理故事的那位。"

"我的真实看法，连这三个人都是你幻觉出来的。"

我差点儿大叫一声天啊什么的，"连他们都是我幻觉出来的。那我更要找到他们，不光为了我，为了你也得找到他们。"

"好找吗？"夏帆假装关心地问。

"都有十年以上没见过面了，不过真要找还是有办法的。"

在夏帆看来这只是为找不到人而先找的托词。

我很敏感她的反应，看到她的脸上掠过一道笑。尽管黑暗中，我还是感到这种笑从来没在她脸上看过。

突然她想到什么新证据，撩开被子，侧着身跪在我前面。

"对了，还有件事，我说了你别恼火啊，你的朋友赵经纬，多年前，逢人都说他的姨父是部长，而我们知道他并没有一个部长姨父，是他虚构出来的。虚构。但他说多了，连他自己也相信真有这么个姨父，都没把自己当骗子。"

我态度严肃地说，"你怎么把他拉过来了？这能一样吗？你知道我很讲道德，在现实生活中，是我的就是我的，不是我的就不是我的。我从来不沾别人的光，那么，如果器官假说不是我的，我还非要死乞白赖地往自己怀里搂干吗？什么叫虚构？几十年来，你我同吃同睡同劳动，你最了解我。纵向一比，一个从来没沾光的人为什么非要这样，难道不让你惊醒吗？"

她的注意力全部集中在器官假说以及由它造成的诸多问题上。诸多问题包括是不是我本人所发现的？既然绝对给以否定，就得找出否定的理由，同时，她还要探寻我为什么非要说成自己的发现？一个人非要去做一件不应该的事，那就一定有他的原因。那么我的原因又是什么？是幻觉？是功名？是为了初恋？这三个是她人生经验能够猜测到的，但她以对我的了解都不那么令人信服，一定还有其他的，甚至超出了她的认知范围。一个未知的地带，这对一个秉性单纯的人很复杂，她觉得两人中间矗立着一堵看不见的墙，墙上有很多斑点。

第五章

凡人中的先知

25

冬天过去了,冬天过去的显著标志不是树枝的湿润,而是停了集中供暖。三月十五日供暖停后的第二天,屋里还有余温,第三天也还行,到了第四天室内的温度就降了下来。后半夜,万籁俱寂,原先被温暖的舒服的金属电器,木质家具,按热胀冷缩原理进行着轻微的声响,虫爬似的,瓷器开片似的,偶尔还会清脆地嘣一声。屏气倾耳,隐隐还能听到踩着地毯的悄悄的脚步。墙上的画像轻轻下来的感觉。失眠的我听到这些细微的音响,怀疑自己真的有了幻听。

在这之前,大夫们和夏帆针对我的器官假说都提出过只是失眠状态下的幻觉。此刻,那些从来没有听到的声音,大概真的是幻听。我偷偷下了床来到夏帆的屋里,怕惊吓着她,又退出来开了客厅的灯,有了清晰的身影这才站在卧室门口敲了几下,笃笃笃的声音将夏帆唤醒。我轻声地告诉她屋子里是不是有声音,很细微的。她手支着头,侧身听着,按照她对生活的理解,老公半夜叫醒她应该是门或窗方面的声响,那里有个窃贼在撬门或窗。

我之所以叫醒她,是请她听听我听到的声音,如果她也听到了,那就是一种来自外部的声音;如果她听不到,很可能是来自我内在的幻听。那种声音不像自来水只要开了龙头就一个劲儿地流,而是不定时,响了下就像释放了,不定什么时候再响一下,而家具那么多,温度也是在难以察觉中微弱地下降,物理性的声音也就在相对的间隔才来这么一声。对一个睡眠的人,就不能一直那么蹲候。夏帆凝神老长时间还是没有听到，但为了让我放心，她说了谎，没有共鸣地咬着耳朵轻语，"他走了。""谁走了？"她指指门的方向，又指指窗。"他。"笼子里发出哼叽哼叽快乐的呻吟，那狗肯定正做春心荡漾的梦。

第二天，我坐在餐桌上提起半夜的事。夏帆对半夜的事已经淡忘，"看来还是幻听。这再次证明我前些天说得对。"从她的角度来看，她的推理很正确。但我自己知道这次幻听和她说的幻觉是两回事。我知道我这边是真的，我曾给三个人说过器官假说也是真的。这需要一个个地取证，好放在夏帆的面前。在没有取证成功之前，夏帆无法相信。然而昨天晚上的声音就是另外一回事了。那种虫子爬的，偶尔一下清脆又微弱的开裂声（事实上，就是书柜瓷器的开裂声，只是过去没有失眠过，这种声音在白天听不到，夜晚虽静也听不到。只有失眠时那种声音才静静地像花一样开放），就没有什么可佐以证明的了。

现在，我站在了人类的高度有了从来没有的使命感，常常惊异地发出赞叹，同样又身不由己地用大脑去关注自己的器官的各种行为、功能和细微的体验。

五官的各种细微体验感受之中，我在深夜中用耳朵谛听外界的声音，回想着用眼睛在不同场合看到的爱因斯坦的头像，我的鼻子直到四十年后还存留着学校楼梯拐角初恋燕妮的淡淡的少女的一丝清香。

我的五个对外部感受的器官在意识的作用下，每时每刻都对外发生着对应的感受，这种高度的敏感已经让我既兴奋又痛苦。最自然的状态是无状态，不知道它们五个的存在。现在，它们五个纷纷登场，以各自固有的身份去亮相和表演。

"老公，"她故显柔情的口气，"你得改变生活方式。"

我知道这里有一个暗示的定性。"怎么改变？"

"得把你的器官假说放一放。"她将"你的"两字压得很重。言外之意这个"你的"只是引号里的，不一定是"你的"。同时还有种责备，你现在的失眠和因失眠造成的问题都来自你的假说。夏帆说："我们学校一老师，也有失眠症，什么药都吃了什么运动都做了，没用。去年暑假，徒步走了一星期，一天六十里地，到王屋山就治好了。他得出了最高端又最原始的结论，人是动物。用动物的方法治百病。"

我很吃惊，"动物的方法？"

她见我生气，换了种说法，人是动物，其实还是人的方法。你必须去健身房锻炼，从解决人是动物这个基本点入手，解决失眠也就解决幻觉，解决了幻觉也就解决了器官假说，还有那三个根本不存在的证人。

26

夏帆为了拯救我的健康，将我降到动物的层面恰恰是我最不愿意听到的。这也是我和她的矛盾点。我的器官假说对人类来说是超人是神话，她不能正确地理解也就算了，反而还用动物法则来劝导我。

不是神话又是什么呢？先是炽热的单恋，继而一场神启的梦，再就是将梦中的器官假说记录下来献给初恋的情书。这都是事实。我试着想，如果没有初恋，会不会有这个梦呢？如果没有情书，会不会这场梦就给忘了呢？这倒是个很有趣味的假设。一场神启的梦对一个青年人通过情书这种炽热的载体给以承接下来。如此说来，正是初恋以情书的独特方式拯救了我的器官假说，它默默混迹在尘世之中，潜伏四十年，在地球的一隅等待着大洋彼岸的引力波。

这个初恋其实就是为器官假说而来的。顺着这个思路，我是越来越觉得初恋不是一般的初恋了。她是使者，四十年后才看清她的使命。我要带着朝圣的崇高之情将初恋找回。这么一来，我就有了种超越世俗的先知感，我抬头再望天空，都不一样了。我想起了尼采说过，攀登自己，俯瞰自己。

从命运和劫数上说，这人不定什么时候就转运和遇难。它们就在无形的地方等候着你，露出微笑或牙齿。多年以来，我一直以为自己是芸芸众生的一员，可是器官假说的重新问世一反这种偏见，我忽然发现自己并不是自己以为的那样，也不是别人以为的那样。我其实很了不起。只是以寻常的面貌掩盖了自己真实的一面。仿佛给自己鼓励，放纵地说吧，自己的故事其实已经超出了世俗层面，濒临神话。

这天早上我和夏帆吵了一架，完全和器官假说、幻觉、爱因斯坦没有丁点儿关系。她喂了狗，就直接去开冰箱。我指责她没有洗手怎么开冰箱，还动作如此流畅。放在过去，她会沉默或狡辩，比如说早上时间紧张云云，通常不认错。而这回则一点儿不含糊地顶撞起来。

"我这错和你的错相比小一百倍。你的错我是什么态度对你的？"

"你先说你不洗手开冰箱对不对？"

"你一天到晚神神经经对不对？"

我知道她指什么，"这是两回事！不能混在一起谈！"

"一回事。"她到衣架前换衣服。

我恼火了，堵着路，"两回事！"

"一回事。"她撞开我，"你是什么态度！"

她摔门而去。楼梯上还传来她的怒吼，"看看你吧！神……"

看看我？我在屋里抱屈地走来走去，看看我？这个世界就是这德行，你说自己什么不算数，得由别人说。你是什么和不是什么都得别人来裁定。什么叫自己？我眼中的我和她眼中的我不是一个人，就是自己。那些本来孤立的，偶发的，在特定的眼光中，总会被误会的大网罩到一个筐里，你休想挣脱。

多种标准交织而制造的混乱境地掩盖了一个简单的真相。如果套用一种公式那就真的简单了。公式应是"正常 PK 非正常"。

器官假说本身作为一种关乎人类科学的假说，正常；但是和平凡人的我有什么关系，就不正常。

器官假说若和伟大诗人的诗与科学家的发明来自于梦，正常；但是放在普通的做了大量春梦的我身上，不正常，非常地不正常。

当一个人为自己的名义申辩时，正常；但是落在我身上的强调所谓的事实真相，就不正常。

一个人寻找出足以证明自己真相的凭据，正常；但是像我这种只能从三个不知哪来的朋友那里查验的证据，就不正常。

不正常就是失常。失常就是行为失常，行为失常其实就是精神失常。换句话说，我花费那么多的时间去寻找去查证试图让人们信服的一个奇迹，到头来恰恰反证出本人的精神有毛病。精神正常的话就不会做那一系列失常的事。

面对这从来没有听到过，更没遇到过的器官事件，夏帆做出的反应当然很正常。我看到她做了种种努力，其中诱使自己相信这只是我生命中的一个阶段性的奇异山峰，用不了多久会过去的。当她诱使无效，又强迫自己（诱使可以让自己假装信服自己，其姿态比较松弛，而强迫则能看到有种外力了），去相信我是真的，一切都是我所说所做的那样子。这种强迫多少有点用力过度而狰狞。这种狰狞感她从来没有体验过，现在，这种狰狞感就在一片长期温和、柔软的心里像藤条纠缠着长了出来。

27

中午没有联系，晚上还没有联系，我知道只要我不联系，她不会回家，就下楼去学校找她。我走在细密的春雨里，头发湿漉漉。

我离学校越近，越能从她的角度来看我的问题。我仿佛看到她独自一人留在学校，陷入一种无枝可依的空洞。如果这件事发生在别人身上，她会明确地下定义，一个妄想症，一个想成名成疯的，一个贪天之功为己有的骗子，等等。它们是那么现成，那么好使，那么痛快地嘲笑一番扬长而去。

现在，我替她想，因为是家人，一个朝夕相处三十年的人，以上的词汇就难用上了。这除了情感因素外，还有一点更重要，她了解我的其他好处和长处，它们混为一体而挑剔不开，评价总是以一种不乐意的心理为背景，在字与词的缝里盘绕。

我还替她想，正是夫妻的特殊关系决定了她不能转身离去。一种责任还维系着。要不是这种夫妻，她才不管我是什么精神病不精神病呢，而我也同样为此叫苦不迭。我心里绝望地叫着，要不是她是自己的老婆，我才不费口舌说服她呢。

夜幕下的春雨中，我们在校园里徘徊。这种校园氛围更符合我们所谈的话题。一个中学生有没有能力发现器官假说？

夏帆说她一天来也在思考这个问题。前些日子，她绝望地看到假说是引力波给波了出来。而近日来，她改变了这种看法。退一万步，她勉强同意器官假说和四十年前沾上了边儿。你当年看了一些你说的哲学书，有梅林写的《马克思传》，还有《人类在地球的位置》《宇宙之谜》《自然辩证法》等等，会不会看了其中的一本，有器、官、假说的说法，留在脑海中，在晚上做了梦就以为是自己的了？因为在学校，这种职业环境，她无意识地用了师生间的提问口气。我也无意识地改用学生口气回答。

"你还是在说记忆错误的问题，我也曾经怕这样，又专门找到这些书看，看，看，看，没有。"

"那要是再后几年呢？"夏帆启发地问。

我一时给问晕了，"什么以后几年？我是在十六岁就写出来了。"

夏帆说这话的预设前提还是质疑十六岁，不信十六岁将这论文当成什么情书。十六岁的学生只能做十六岁的事。更重要的是，她本人也真真切切地经历过十六岁。

我也再次解说，当年梦到器官假说只是觉得很新奇。我以为像我这样普通的中学生都能有的发见，绝对早已经面世了。我的注意力在初恋这件事上。在当时它的意义就是给初恋的一封高级的情书，它的意义就是一封情书。

这是夏帆最在意的一个人物。"这个初恋，你过去从来没有给我说过，你给我说过你的初恋是大一的那个女生。我也一直以为是她。看来我太相信你了。"

"我是有所隐瞒。"我必须承认，同时又必须解释，"我没有说初恋在中学时期，因为禁欲时代，难以发生。当时确实很少人有过初恋经历，我们班也就几个坏生，那也只是流氓性质。正常的正当的几乎没有。你我同龄人，这情景你当然知道。"

她嘲讽地说，"没看出来，这里还有个时代的先锋呢。"

我有点自豪地，"前先锋。"

她听不得我这种口气，"我问你，你这初恋，你最好的朋友知道不？"

"不知。"

"那你自豪什么？"

"这是什么话，我时代先锋和别人知道不知道有什么干系？"

"当然有了。你的事别人不知道，别人的事你也不知道。你凭什么说别人就没有和你一样的初恋呢？"

"我知道他们没有。"

"他们也知道你没有。但你有。是不是呢？"

"你这是推论。我们讲的是现实。"

"我最听不得你这话了，你讲的是现实是你的现实，我讲的现实是我的现实。我当时上的中学，就有两个女生打胎。我们听了五雷轰顶，谁也不相信，平常多老实本分啊，其中一个转学了，一个失踪听说死了。"

我脑中是人类的带疯魔的大命题，她却在最边界的角落抛下两个打胎生。"你说这是什么意思？"

夏帆宣布她的宗旨，"我要对你说，你不要以为自己多么多么地与众不同。你不是个超越者，你是个普通人。你只是写封情书，人家都上床睡了，还怀上了不知谁的孩子。"

我现在最讨厌她这种话。她非把我当成平凡的人，这没什么，可我有了器官假说就应该改变既往的认识。器官假说是一回事，平凡生活又是另一回事。她现在又拿初恋来否定我，还企图说不如其他的人。

她的声音有点飘，在操场飘了个扇形，"这话就太奇怪啦。器官假说当成情书给你的初恋是不是你说的？"

"是我说的。"

"你都把你认为最了不起的发现当成情书，送给初恋了，我只是说同一个时期人家都上床睡 N 觉，比你走得远又怎么了？"

"这里有根本差别！"我受侮顶她，"他们上床是比情书走得远。差别就在这里，上床是世俗的，而情书，则是通向爱神大门的。"

我叫道："你现在有个非常危险的倾向，总是用其他的事情把我拉到平凡中，好用平凡限定我不可能搞出那个伟大的发见。"

"什么叫危险倾向？"她转了身体，还用手向校园的教学楼和实验楼指了一指。"什么事情都要有逻辑性，你的器官假说也逃不脱逻辑，基本的逻辑应该是这样的。十六岁——梦——情书，这算第一阶段。大学——相对论——拾起器官来论证，这是第二阶段。第三阶段呢，就是和我结婚以来的这三十年，我经常看到你查资料，打电脑，修改论著，披阅五遍，几十万字的厚书——《器官假说之发见》。并且隔三差五给我说进展，正在你写着说着，突然引力波从天而降，大运撞来了，你就在这波中应运而生，或者叫横空出世，推出巨著。这会儿一拨一拨的记者排队采访你呢。这才叫逻辑。而你呢，什么都没有，没有发布会，没有记者采访，而是在老婆校园里跟老婆吵架。这就是我看到的事实部分。"

"你说得对，"我佩服地竖起拇指，"这是我们近年来你说得最棒的一番话。这是我的问题。你说得对。"

"当然是你的问题了，说到底你就是拒绝当普通人。"

"这可是你最近一段时间说得最差的一句话了。你怎么还不明白呀？我，不是我不想当普通人。我都当一辈子普通人了，它早就成了钢筋混凝土把我固化，我完全可以再当下去。再当下去！问题是，我身上发生了很大很重要的变化，这种变化决定了凡是这种人已经不能再是普通人了。我恳求地问，你为什么就不能用我的眼光来看看我？"

"我我我我。你总是我我。你让我用你的眼睛看你，你为什么就不能用我的眼睛看你？"

我和她争执的焦点其实是"谁"的问题。这个"谁"的问题，也是近期若隐若现的问题。谁发见了器官假说谁就是先知，这点有疑义吗？我问，她还没回答，我接着说，好，没有。如果这"谁"是他人，那个他人就可以是先知，这点有疑义吗？好，没有。现在，这个"谁"是我，那么先知就是我，这点有疑义没有？好，我渴望听到夏帆说，没有。

可她很干脆地说，"当然有！正是这个问题导致了我们的冲突。"

我用最低微的声音号叫："怎么到谁都可以，偏偏轮到我就不行了？总得讲逻辑吧？"

"你给我讲逻辑？我刚才不是给你逻辑了吗？好吧，咱们再逻辑逻辑，我们用三段论推算一下吧。"

怎么出来个三段论？凭直觉我会败在三段论脚下的。

夏帆未说已胜的样子，"钱在钱包里，钱包在你兜里，那么钱也在你的兜里。大前提，小前提，结论。对不对？对。那么用三段论来推你，就推不下去。你自己给我推推。"

"大前提，只有先知才能发见器官假说；小前提，我发见了器官假说；结论，我是先知。"我知道她不认账。

当然不认账，她说，"大前提有，先知发见器官假说；小前提，你和器官假说的关系，还含糊得很。也只是你一家之言，也是争议焦点。小前提，尚待考，如何下结论？"

28

我看到了彼此进入了死胡同，我在旁边走了一会儿，环篮球架转了两圈之后，焦点还在于这个"谁"是谁？

如果将我改为第三人称，我说的我就不再是我了，而成了他，这个"谁"是"他"呢？"他"就不是普通人了，是一个发见者！这一改就顺畅多了，好像在为别人辩护，而为别人辩护不但没有顾虑，更重要的是还平添了铁肩担道义的豪情。

"我们要给他一个名分！"我转过身用手指着刚才站的位置，那里空着。

"他，什么他？"

"这个他其实是我。换个名分。"

"你想给你什么名分？"

"我想给他一个不是普通人的名分。"

夏帆真是一根筋，"可你就是……"

我打断道，转身指着空位，"他！"

"他？"

"对，不是我，是他！"

她看着空位，"不是你，是他？"

"对，他！"

"好吧，他就他吧。"她明白了，大步走向前，用踢的步态穿过那个空位。

这种角色的转换让我顺畅地吐了口气，"他吃亏就吃亏在他太把他当普通人了。他太世俗了。梦见器官假说，在当时的意义也就是给初恋的一个有价值的情书。从这点上看，他就是一个凡夫俗子。他没想到也不可能想到对人类的伟大贡献启迪。还有，长期以来他以为在他之前绝对有人，有许多人，都提到过。直到现在，四十年以后才知道原来没有。这么简单的问题怎么没有人提到过呢？这太难以置信了。也太让人愤怒了！非等他这个普通人来发现，对人类的伟大从根本上进行怀疑。以此类推，还有多少世界的真谛笼罩在黑暗中。宗教那么多先知，科学那么多巨擘，哲学那么多大师，成千上万人都在忙什么呢？他是越说越气。你们哪怕有一个提出来，不就没他什么事了吗？"

夏帆说："现在也没你什么事。"

"他！"我提示她说。"不是我，是他！"

"现在也没他什么事。"

"晚了！夏老师！！"我从刚才的低声愤怒地抬到号叫高度，我渴望器官假说将我划分为两个，将我从过去的泥土中连根拔起。

"晚了！一个智力难度这么小的真谛，在人类五千年文明后的今天，既然落到他手里，那就是他的。这样就反证出他确实是个先知。他天天晚上做梦，在空中飞，飞过来飞过去，停都停不下来。那么多的罪能白受吗？好好的觉不让睡，吓得直哭。"

我是太伤心了，想到在空中哭得悲伤，我的鼻子立刻酸了一大截，泪也就涌出来，想到一个凡夫的肩膀担负着这重如地球的使命，更加觉得自己可怜，又不由得抽泣。

这一哭两人的关系给哭近了。夏帆拿手巾帮我擦。

我越想越委屈，这世道太不公了，也不知怎么就溜出一句，"我知道你听不得我说我不是凡人。如果你听不得我是先知，那么，咱就换个说法，我就是凡人中的先知，或叫先知中的凡人，要不叫作不是先知的先知？"

"不是先知的先知？"

"你也不要把先知当成多大的事，翻翻《圣经》，先知多得很。你最好把先知定义在先知先觉上，其实没什么了不起的。器官假说正好达到了先知先觉上，别人不知，我知。"

夏帆慢吞吞地拉长声音，"转了半天那还不是先知？"

第六章

糊涂药

29

失眠是种连精密仪器也拍不出图像和曲线的病。一夜失眠，白天的情绪全部浸透在灰色之中，脑子里好像有一堆炉渣。一堆能量消尽的炉渣。我有个观点，你的身体到了哪一级，你的世界观就跟到哪一级。坐在轮椅上，地球运转的速度对你来说就和正常人有差异。心脏病、肝病、前列腺炎患者的人生观，也会随着肉体的疼痛处于精神呻吟状态。在智障的眼里，世界是停滞的，而一个疯子呢，地球上的万事万物充满着欢乐。深陷失眠的我，糟糕的情绪需要排遣，排遣又只能在没有危险的地方，而最没危险的地方只有家里。有一天，我写不下器官假说了，跟夏帆又抱怨失眠造成的痛苦。

刚说到一半，夏帆不耐烦了，打断我的话再次痛斥一团糟的生活全来自于这器官假说。在没有它之前，我们过得好好的，而它出现的这些日子，一切全乱了。她说咱们对这个假说也进行了争论，可是你有你的事实，我有我的推理，我想说服你，你也想说服我，结果就乱上添乱就乱了套。怎么办呢？要想得到解决，就把器官假说放下。我也算看明白了，这事否定不了抛弃不了，只有放下，暂时放下，等你养够了精神，再回头拾起来。她很形象地做个放下动作，往前走了几步再转身回来，弯腰拎个什么东西。

"我都放下四十年了。"

"所以你很正常地活了四十年。"

夏帆精辟地给出答案，"自从你拿起来，人就发生故障。你的病根在于你得了'假说病'，要想治好就得放下，放下。"

我认同地点头，决定先放下，等恢复好了，变得正常之后再拿起不迟。可我看着她弯腰做的放下的虚拟动作，觉得不大妥当，器官假说是思想，不能像什么物件有个形体，想放下一松手，想拎起伸胳膊。这就涉及怎么放下的问题了。夏帆又给了方案，学糊涂。人一糊涂万事休。我说道理我懂，只是怎么才能学糊涂？她走到洗衣机旁，翻开盖，捞出衣服。她说学糊涂说到底就是练就一颗平常心。我一听平常心还得练那更麻烦，她这才觉得说过了头，补着笑说其实没那么麻烦，就是从日常生活中点点滴滴做起。她走到阳台搭衣服，顺便就把跟着她脚后跟玩的小狗推荐给我，你把注意力放在狗身上试试。她见我恼怒地做出踢狗的动作，知道我受到了打击，从人类的创世式发见堕落到与狗为伍这太歹毒了吧。她急忙腾出一只手竖脸前，做出抱歉讨饶的样子。

"你现在需要玩物丧志。不在乎这几天，走出户外，游泳，等失眠治好了，咱再日行千里。"

30

好吧，那就暂时与狗为伍吧。除了在家里逗它玩，在外面遛的时间也尽量延长点。我对狗是有相当透彻的观察，与生俱来的天性时常叫我着迷。从打幼儿它就和父母失散了，走入到一家一户充当宠物，那种讨好主人的天生本领，常常让我暗暗惊诧。比如勇敢，走在大街上，总要碰上其他小狗，开始咬斗的时候，仅是自在行为，后来我就用鼓励的口气煽动它斗，它就胆量陡增，蹿上去扑，当我挑起大拇指赞扬，就意犹未尽，见多大的狗，它总是踏踏踏地踏着蹄花冲上去。蹄花，是一个诗人朋友给命名的。宾宾在快步行走时，有种弹跳空中的动作，四脚在律动中频频交换，像是舞动的花。这个独特的姿态经常被行人夸赞，却只那个诗人赋予了灵动的诗意。在大多情况下，只要拴着绳子，小狗都显得狂怒，它们知道这里有种疆界，根本斗不成；若无绳子，也就没了边界反而不争不斗，装着有什么其他大事挨边上匆匆溜走。这点和人类一样，国界就是绳子。但是，宾宾为了让我高兴，冲上去真咬。再就是自保的天性，尽管对主人一万个信任，只要是第一次吃的东西，总会叼着跑进笼里仔细地舔，嗅，试着吃一点，依照本能的准确测试，才一点点放心地吃下去。这种没有父母的交代，也没有老师的培养，就这么天生地自我戒备和保护。我们人类对食物的好坏的判断是前人教育的，而一条狗，从最小的未知的生物，天天跟着最可靠的主人，怎么就知道对每一个新的从未吃过的东西，进行全面详细的检查呢？它的意识从何而来？如果，我想，如果它在几年内有过一次吃过什么东西而上当过，可以用吃一堑长一智，然而没有，一次都没有，怎么就有了一种极其牢固的明确的安全意识呢？从何而来？我每次都惊异地站在笼子边观赏。还有狗的忠诚，有一次，我故意大门开条缝，狗就警觉地蹲在门口，一蹲就是大半天。当然卫生方面狗就差远了，总是用鼻子贴着地皮嗅来嗅去，寻找异性的尿液。远不如猫。我很早以前收养过流浪猫，"猫盖屎"一直是我为之奇异的地方。小猫自己喵喵地叫着径直找个地方，先在土里刨出个小坑，非常有仪式感地蹲在坑上拉，这时候它的神态很端庄，看着前方，你怎么逗它都不理睬。最有趣的是，小猫拉完，去嗅嗅，再认真负责地将刨开的土一拨一撩埋屎。所有的猫都有这种天赋，欧洲和美洲的，亚洲和非洲的，全世界的猫都这样，第一个家族是怎么散布在全球各地？遗传密码又是怎么传承在每个猫身上呢？

　　每天都去健身中心游泳。然后以平常心逛市场，我极少在不买东西的时候去转，但是失眠造成的痛苦以及为了改善睡眠，我装着有什么事似的去商场转来转去。

　　几天下来，躺在床上还是睡不成。

31

　　"你这态度不大正确，糊涂是种境界。"夏帆看到我和狗玩得很开心，诚恳地告诉我，这糊涂的境界得一步步地学。顺其自然。多年来你养成了办事认真的好品质，现在倒成了一种问题和负担了。你和狗玩就玩呗，还动不动给我分析它的什么天性，和猫有什么区别。

"顺其自然？你让一个不糊涂的人非要努力地去糊涂，这本身就是反自然的。按照这个路子走下去，我越来越是反自然了。"

夏帆失望地叹口气，"瞧，你又犯了认真的毛病。"

"约束自己不看、不说、不想，太难了。这可比吃中药还苦，这糊涂药我不想吃了。"

"断然不可，"夏帆刚放松两天，看我又闹着要回去，马上忧心忡忡了，"这才几天呀就打退堂鼓，做什么都是万事开头难，既然糊涂是药，你就得读读这方面的书，看看人家怎么吃，这还没到修炼的边沿呢。糊涂药治百病，你这才吃两天呢。"

我不能改变去换了一个人，"我憋得慌，看什么不好装不成，堵在心里更难受，躺在床上，气得更睡不着觉了。"

"那我问问，人家为什么能做到，你就做不到？"

"话不能这么说，人和人不一样。这一，他本身就是个糊涂蛋，怕人家说他，就以糊涂是境界为自己辩护；第二，是对自己的人生失败的一种认命，发财没了希望，工作没了希望，家庭也就那么回事，又不甘心没有希望，又得为没有希望给个好听的，给自己找个有水准的理由，那就是糊涂。糊涂在这时候已经是万般无奈的代名词了。"

"真不知你的优越感从何而来，连糊涂这么简单的事都学不会。"

"这两天我反复琢磨这个问题，你说糊涂是种境界，正好说反了，境界才导致糊涂呢。人家糊涂是人家进入了一种境界，什么境界，比如灾难，一定要对所谓的'看破'进行看破。才会不得不糊涂。我这儿好好的凭什么犯糊涂？"

"什么好好的，你不是失眠，你不是……"她嘴里含着"幻觉"没说出来，只说了三分之一。

"我是失眠，可我经过几天的努力发现，用糊涂并不能解决。这些晚上，我在失眠的时候反复思考关于糊涂的问题。结果发现这糊涂其实是特殊的境遇，而不是你说的境界。境界和境遇可是两回事。我们不能就糊涂而糊涂，你说别人能糊涂我为什么不能？那是我没走到那个境遇。或者说，我的性格决定我走不到那个境遇。比方说，面对困难，很多人绕着走，遇到危险缩着头，我是这种人吗？不是。我就不是。三十年来我不是一直很狂吗？张嘴'拿下'，闭嘴'干掉'。"

夏帆皱眉认命的样子，又琢磨道，"要不你装装，不是有一种说法叫装糊涂吗？也许装着装着就真糊涂了。我是老师，知道学习的途径有很多种。"

"夏老师好，你是铁了心，立志叫你老公糊涂了。"

"既然有好处就应该去努力，你刚才说得那么多，只能说明你真的没放下，还端着。"

我批评检讨自己而不是为自己辩护，归根结底还落到器官假说上。"我最大的错误像你前几天说的，二十年前就该想起来这事了，那时有精力，为自己的发见而持之以恒，不懈努力。怎么会出现现在这种情况？你都发现了，就应抓着，居然浑浑然地放下，这简直是对自己的犯罪，对人类的……"

夏帆推翻先前的看法，"这可不一定，你以为你给人类一个创造和提示，有了神圣感和历史的责任。说不定你是人类麻烦的制造者哩。本来人类好好的，地球也安安静静，你这假说一发布，非把世界给搅乱不可。我是最有体会的人了，这一个月你搅乱了睡眠，也搅乱了我的生活。"说到这句话，她就把自己搞成了受害者，"不行！你不能这样对人类不负责，你发现的问题，并不能用科学技术再派生出来。器官多一个不成，少一个也不成。没有就是没有，可你这一发布，招惹所有人都一天到晚在身上找来找去。那些有六个指头的，尾骨多出一节的，鼻孔望天的，都非失去理智不可，这种挑唆其实是更大的犯罪。历史早就证明了这一点，自从哥白尼和牛顿发现了地球和太阳的关系，我们的世界就乱了，后来又出现了达尔文和爱因斯坦，把这个世界搞得更乱了。退一万步，人家搞的东西可以在努力中实践，你的怎么办？你的假说即使对了，也不能产生出来。这就进入了死结。"

"你这是典型的反智，我今天才发现你让我学糊涂，是你身上天生有种道家的无为倾向。"

夏帆不管什么道家，"这不是贡献，而是对人类的犯罪呢！"

32

平时在家里，我们俩各有各的活动领域，各忙各的。客厅里的电视，也是一个人看一个人瞅几眼就离开。唯有一个地方，必须聚首，那就是吃饭的餐桌。现在，因质疑引发的问题就成了第三者，插足其间。我们的餐桌上，除了摆了菜、饭，还摆一碗一碗的矛盾。这些看不见的一碗碗矛盾，每到吃饭的时候准时到场。一天晚上，我们刚吃几筷子便拌起嘴，为了中止这种混乱，夏帆起身去她的卧室，写了三个大字"糊涂药"，跑出来贴在客厅。好像找到了一面旗帜，一把宝剑，一条救生船。她用手捣捣，给我以形象的提示。接着一周，只要遇到似是而非谈论器官假说的时候，她都会一甩袖子指那三个字。

有天傍晚，又发生了争吵。我要反驳，也有反驳的理由，她又甩袖子去指墙上。突然，我说的突然绝对类似于禅宗的顿悟，当我说到"是这样的……"四个字，一下子闭上了嘴。那四个字便停在空中，连后面省略号也停在空中。我换了种方式，一头钻进厨房，将小米粥又加进许多黄面，打开火，烧了一会儿，便端上来一碗稠糊糊的面汤。

夏帆看着坨在一起的面汤，挑两筷子，很奇怪这是怎么做的。

我要的就是她生气，"面放多了一点儿。"

"一点儿？这是八点，再说，你看着多，可以加水呀？"

"你也真是，不就是稠了点儿，值得动这么大的气？"

"多加点水嘛。"

我以欣赏的眼光看着碗里的东西，"糊涂药。"

"就知道你这是故意找茬儿。"

"你不喜欢赞扬糊涂?"

"这是做饭,要吃的!"

"夏老师,你总在说,遇事糊涂。可面对这碗糊涂,你可不大糊涂。近日来,你糊来涂去,好像找到了制胜的法宝,真的遇到你可一点儿不含糊哩。所以说,在字面上看,糊涂是种境界很中听,还有诗意,兜点小哲理,甚至玄学,可真给你端一碗糊涂就不买账了。"

夏帆明白我的险恶,她是用过誓言表示过遇事糊涂,那么,面对人家故意的试验,她却没有糊涂,为了表示自己的转变,便拿起筷子快乐地吃了。

我半严肃地问,"思想一转变,糊涂也不那么难看了,也没有那么难吃了?"

"我把它当果冻吃。"夏帆吸溜着。

第三天,因为我跟孟勖联系见面的事,她又生气地给我上课。我钻进厨房又端了两碗果冻级的面汤出来。

她当即把筷子拍到桌上,我抬头示意墙上糊涂药那三个字,她马上意识到这还是对自己的考验,重新拾起筷子,非常勉强地,一点点地挑着。两人的嘴不再说话,而是对付面汤,默默吸溜,满屋晃荡流质的声音。我挑起一块果冻欣赏,有棱角的果冻,从筷子上颤悠悠地滑下来。等吸溜完,她愤愤地瞪着空碗。

"你打算做多少回吧?"

我料她会这么问,把在嘴边的话闪挪出去,"这看情景而定,直到你不再说糊涂药治百病为止。"

"不,我会坚持的。"

"不,我会坚持的。"

"你是说,我们的餐桌上要经常出现这种玩意儿?"

"你是说,我们的餐桌上要经常出现这种玩意儿?"

她问,"你喜欢吃吗?"

我学,"你喜欢吃吗?"

"为了给我直观教学,你宁愿作陪?"她用手指我不准我再模仿。

我装着挨了一枪，往椅后靠，"有的口味是慢慢培养的，多吃几回就好了。"

"再慢慢下去，你家老婆会被别人拐跑的。"

"那就谢了，你这边跑我那边就去找夏老师。"

夏帆鼓着嘴长长地吐口气，由于从来没有在吃稠糊糊的面汤时长长地出口气，嘴里面飞溅出点点星光，她慌忙用手捂着。

轮到我讲课了。

"我要让你深刻地认识到，事情没做好，用糊涂来抵挡是种毒害很大的谬论。哦，凡是遇到问题，都以糊涂为借口躲避。你会在错误的路上继续走，我也一样，在错误的路上继续走。我们的一切都将会在糊涂中毁灭。"

她看看我身后，又来老一套，我只要回头她准会将碗里剩下的糊涂倒我碗里。我盯着她的碗，说，"所以嘛，中国的这种特色糊涂学是经不起检验的。还有没有没有听懂的同学？下课！"

我的下课还没说完肚子上挨了一拳。

第七章

课题组

33

　　器官假说成了横插进来的第三者，一个幽灵，搅乱了我们的生活。我们进入了从未有过的"晦涩"，而晦涩总是那么难懂。当晦涩和难懂进入日常生活中，又会派发奇异的情景，比如她犯了"突然症"。也就是说，她会"突然"停下来发呆，"突然"问个莫名其妙的事情，还"突然"冷笑一声两声不等。有一次，她突然摇了下手腕，做个甩出去的手势，那个看似简单，可是从手腕到手掌再到手指都透着复杂的手语，包含了争辩又无力，屈辱又难辨的意味。这是三十年来，我见到的最复杂的一次手势。

　　两人呈现出非逻辑的关系。非逻辑并不是没有逻辑，而是逻辑的一种分离。逻辑是人们从混乱事物中力图寻找出一种必然关系和内在规律，从散乱中找出线索好让人们把握的一种模式。现在夏帆要做的正是这种事，既然我一再声明器官假说是"事实部分"，而在她看来这个事实部分其实是一系列的臆想，那么她就可以用她的逻辑部分去分片分段地审讯和取证。换句话说，夫妻的特定关系允许她在家里或户外随时随地对我的"事实部分"进行分解和剖析，再进行逻辑上的组合。如果我说的事实部分在一个内部系统里可以再循环，尤其是一个细节和另一个细节可以重复地确证，那么就有利于我了。反之，从逻辑上看，如果是幻觉，就经不起反复地核对细节。

　　这天晚上，我迷糊一会儿快睡着了，她"突然"溜进我的卧室。我像被审讯者那样躺着仰视着她出现的面孔。被审讯是我近期以来的身份。她握着我的手腕，紧了紧说，很奇怪的啊，有人说十六岁看了一些哲学书，《宇宙之谜》《人类在自然界的位置》《马克思传》，还有什么书？这些书是从哪里来的？我说我都给你讲过了，分别来自于我两个同学父亲的书架。我补充说那书架上还有禁书，比如《坎特伯雷故事集》。

还有一次正吃饭，她"突然"将筷子搽到我的筷子上，问，"男生看哲学书，这我理解，这是男人的专利。作家尤其是诗人可以有相当比例的女人，哲学家，我还没听过有哪个女人。那么我就很奇怪，为什么你将器官假说当成情书？女生能看懂吗？"这是她最核心的疑点。对此她追问过两次以上，我只得又将委托一个同学将情书转交给初恋的细节、场景，以及那个同学兴奋的表情又重复一遍。"这个人叫什么？"我再次告诉她。"为什么三十年来没有再提起过这人？"我说这不稀罕，我当时好多玩的同学后来都不来往了。你不也一样？

夏帆又一脸晦涩。我看着她，一个女人，一个妻子在用化整为零的手法侦破个个疑点。周五的晚上，她的晦涩"突然"有了新的突破：宣布双休日去附近的黄河踏春。"看樱花吧？"根据器官假说真假的问题，争论得云天雾地，也到了最后归纳厘清的时候了。她说，在游玩的两天成立一个课题组。

"围绕真与假，事实与幻觉，我们成立课题组，就是将最近发生的零乱问题系统化。"

我拖着长腔，"课题组成员都有谁呀？"

"我和他。"她故意将那晚上我在学校将"我变成他"的话挪来。

"小组一般得有三个成员。"

她看着笼里的宾宾，抬脚用脚尖指指，增补为候补成员。

34

第二天早上，我们驾驶汽车，上了高速，向黄河进发。宾宾最喜欢坐车外出，它总是前爪搭在台面，后脚站在夏帆的腿上，很神气地看着前方。神气之余还时不时扭过头看我，让我知道它正在很神气。它晶莹纯净的眼睛太迷人了，我对它吐舌头，它又很神气地正视前方。夏帆拿出一个准备好的黑色大笔记本在我眼前晃晃，打开扉页记下。"课题组专用"。

"围绕着它的诞生和形成，怎么问世的，什么条件下问世的，为什么是你让它问世的，到底和'那人'有关系没有。尽管这些等等我们前些日子探讨过，争论过，但不系统。今天作为课题，就让等等系统起来，态度也客观和客气下来。不能再吵闹了。方程，既然成为课题，就得用科学的精神，你同意吗？"

"同意，"我不适应还挺勉强地点头。看到她要从晦涩之河寻找登陆点，我积极配合。

"别表现得很被动的样子，作为课题对你也有好处，可以一件一件地分析，你也可以从乱麻中清晰起来。这样更……"

"我本来就清楚，是你故意装糊涂的，我觉得我说得够明白了。"

"别，这样又回到了原点。现在水很混。你说你的事实，我说我的逻辑，凑不到一块。课题组成立了，就要按科学来，把混水一撇一撇搞清亮。"

我给宾宾撇嘴，又撇了一下，每次见我做鬼脸它总是格外地认真。

"我们就从第一因说起吧。第一因。世上万事万物都有第一因。就说器官假说的第一因。"

哟，有点课题组的意思了，"第一因？什么第一因？我告诉你多次，它来自于一个梦。"

"不，不。梦不是第一因。它只是第一果。"

我觉得大有陷入经院化的危险。"我很乐意听听你的分析。怎么就成第一果了？"

"咱们不妨复一下原，"她说，"十六岁夏天的某个夜晚，你做了个梦，关于器官假说的梦，据说这梦是神启的。有了这梦就有了器官假说。就有了后来你给三个人分别说过，就有了前些天爱因斯坦的引力波，四十年后一波，就波出来你的器官假说。对不对？"

"对。"我肯定地回答。

"不对！"她断然否定。"我们现在来探讨第一因，你为什么做这个梦？"

"啧啧，这就涉嫌虚无主义了，做了就做了，我还做过其他的梦。白天学雷锋，晚上就梦见助人为乐，又正值青春期，还做了春梦。春梦你知道吗？就是和一个女人在梦中做床上运动，并射了，放在医学上有个文雅的学名，遗精。我还做过打仗的梦，当的官也不大，就一团长。器官假说是因为那阵子对世界很有了解的欲望，集中看了一些哲学书……"

夏帆对我中计发出得逞的微笑，"这才是第一因。你看了什么书？如果你不看这些书，你能不能做器官假说的梦？"

"当然不能。"

"所以说，你不能将树干当成第一因，而是树干下面的根须。"

这个提法让我意外又觉得有道理，几十年来我一直以为梦是第一因。"有道理，那么说白天的读书，读什么书才是第一因。晚上只是白天的反映？"

"读什么书还不能算是第一因，只能是第一因的一部分。"

我握着方向盘侧着头看她。"已经够可以了，第一因，还有什么其他的部分？"

"这是受你的启发，你一直在说潜意识。我搞教育几十年，知道什么叫潜意识，也知道潜意识对人的重要性。那么，我在想，你的春梦。我也知道春梦是什么玩意儿，但我是这样想的，不一定对，既然是课题组，就可以发散一些假设。"

我急于听她的假设。

"器官假说暂定是你个人的。问题是，我一直困惑的是，怎么能把它当成情书？你以为当成情书你的初恋能看得懂吗？"

"这话说过好几次了。当时年轻啊，没想这么多，我只想我要给她不同凡响的求爱，让她觉得我有水平。"

"对，这就是我要听到的话。像现在金钱社会，一个男人给女人送一辆豪车来表明自己的富有一样。那时没有钱，你就用你以为的智慧讨她的关注？"

我几秒后点头，"宾宾，你妈问得好。"

宾宾听我叫它，扭过头看我，又听到妈妈一词，很本能地将身子扭的幅度大点，这样站在腿上的小脚突然一滑，骨碌下来，窝在夏帆的脚边。

"下面我要说的是，第一因的另一部分，你是为了情书而做的梦。这话听起来很荒唐，但就你的个案来说，倒有内在的逻辑关系。你在做梦前，一直想给初恋一个贵重的东西，让她喜欢你，可又没有，就天天想，夜夜盼，默默祈祷上天给你什么东西吧。'上天赐我神物吧。'有这没有？"

我想不起来，但在当时会有这种愿望。

"白天想得多了，又在现实中不可能找到，就在梦中受到神启。"

"你这事跟胡编似的。"

"刚开始我也觉得跟编的似的，可是想着想着，总得有个道理吧，就觉得不是编的了。你听我往下说。当梦中有了贵重物，你就当即改成了情书，为什么改成了情书，这是你潜意识里的渴望。"

"你承认我这是事实部分了？"

"这是打引号的，暂时如此。为了你的事，我是费尽了心血。我还坚持我的幻觉说，但你的问题，又得在逻辑上站得住脚。两者都对，我就想到了爱因斯坦的时间弯曲。"

"我的天啊，"这回我真的大叫起来，还连按几次喇叭。我想旷野里一定响起这铁家伙的号叫。"有人把我弄到时间弯曲里了。"

宾宾没有听过时间弯曲更没有听到我大叫的还伴有喇叭的呼声，它试图抓着夏帆的腿又松了下来，吃不准该怎么办。

"是的，牛顿的那一套解释不了你和我的矛盾，三大定律，用不上，面对新的问题，只能用爱因斯坦的时间弯曲给以新解。这样就似乎、好像、宛如让人信服了。你对我也对，都对，又都有问题。"

35

夏帆说的时间弯曲其实是意识弯曲，这就是我与夏帆的矛盾所在。不能用牛顿的万有引力直观地解释。在爱因斯坦之前，太空最遥远的地方，一公里就是一公里，一万里也没有什么意义，但相对论对它们进行了改造，不仅空间可以弯曲，时间也可以弯曲了。那么人与人的关系不仅可以弯曲，意识也可以弯曲。我现在开着车，并不是奔驰在大地上，而是行驶在宇宙的模型中。速度和意识中的速度让我在茫茫的天地间飞翔。

器官假说及系列派生物对我已经构成一个又大又深的黑洞。就事实而言，它们在不同时间段一个个发生，而附着一个球体也有着滚动的轨道，是轨道不是轨迹。我指贯穿的逻辑性。然而，将它们集中一起来呈现，就显得编造和牵强，甚至整体上的混乱。初恋，梦中假说，转变情书，几十年来从没给夫人提及，却和三个朋友探讨，直到引力波轰动全球才给引出来。于是在这团乱麻中，它的真相，它的动机，它的细节，它的相互关系，统统陷入黑洞中。夏帆不相信，换了我也照样不相信。我现在，逼迫她参加一场婚姻式的舞台剧，共同诡秘探测，共同在猜疑的磕绊中匍匐前行，这是场偏离家庭触及暗礁和航灯的夜行。

我开着车向前奔驰，对面的汽车迎面驶来，里面的人像影子飘过。相对论成了一种特别的游戏，我们在飞驰的速度里体会着空间的变化。在这里有个经典的近于魔幻的故事，火车上打乒乓球。从外面看，一只球从发出到落到对方的案台，只有一秒钟，这一秒钟对火车来说已经跑出几百米了。而车厢内，像一个建筑物的房间，怎么打，球都会落到对方的案子上。

那天我和夏帆在速度中谈起幻觉和事实，车厢里的一切都是稳定的，保险的，可放心的，但是外面景象的飞速变化，仍能影响人的情绪。一片树林变成了一群飞鸟，远一点儿的楼房像大象往后奔跑，我们谈了一个小时，在飞鸟与大象之间没完没了地穿梭。

但我们面对的当然不是速度和变形问题，而是从来没遇到的，即使遇到也不相信遇到的新问题——器官假说的问题。形而上的玄妙。对人类的一种重新认识以及派生出的人类对宇宙的重新认识。

突然，我又来了次突然。突然，我有了新的认识。那就是，夏帆不是夏帆，而是夏帆们。正如那天春雨的校园，我将我改成"他"一样，一旦经过身份的转换，好往下辩解。我现在对夏帆说，"你不是你，你是你们。"我面对的是你们。你身后有着所有的人。你只是个代表。好吧，我现在和代表对话。我孤军奋战，我慷慨激昂，只要打败你，征服你，我就征服了你们所有的人。

我对夏帆发话，以我是个普通人、平凡人为先决条件，从这个决定论出发将我从天才中驱除出去，连一丁点儿概率都没有。我说驱除，这是个含有暴力的字眼，事实上，我面临的就是这种软性暴力，你们驱除我。但我身子有着真理的重心，我反抗，形成了双方的严重对峙。

汽车飞奔，扫过一个黑点。我就是在这个黑点宣布了以下事实，严重的对峙，而不是对立。这两者有差别。对峙含有进攻的意图，对立含有防备的意思。在我这边，我一直在通过种种事情来证明器官假说是我的发见。而在你那里，在你们那里，恰恰进行一系列的反证明。我一直处于恼火，急于让你——你们明白，而将这种心愿当成了强迫你们接受的诉求，而我和你——你们的矛盾和冲突，正是因为从来没遇到这种新问题。夏帆模糊地点头，她点头的霎时间，掠过一个楼盘，上面有条宣传"盛大开启"的巨幅，等她点了三次头，那个楼盘已经成了平房了。她说，"我的反求证是不是有点太专业啦，这是因为你是我的老公，好吧，课题往下进行，给你的器官假说起个名字。"她说完这话，平房已经缩成了一块砖。

36

宾宾兴奋地扒在窗前，看着过往的汽车，它还非常感谢地去舔我的手，躲都躲不及，它柔软的白色的毛茸茸的小身体非常灵巧地弯着，我的手握着方向盘，趁我一转那舌头就舔上来了。

"它不是有了名字吗？器官假说。"

"你在当年写的时候就用的这个名字吗？"

"是的。"我随口应道。

"再想一想。"

我只是装了一下，"就是这题目。"

"你要负责任地想一想，你确定这题目吗？"

"纠缠这干什么？就是这题目。"

"不可能！"她说，"从一开始第一个问题，你就遇到了麻烦，如果你说确定这个题目，对你非常不利。因为，在当年那个知识荒芜的年代，一个中学生在极有限的可怜的读物中，不可能知道有个假说，更不可能把自己的文章题目写成器官假说。我是中学教师，我可以权威性地对此定性。"

夏帆说得太对了。我当时绝对不会用这个假说的词。

"如果你非要说是，那只能说你在说谎，我们在说谎的基础上任什么都无从谈起；这对你很不利。如果不是，照样对你不利，这就再次证明人们的记忆有很大的误差，连题目都记忆误差，那文章的归属就大打折扣。"

我感觉一冷，掉到她挖的坑里了。

夏帆眨巴眨巴眼，那是初战告捷的得意，接着我的话头，"题目的事咱们也先按下不说，但她是一面镜子，再往下一步步说的时候，一定是什么就说什么，忘了就忘了。是人都具有为自己辩护的本领，你是人，也不例外。既然成立课题组，你就要是什么说什么，不要为了掩盖这个漏洞再挖出另一个漏洞了。如此这般，漏洞补漏洞就漏洞百出了。"她笑着扬声说，"到那地步，课题组就宣告——解散。"

结婚三十年，我这是第一次亲眼看到她超乎我意料的智能水平。她为了捍卫她的幻觉论，从第一步起就将我引入了矛盾的危境。

夏帆又翻开一页，"这个名字太中性，缺乏特色。咱们能不能往定理上靠一靠？牛顿定理，听起来专业，还有等等的配套故事。其实万有引力是一个自然现象，谁发现是谁的。那么在牛顿之前全人类有几千年的文明史，无数个人都看到苹果和其他东西落地，却习以为常。但给牛顿发现了，这发现就是他的了，那个苹果不再是植物上的一个果实，而升到了科学殿堂，成了明珠。那么，你的故事怎么讲，咱们这两天就集中一下，办两件事，一是'什么什么定理'，谁让那么多的人忍心不去发现呢，这也是本着谁主张谁举证的原则。第二个就是讲配套的等等故事。故事能够增加传播力。玩得最成功的就是'那人'。"

37

假说和定理我还是能够区别开的，定理是经过验证的，假说还有待于去验证。比如牛顿的三大定理，刚开始也是假说，后来顺着假说一步步向前走，去验证，并且也得到了验证，才成了定理。哥白尼的日心说，开始也是假说，达尔文的进化论，开始也是假说。可是，我的假说又和他们的不一样。哥白尼的日心说，到底太阳绕地球转，还是地球绕着太阳转，那是用眼睛和眼睛的延长器还有种种数学物理的计算给以解决；达尔文的进化论，也是可以用眼睛和其他器官一步步地从动植物身上，进行时间的历史性的对比，给以证实。他们从假说到定理，都是用既有的五个器官给以解决。而我的就非常难办了，它要假说的是，没有的器官和不知道的物质世界在对应上的问题。是"之外"的事情。你就没有法子去验证。你不能用没有的去验证不知道的。

我很难为情地，"说定理是不是大了点儿？"

"一点儿都不大！掉下来个苹果都弄出个万有，你的可比苹果高深玄妙得多了。掉下来个苹果，世界还是那个世界，你这多一个器官就愣是多出一个世界。一点儿都不大。你都默默无闻地搞了几十年了，该有足够的自信。"

"好吧，先这么说。"手握方向盘，心一虚，肩头也就往下塌。

"咦，刚才我说苹果弄出个万有引力，我突然感到启发来了，'那人'搞的引力波，其实没有什么了不起，只是在人家万有引力后面加了个波字，就成他的了？'那人'……"

"我最听不得你把'那人'，'那人''那人'地叫，人家是大科学家！"

"大科学家当然要敬重了，那是人类的事。放在我家就不行了。我家老公本来好好的，就是'那人'给波得不正常了。破坏我的家庭！"

"你才不正常呢，破坏婚姻是女的，人家一大男人破坏你什么了，你怎么到现在还囿于狭窄的小家庭呢？这是大、事、件！"我吼起来，转了口气笑道，"讲故事。"

"咱们该讲个什么样的故事呢？你看人家牛顿，只用一个苹果，啪，掉下来，故事很简单，幼儿园的小朋友都听得懂。霍金的大爆炸，也很戏剧化，一个比小米还小的东西，叭，炸开了，从此宇宙有了 138 亿年，有整有零，向四处扩散，比童话还美。可你的太复杂，听起来跟编造似的。又是梦，又是初恋，又是情书，别说小朋友，就是有着相当阅历的人都以为是编造的。"光听这番话，好似为了课题，可我注意到她的一个眼神，马上猜到这是女人的心机，测试历史深处是不是真有那个初恋。

夏帆说："原原本本地讲，太复杂。适当地有所取舍，改编后同样不失为真切。需要提炼一下。"

"这一提炼反倒假了。它就是真的，不用编。"

夏帆听这口气很生气。但不能意气用事，脸上保持着笑的风度。

"编个简单一点儿的嘛。"

一辆轿车超过去。

"是什么就说什么。"

"我不是说太复杂了。你专心开车，我先编着。"

在往下的过程中，我渐渐发现，她在压缩删减和加工中，都以自然的方式触及我和初恋的情况，以及在四十年内是否有过联系，尤其这回有没有复活的可能？

夏帆非要将器官假说在梦中诞生去掉，这在事实部分是最重要的，但很容易让人想到这是宗教迷信，借用灵通。两个少男少女的恋情和书信，这又太美化了，也有点假。"岁月将你埋藏，还得感谢那人把它挖掘了出来。咱也要像他一样，讲好故事。"

我觉得不能去掉梦，"这可是最重要最真实的地方了，在白天，我智力平平，但到了梦里，嗨，才有着非凡的天赋。"

夏帆怀疑地拿不定主意地做个鬼脸。我用手将头发揪起来拉直，好像凡·高画里的梦。又揉乱，酷似爱因斯坦的画像。

第八章

床上的第三者

38

中午到黄河湿地，入住一家农家宾馆，客人已满。吃了农家饭，休息到下午。早已经焦急了的宾宾，纵情欢畅跟着我们向河边走去，经过芦苇荡里的小木桥，迎春花这儿一丛那儿一丛，黄河湿地游玩拍照，发给外地的孩子。落日时分，到一条泊在水中晃荡的大船上吃野味。地皮菜，红烧鲤鱼，炸鸡。大家谁也不认识谁，三三两两地自顾自吃喝。夏帆陪我喝是为了让我多喝点。让我多喝点的企图是让我多说话，好从中捕捉到什么重要的信息。

课题本记了好几页了，她要进行改编，又提出初恋的那封情书的真伪。"酒后吐真言，你听听我真实的想法吧，"她看着本子说，"我真实的想法，问题在你的那封情书上。前后有三种。"她停顿，我暗暗想情书的事对她真是心结了，居然派生出三种想法。

"其中的一种是，你的记忆误差了。你有器官假说的文字，这个可以暂定为事实，可正好在那个阶段，你发生了初恋，你也给初恋写了情书，只是通常意义上的情书，这是两件事，两种文字。"她将两手分开，还嫌分得小，又一截一截地拉大。

正像她觉得我八卦一样，我听着也觉得她八卦，但我还是好奇地想听下去。看看我的故事在别人眼里能变什么怪胎。

"这是记忆误差，我也在课题本里记了下来。你得承认，一个人对过去发生的事，会张冠李戴而不自觉。我们生活了三十年，发生过多次这种记忆误差的例子。在此不一一列举了。"

"你说三种，这是其一。"

"第二种，压根儿没有初恋的情书。你当初只是想写，事实并没有执笔。你将想写的愿望当成了写的实际。我为什么这样说，你没有这个胆。你也多次说过当时是禁欲时代，谈情说爱不是男女同学的事，而是坏学生的专利，我们教导处主任就公开宣称，谁谈朋友那是流氓。这个特定历史，你胆敢诉诸文字？就像偷东西是坏人做的事，你不会去偷东西做坏事吧？"

我深深地吸气，这口气里含铅，要不是当时真的发生过这件事，我也完全同意她的分析。于是两人又进入了争辩模式。

当我试着争辩说，我不是偷东西，而叫初恋时，夏帆闭眼摇头讥讽说你那叫单相思，人家都不知道。当我替自己辩解后来她知道，我给她一封信时。夏帆又纠正地指出你那可不叫信，那是情书。当我劝她不要咬文嚼字好不好？她直通通地逼人地说，怎么咬文嚼字啦，这是课题组的要求，你说那么多连个物件都拿不出，有句话叫无证不信。我眼睁睁地看到两人说话绕了一大圈又绕了回来。

"有，我有情书。"

她摊开手，往前伸，要我给她。

我摇头，我只有摇头，摇着摇着，突然用手指在她伸过来的手掌猛地弹了一下，那意思是你明知我找不到还要。

她看看邻桌的游客，撇着嘴，在本子上记着，"找不到，一是有而找不到，一是就没有而无从找到。"

我故意呵斥什么叫没有而无从找到？她头也不抬地说，就是将一个美好的愿望，达不到的愿望当成了现实，而事实上并没有发生。在我不备的当口，她放在桌边的手猛地一翻掐着我。

"醒醒！"

我疼得闭上眼，接着显出沉浸梦中享受的样子，她的手还在掐。我用加工了变形的微笑说，"这第二个和第一个差不多，你再说第三个。最好在说的过程快把蹄子挪开。"

"第三个，你总是说，梦。那么我们就说说梦。我是这样想的，你做过一个梦，一个你把器官假说当成情书送给初恋的梦。这在事实上允许。你听我说，我有个限制词，允许，也是种事实。"她又用力掐下去，这才将手挪开，甩了甩。"梦的事实。当时你知道是梦，时间长了，你记着记着记着，就将梦当成了实际发生的。"

"这话题你说过的，归结一二三都老样，梦境和幻觉。"

"因为我们每个过来人都真切地发生过，事实上记忆的差池，实际和愿望的取代，梦和现实的互换，在其他的事情上都发生过，为什么在器官假说上就不能发生？"

"接着往下说，为什么是器官假说？"

"对！！这就是我最感兴趣的地方。因为这个器官假说富含了重要的，让人心旌荡漾的元素。高智商，初恋，梦。爱因斯坦引力波，只不过是诱发了你渴望自己成功的因素。再就是，反正遥远，连你自个儿都无从考证。"

我听了哈哈大笑，我想起胳肢窝的痒，一联想，笑得越发神经了，"你在说梦话你知道吗？我从来没有想到你会这么分析，并且分析得头头是道，入情入理，征服了我，险些让我相信你说的是真的。可我又是你的三个可能中的哪个呢？"

她站起身向我背后打招呼，我没上当。

她说："快回头。"

"什么回头，你家老公来了？"

"快跑吧，他会捶扁你。"

我戏仿性地自右回头又自左转回，做出情敌状，"如果我是你说的那样，爱因斯坦的波给波了出来，那么，我曾经给三个人说过又如何解释？"

她重重地"唉"一声，脸上掬出子虚乌有，"没、有、这三个人。"

"这个好办，我可以一个个把他们揪出来，拉到你面前。"

"那也只是说说，他们只是知道你的器官假说，你又没跟他们说四张纸的情书。你给谁说过送给初恋了吗？"

"这倒没有。"

"你为什么不跟他们说情书？你不要说为什么。因为当时没有这件事，你怎么说？'你怎么说，一等就是一年多'。"

我再次发现只要两人争辩总会不由得站在对立面，现在她压根儿听不进我的话，接着她笑话我，当然没有必要给他们说情书，因为一说起情书就扯得太远，甚至太乱，势必增加历史背景中的青春期，禁欲时代，梦，等等问题。

"这话我听不懂了。"

夏帆做了个哈哈哈的样子，实际上只张嘴没有声音，伸脖子探到我面前仅有几寸，悄悄地说："我也，不懂。"

39

我喝了半斤，她喝了三两，剩下的留桌上。我们半搂半抱地往回走，还故意斜出路外，在一垄一洼的土堆上歪几下。到宾馆也没洗脚就躺到床上。客人们陆陆续续回来了，隔壁的客人咣里咣当推开门就打电话，他喝了酒打给一个朋友，谈什么欠债的事情。房间隔音效果很差，那边说什么这边就直接听什么。让人无法忍受的总是重复着"对！他这个人就是不懂好歹。"这句话没完没了地重复。夏帆给总台打电话反映情况，总台的电话很快打到隔壁，那客人嗷嗷两声，受到干扰很恼火，报复性打开电视把声音调到高音上。

这就遇到麻烦了，如果直接敲门干涉很可能发生冲突，夏帆一向佩服我解决问题的本领，就这么信任地轻轻摇着头等我降敌高招。

我躺在床上，无意间看到我的手被掐的印记。这个疼痛的印记让我想到挠胳肢窝。又因为酒后喜欢恶作剧，就让夏帆挠我。

夏帆也喝多了，一扫淑女姿态，犹如狐仙模样，将纤纤手指在我脸上虚虚地绕一圈，又绕一圈，移到胸前，移到胳肢窝，划着圈，越划越小，直接滑入我的胳肢窝，我是被她的游离眼神给逗乐了，嘴里噗的一声，这一声很关键，就像一个开关，激活了储蓄在体内的笑，瞬间联想到十多天前那个穿着白衣的女大夫在诊室窄小的床上挠得我失控地哈哈大笑，同时还联想到那天晚上在梦中和白衣大夫云雨，又笑着从梦中跑着出来的情景。更重要的是我刚刚喝了酒，所有理性的、规矩的外壳都软化和退却。看到我非常意外地一连声地哈哈大笑，夏帆在短暂惊异之后，马上被传染了，她从来没有见过一个人这么开心放纵，又接着用手有目标地去挠去点，她已经不必去找我的敏感处了，她只是伸手去点一下，我的肩头，我的背，我的腰，我都会重新通电似的接着大笑。

哈哈哈哈。只要转个身，她碰我一下，碰我任何一个地方我都会继续又傻又疯地笑，甚至她不碰我，只是侧着身用目光找我的眼睛，我也跟被挠痒一样地笑。她又换了花样，不是逗我，而是佯装生气地一只手叉着腰，不说一句话地动着嘴，变换着口型，我更是笑得在床上打滚，我知道这太丢人了，可我没有一点力量抑制。

"就这，还先知呢。你就一屁孩儿。"

喝了酒的状态使我放开闹剧，声音的大小正好隔着墙壁传过去高出电视一截子。几分钟后，果然那边的电视声音关小，于是我的叫床声又降了些分贝，那边的电视声音一点儿没有了。又过一会儿，墙壁上传来极为微弱的虫子爬声，好像在努力探找接近叫床的地方。

为了给那边的人以希望，隔了几分钟我又哎哎两声。

"睡吧。"在黑暗里，我告诉她。"那边会期待好大一会儿的。"

那边期待的时间很长，生怕漏掉叫床的刺激愉悦，把电视关上了。

我装女人叫床，是一种小聪明的趣味，生活中有时候需要这些小趣味来解决，不涉品质无妨大碍。

但是，在夏帆眼里我的小聪明的趣味很快地联系到"器官假说"上面。女性的直觉和对婚姻的敏感导致她的新的疑虑。以前，器官假说是种精神的幻觉或者生理上的病症，那么触及初恋上，因为眼前发生的"叫床闹剧"，就不由得放大了怀疑。在器官假说上，我是不是也恶作剧呢？"混蛋，混蛋。"突然，她没有防备地在心里骂了两声，以至于，她恍惚觉得自己是不是骂出了口？她怔了怔，觉得应该骂出口，不能让我这么随意开心，搞什么鬼名堂。"混蛋，混蛋！"她痛快地连着两声叫着愤怒，和刚才的小闹剧的叫床构成了一个连贯性的上下文。隔壁的客人则很自然地以为夫妻俩在床上出现了故障，比如早泄而表现出强烈不满。

如果真是生理幻觉精神妄想，那么她会以妻子的角色关爱，呵护，悉心照料。可是，这件事里偏偏多出个"初恋情书"，这就让人不可思议和难以接受了。尽管我在强调事实部分，夏帆还是不相信器官假说能够在现实里真切发生。不是她不信，任何人都不可能相信。这里面一定埋下了什么伏笔，设了一个局。她心里会说，三十年的夫妻，以智力的角度，她知道我完全有这种能力。

想到自己可能在一个设定的局里，还不知未来是什么结果，再看看旁边一脸无辜的我。已经不再是愤怒，而是害怕和伤心。她美好的家庭生活过着过着，突然进入到一个看不见的迷雾，或者黑雾。甚至后半辈子那种平静的、稳定的幸福日子也裂开了岌岌可危的缝隙。事情来得太离奇，远远不能以常规的思路去揣度了。

我知道，我力争一个先知式的称呼时，在她的眼里我已是个阴谋家。不光她，所有的人都会沿着这条路往前走。先知和阴谋家又是两个敌对的概念。再用这个概念去套用一些事情，那些事情也就有了新的指向。

40

外面拥进来一群人，纷纷进了房间。宾馆又安静下来了。

她说，"方程，过来。"

她索性勾了下手指头，在外人看来很有勾引的轻佻。我挪了两下。她用眼睛细致地在我的脸上一寸一层地慢慢探索，这是和她相识以来，跨越时空第一次这么非同寻常。

"你明白我为什么这样看你。"

"不明白。跟我私奔一天就后悔了？"

"你可不要耍花招啊。"

也许女人在重要的事情上往往都是这样诡异地提出警示。

我似乎明白，她陷入了夫妻关系的最大悖论。如果她认真，不依不饶，那么会加剧我的幻觉病情，如果放任，让我在初恋的事情上给以分心，反倒对我的病情有好处。也许两难之间还有第三条路，那就是，无论从好奇上还是善良上，她也许想让我见到那个初恋。如果真有这个初恋，有那封情书，我的所作所为就构不成天方夜谭的奇闻。我就不再有幻觉而是种真实。然而隐患也在其中，我为了寻找我的器官假说与初恋复活了关系，会不会破坏自己的婚姻呢？

"你有没有打算，"她适时地停下，用语气补充了表情，"找一下你的那个初恋。她应该给你一个明确的答复。"她在说这话时，声线发粗，最后两字"答复"就硬了。硬块，如两枚硬币。

"我倒是想过，"我被硬块击中了，诚实地说，"只是，感觉不到时候。"

"什么叫不到时候？她就是问题的核心，事情的源头。她要是记得这事，你找呀找呀再也找不到的情书，不一切都解决了？为什么绕来绕去？"

"这里有个风险，"我只得说了顾虑，"她如果不承认有这件事呢？"

"有就有，没有就没有。总不能有这事她非说没有。"

"不不不，那是你。当然，如果你真的也遇上这样的奇事，你未必像这会儿淡定。对了，咱们可以模拟一下。要是你遇上这样的事，把你当她，一个四十年前的追求者，突然神经兮兮地来找你说那时候给你一封信，有没有印象……"

"让我想想，"夏帆想了想，"滚！我让你滚。"

我热切地想知道下文，"说说你为什么让我滚？"

"作为女人她有一种自我保护的本能。换了我，"夏帆肩膀一个小抖，我能透视到她的念头，她不能让我去找初恋，那样倒真有意料之外的风险了，"我当然让你滚了，四十年都没见过，突然跳出来问什么器官假说的事，太荒唐了！我的第一想法，这人肯定精神有病。"

"精神病？"

"对呀，四十年了，这四十年你都去干什么了？如果按五年一个计划，四十年有八个五年，八个五年计划你去干什么呢？现在，突然来找我，即使不是病，也能断定有其他不可告人的目的。"

"你说得好，还是女人了解女人。我和你说受了爱因斯坦的引力波的影响，你都以为我有幻觉。我和她四十年没见面，人家更以为我是精神病了。"这个答案很正确。

"那你还找她不找了？"轻如鸿毛地说了重于泰山的话。

我说了谎，"本来就没要找。"

先知在台上

木部

第一章

小马体

41

孟勋三十岁那年，从京城来了位副总理，到中原大地走一走，看一看。副总理身居高位，对同僚们的恭敬唯诺深感厌烦和负担，而对不认识的年轻人则乐意表示一种隔辈亲。谁都懂得，这种严肃规整的视察工作平添的父辈般慈祥，只不过是换了种轻松的方式对权威的表达。

作为媒体人普通的一员，孟勋形象俊朗，气质优雅，很快引起了副总理的注意，便招手叫他过来跟着走。"小马呀"，副总理这样叫着孟勋，没人知道什么缘故，副总理就直接将孟勋当成小马了。起初人们不知叫谁，当副总理的眼睛落在了孟勋身上，省长也不知这个年轻人姓什么，就把这个不知叫什么的年轻人当成了小马，侧身错开步子让路，并抬起手掌撩水般示意快点过去。于是孟勋摇身变成小马驹，一绷身子溜着碎步，以最妥帖适宜的姿态站在副总理面前。

孟勋混在媒体人里距副总理有二十米左右，中间错落而有序地隔着市里的副市长，副书记，书记；省里的副省长，副书记，书记。只因一声"小马呀"，非同凡响地穿过了一帮大人物。那两天，副总理招他几次，他的俊朗身影也就穿过二十米的丛林好几次。当副总理听着汇报，不住地说"我看可以"或者连着说三声"好好好"，将他忘了之际，就会有双眼睛鞭子似的嗖地一甩，甩出阴惨惨三个字"滚远点"。孟勋即刻萎了下来，退身旁边。当副总理稍有闲暇又四顾寻找什么的时候，省长准确地领会了意图，转身又做撩水的手势。于是这只温柔的姓孟的小马驹，再度溜过二十米森严的丛林来到狮王面前。

"那一瞬间，我顿悟到了什么叫狮王。他不问'小马呢？'而是叫'小马呀'。这呢和呀的差别可就大了，你掂量掂量，'小马呢？'是寻找的口气，'小马呀'，是身边的口气。好像没别人，就我们两个。对不对？我是个普通的新闻工作者，中间隔了好多层，省级副省级，市级副市级，处级副处级，科级副科级，我什么级都没有根本没资格亲（跟）近副总理，可他老人家就喜欢我，就让我陪伴。再说这'呢'和'呀'的区别，还真的很大。小马呀的呀，就好像贴在身边。省长也只得一次又一次撩着把我撩过去。事后我经常回味这个撩水手势，太有意思啦，哈哈哈。什么省长、市长，在京城的副总理面前，都得给我让路。'小马小马，叫你哩，快。'用手掌往上一撩。那边一呀这边就撩。哈哈哈。"

"小马呀"的故事过去三十年，小马驹也讲了三十年，讲来讲去讲出了奇迹，这小马驹还是那小马驹，没有什么变化。三十年来，有的沉沦有的升华了，有的沉沦的升华了，有的升华的沉沦了；有的毁灭了，有的再生了，有的毁灭的再生了，有的再生的又毁灭了。孟勋看清恒久不变的就是权力。那个穿越二十米丛林的体验，使孟勋领悟到了权力才是社会的心脏。他平坦的生命里矗立的这座丰碑，犹如移动的升降舞台，划转半径，叙说着那个永恒的夏天。

从青年到成年漫长岁月里，他在许多场合表演这个撩水的手势。这个温柔的手势太催人上进了。朋友们都惊诧于一个人能够被权力异化一辈子，崇拜权力沁入骨髓。对此，孟勋有着自己独到的见解，在他看来，那是人们没有得到高层赏识和垂爱的机会，而这种自我辩护的理由一旦形成，就不可逆转地派生出一系列其他东西。

"嫉妒啊，这就叫嫉妒！差别一产生嫉妒就出来，我比许多人都过早地体会到了嫉妒。你们看不起当官的，那是你们当不上。哈哈哈。这些年风风雨雨我见得多了，什么嘛。一旦有机会，就顾腚不要脸地往里钻。谁想在塔底下讨日子呀，上半层就有半层的好处，这好处多啊，一大堆。"

孟勋的观点能在许多领域里得到确证，主宰社会主流的是长官意志，而非其他。"许多人都以为自己在阐述真理，而在当权者那里，哈哈哈，都是牢骚尔。"

42

他对我说，"都是小人啊，唵？就兴他津津有味地说他的情人醉，就兴他滔滔不绝地念他的生意经。我为什么不能透透我的官场剧呢？"他还对我说，"芸芸众生，这个词耐人回味啊。芸芸，大多数人是没有机会和高层接触的，他们指责我，是他们没有造化。之前，我也是这样的，可是当你活生生看到省长都让路，人一下子升了几个层次，这种体会他们有吗？"他伸直胳膊指着屁股后面老远的地方。"他们有吗？"

每逢说这话他就停顿若干秒，好让人们在短暂时光里分享荣耀。这件事是人生观的分水岭，站在分水岭两头都能望见。那些嫉妒者都被孟勋给芸芸了。为此，他给了自己坚定的心理依据，当别人嘲讽他，挖苦他，冷眼相向的时候，正是他内心积聚一大堆理由反驳的时候。他看得明白，这个世界其实就是一大中医药房，成百上千个抽屉里装着各味药。人们根据需要这抓一把，那抓一把，煎成药治疗疾病。他看得明白，一个犯人能找到铤而走险的药；一个妓女能找到红楼如梦的药；最不济的弱者也能找到不争放下的自救的药。他看得明白，每种人身后都继承着祖祖辈辈的思想遗产，旗帜绑到生命战车都能猎猎飘扬。他看得明白，也就有了足够的反击理由，从而有了将副总理的故事继续颂扬到底的勇气。

他那年正值三十岁，清秀俊朗的形象，规整的发型，讨巧又真挚的笑容，一副天之骄子的模样，正是副总理欣赏之处。由于那"小马呀"的召唤，他的心里发生了春雷般持续不断的回荡。事实上，漫长的三十年来的述说，无论演绎的细节、场面，说话的口气都发生了变化，而他本人并不知。他不知的还有许多，每说一次，神经中枢就能发生作用，激发血液比平时像泉水叮咚一样欢快地流淌。这种优越心理和优越情绪对一个人的生命很重要。

"小马体"之所以长期作祟一个人的脑子，应当归功于官本位在民间的胜利。这是没办法的，每个人都会抓住自己的某件有代表性的事情不厌其烦地夸耀，正像他总会掩盖自己避讳的短处那样。

从三十岁讲到三十五岁，又讲到四十岁，再讲到四十五岁，还讲到了五十五岁。后副总理时代如此漫长，也就在身上发生了奇迹。他的脸庞，他的脸庞上的表情，他的脸庞上的表情微微绽放的微笑，都没发生什么变化。他一辈子没当过一官半职，但三十年来，对权力的倾情向往和权力的浸泡却证明了一条古已有之的真理。权力是一部给人活力的永动机。讲了三十年副总理的好处之一就是永葆青春。权力是春药，他服用三十年成了生机盎然的秘诀。权力还是校正器。三十年来，世风日下，五彩缤纷的社会涌现出无数的牛鬼蛇神，都不能干扰他齐步走的步伐，他在歌厅依旧端正地坐着，拒绝小姐，鄙视港台歌曲，而只激情昂扬地高唱《长江之歌》和《我爱你，中国》。

已经被他经典化的事像着了魔似的奔赴各种宴席、酒会、餐桌和夜市乱哄哄的地摊。"小马体"到处开花。他走到哪里就把这幅官场图携带到哪里，随时给人描绘，之所以说描绘而不是展示，是因描绘比展示有更大的随机性。哪怕大多数的朋友听过七八遍，只要一个人没听过，他就深感有责任地并迫切地来一次，将夏天的故事化成一段情缘。

"做人要讲风度。虽然听过了，也装着没听过一样，因为有人第一回。"

"小马呀"已经成功地内化进了他的血液，正像一个教徒长期以来的祈祷真的相信有上帝并且上帝给他以能量那样，孟勋成了一个权力的崇拜者。替权力者发声是他独特的社会镜像。正是他这种人，不屈不挠地对体制和权贵崇拜的人，使得权力的基座庞大而坚固。而这种人构成的权力基座，又通常是文化者乐于嘲讽的。作为媒体人，孟勋有着广阔的视野，他看得很明白，凡离权力远的人总要摆出清高去嘲讽，而当权力移到眼前，还是这伙人则会一个旋转扑向它的殿堂，膝盖难以自制地发软，扑通跪下来。他看不起他们，"政府！想灭你就灭你。"政府虽然只两个字，也能在他的嘴里抑扬顿挫起来。

一桌酒席，孟勋第一时间就是要搞清楚在座的是些什么人，哪些人在体制内哪些人在体制外。继而再细分体制内的人什么单位，单位与单位之间还得比较重要的和次要的，在单位什么职务，还一定要划分正职还是副职，而副职还要再划出分管什么部门的。当他了解这些之后，就用专家的口吻给体制外的人讲解副职和副职的差别。从而阐述居江湖之远而思庙堂之高的玄处。

43

我和孟勋同事多年。二〇〇〇年之初我看在报社再也混不出个名堂，辞职做生意了。这本来没有什么，辞职的人多得很，在经济社会商品时代，只要有了钱就是赢家，只要有越来越多的钱就是大赢家。但是，道理尽管如此简明，真正辞职之后，情境还是发生了变化，看得见的变化。在孟勋眼里，我离开体制，人就"低"了。话里话外流露出揶揄。不久，发生一桩事件，当记者质问当事部门的官员时，那个官员拍桌子厉声反问："你是哪个单位的？"这种威胁引发了网上的叫骂。我也就借此开玩笑，每当听到什么稀罕事，总爱学官员的口气，"他是哪个单位的？"朋友们都知道这是戏仿，孟勋也知道反讽之意，但他却"故意"不懂，将字面当本意而发出嘲笑，"一个没单位的人，动不动问别人哪个单位的。"他的"故意"不懂，好借此宣讲他无往不胜的"体制论"，拉开与我的高下幅度。

和孟勋闹翻是一次喝酒。八九人中有一个人练气功，说他师傅开了天眼，能看到我们常人看不到的事物。很自然地，我就讲了我的器官假说，声明与天眼不同，天眼仍是视力，和我的器官假说多一个器官不一样。大家没听明白，孟勋呈现三十度锐角的侧头姿态，眼睛似斜非斜地看我，直接盘出一团嘲笑。这副表情我很熟悉，果然他说了下面的话。

孟勋敲着桌面，"方程，我明白了，我明白你说的器官假说，我只是不明白你为什么要说是你搞的？"

"因为它就是我搞的。"

"我不明白你为什么非要说……"

我打断道："我明白你为什么非要不信是我的了，你是说我太平常，没这个能力。"

"不不不，还不是这个意思，这个意思是别人要提的，我的意思是，"他停顿了一下，"不是自己搞的，还非要说是自己搞的。这就是体制外的共性，渴望引起体制内的人关注。"

我大为惊讶，我惊讶的尺度可以以公里为单位丈量。真没办法，一个人的脑子里装满了什么，就成了他的世界观，他就用这个世界观去看世界。他是一个体制内的人，就会觉得外面的人都为之神往。

我当众反击戏称孟勋："孟局长，在下可是刚刚从体制内逃出来的。"我还端杯敬他，"孟局长，喝！"

他左右看看，笑道："谁局长？我不是。"

"是不是我不管，我只管像不像。在我心中你就像孟局长。"在座的人哄然大笑。我也笑，笑里有把小刀，我趁势抨击，指出他犯了官僚体制本能症，简称为"官能症"。

孟勋愣了好大一会儿才反应过来。他的反应很奇怪也很好笑，"这个帽子我认领了。官能症。抓着了中国社会的牛鼻子。牛鼻子。"他又重复一遍，"牛鼻子，哈哈哈。"

这次哈哈哈，有种击碎玻璃器皿的声音。两个酒杯相撞，都迸溅出来了。

孟勋叫道："说到官能症，我倒也有话说。我有官能症，你其实也有官能症。两个官能症相比，我的可比你的好！"

我知道我说他的官能症是什么，他也知道我说他的官能症是什么，现在他反过来说我也是官能症，就不明白他说我的官能症是什么了。我很讨厌他那特有的哈哈哈的笑。他的这种笑多年来一直有，声调也好，音量也好都没有变化，只是不同的语境里这种哈哈哈有着特定的让你理解的指向。我从他那揶揄的哈哈哈，明白了他说我的官能症是什么了。

"我的器官假说是科学假说。我的官和你的官不是一个官。"两个官确实不是一个官。就像睡觉的觉和觉悟的觉是一个字，而语义迥然不同。孟勖打量我的眼神，正像美国的白人至上的种族主义者，尽管是个穷人但他拥有白人身份就比黑色富人优越。

"器官假说，就事实而言，不可能是你所为。我关注的是，明明不是你的，却非要说成是你的呢？身份！如果你还在单位，你就不会转着圈，趑摸着到处找羽毛往身上乱插了。还是身份！"

"小马呀，"我端起酒杯，不再戏称孟局长了，而是进行恶意侮辱，"你可真调皮。"

第二章

投机分子的势利眼

44

十年了，我没有再见到孟勋。要不是引力波从天而降，激活了器官假说，为了证明夏帆一口咬定的幻觉并非幻觉，恐怕还得十年不见孟勋。平心而论，我不想把他从消失的过往拉扯出来。

当然，时间真如魔术师，当初反感"小马体"，后来经过许多事也一点点地理解了。正如神父讲经布道，一辈子讲上帝、救世主、十字架，为什么重复万遍，没完没了呢？那是因为只有这样才离上帝最近，最容易升入天堂。孟勋又何尝不是如此？只有一直说"小马体"，才能感受到权力的磁场和曾经的荣光。

朋友圈其实是小圈套着小圈，一环扣一环再盘旋出个大圈。在别人眼里，我和孟勋好像一个圈。而我知道，不是这样的。我和他的关系取决于另一个朋友。这朋友以博学而闻名，他似乎知道世上所有的事。连中东三十年前某个战争的指挥官都叫得上名字。再就是有钱。天天没见干什么事，总有花不完的钱。他爱请客。别人借几万块赖着不还，也不催要，装着没事一样，这与其说是修养倒不如说先天怯懦。人世间就是这样，先天的不足的东西到后来却能解释为美德。胆小在年轻时是缺点，到了成年以后就凑趣成了稳重。他也就以稳重为名将胆小的可怜洗白了。我知道我找到那个博学朋友就找到了孟勋。那天，我给那个爱请客的朋友打电话，我曾多次抱怨他和孟勋交往得太多。现在，因为我的需要，也就不再觉得那朋友和孟勋相处得过分了。电话看似随便聊，其实有个隐性的蛇在向目标方向潜游。五分钟后，如期而至，七拐八扭绕到了孟勋身上，蛇停了，蛇芯子捕捉到了他的动态——正在筹备书画展。

我的头不由得往前一探。我从来不知道孟勋的书画很好，好到可以办展了。又一想，毕竟过去十年，奇怪的事允许发生。

"不是他自己，还有两个人。展名为《中原三人行》。二十六号，也就是十天以后在东区如意湖。"

我灵机动了动，谎称对书画也越来越有兴趣。"可能老了。"

"你的兴趣是收藏还是书写？"

"都有点，都有点"我哪一点都没有，我不喜欢书画是嫌那里没有思想，一个人一生对着一个动物或植物没完没了地上万遍地练习，简直称得上酷刑。我看到这是和孟勋交往走向密切的机会，我也就都有点，都有点了。每个人都是机会主义者，反对机会主义的人那是机会离他很远够不到，讨厌投机分子的人那是他生性古板而不会取巧。

计划如期实施。时间是最好的消仇剂，十年了，所有的不快都能烟消云散。我们握手言欢，碰了好几杯，酒酣之际，我觉得时机成熟，趁势用手搭在他肩头，还原冲突的那个晚上，暗示正是那天口角影响了友谊，"现在想想真好玩，还是年轻，哈哈哈。"我勾他的话题。

他却否认地问，"有这事吗？我怎么一点儿没印象？"

"十年前的事了。"

"十年没见面的人多了，都有自己的事忙嘛。"

也许他忘了，也许他故意装着忘了，从老于世故的角度，他会装着对不愉快的事给以忘却，这是老于世故惯用的策略，以此表示自己活得"很明白"。很明白的具体表现就是"装糊涂"。我心一沉，知道坏了，孟勋脱口没有"印象"，是为了表现自己的超脱和历练到了羚羊挂角无迹可求。这可是官场上的秘籍。仅仅为了表现自己的"功夫"，他也不会承认发生过冲突。那么我就得不到预想的证明，我就没法给夏帆交代。

孟勋超脱了，我却陷入困境。我很想恳求他，在其他事上超脱，而这件事决定着一个人的幻觉臆病，你就不要再表现高人的样子了。

我很想这样告诉他，帮帮我。但我又知道，我越是这样求他，他越会在"糊涂"上走得更远。这可是官场上最美妙的景观。人的一生遇到这种表示自己政治上很成熟的机会太少了，仅为了这个景观，他就会冷酷到底，从中享受着冷酷带来的醉意。

看来我简单了。我以为只要将曾经发生过的事实回忆一下，孟勋也随之来句"都过去了"之类的话，就达到了"存在过"的目的。我的要求很低，只是唤起"存在过"就行了。对我来说，他的口供意义重大，决定着我的幻觉和器官假说的存在。

话题转到办书画展的事上，"还有两个朋友，联合办展。《中原三人行》。这个行，内涵上是行书的行。三个人都擅长行书。三人行有三个说法，行书的行，行走的行，很行的行。"

45

这两个人，一个是有名气的书画家，另一个是政协副主席。"老周很、会、来、事。"孟勋管副主席亲热地唤为老周。"当年，我说的当年也就是三十年前，他只是我们报社的通讯员（他在说我们的同时，伸手在我的手背拍拍，把我这个当年的同事巧妙地恢复了身份。这一招真的很高明，因为十年前他是将我辞职之后排出体制外的，而那场冲突也是由此引发）。哪个局委和区县都有宣传干事，专门宣传本单位的事迹，也就是变着法儿给领导唱唱赞歌吧。哈哈哈。都懂得箭头不发，努折箭杆，宣传比实干重要嘛。老周一口一个孟老师，孟老师短，孟老师——长。人谦虚，努力，稿子下功夫。几年后当了副科长，又几年当了科长，又几年当了副局长，又几年到县里当了县长，又几年到省厅当了副厅长，完成了仕途轨迹，又几年空降回到了市里当了常务副市长。说白了，哈哈哈。"孟勋指了指上面，指着一个看不见但实实在在发生着作用的升官秘籍。"当上领导了，反倒更诚恳。有一次，在酒店大门口见到我，老远伸手走过来，那走的动作中有跑的意思。还是一口一个孟老师。所以说嘛，这人，能走到今天，那是有着自身道行的。那么多的通讯员，有几个当上市级领导的？"

孟勋比十几年前有个明显的变化，他不再停留在炫耀和官场人物的关系的满足上，热衷于谈论官场上的人物，而是有了相当的深度。能从细节着手分析里面的点点滴滴，再从点点滴滴上升到大的格局。当有人纳闷为什么白眼狼照样官运亨通，他就用不舒服的口气说，官场上什么类型的人都有，因为它是社会地图的浓缩版。为此举了另一个通讯员的例子。也是几年就上一个台阶，十几年一路走来，咦，也当了局座。此局座非彼局座，派头大得很。哈哈哈，"我来告诉你，他见了我是什么样的，春节参加市里的庆祝酒会，我和此局座非彼局座隔了两张桌子，就走过去碰杯。你猜猜这个白眼狼什么反应，硬、是、没、有、认出我来。哈哈哈。笑话了吧，十几年谁都可以认不出，就是不能认不出我。我变化了吗？都夸我常青树。我说林局，好久不见，他应酬地对待一个陌生人一样，我知道他装，帮助他撤掉伪装，就报了家门，报、社、的、孟勋。此局座非彼局座一副恍然的好像有那么点印象的样子。来来来，我给你学学他当时怎么装的，这样，整个脸成了石磨，一点点地磨，磨，磨出了点小香油。哈哈哈。"又爆发出一切不过如此看破的笑声。"当年他也是一口一个孟老师，这稿子得帮忙发出来，领导说，发不出来不准来见我。孟老师，叫了两年哩。"他抬高下巴，用冷眼俯视着万物，"白眼狼，德不配位白眼狼！"

这次重逢，我还发现他另一个变化，那就是以官方代言人身份义务地替政府辩护的时候总是多个"嘛"。这是典型的官腔。因为官场上用的这个"嘛"字，在其他任何地方都很别扭。这个"嘛"字既是决定性的语气，又表现身份的特殊。孟勋不是官场上的人，但他热衷于官场上的做派。"社会在前进嘛。前进中的错误又是必然的。不得已而为之嘛。你们想想，政府一年到头要做那么多事情，要有那么多方案，怎么可能都对呢？动不动西方如何如何，它们城市几百年动都不动，而我们方方面面都要发展。当然在发展的过程中会出现这样那样的不足。正像人生有的错当时不知是错，有的错一时也搞不清是不是错，明知有错但时不我待先干着边干边纠错。等得起吗？等不起嘛同志们。"没有人让他辩护，他就是想辩护。没有什么好处又去辩护就证明他要辩护。孟勋还拿艺术品做比喻。一个艺术家可以一年两年三年甚至更长去打磨一件艺术品，"政府可以吗？一大堆一大堆的事，有时间表的，要保八，保七，关乎每个人的饭碗问题。要倒计时的嘛。要我说，政府还和谈恋爱一样，不可能谈一个成一个，能结婚的大多前面有些认识偏差问题。问题的形成是多方面的。有经验欠缺问题，追悔莫及问题，有其犯错的必然性和合理性。不犯错哪来的对呢？我有个历来的大家又历来反对的观点，只有犯错才知错在哪儿，只有犯错才能找到对在哪里。我在新闻战线几十年了，看得很透！看得透就想通了。政府是由人组成的，人是在错误中成长，政府的人为什么就不能从错误中成长？群众嘛。"他总是喜欢在群众后面加个嘛字。嘛音还拖得很长，就有了乌合之众的贬义。

"骂当局很时尚嘛。"他挖苦。"有些人就是爱指点江山，哪个爱？爱好的爱。轮不到你吧？谁不知道问题啊，人掌舵的，比你知道的多得多。天上的风云，水里的暗礁，都懂。国家那么大，得慢慢来，这可是常识。"

换到过去，我准会起身去卫生间一趟，只因对孟勋有所需求，不但没离开还装出兴味地听着，目光顺着他指向空中的手指往上移。我也分不清自己属于认同政见还是讨好迎合。又因是自己，便觉得自己需要原谅。如果说宽恕别人是给自己一条出路。那么宽恕自己的过错，就是种个体生命的真理。

我知道，如果扭头就走或去厕所，这种行为势必丧失和他密切交往的机会。丧失机会就难以拿到器官假说的凭证。什么凭证都没有了。没有凭证，夏帆就会继续认定我的幻觉，为了得到凭证我必须和讨厌的人友好相处。

在利益面前，人的温度会发生变化。说到底人还是来自动物本性。冷血丑陋的鳄鱼的雌雄取决于温度。三十摄氏度以下为雌，三十摄氏度以上为雄，而三十摄氏度左右的温度就雌雄都有了。利益温度下人又何尝不如此呢?

　　那天晚上的酒宴中，孟勋正嘛嘛嘛，神采飞扬充当时政评论家，一个电话打来，就将他给浇灭了。他看了号码快步走出包间，那个博学的朋友告诉我，准是他老婆打来的，"更年期大发作的女人"。几分钟后，他沮丧地摇头回来。半小时，那个电话又打来催他回家，大家都用满含同情怜悯的目光送走他的背影。

第三章

旋转十字架

46

按照我原本的计划，只要找到孟勋，就很容易弄到器官假说的证词。将他的关于当年冲突的事情回忆录下音来，摆到夏帆面前播放就成。然后分别去找乌女士和陶晋，再从他们嘴里收录证词。这既是对夏帆的一种交待，也是对自己的一种交待。我本人也需要证据。在没有证据的情况下，犹如赤身裸体，而赤身裸体的人最脆弱。尽管，我坚信发生在我身上的事情绝对真实，但没有凭证就难以辩驳。

孟勋对十年前的冲突给以否定，这种否定旨在表现一种官场上的成熟老到，对我来说，就等于遇到了一堵墙，一条死胡同。

为此，我破解的方法只能显得若无其事，迂回兜圈子。我对书画没兴趣，对准书画家的展览更没兴趣，但我必须委身介入其间，增加交往机会，以便自然而然地掩遮动机，最后弄到证词。

一个人只要有所求有所欲，他就会有意无意地做出相应的行为来，甚至在连自己都没有防备的情况下，做出离谱的事来，这或许是种生存法则。书画展的那天，我竟然为孟勋帮腔助阵，跟他的对头干了一仗。

开展的头天晚上，我们去夜市吃烧烤喝啤酒。中间，孟勋又接到他老婆的电话，离开摊位，从十几米处看他的背影，好像委屈地安抚什么解释什么。几个人都交换着目光，猜度着一定是犯了多么大的罪过，否则他老婆不会动不动打来电话吼他。等我回到家，已经很晚了，宾宾在门口苦苦地候着，嗅嗅我的裤管，放下心来，反身小跑钻进笼里，一弯一折盘着。夏帆的卧室开着灯，床头灯。她在灯罩的暗影里朦胧。

几天前，我给夏帆说过画展的事，她知道我和孟勋打得火热是要证据。可是现在没有拿到。我拿不到，就得交代拿不到的原因。

我只得硬着头皮说，他默认了。她撇嘴冷笑，有就是有，没有就是没有，什么叫默认？

"默认就是，"我心里编着，"就是，没有公开表态。也就是说，他，怎么说呢？他故意不面对这个问题。"

夏帆从头到尾就不相信有这么个人，假戏真做而已。"这话怎么越听越有意思了？什么又叫故意不面对呢？"

"就是说，"我尽量将话说得让她能明白，"我是公开地提了这事，但他只是拍了拍我的肩头，'喝酒喝酒'。你知道，这事对咱们是大事，对他只是一次口角，而时间又那么长，再提就真的很小家子气了。"

"等于瞎忙。"

我站在卧室的中间，都不好意思移近床边了。她斜靠床头，不再说话，盯着我看。这情景是要听我的解释。

我没有办法解释，我知道我的解释会在张嘴之际而惨败。在我没有见到孟勋之前，她说我是幻觉还可以，现在，已经和孟勋交往几天，并且是在目的明确又唯一的前提下，仍没有收获，我就无力推翻她所说的幻觉了。

我不能对她说，人家并不是摒弃前嫌，重归于好，而是为了表现水过无痕的老到，好让我打心里敬佩他。他要的就是这种咫尺万里的敬佩。"这个老狐狸！"他一定多次听到我心里发出这般赞叹去骂他了。

我回到自己的屋里，情绪糟糕透顶，在床上翻腾，做的梦又短又薄又乱。由于对孟勋的怨恨，我就做了个梦，在梦中扇他两个耳光。啪啪，很清脆的耳光。

第二天早上，夏帆吃早餐，我都不敢起床面对。等她上班关门之后，这才起床，我没胃口吃饭，我头晕。为了安全我没有开车，而是

打车去的书画展馆。在通过小广场的路上，老远望见人群里的孟勋，
他正在和捧场助兴的朋友们纷纷打招呼。那天孟勋显得中规中矩，衣
着中规中矩，举止中规中矩。中规中矩里透着看不见的精明和觉察
不到的城府。孟勋不是行政官员，却乐于表现自己对内幕修行的无所
不知。

因为整夜失眠，情绪恶劣，我恍惚看到我走了过去，或者说我看
见我快步奔过去，当众给他一左一右两个耳光。这两声脆响，和半夜
梦中的有了呼应。他对我笑着，我也对他笑笑。过了好大一会儿，我
才发觉我没抡巴掌打他，而是和他中规中矩握了握手。

我知道自己扇人的耳光是幻觉，我心里害怕极了，夏帆一再说
我是幻觉。我一直否认。现在我却有了扇人耳光的幻觉，是不是真有
幻觉？我看着他在台上洋溢地讲话，又想，夜晚在梦里打了他两个耳
光，这样加起来就四个耳光了。而他本人一点儿都不知道。就感觉
上，我不仅打了，手掌还疼着呢。

"臆想能将没发生的当成发生的。"

47

展览大厅里，当他给嘉宾朋友介绍自己的书画史，用了很多并不
属于他自己的手势。基于我对他知根知底的了解，那些手势纷纷给破
译出来了。他侧了身挥下手，那应是从某个市长那里学来的手势；双
手倒背着，频频又缓缓地点头，那应是某个书记倾听的样子；还有一
次，走着走着，他突然回头寻找什么，手指在额头勾了勾。我想，这
个和现场没有关系的动作，一定是多年前某大领导因为什么事情处于
想不起又快想起之间，帮助唤醒的动作，这个动作一定让他迷恋过相
当长的时间。今天，在众星捧月的美好时间，就很享受地派上了用
场。显然，他还想到了三十年前的副总理，那是一定要想到的，不仅
想到还得学用效仿。那时，副总理像阿姨招呼小朋友一样地招呼孟
勋，"小马呀"。斗转星移，这当口正好一个穿制服的服务员打边上经

过，被他逮住了，不由得抬起胳膊，摆摆手，"小同志"。女孩子落落而款款。"怎么样？这几天辛苦，累了吧？"这种温润的传承里浸透着体贴。奇怪的是，那个女孩并没有所期待的应有的恭敬表情。孟勋只得宽厚地补笑两声，差点儿把慈祥给弄出来，淌到脸上。"装蒜。"女孩子嘟囔一声，尽管她没有发出声，我也没有听到，却跟听到了一样。

参观这种和艺术没什么瓜葛的书画，嘉宾们边挪着轻柔的步子欣赏，边把握着分寸奉承。从"禅境""恕""难得糊涂""海纳百川"等字迹里得到人生的启示。人们都在恭维，又往往恭维把握不准让人讨厌反感。奉承是个比书画还讲究的艺术。人们尽量将奉承降低到自己的允许限度。这个很难，因为中国的奉承词汇就那么几个，每当自己没有把握好，心里沮丧，忽而听到别人比自己更肉麻，这才感谢地舒口气。大家的尺度不同。有的奉承离开字画本身，而是从老领导平时公务繁忙，还挤出时间静下心来搞艺术，从人生的境界入手。

恭维的话不想说，可是一张嘴就来，身不由己，言不由衷。这就陷入表达的困境。看到别人这样就恶心，轮到了自己一张嘴也同样恶心。人们发现自己就是讨厌的别人。但是在别人眼里，你恭维的话就是你自己。你以为你是外圆内方，别人却看你是滑头虚伪。

展厅里还有一种和恭维相反的评论声音。

"作字之法，识浅，见狭，学不足知者，终不能尽妙。"

"不懂形在外，味在内。"

"你看这行笔有节奏？提按有变化吗？"

"缺乏灵动，不懂浑成。"

其中有个大胡子最活跃。他的不断冷笑好多人都听到了，"啧啧。名片上一大堆头衔，还好意思称大道至简？看看他名片上的称呼就知道他的追求目标是什么了。中华书画院副院长、中国书法学会副主席、黄河书画院顾问、嵩山书画院常务副院长……"

好像主办方预料到有人要胡评乱说，到第二展厅，迎面悬挂三个条幅，分别写着三个字，三个不同字体的字。

狂草，不好说

楷书，说不好

魏体，不说好

"不好说"就是你会认为不大好说的一种委婉含蓄的低评价；"说不好"又是对你的低评价的一种提前的招呼，你说不好那是你本身是不是有水平的一种反质疑；"不说好"就成了一种中立的态度了。你想说我的不是而你本身是不是呢？既然这个标准难以确定，还是不说为好吧。

大家轻声念叨着，这其实是一种劝诫，告诉大胡子们不要评头论足，也不必评头论足。更是对那些正攒着劲发出嘲笑的嘲笑。

大多数人讪然一笑，可大胡子还故意说着恶毒的话，"你没看出来？一个官员办不了个人书画展，拉两个人，造造势。三个人每人的水平都一般，放一起就成唬了，唬人的唬。"

我看到孟勋的脸色一会儿阴一会儿阳，看到一束灿烂春花仅一句话就变为深秋枯叶。我是亲眼看到的。我觉得这大胡子太恶劣，在人家的好事上砸场子。也许为了纠正我在梦中、在幻觉中两次打孟勋的错误，向他致歉。还觉得致歉要落实到行动上，替他发声，就脱口侮辱，"谁在那放屁？！"

这骂人声一下子从我身上爆出，撑满了艺术殿堂。人们惊讶地看着我。当然，我也为自己的失控而震惊，我如此骂人说脏话已经超出了失眠造成的脆弱引发的易怒。

我义愤填膺，我知道这种失控的情绪的内在原因，可我又不能告诉外人，只能将错就错，好像自己真的很义愤。

我为孟勋辩护。尽管我和大胡子的看法相同，但还是对他攻击了，我太知道你的目的了，自以为是书法界的名家，以捍卫艺术的名义公然对官员叫板，你太知道这一阵吆喝对你的好处了。你无非要给自己博得艺术高于一切的美名。

大胡子不认识我，又是突然爆发，反应不过来。我知道自己这会儿很无耻，几分钟内的每一秒，我都知道自己该有多荒唐，但还是不由得走到了自己的反面。因为在心里有个和孟勖的交换利益，需要他的口供，需要和他建立友好的邦交。这是一个非常明确的目的，因为目的，我动用了社会本能丧失了伦理底线。

48

我看到自己为了利益而无耻，就急于为无耻四下找理由，还是一如既往，没有费多大事就找到了。我对我说这并不是为了自己，我是为了器官假说。为了达到找到证人证言的目的，肩负着人类的使命，我为了地球上的一种假说，才进行这种反击，我赞同大胡子的抨击，却跳出来辱骂他，表面上看这是对良知的背叛，深层次地剖析完全是为了人类的一种高尚壮举。

器官假说是人类的大命题。为了人类的大命题，自己和一个讨厌的人相处，那么委曲求全，那么牺牲自己，其实是可以往献身精神上靠一靠的。

这一来就好受多了，从牺牲到献身统统都是人类期盼而又稀少的高尚品德。经过转来转去，也就比较欢快地从市侩的低劣行为置换成了一种值得向往的高尚。这种奇妙的转换，基本上和宗教一个模式。把一个平常的行为，利益的动机，通过置换变成了一种伟大的牺牲的高尚情怀。

说到情怀，我突然又有种强烈的体验，为了人类，我牺牲自己的尊严，自己的底线。我为自己震撼。我的震撼让我恍然若梦。它突兀的速度和奇特的意象让我不知所措！

十字架，我想到十字架。我为一个讨厌的人打抱不平，在世俗道路上，两者有着遥远的距离和障碍，难以逾越。但是，十字架像太极图那样可以转换。转换了十字架所负载的复杂的悖论也就能得到合情合理的解释。基督是被弟子犹大出卖的，敌人把他钉上十字架，处以死刑。这本来是个背叛的和屈辱的甚至丢人的事件。上帝神圣无所不能，却让自己的儿子被钉在十字架上，眼睁睁地看着他死去。按照常理说，很容易通过推理得出上帝其实并没什么本事，连自己的儿子都救不了。但正在这关头，跳出来个赎罪。从而解决了上帝无能的问题还提升了上帝的慈悲和仁爱，让自己的儿子牺牲，是为了给人类的罪恶赎罪。

从教义上，通过形而上的解释则奇妙转换成了至高无上的道义了。人类素有原罪，基督来到世上就是牺牲自己来替人类赎罪。基督和赎罪之间有个转换的十字架，于是尘世间最无耻的丑恶经过十字架转换升到了天国。我的震撼是，孟勋成了我的十字架。经过这个十字架，我的自我背叛就成了一种为人类的自我牺牲。

孟勋成了一尊十字架，他还不知道呢。我呢，正像基督那样牺牲自己，上了十字架，这个我知道。

第四章

轮盘赌

49

我是什么？在别人眼里我是什么人？这里既有答案又没答案。因为这里的答案各种各样，不同时期有不同的答案，每个人眼里也有不同的答案。有相当长时间，我很在意别人对我的看法，后来总是失望，索性不在乎了。反正你总会收获流言蜚语。我曾经和一个挑拨离间的爱好者有着密切交往。从他嘴里能听到别人对我的评价。"我不骗你"，这是他的口头禅。从"我不骗你"那里我得到许多的"意外"。从那里我听到有人说我，"太严肃"，也听到有人说我"假正经"，还听到有人说我"小心眼"，我帮朋友办事，他原本要花二十万，我找到关系，少花了几万。过了半年从"我不骗你"嘴里得知，被帮忙的人到处说我拿了很多好处。"都是朋友，昧我的钱，就这还让我请客。"到了五十岁，"天命之年"真的应了孔圣人的话，不在意别人说什么了。中国人最原点的文化符号是什么？"太极。"阴阳两条鱼互相纠缠融为一体。阴阳才有生命，生命才完整。所以，中国人的共性，也就是"阴阳人"。心里想的和嘴里说的不一样，当面说的和背后说的又不一样。

在意被说，不在意也被说，好被说不好也被说，反正都是说，那就随它去吧。

正像许多事那样，当你进入它之后，总会发生意想不到的事，并且身不由己跟着它走。我和孟勋的交往就像进入磁力很强的链条。这件事里面预埋了那件事，那件事里又预埋了另一件事。开始我只是为找证人，参与了书画展的活动，在活动的过程中，又因为恼火孟勋，反而脱口怒骂了孟勋的对头——"放屁"。我骂大胡子也就等于宣告和孟勋成了好朋友，进入了交往的新阶段。

50

我们成了好朋友。展会之后，又喝了两次酒。其间，又发生了一次吼叫回家的事情。孟勋以莫逆之交的样子问我的老婆有过没有过更年期？我回答没有。他欲言又止。我能明显地感到他心里有块垒。还觉得有什么事要给我说。我看着他等，他却懊恼地摆摆手算了算了的样子。终于，又发生什么事，那天下午，他给我打电话约见。当时我在健身俱乐部游泳，上来的时候，看到手机有个孟勋的未接来电。回拨了过去。他要马上见面。他的口气沮丧恼怒。我正在游泳，告诉他泳池所在的位置。在一排白色躺椅坐下等候，前面泳池赤条条男女游来游去。玻璃质的水波在明亮灯光映照中出入一条条水妖。

孟勋在服务员的带领下，从更衣室转出来。痛苦得姿势都变了。连爬上来的中年妇女，一身水淋淋的光泽从眼前款款走过，都没瞅上一眼，劈头就问我，你老婆有过更年期没？他是叫我知道更年期是一种多么可怕的病，暴虐性的病。他气呼呼地说，就一分钟，转身变脸就成了地狱。孟勋的胸脯鼓胀，声音满是愤慨。"天天发火，你做什么和不做什么她都发火。明明她有病，可她总是说我有病。"你看看，我是有病的人吗？医生说她这叫更年期抑郁症。"

听到抑郁症，我便联系到自己身上，并想到了医生们的关注点，不妨借用一下，问，"你老婆平时会笑不会？"

"什么？"

我又说了一遍。本来我对医生的问题很反感，此刻，当我自己这样问，便很奇怪地觉得有道理了。"会笑不会笑？"

他的反应和我第一次从医生那听到的一样，"会笑不会？这笑还有会不会的？"

"对，会不会？"

"你的意思是我的老婆平时爱笑不爱笑吧？"

我眼前掠过那个女大夫，不是诊室的，而是在梦中和我云雨的那个。"我是说，正常的时候会笑不会笑？会笑不会与爱笑不爱，在病理上有很大区别。"

孟勋觉得好像被玩弄了，"我分不清这两个有什么区别。"

我用那女大夫的话，专业地往下说，"会不会是对事情没兴趣，引发不出笑，爱不爱是性格问题，不属于临床症状。是这样，你刚才提到了更年期，又提到抑郁症，据我所知，它的一个重要指标就是会笑不会笑。"

"要是这样的话，我觉得她还是会笑的。"

"喜怒无常？"

"说起来很丢人，她更多的是哭，动不动就哭，屁大的事都要哭，越劝越哭，邻居们都以为发生了什么天大的事。有时还喊呢。"

"喊？"这超出我的医学常识了，"喊什么呀？"

"哟哟，我的亲娘哟，我的命咋恁苦哩。全是地方戏里的唱腔。后来又骂。"

我越听越好奇，"那又骂什么呢？"

"什么难听就骂什么。跟农村泼妇一样。你都不知道，在家里我受的不是气，是恐惧，她来的尽是无名火。你知道什么叫无名火吗？一句话，她就啪地把筷子拍桌上，吼，这我也强忍着，强忍着。要是发一通也就算了。这戏刚开始，接着扑到沙发上，发疯地骂，最难以置信的，她会把过去忘精光的芝麻小事，都翻出来扬一扬。我惊诧极了，我说了，我在观察我的忍受力到底有多大。这还不算还不算，更可怕的还在后面，她腾地跳起来，让我对那些曲解的事，道歉！如果真有奴隶制，这就是奴隶制，如果真有法西斯，这就是法西斯！她是有种不顾一切的发疯，她过去多么在意对邻居的影响，现在无所顾忌了。这不，就在一小时前，她又无所顾忌地把我从家里赶出来。"

我好奇他把最隐私的家暴给我说。而在别人眼里他是那么俊朗，招人喜爱。

他继续用保证说的都是真的口气说，"这半年我不知被赶出多少回了。我也给几个朋友说过，看看他们在家里遇到老婆犯更年期什么样子，怎么办？可没有得到答案，我觉得他们不是没有遇到，而是不好意思给我说。方程，我也不想给你说，只是发现你这人很仗义，够朋友，才来找你。你给我说实话，你在家里遇到这事没有？"

"没有。至少现在还没有，你不是说这是半年前才发生的，也许我的还没有到？"我安慰地说，"再等等？"

"还有一种现象，只要有人打电话进来，她就平静正常了。正在跟我大吵大闹，突然就好了，跟人家和风细雨。那么我就问了，这像一个人发烧，你不能在医院烧，到了家里就不烧。"

我暗暗惊异，这种话我也问过夏帆。我是这样问夏帆的，你说我有幻觉，为什么只在器官假说上有？在其他任何事上都没有？

51

我的同情心还是漫上来，同情心一来，话就多少有点做戏，"真没想到，像你这样的人，怎么也陷入这种最低俗的痛苦中。"

"我这样的人？"

我肯定地点头。

"我这样的人是什么样的人？"

"我觉得你很老到，很高雅，很……"

"痛苦还有低俗和高雅之分吗？"

"应该有吧，像你的痛苦就该高雅点。"

孟勋一怔，若有所思，"道理上应该这样，我也希望这样。我是什么都好，就是老婆这病一下子把我埋进了尘埃里。"

每个人都有自己的问题。我的问题急于找到证人，找到证人就找到一种凭据。就能安稳地回归正常的生活，就能睡好觉，解决失眠，夏帆也就不会怀疑我有了可怕的幻觉。这样就解决了现实与幻觉的关系。在生与死的界限上，所有的大宗问题转身之间失去了重量，缩小到意义的空寂的一个虚点上。

孟勋没有失眠的痛苦，依然有着自己的问题。正是他的问题构成了他自己。

"我就琢磨着不大对劲，可又说不上来哪儿不对劲。哪能只对我一个人乱来，对别人正常友好，要好都好，要不好都不好。我刚才说了，你不能到了户外三十六度五，进了家门就三十八度八吧？要闹都闹，不能光闹我一个。我真的被老婆闹得很害怕。到医院找专家解决不了，光去吃更年期的药了。越吃越坏。箭头不发，努折箭杆。我在网上查了不少资料，这里面有很大程度的精神作用。"

我同意他的判断，"当然有很大程度的精神作用。"

一个高挑雪白的少妇，赤裸裸地从前面过去，仅仅是收窄的黄色泳衣兜着三点。孟勋目光黏了一段。

我再次出现了幻觉，"你有没有这种情况，明明发生了一件事，却又像没发生似的？"

"没有。"他目光挪了过来。马上又问，"你说什么？"

"我说幻觉，我想起你老婆的更年期，一会儿有，一会儿又没有，对你个人有，对别人又没有。是不是貌似幻觉。"

"幻觉？"

我觉得不妨问问他，"你有过幻觉没有？"

"没有。不过我倒希望产生幻觉。"他多少调侃地，有了点笑意。

"我就产生过幻觉，没有发生的事跟发生过似的。很好玩。"

"这有什么好玩的？"

"当然好玩了，你想想，一件什么事，当没有幻觉的时候，没有发生就没发生。当你有了幻觉，它就好像发生过。这件事到底有没有呢？这确实很好玩。"

终于，孟勋讲了为什么急于见面的原因。他说他老婆的病在医院是没有效果的，一个医生朋友告诉他有个巫师，能起到神奇的疗效。能在精神上给以透彻的运化。他说他已经和巫师联系上了，但觉得很怵，要拉着我一同去见。

"我从不信什么民间高人，可她这病医院解决不了，又能怎么办？只得如此了。一直觉得自己和别人不一样，走着走着，就碰头了。就拿病急乱投医来说，过去我嘲笑过多少人，这不，现在我连什么江湖巫师都请来了。"

"有些病他们真的能治好。我信。"

"我就知道你懂，不会嘲笑。这才叫你陪我，加上前些天你骂那大胡子，真是我最好的朋友了。约好今天晚上就见，我的医生朋友还叫了其他的人。可能都是病人。"

"我……"

"我什么我，去！"

52

我们在酒店包间见到了那个巫师。面貌确实与众不同，天生一副异人相。你看不出他的年龄，既可以说五十岁也可以说六十岁还可以说七十岁，从他那沧桑而遒劲的脸上，你觉得他活了一百年，而且不是在我们社会中生活的，是从什么动荡的刀丛滚过来的，那双只有从战火中铸就的眼神坚定而透彻地能直钻你的灵魂。在他的眼神的鞭打下，你的隐秘无处躲藏。

巫师有很多绝技，其中之一就是玩转勺羹。

在玻璃桌上腾个空地，放两个瓷器勺羹。在座的人可以选任何一个，指定个人，巫师就用手卡着勺羹中间猛地一拧，勺羹云雾似的旋转，最终勺羹的勺柄正对着那个人。像枪口对着靶子一样，对着谁就要端起一杯。更为神奇的是在以后的每次旋转，都能转停后对着那个人，好像勺羹里有个定位装置，完全打破了概率。

"这已经是巫术了。"

我既惊讶又不服气。定睛看那个勺羹，简直有种备受愚弄之感，也就主动以身试"法"，同时增加个公约，如果有一次偏差，巫师也要喝。

巫师站起俯身摸着白色勺羹，两指卡着，一旋，勺羹像陀螺在原地转起来，玻璃面摩擦小，几乎听不到声音，速度快得像活物，只能看到一团白雾。大约一分钟之后，白雾渐渐化开，轮廓也出来了，又转一会儿，勺羹柄一点点地点着头寻找平衡，大家注视着这个旋转的过程，更在意那个勺柄最终停下来指着谁。勺羹缓下了，一上一下地，好像窥探目标，人们看着它欲停又动，一摆一晃地指向这个，又接着往前移再指向那个，一点儿气都没有了，可是，还在挣扎或者努力，拖着蹭着拱着，终于到了站，正好指向我。

在惊奇的唏嘘中，我喝了一杯。接下来的第二次就不是惊奇的唏嘘了，人们没有吭声，我又喝一杯。第三次还是没有吭声只是用眼睛盯着，这已经超出了任何科学和想象，人们当然会考虑魔术，作弊，道具，玻璃，每次都晃晃悠悠，以嘲弄的姿态对着我站了不动的事实。这之间，就有了它自转之外的因素了。我说这应该是意念的能量。只有这一个解释。一桌八个人，一个小勺羹，总不能每次那么技巧地旋转。我一连喝了六杯。

我已经醉了，决定自己玩一玩，巫师说同样的规则，你先说指向谁，要是指不着也得罚一杯。结果当然指不着，还差几个人呢。我又试了一次，居然指到了我。那就喝两杯。

我的毛病是只要喝多，总要高声说话："你这叫意念定位。"

巫师则说万物皆有灵，他是把它的灵唤醒了。

我只是觉得好玩，并非表示什么了不起。因为喝了许多酒，脑子基本缺乏理性把关，喷涌而出。"你也不要故作神秘。什么叫万物皆有灵呀，这只不过是种魔术。天宫一号无缝对接的精确度是三千万分之一秒，在空中对接。两个飞行物，就这么飞着飘着在空中相遇，严丝合缝地对接上了，三千万分之一秒。这可比你这勺羹在两平方米旋转中，一点点地对着人，要难得多得多得多。我就奇怪，人类的科学没有去震惊，反而在这个酒桌上，表示什么了不起。"

53

我生性好争论，年轻时还算优点，仗着真理越辩越明做后盾。到了成年，这个好争论就成了毛病，年龄越大越发丑陋。但是改不了，哪怕事后悔恨。

"要说神奇，人类的所有都算不了什么。最神奇的还是大自然本身。就拿地球自转来说，我小时候差点儿得了精神病。那时看了一本书，天天担心地球掉下去，它就这么悬在空中，没有支点，还自转。匀速，不快也不慢，一年下来三百六十五天，不多也不少。有一段时间，晚上一拉灯就感觉地球往下面掉，还做过噩梦，地球转着转着就像足球，掉下去了。"

我端杯子喝了几口水。

"再就是公转，那更神奇。地球天天绕着一个轨道，想想就想不下去了，轨道。我们的电车有轨道，我们的火车有轨道，实实在在的材料铺在那里。可太空的轨道是谁铺设的呢？就这么在虚空中，没有任何支撑，没有任何材料。我的天哪，就有了一条圆圆的看不见的轨道。地球这个圆乎乎的东西就在这个虚空的轨道上旋转。绕着太阳旋转。近一点点，地球上的生命就化了，再远那么一点点，生命就冻了。宗教解释不了，说有个造物主。这就不对了。这个宇宙什么都没有，没有上帝。真有上帝倒不会这般神奇了。说什么上帝是第一推动力，那么，上帝又是从哪里来的呢？你看看这地球，先自转，和自己玩，再和人家太阳一起玩。抬头看看天空吧，我们在空中飘着呢，转着飘，飘着转。就是不肯掉下来。"

我的醉意浓重，想到器官假说。我想到近些日子，因为器官假说，充当先知的遭遇。也许，一个搞意念定位的巫师能够给以认知共鸣，就趁着酒兴侃侃而谈起来。我从最简单的进入，没有耳朵就不会有声音，没有眼睛就不会有形状和光线；接着又转到如果我们多了一种器官，那就会发现新的事物，它就在我们身边。我如愿了。过去给别人谈假说的时候，总是根据对方迟疑的反应进行重复和解释，而巫师则闪烁着光芒的眼睛，每句话都能听进去听得明白。等我讲完了或者说快讲完还没讲完，巫师全部听明白了。

巫师拿起酒瓶，咚咚倒了一大杯，自己站起来，双手端着对我说先喝为敬，又给我倒了一杯，显出和他相貌不相称的表情，又敬我，"我全明白了，说一半我就明白了。你这是，你这是，哪里看到的？"

在过去，我总是瑟瑟掩面，羞羞答答承认是自己的，现在不了。经过焦虑的寻找，造成病态亢奋的失眠，以及爱因斯坦的侵入大脑的风波，加上酒后的张狂，尤其渴望对先知的论证，我被滔滔不绝的势头挟裹着推着，"你说，能够发见这个器官假说的人，称上称不上先知？"

"当然能够称上，这种假说只能先知发见出来！"

我渴望，极度渴望，"先知？"

"先知！这么大的事情不是先知，我就不知道还有什么事能称得上先知了。"

这个词，先知这个词，可以说是对器官假说最精准的认知定性，是对繁复、形而上、人类初始等等最合理的评价。多日来，我一直被一种类似于超常的东西呼唤着，那呼唤就是先知。

孟勋终于缓过神来，他寻衅地俯身向前，这种场面基本上和十多年前的冲突相似，当时他说我是体制外的人。体制外的人就是渴望体制内的人关注，现在我的器官假说还给赞誉为什么先知。他看着巫师，手却指着我，那手指的弯曲度充分表现了质疑和侮辱。

两人进行一种错位式交锋的对话。

孟勋问，"你说什么？"

"我说谁提出的器官假说谁就是先知，如果是他的，他就是先知。"

"他先知？"

"对，他先知。"

先知这个词，先知这种身份，对我又熟悉又遥远，如星空般遥远。我本人也在家里力争这种身份，但心里还是觉得它早成了陈列馆的遗物。这当口，真的被别人叫上反倒凌乱。我极力抖抖，在脑中整理一番，还是不大适应。我端起酒杯，我不敢用手指，而是借酒杯这个中介物，指着我的鼻子，问，"你刚才说我什么来着？"

我看到孟勋对我发自内心的抵制，正如夏帆对我先知的抵制那样，但还有其他的成分，是以一个体制内的人给以流浪在社会边缘上的人得到赞誉的抵制，他的价值观不允许身边没有名分的人就这么跳到高处。巫师没在意孟勋的抵制，回答我。

"我说你先知。对，你。"

"我？"

"对，你，这是你的吗？"巫师拿起一个装满酒的酒杯，递给我另一只手。

我知道这是一种借喻，接过："是我的。"

巫师用最终裁决的口气对我说："那就把它洒向人间。"

我一冲动痛快地扬起手，将酒洒向空中，淋到大家身上。

第五章

揭发自己

54

回到家已经很晚了，因我身上的酒气，夏帆歪头尽量离远点，跟隔着讲台和教室最后一排那么远似的。我去厨房拉开冰箱拿出一个馍掰开吃。这是多年来的毛病，只要上酒桌只顾喝酒和说话，不管多少菜都视而不见，回家的路上也不饿，奇怪的是，刚进家里肚子会突然感觉空了，那饥饿感犹如在工地干活似的，夏帆对我这种愚行从来不批评，总是善意地笑。

我倚在沙发里，向她招手过来。比划着讲起巫师的勺羹旋转。人真是很没意思。在酒桌上，我用大自然的神奇去压倒勺羹旋转，离开了现场，我又去赞扬它。当然，我更深层的用意是过渡到巫师对器官假说的评价和对先知的认可。

"因为器官假说，我们家里发生过前所未有的事情，你说我有幻觉，为了治疗失眠造成的幻觉，还弄出来个糊涂药以及课题组。我们还真真假假地说过先知这个词。今晚上，万万没想到，这巫师主动地、明确地称赞我是先知……器官假说就是先知所为。嗯，他是这样说的……"

她不想听，几乎恶心的样子。"你还没把那证据拿来，怎么又蹿出个巫师？称你先知？你可是一再说，满足虚荣心是骗子下套的第一步。轮到你就很受用了。"

我就料定是这结局，我悲伤地叫道："不是我很受用，这才是对器官假说与先知关系最准确的判断定位。唉。我说什么你就不信什么，不信什么也就不信吧，还非要朝反的方向。你人都没见，怎么就骂人家骗子？这段时间发生了那么多的矛盾、质疑、嘲讽等等，都在围绕一件事展开，也就是器官假说发现者的出身证问题。就我个人来说，我统统具备了，我有这，我还有那。你却越说越糟糕。巫师就是巫师，人家一听就听明白了！这就叫明心见性。夏老师，你铁了心将我降到普通人也就算了，还管我叫病人，说我有幻觉。我们之间的矛盾，你是不是也应该找找原因。现在还把懂我的巫师叫成骗子，其实在你内心里，你是不是也骂我骗子？！"

夏帆疲惫不堪地，"这段时间我们折腾得够累了，我没法再走下去陪你了。"

这话令人警觉，"什么意思？"

"全乱套了。"夏帆在屋里恼火地走来走去，"你先弄出个器官假说，还说有三个证人，结果一个也没有找出来。今晚又空降个巫师。这个巫师有没有，我不知道。"

"听你的意思这巫师也是我一手编造的？"

"因为你喝酒了，我不知道，只想问你，你这是布的什么局？"

迷阵又来了。"哪来的我布局，这一个个都是事实。一个个都是事实的过程。"

"我们是什么法子都做过了。结果越弄越乱，我不想陪着玩了。谁叫你先知你去跟谁玩。"

我从沙发里蹦出来去拉她的手，"那不行，半路溜掉可不行，巫师刚说了先知，我不能没有信徒，没有听众，我不能独自前行。"

夏帆甩开我的手往她卧室里钻，我都有点央求了，下意识地将手中的魔杖递给她，夏帆看到我递过来的手势，却什么都没有。我这个动作完全是从巫师那里现学现卖的。在酒店，他递给我一杯酒，那是个借喻，现在我递给她一根魔杖，一个不存在的魔杖同样是个借喻。我的一根魔杖，在空中飘来飘去，被一个人伸手，纵身一跃，整个人给带到空中，而双脚却坠在地上磕磕绊绊地拖着。这画面类似于八仙过海里的一个场景。

55

第二天周日，早上没吃饭。一上午我都想给她说说关于先知的事。她关着门，我试着几次还是没有敲。就在客厅给她发短信。能不能从巫师的角度对先知重新认识一下，人家说那也不是白说的，有着理论支撑，我在短信里强调着，两个观点，一是仆人眼里无伟人，二是，考虑举贤不避亲的意思。到午饭时间也没人去厨房做，她去卫生间一趟，我趁机溜到她屋里探头瞅，看她的课题组专用本，刚看两行她回来了。一副百般无奈的样子说了新主意，"越厘越不清，你一步步走来，只有你自己清楚明白，本来我也快清楚明白了，昨晚又变出个巫师，我就又不清白了。我想了一夜，这样吧，你要是真心让我认你为先知，就得自己揭发自己。"

"这是什么逻辑？"

"看你跟受多大冤屈似的。关于器官假说，你就是要往先知上奔。你一再说有什么证人，又迟迟拿不出来。咱们缠斗多日，反而更加迷惑。怎么办，我昨晚又想出个新法，这革命还得自己革自己的命，只有你揭发自己的真实心理，揭发自己的隐秘动机，我才知道为什么非说先知。"

鬼才听得懂她在讲什么。

"你清白了，我才能清白。"

她气糊涂了，我问，"清白？"

"清楚明白。"她申明。

"我很清白。"

"不，你不清白。"夏帆很有把握地，说了之后，觉得自己就应该比有把握更有把握。"就算你清白，但你得让我也清白。我不清白。"夏帆公然宣称自己不清白，这可不行，我便用长者训诫的口气："不能说自己不清白。"

"为什么不能说？不清白就是不清白。"

"什么为什么，你他妈是我老婆，你不清白我就遭殃了你懂吗？"

"你遭什么殃呀。"她绷着嘴笑。

"你就可着劲地气我吧，说事说事。我揭发我什么呀？"

"你揭发什么我怎么知道，但凡见不得人的都可揭发。只有揭穿才能发现。"夏帆说，"我这样做也是仁至义尽了。让你揭穿，也是最后一次努力。咱们一起看看到底出了什么问题，哪个拐弯处出了问题。真解决不了，也好知道问题怎么出现的，是什么性质的问题。方程，现在你一定要知道，你等号左边怎么运算都得不到等号右边的先知。"

我被夏帆诚恳又聪明的说法感动，"我听你的。"夏帆鼓励地期待着。同时调换一下头尾，我看到她额角处细密的皱褶显得粗了。自己揭发自己，又奇怪又刺激。自己揭发自己，这个词就有了深度。你审一个案子并不一定当事人有问题，而你让当事人揭发自己，所揭发出的问题肯定就是问题。

我看到她也为这个词和这个词包含的意思激动，比前些天她搞的糊涂药还激动。我想了想，又想了想，越琢磨越觉得哪里不对劲。张张嘴，又咽了回去。再张张嘴又咽了回去。夏帆伸出曾经的纤纤素手，做个接盘的动作。

她最大的困惑就是猜测我的背后还有多少看不见的东西。器官假说里最大的特征就是有许多东西存在而看不见。看不见，又想看见，只得把希望寄托在渺茫的我对自己的揭穿上了。她其实是叫我揭穿我身上的乱力神怪。但我知道，恰恰那些发生过的不能给她说。比如少年时代的某个清晨，我在床上看到过墙角探出个女妖的脸，对我一笑隐去，不知藏哪儿了。这个千真万确的事，能给她说吗？她听了不是信不信的问题，而是，嘲笑不嘲笑的问题。

"我揭发什么呀，我茫然四顾我揭发什么？"

"是揭穿。我提个醒，关于器官假说和先知的。"

"我不是全说过了吗？"

多日以来发生的荒唐事，已经打破了平稳安静的家庭生活，除了扭转思维方向，外表也发生了变化。她头发不整，眼神急切地闪来闪去，最明显的是说话的口气，要不短促生硬，要不火辣辣。前不久还掩饰，现在则索性直来直去。

她现在对我的事情基本上做着负面猜测，所谓器官假说，所谓三个证人，所谓空降的巫师，很可能是对她进行错乱的干扰，都是冲着初恋去。今天搬出个巫师那是为了下一步大变活人的前期准备。这个巫师出场，是为了下一个更荒唐的事情发生。我兜来绕去，都是为了掩护初恋。

"我看明白了，这一切都是一步步设计的。前几天，我们论证你的器官假说和情人的关系……"

我迭声惊叹：情人？哪来的情人？

"情书和初恋的人是不是情人？"

我不知道她这样说是思路上出现问题，还是故意捉弄我。

"在家庭成立课题组已经很荒唐了，我们的目的是论证三者之间的关系。梦，器官假说，情书初恋。刚开展的时候很有成效，现在你眉头一皱，又招个巫师来。都什么年代了，什么社会了，你竟丧心病狂也不怕人们嘲笑。"

当被人指出丧心病狂，信任就破产了，我再说什么都无用，又不能放弃，只能用发誓的口气："真有这个人，昨晚上大家一起吃饭。他们这么叫巫师的。巫师可能是他们那个行当的一种尊称。他在餐桌上旋转勺羹，让指着谁就指着谁。"

我大步走进厨房，拿了勺羹在桌上比划。这一切在夏帆看来都是阴谋骗局，巫师的出场是骗局的其中一幕，那么勺羹，就不再是勺羹，不可避免地被冤枉成了一个道具。

"方程！打个颠倒吧，我要是哪天也来个什么假说，用的全是你给我说过的那一套，你他妈的相信还是不相信？"

"你怎么骂人？"我指她。

"我骂人了？我骂什么了？"她停下来。

"你他妈的。"

"你他妈的!"她的双手往上猛地一抖。

"啧啧,你刚才骂的就是你他妈的。"

夏帆一怔,知道怎么回事,"噢,对不起。"承认错误后,又反击,"在我之前你也骂了你他妈的。"

"好了好了。什么都比。人家男人偶尔说个脏话才男人呢。"

"女人偶尔学男人骂脏话才汉子呢。别先知了,你继续揭穿自己。快!"

56

我全盘托出,我说的是事实本身。再说就是逼供了。我太委屈了,自己又没犯错误,倒跟做了见不得人的事似的,揭着揭着就停了下来,自己如果没有器官假说,倒能安心地过日子,成为庸庸碌碌的大好人。现在出来了巫师,碰杯敬酒,盛赞我是先知。为此反倒要揭发自己。成了一条罪状。我算看出来了,我本身是好人,器官假说也是一个伟大的富有创造性的假说,这两个都没有问题,所有的问题是我和它建立了关系。我相信,这世界出了毛病。我这么一想,再次体会深刻的孤独。以前,我也知道自己在某个层面孤独,现在坐在椅子上,成了犯人,这种孤独就来得强烈和深刻了。孤独犹如冰凉的阴郁的深秋,于是两滴泪渗了出来。

"这是怎么啦?你把我拐到迷魂阵里,倒掉起眼泪来了?这是我认识你以来的第三次,也是这些天的第二次。"

我哆嗦一下,那是深秋雨里寒冷的哆嗦,接着我呜呜地哽咽。我听到喉咙咕咚两声,这才意识到自己还有哭的意思,悲从中来,我看到自己在哭。我用内视的眼睛看到自己化为一个演员——在规定的情景中表演。

这种悲伤在我的生命里从来没有体验过。夏帆也没看见过。她找来毛巾递给我,由于情绪恶劣,递的动作过猛,扫到我脸庞。我疼得捂着脸,更委屈了。抓着毛巾往她脸上掸。因为力度重,我能感到掸到她脸上皮肉受击的反弹。她也捂起了脸。这种情景已涉嫌夫妻打闹的雏形了。再加上多日来相互积压的怨气，一下子被疼痛激发出来。她又拉过毛巾意图明确地往我脸上抽。当我抢过毛巾正要有新的作为，她兜头给我一巴掌。这是一个结实的耳光。夫妻三十年来第一次响亮的耳光。她的眼神也在这巴掌中闪烁出一道惊恐，但是这巴掌打出去就收不住了，响亮的耳光驱除了顾忌，直接燎到灼热的神经上，多日来紧绷的神经，一根根扭结着痛苦，如风雨中激荡的轮船的缆绳，在最后中间的几缕拼命的缠绕中，终于被最后一个浪头剧烈撞击，砰地一下断裂。她不知自己在干什么，双手攥成拳头，捶打着我的头、脸、后背。在一拳拳重击下，哇的一声，失声惨叫痛哭起来。她在暴打一个异想天开的匪夷所思的折磨她的恶魔。她已经不是她了。她的承受力已经超出了极限，这一点，我没有注意到，我完全被我的失眠、求证、辩解占据着。而在我眼里，她只是一个妻子，没有精神变化的妻子。她应该照顾我，理解我，她也一直这样要求自己，强迫自己去做。但是有一天，这朵盘旋的乌云，一下子变成了暴雨，让我和她都没有预料和难以控制。

　　屈辱的愤怒扭曲了一张平日里善良的友好的脸，伴着一声凄厉的长吼，她扑到我的身上，双手向我的脸上又打又擂，由于来势凶猛，她的手变成了撕挠。我完全吓呆了，除了她的吼声，还让我恐惧得一时没有反应过来的，那种要我破相的野蛮撕裂动作。婚姻三十年，这是第一次的剧烈凶悍，完全是敌人式的，仇恨式的，不顾一切后果式的。我先是用一只手挡，又用一只手去攥她的手，她整个人成了一个马力十足的螺旋桨，无法摆布，无法控制。在她疯狂的撕打中，我用双手圈着她，箍着她，她就在地上踹，跺，蹦。挪到了大衣柜前，两个人都从镜中看到了自己的狂暴，变形。我已经认不出来这个女人了，而女人也认不出来自己了，更是愤怒和疯狂，她的声音已经疯了，这是真正的那种爆发时的发疯，和我愤怒的大吼有着明显的区别。相比之下，我知道自己的疯病是假的，等级是低的。夏帆的疯是真正的，甚至在瞬间都会到了疯狂的那一边。我双手箍着，头还抵着她的头，失去重心，两人摔倒在地上，她又一挣扎，面向天花板压在我的身上。

"你到底想要什么？"

"我想疯！！"她躺在我身上对着天花板，扯着嗓子叫，声音都似竹竿发劈了，刺着尖厉的声音。

"你冷静一下。"我从来没有遇到这情况，听得害怕。

"我想疯！！"

我将她挪到左边正好可以看到大衣柜的镜子，我想她只要看到自己的失态一定会吃惊地冷静，在我以为，我并没有打她骂她，既然在打闹中，她看到自己的失态一定不好意思再闹下去了，结果我又失算了，她看到自己的丑陋，脸上被凌乱的头发和泪水混成一团，更是受了刺激，也就更加疯狂地吼叫。

"我想疯！"

第六章

歇斯底里

57

　　半夜我越想越气，多次闪现了冲到她屋里把她拉床下揍她一顿的念头。当已经明确器官假说对人类有着重大贡献之际，她还敢沦落成泼妇般地大哭大闹，就是对先知的挑衅和对人类的侮辱。这是大罪！这种罪要受到暴力惩罚！我的念头聚集成了场景，我看到自己走出自己的身体，冲到了她的屋里，我还看到自己的拳头愤怒地举起，我看到举起的拳头，迟迟没有落下，就真的下了床走过去，到了她的床前要替那个拳头擂下去。正在我要行动的时候，我退了两步，那个先前的拳头还在空中留着，我退到我的屋里，我对自己说，听到另一个声音对自己说，"正是先知，才不能擂拳头。"我接着又听到更为充分的休战的理由，"这是对先知的考验。"我又听到有声音说，"这正是先知在被世人接受之前，受侮辱的必然过程。"顺着这个思路，我几乎不自觉地再次想到不应该想到耶稣，想到十字架，想到救赎。于是，我就变态地对自己说，恰恰应该感谢夏帆。她的抵制的言行造成我的一种遇难，而遇难又是先知需要的一个明证。

　　我的火消了。同时我清晰地看到心里拱起一条通道。这一点又像孟勋十字架一样了。我的仇视变成了感谢，我则以先知的救赎精神来重新定义我们的关系。宽恕，友善，悲悯等情怀统统派到用场。既然是先知，就得这样做。接着，发生的事情从另一角度也证明我对自己先知的追认。

　　第三天，孟勋找我，我们在一家咖啡馆见面，我天真地以为，那天冒犯了巫师对我先知的称号，有见面赔罪的意思，不料正相反。他上来就劈头盖脸抱怨道，那巫师本来答应给我老婆看病，可是你那番演讲，你又是宇宙神奇，又是天宫一号，又是器官假说，把他唬着了。我再请他就请不动了。他的意思全怪我坏了他的计划，我听着就觉得眼前的一切突然奇怪极了。他在诉说他的老婆，而这几天我心里还积着霉气呢。我家里的女人风险的程度一点不比他家的女人差。我奇怪的是，我还得装着家里的风暴跟没发生似的。

"我说过多次，为我老婆的病我们去了许多大医院，没有用。也找过祖传野仙，也没有用。就指望这巫师的绝招了，我和我老婆就抱着治病的渴望。本来，这巫师是说好的。你那天的一通学说给巫师吓退了，就不来了。怎么办？"孟勋眼神里有东西地看着我。"巫师说你，我开始觉得挺可笑，但是我想了想，又觉得你真的可以。前几天，你在游泳池，问过会笑不会笑，还区别会笑和爱笑。看得出你也很在行。你又有器官假说又在行，是最胜任给我老婆看病了。"

"会笑不会笑？怎么啦？"

"这说明你懂。"

"懂归懂，但和治病两码子事呀。"

孟勋不不地摇摇头，"更重要的是那巫师提到你是先知。这就非同一般了。"言外之意，先知无所不能似的。

我渴望自己是先知，我和夏帆的争执也是为了让她看到先知的身影，可真的被别人如此地当回事加封，又惶惑不安。

一定是看出我迟疑矛盾的样子，孟勋又往前推一把，"我当时缺乏应有的认识。但是回到家，我是越想越觉得巫师有道理。觉得挺对不起你。"

孟勋的这句"对不起你"，揭开了隐情，他之所以非要追认我当先知，并非本意，而是找个对现实有帮助的工具。如果换成别的什么，只要对他有好处，他同样会如此改口追认。

"他那只是兴头上的随口一说。"

"什么叫随口一说？那天晚上，你真的很超常，先是地球轨道，后是飘呀飘，还兜售器官假说。巫师阅人无数，火眼金睛，这才一口咬定你是先知。而你知道，我家老婆需要一种心理疗法。谁来做这心理疗法呢？普通人当然不行，她不信，要让她信。那巫师不来了，就得是你，于公于私都脱不了干系。"

"脱不了干系，和会看病两码子事呀。"

"唉，看样子我不说明白你还真的不明白。不是让你真去看病。她这病是精神上的，医生看不好。只有找高人找巫师。现在事先定好的巫师，来不了啦，她又等着，你就去替代。她又不知道巫师和先知是两个人，她见到你，还以为是我提的那个巫师呢。我担保，你只要去家里，就好了一半。"

"我真的不行，真的不是……"

孟勋气得站起来，坐下，又站起来。这是我第一次见到他恼火。"不是也得是！这事你说了不算。为了我的家，为了朋友，你就得是……！"

他右手的手指往下猛地扎。见我给吓着了，便离我远一点陈情诉说，"好吧，不是，咱不是。但你充当一下可不可以呢？就是为了让她相信。她只要相信，这病就有盼头了。因为她本人太渴望救自己。我怕她大闹大骂，她也怕大闹大骂。邻居全听到了，走到院子里，有人都相互递眼色。"孟勋不能丢掉这救命机会。"我只要回家，她一看见我，想发疯就发疯。"最后那个疯字，拖出了哭腔。

我想到了前几天，夏帆发疯的样子，心软了，"别哭别哭，我再想想。"

58

我的注意力不可避免地集中到器官假说的证人上面。我被巫师指定为先知，那是因为器官假说的发见。而对孟勋而言，器官假说远比巫师知道的要早得多。我这次专门找他是为了提供凭证。这家伙却以官场老到"没有过节"而故意气我，故意表现出地故意气我。现在，事情发生了逆转，是他犯病的老婆在家里发疯改变了被动局势。

　　就这样，我和孟勋因为各自的利益需求建立起了搭档关系。我迫切需要对方供述出"器官假说"。只是面对哭诉，我在这时候提及就直接涉嫌交易甚至敲诈而卑劣。我不妨将线放长一点。

　　"你是说，不是先知，你也得让我成为先知吗？"

　　"对。"

　　"我有个问题……"

　　他敏感准确地打断，"你的问题现在不要提，等我的事情办好了我该怎么说就怎么说。先知的基本使命就是救苦救难。我们第一天见面我没想什么，但这些天，发生了不太正常的事，我就猜着你是专门来找我的。"

　　多亏一分钟前我有了自我警戒，不能乘人之危而卑劣，否则我就又被动了，"我说的问题你都没听，就轰出这么一大堆？"

　　"我知道。"他的嘴角一挑。

　　我知道他猜对了，我及时自律，说了下面同样重要的话，"我的问题是，你怎么那么断定，我以先知的身份做心理疗法，你家老婆的病就能好呢？"

　　"我再重复一遍，她这病是心理上的，而我们都知道，这种抑郁病吃药不行。要不这样子，"孟勋退了一步，"你可以不答应，你先去我家看看情况，看看她是不是乱发疯，看看我受的什么罪。"

　　"去你家也只能一时半会儿，要是不发疯呢？"

　　"发！半小时保管发！"他恶狠狠地说，接着说他的即兴计划，让我偷偷进书房，藏起来。

　　"你让我偷偷进，还藏起来？"

　　"我是同谋，没关系。"

　　"你让一个先知偷偷进，还藏起来？"

　　"喔，"他认错地纠正，"你走进我的书房，在那里一个人坐在椅子上，看书。"

　　一句"偷偷"和"藏"，勾起了我对一桩往事的回忆。这种景象有种"贼"的错觉。三十多年前，还是婚前，我和一个妇人幽会。正是她的引导下，趁她男人临时外出买东西的空当偷偷地进去藏起来。她和她男人长期分居分屋，这种年轻时代的故事已经胆大妄为了，万万没料到，三十年后又受主人之邀，潜伏家里。虽然主人的身份不同，性质不同，却有着异曲同工之妙。我自己在放大"藏"的理由，其实是三十年前潜伏入室偷情的一种有效的补充，将年轻时代的梦再温习和补充一下，向生命的回溯和荒唐致敬。我那时不可能想到，三十年后，却以一个先知者受男主人之邀，去看他老婆如何发疯。我甚至想，之所以接受，是不是我已经先于她发了疯？正像夏帆所说，幻觉者不知自己有幻觉。

就在这摇摆不定之际，突然又有了个新的理由，这个理由原本不存在，但我要去给孟勋老婆看病它就存在了。我对更年期抑郁症原本排斥，不会去了解更不会进行调解，但是，现在不同了。那天晚上夏帆突然狂躁"我想疯"，是不是刚开始呢？人家孟勋的老婆已经有相当一段时间了。按现在的情况，会不会发展到了她那种程度？夏帆真实可信地大闹一次，那爆发的歇斯底里的狂叫，要不是她闹得太累，躺到地板上，真不敢想象会是什么结局。我暗暗庆幸，一个人真的疯了其实就在那一瞬间，过去也就过去了。过去了就真的疯了。那么一来，对我个人来说全世界都改了模样和颜色。

正是这个内在的需求，我觉得倒可以去孟勋家充当回先知。

59

在孟勋的掩护下，我潜伏进家。由于太过于将事情往前推动，好让我听到犯病的妄语，他拉着我的手往书房里走，绕过插着各种毛笔画筒的大案台，到了窗口的圈椅，双手又在我肩头捺了捺，好将期待和委托捺得坚实点。如此，就进入了一种地下活动的隐秘。孟勋出去带上了门。

外面两个人说话，走来走去，一会儿远一会儿近，有一次那女的脚步近到门口，好像收拾什么东西，我恐惧地浑身紧张，要是她突然开门看到我躲在她家里一定以为撞上了鬼。难以想象那惊叫声音有多大。显然孟勋意识到了危险的边缘，叫她过去。从一条门缝向外窥，不多时，女主人从厨房里走出来，拿什么东西又折了回去，好像被直觉提示，在进厨房的瞬间向我这边回过头望了一眼，这本来是个随意性动作，由于形成的夹角让我想到十岁时，那个夏天清晨的墙角浮现的妖女。尽管两者一点儿不相似，那妙龄女子的微笑还是和阴郁气的黄脸婆发生了重合。那个少年时代的幻觉在几十年后得到了神奇的再现。

他几分钟后悄悄过来。

我挥着毛笔在他脸前画，"我不要待在这里，我要走。"

孟勋做了一个手势和乞求的表情，"一定帮我！"

"不能让我当成小偷躲藏。"

"很快，很快！"他关门，溜出去。

我继续一人泥塑般坐在荒唐里。我荒唐地坐在荒唐里。

两个月前，当我被引力波激发出了器官假说还是一派理想化的想象，只要找到那三个知情人，将他们的口供录下音来成了凭证，然后写成论文，再向世人宣布是自己的发现。但是，事情自有它本身的诡异性。先是为了进行回忆和书写我失眠了。而失眠，到了大夫那里成了抑郁症患者，到了夏帆那里成了一种臆想幻觉。寻找三个见证人不单单是得到凭证，还有个重要意义，那就是向她证明，我不是幻觉，同时也向我本人证明，我真的不是幻觉。

为此，我在恢复故交的道路上蹒跚而行，又拾级而上，当众发火，为他辩护，又在辩护后，应用自我保护法则找到了宽恕自己的理由，找到那副十字架。结果我又沦落到冒充先知，给他老婆看病。

当然，这全仰仗我的"器官假说"。如果没有这个假说，我也不会去找这个人，如果没有这个假说，即使找到了也不会俯首帖耳地与他同流共舞。十字架具有多重意义，人们可以从中寻找到所需要的东西。我看到自己充当起了骗子（夏帆这样骂我，看来是对的）。

现在，我独自待在孟勋的书房，以先知的身份去拯救人的时候，再次觉得自己体内还有一个自己。自己有两个。类似双重人格的那种，一个生命体有两个意识，这一个不知道还有另一个。这种感觉又让我想到，那天书展我扇孟勋两个耳光的幻觉，前两天半夜我要用拳头擂夏帆产生两个自己的情景。我是两个自己。一个是外部的，看得见的自己；另一个是内部的，器官假说的自己。别人看不到里面的那个自己。我自己的体内还有一个自己。

60

突然，屋外传来了那个女人的喊叫和喊叫时说的话，基本上听不清楚，即使用想象将它们连缀一起，也不大明白。声音给人一种委屈透顶的，只有世上最大的冤屈才有的那种凄惨。全是助词，啊，呀，悲伤的叹词，拖得很长很重。我实在难以置信一个好好的人，什么恶性事件都没发生，就这么突然地像演员那样就来了角色。啊呀，我快憋死了，哎哟哎哟哟哟哟，她的冤枉又接着控诉，举了一个什么事例，这个事例是当事者知道的，所以这个事例有定性和分析，有描述，有细节，有某句话，这个事例只有他俩知道。我听不明白。哭着哭着又破口大骂起来，"我咋办呀我""你看见我都是装的，装着可心疼"一把鼻涕，应该是累了休息了一会儿。开始慢慢地一字一字地说，"太多你知道吧，"说着说着又痛哭了"我恐怖。你这人说谎成性，当初怎么追我的？我是你老婆，看着那颜色我就烦，你就不舍得花几百块，我就不值那几百块呀。"这显然是取闹了。"看那颜色我就没有个好心情啊啊啊啊啊。""一个窗帘你都不舍得换呀，我跟你一辈子，一辈子啊，你是天天在外面乱吹，吹呀吹吧，你得了，一个窗帘都不换呀啊啊呀，我要了三个月你都不买。我这一辈子不值呀呀呀呀。妈那逼呀。"

我听到这一声骂，惊呆了。我绝对怀疑没有听清楚。既然能骂第一句，也会骂第二句。于是，下面我就没有认真听在哭诉中说的话，而是用心等着那句你妈那逼。

"你答应了几次，你光在外面嘴跟马桶一样哗啦啦乱抽，就是不给我换呀。这日子过不成了，你就会出去吹，写几个臭字。回来给我说这个人那个事，都他妈的是别人的。窗帘你换了再说呀，都是你的话，你知道我有病，你还不操心，你把窗帘换了我还能气不能，你知道我不能气一气就发疯你还不早把窗帘换了。你是故意气我呀，我的病都是你给气的。我非让你把我给气死呀呀呀呀，故意气我呀，啊啊啊，唔唔唔。你滚吧滚吧呀呀，我看不见你我不生气看不见你我不生气妈那个逼呀。"这些声音尖厉滚烫像一条条烧红的链条在空中上下飞舞。

我暗中对比夏帆的哭闹。夏帆属爆炸式，而这女人是拖拉式的，她好像歪着步子倒在床上继续哇哇哇。

孟勋推门，一脸毁灭相，"都听到了？"

我正要问你为什么不换窗帘？他推断作答，"什么啊，一个窗帘这么小的事，值得这般大哭大闹吗？"

"当然不值，过去这样的事她什么态度？"

"如果我是做了大逆不道的伤天害理的事，她又哭又骂，也就认了。可就为了窗帘，只能是病了。这可好，邻居一听哭闹到这地步，还不以为发生天大的事，以为我在外面养小三。"

"你不要在意邻居，而要操心不让她哭。"

"哭是免不了的，只是不要太厉害。不能让邻居听了看笑话！这是原则！我，要求不高。方程，你只要做到让这哭声小那么一点，你让我干什么都可以！"

他说我让他干什么都可以。这句话这时候说，那是他在暗示他知道某种事情，以及可以交换。这句话其实构成了我和他之间的最隐秘又实质的关系。

"我讲副总理的故事，别人都那么爱听，倾慕得很。可到她这儿就全反了，开始是看天花板，后来是木个脸，再后来是铁个脸。我真信了那句远香近臭。"

我也想看天花板，也想木个脸，"她真的把握不住情绪，越堵越危险，要是走极端你的政治问题更大了。"

"你就帮帮我呀！"

"她这病是魂飞魄散了，不是正常人。把她的魂和魄叫回来，守一中和，成为正常人，就好办了。"我自然地想到夏帆已经有的苗头，照此下去，她也有人家老婆的这一天。

孟勋抓牢我的手，又是那句话："你一定要救我！"

我给自己鼓励："好，我努力。"

"不是努力是一定。一定帮我渡过难关。"孟勋说着说着还哽咽起来。再也找不到小马驹的身影了，再也看不到餐桌上，对副总理的故事神采飞扬的讲述了，而成了一个病女人手里的落难者。

第七章

我是先知

61

几十年来，我在各个方面都平淡无奇，长个子的时候长个子，出皱纹的时候出皱纹，说谎话会心跳加速，脸孔还不留情面地公开暴露，为此我这个普通人一旦宣布器官假说，凡是认识的人都不当回事。

现在，情况发生了变化。由于器官假说我已经在内心里称自己是先知了，也试探地给夏帆提过两次，反应比较恶劣。巫师独具慧眼发现了我的先知品质，这在理论上迈出了重大的一步。好像为了印证，孟勖又跑来拉我去给他老婆以先知的身份看病，这种短时间内的变化让人紊乱又亢奋。我抬头看天空，只能怀疑是不是有神灵让我超越了现实，给了我尝试先知的机会。"一切都安排得那么好。"我内心喜悦。心想这是上天的意愿（这是我第一次想到上天，先知和上天，在这关口应该结合）。

先知在我身上降临。这个模糊又刺激的身份，令人着迷。我激励自己，为什么不尝试一下这种别人不可能尝试的身份呢？

这一切的精神活动是在一种失眠造成的错乱中进行的。每件事只要回想都仿佛隔着云雾的一种梦幻，一种臆想出来似的。我只依稀看到那天晚上孟勖恳求的样子，却回想不起怎么进的他家。这是一种空白。对这种空白的搜索是失忆人的一种强迫，越是寻找蛛丝马迹，越是什么都没有。

孟勖讲述实际情况，作为给我分析病情诊断方案的素材。正如我需要他一样，他也需要我。他需要我当先知。不管我是否为先知，孟勋也要把我当成先知。他知道，只有先知才能救他老婆，救他老婆也就救自己。兹事重大，关乎命运。已经超出我的意愿，不是先知也得是先知。我必须是先知。

我估摸着这就是古时候人们说的中邪了。我答应孟勋这件事我帮忙，两人商量一下操作层面上的事。我越发好奇起来，问："在你老婆那里，怎么把我弄成先知呢？"

"关于弄成先知的条件你都具备。第一，她不知道你是谁，这很重要。第二，她又知道你是谁，我前些日子给她说过你的器官假说。第三，那个巫师叫你先知了，这一点很重要。我在想，一个巫师都叫你先知，那你一定具备先知的相关要素，只是我们常人肉眼凡胎看不出来。结果你知道，我本来是不大看好你的，只是现在，人家说你是先知也就改变了我的看法。"孟勋自嘲地说，"这一需要你帮忙，咋就光看到你的好处呢？"

"你可真够诚实的了。"我竖起大拇指，相比之下，我就不诚实。其实我和孟勋一个样。在画展为之辩护就是最好的明证。"多年前，我和一个坐台小姐有个对话，问她天天和来消费的男人泡在一起，有很多又丑又肥又粗野的男人你真不恶心？你好像很开心。你猜人坐台小姐怎么回答？不不，对我来说男人美不美丑不丑不在长相上，而在钱多钱少上。钱给得越多，这男人就越帅气。猪八戒只要给钱多，他就真能变成了唐僧肉，需要是最好的美容师。"

"所以说嘛，需要是最大的价值，当现实需要你是先知，你最好是先知，不是先知也得弄成先知，这样好哄人。有了先知的身份，你再把跟我讲的那些话，抑郁症假性的那一部分给我老婆说，她就容易信服，你说什么她就信什么。"

"我知道了。"

"我的要求很低很低。闹可以闹，不要没完没了，一个月来那么一次。不要动不动就发疯，尤其事前不打声招呼，突然吼那么几嗓。"

"我知道了。"

孟勋将事情进行了量化。"她病的六成，佯装的部分约两成，装着装着成真的又两成。你看，这加起来占的比例大约四成。真的那六成，你留着，只把那装出来又不知装的四成解决了。"

"我知道了。"

"这都是为了让人信服。为了我，为了我老婆，你就委屈一下当回先知。等病好再辞掉。"

"我是说认识上没问题，行为上跟不上趟。"

"等叫几次你就习惯了。"孟勋在仿行政工作上有一套，试着来一句："先知。"

看看没有应答，又叫一遍："先知。"

我豁出去地："既然给你老婆看病，那就充当一回吧。"

孟勋感激地握紧我的手。"对对对，咱们先把病看好了。"

我又缩回去："感觉在演戏。"

"什么叫演戏，这是行善。先知。"

我的身子像中了弹似的，"你刚才叫我什么？"

"先知呀。"

我想再挨一弹，"再叫一下。"

"先知。"

我觉得子弹穿过我的皮肤，卡入骨缝里。我们分手了，我带着从未有过的先知式的醉态，走向大街上。我知道我需要突破，在这之前，我戴着世俗的镣铐跳先知的舞，我被现实的庸俗的精神枷锁，严重地束缚着了，正像佛家的佛号和革命者誓言，我此刻用"我是先知"一遍遍地强化。当我一句句地默念，镣铐也就貌似一点点松弛，脱落。

62

我在外面吃了饭，喝了点儿酒，回到家里，心里还在默默地念叨着"我是先知"。小狗在门口迎接，我就顺势将心里话说出来对它演讲。这是我第一次对活物演讲，"我有什么变化没有？"

它一如既往没有应有的表现。

我又念叨三句，狗听烦了，扭头走了，我叫它回来。它蹲着，过一会儿，它又扭头，试着要走的样子，当它半个身子扭过，我轻声地哼一下，它就僵着不动，侧身溜着前边余光，听我唠叨着我是先知。

一下午就这么自言自语，因为内心有矛盾有冲突，一个人就摆了擂台。这说明我脑子里的思想液太活跃，涨溢出来了。以前想什么用脑子就行了，现在还增加了用嘴帮腔。

夏帆回来听到屋里有说话声，以为来了朋友，听着听着是独白，那种熟悉的台词腔。悄悄地开门，小狗早就憋不住了，盼到了救星，离开原地，一溜烟地窜到门口。

我全当不知，继续大声独白。当一个人独自说话，也就不像她以为骗子的性质了。

对夏帆来说，我的演讲行为又是一种新的症状。她不敢追问，装着有什么事绕开。我觉得还得再温习一下先知的感觉，就把夏帆叫到客厅的沙发，谈了孟勋的求助如何救他的老婆。"而你知道，我们两个为了救他的老婆，想了一个办法。"还没容先知两字说出口，她就急着打断，"不听，不想听，我不想听！"

"听完再说不想听，这次比你的揭发更甚，挖掘，挖掘自己。"

她鼻子扑出股冷气，有听的意思了，"你要挖掘自己？"她疑惑的眼光有种嫌恶，这种嫌恶的目光从来没有在她眼里出现过，"你把你当成宝藏了？"

"倒不是我体内有个宝藏，而是我外面土层很厚，给掩埋了。"

夏帆颓然靠在沙发上，前几天才爆发过，不能再爆发。便显出一副舍命配合的样子，欣赏我怎么挖掘自己。

"你要挖掘出什么？"

"先知感。我得解释一下，不是先知，是先知感。为了解救被病魔捆绑的人，我得把我临时打扮成先知。"

"还是先知？"

"我知道，我说出这个词，你一定会觉得我有新的问题，但我必须提前说明，不是不是的，不是你以为的那样，而是我和孟勋共同的合谋，一种有利于事情解决的手段。"

真的逼到这一步，夏帆就有了种"天塌就塌了，大不了如此"的超脱，"什么解决的手段？"

"我得演练，需要你帮助我一下下。"

"一下下？"

"是一下下，并不费什么工夫，只用嘴叫我一声就成。"我没说叫一声什么，我知道她明白。但她并不急于明白。我歪鼻子做了个恳求的怪状。

面对这个病人，唯一的途径即顺从，她喃喃地嘟声，"先知。"

我感到身上一层世俗的甲壳，仅这一声，就觉得紧一紧，便从里向外挣脱了一点，"大点儿声。"我的喉头一拱。

"先、知"又软又硬，又粗又滞。

似乎听到衣扣的坼裂声，"口气再诚恳点。"

"先知。这次怎么样？"

"这次好多了。"我明显地感到身上嵌入的子弹，开花了，有股香气。某种东西在沉睡中唤醒了，或者平添了翅膀，这种激动不安的即时感让我走到窗前眺望天空，"再叫一下。"

我深深地吸口气转过身，"我不是为了当什么先知，我知道我是谁。我只是要去孟勋家给他老婆看病，去救人，人家叫我先知，我得知道那叫的是谁。"

"叫的是谁？"

"是我。"

她反问："我是谁？"

话刚落下，突然，我想到了两千多年前，基督问他的门徒，"我是谁？"这三个字本来写在历史书上，圣经《新约》上，很远，和我一点关系都没有，也不可能有关系。但是，现在，我觉得这三个字和我扯上了，我的嘴里还想试着发出声来，经过运气努嘴终于大着胆往前问，"我是谁？"

"你是神经病。"

又被骂了。便严厉地提示她，《圣经》这样写的，当耶稣问他的门徒，"我是谁？"得到的回答是"你是先知"。这是耶稣本人期待的回答。

她不为之所动，依旧用你是神经病的目光俯瞰我。

我只得哂哂地笑，追加一个必要的解释，"这绝对不是和耶稣相比，你也绝对知道我不是这个意思，还是那句话，我这是为了给朋友帮个忙，治病救人。提前熟悉一下，别叫了半天和咱没有关系。"我耸肩摇头，让她看出我完全能够从荒诞的剧情里摆脱出来。

夏帆鄙视地扫我一眼（鄙视，又是第一次），冲进卧室咣地摔上门。在屋子里高声怒斥起来。因为神经受了刺激，整个声音变了调。加上锁在屋子里不断地走来走去，就觉得成了另一个人。变了腔的愤怒的声音，又觉得像在演独幕剧。而这种隔门演戏，在我身上刚刚发生过。

63

我分明看到夏帆发火，是冲着救人而来的。我知道责任在我。又无法和解，就独自到外面吃晚饭。我带着先知感，看什么都和平时不一样了。我本来可以喝两瓶啤酒，想到先知不能这样，退掉了。给服务员结账时，嗓音低沉，发出不属于我的嗡嗡声。路上一个乞丐迎面走来，我掏出十块放在那伸来的碗里。回到家里，看到夏帆在几个衣柜里挑来挑去，拿出衣裳试了又试。

"这裙子怎么样？"在镜里向我挤媚眼，然后转身飘然离去。我问你这要干什么？

"我老公晚上不回家，你去我那坐坐吧？喝杯咖啡，酒也可以。"

"什么？"我惊诧地，从镜子里看走廊一角的她，"什么意思？"

"酒也可以。"

"你在外面就是这样勾引男人的？"为了把我从先知毒雾中解救，

她想了个诡计，故意打扮得低俗来丑化自己。

夏帆赌气地说："我告诉你，我家老公最近中了邪，非当什么先知。我不想和什么先知在一起。我要生活，我要世俗。给我示好的人可不止一个两个。"

"我这是演戏，去救人。"

夏帆靠着门框看镜子里的我，"说演戏我不反对，问题是去救人，你有过治疗病人的知识和经验吗？你敢去救人，我就敢去勾人。"

"快快快，你快给我正经起来。"

"你不正经我也不正经。"

"我哪不正经了？"

"你当先知就不正经。"

64

在等待孟勋召我去给他老婆治病的日子里，我动不动就想起巫师，想起旋转勺羹。眼前浮现了那个勺羹，就有了去试一试的愿望，尽管也知道不能一朝一夕学成，还是拿着勺羹在桌子上旋转。每次快到停的时候，就用意念发力。我琢磨着，观察着，念着咒，直到手指之间扭了筋。如此下来，那只白色勺羹越来越有了灵气，甚至有次也许是真的也许是巧合，停到我的面前。

当我真的看到勺羹像微型的小炮对着自己，开始相信是意念起的作用，于是旋转的时间就延长。又一次，为了让那门微型小炮对着自己，我完全无意识地歪着身子凑过去，还有一次竟然脚也在有意无意地挪了几寸，我给自己的理由是，这只是初期，要给它一点信心。既然激活了它的灵气，就应该有感应，彼此一点点地相互关照，对它来说就是必要的鼓励。由于这种鼓励和信心的介入，我对每次脚步幅度的大小就不能太在意了。加上自以为手上的技巧和用身去凑相互那么结合，旋转十次几乎可以有六次以上的准确率。我邀请夏帆观看，她看到我挪身和移步子去接近准确率，对这种违规的动作装着不知。

这种带有巫术性质的行为在一次次的旋转中，脱去了巫术的外衣而成了一种内心的体验，一种意念的定位。在我是这样，但夏帆则认为是病情的加重。

我每天演练一个小时，我相信，熟能生巧，加上意念定位等等一定可以解决，只是个时间问题。现在才几天，几个月后，几年后就修成了魔法。相信总有一天可以进入物我合一的化境。

对我来说，意念有种穿越物体的功能，也就是肉眼看不到的一个无形器官。这点倒接近自己的器官假说，我们五官之外的世界得由我们五官之外的感官来确认。我知道自己根本不是先知、巫师，不是超人，自己只是一个平庸的小人物，只是青春期，因为爱情而灵光乍现那么一次，剩下的岁月全都是庸常的凡人琐事。

我在默默地搭建器官假说与先知之间的对应关系。尽管我对自己的胜利有着绝对把握，但是获得金牌是一回事，能不能拿到金牌又是另一回事。我现在有个很明显的错位感。就器官假说这件事，确实有着非凡的奇思异想，玄之又玄的道家风格，有着神学上的风采，回首中国五千年的文明史，它确有着难以估量的科学意义。我的错位感还是那个老问题，怎么就成了自己的发见呢？现在，我通过这个假说，反复地观看自我，越来越觉得多么难以置信。同一件事物，当它是游戏时它可以是我的，当它是人类的大命题，就产生错位感。在夜晚的似梦非梦中，更是觉得不可能，像夏帆说的，一种幻觉。

我在旋转的勺夐的雾气中给自己打气，好端端的器官假说，绝不能就这么丢掉，从而丧失了救世的机会！也许自己真的是先知呢？也许当了先知后发现自己其实就是先知呢？

在宗教里，不是有了世界再有上帝，而是有了上帝才有世界。上帝创造世界。至于上帝是谁创造的则是一个不能探寻的话题。

65

幻觉就是病了吗？如果幻觉是病，那么宗教就是病了，人类历史就是宗教史，那么多的人，都是病了。因为在他们看来有个"天堂"，有个"极乐世界"，而这个在宇宙中有吗？没有。宗教的早期还不知道宇宙有多大，在天上有个好地方。后来，科技发达了，飞机上天没有见，卫星上天还是没有见，即使在没有见的情况下，还非说有个天堂，有个造物主。并不存在还非要说有，这就是幻觉。

由此可见，幻觉并不是人们指责的那样，是什么病。这种病是一种特殊的感觉，有什么不好呢？

幻觉本身也是种存在，一种虚拟的现实。幻觉是一种非正常的认识。

当我想到这一层心里顿时展开了激烈的矛盾。我知道自己在为幻觉辩护，而我之所以辩护的唯一目的是为自己充当先知扫清道路。我是先知吗？现在器官假说需要我是，我就要是。而我要是，又知道不是，就应该将否定的负面的问题给解决掉，给以积极的哪怕离奇的挖掘出意义。

先知应该有着不同的形式，比如看得见的和看不见的。我可能属于看不见的那种，既然我在梦中诞生了器官假说，那么我就可以算做梦中的先知。

先知与幻觉有种神秘的互补关系。一天夜里，我在梦中隐约看到一个从云雾飘来的身影，它落到我的对面说了句什么话，没有听清。第二天醒来就觉得彻悟似的，没有听清的那句话好像是，先知就要受难。我看着窗外，闭了会儿眼想，我现在还没有受难，离先知还有相当的距离。受难是先知的身份确认。悟到这里我突然高兴起来，我在心里说，现在还没有什么苦难，但苦难在前面不远的地方等待着我，要有承受的准备。

我握紧拳头在肩上好像宣誓，这个动作是下意识的，我不知道。我是看见夏帆斜了我一眼才发现，将拳头放下，又用衣襟擦了擦，像擦洗萝卜。

"我是先知"四个字像道符咒，在我心里一再响起，我越是不想它，不说它，它越是在我耳边回响。

　　一天傍晚，我悄悄地上到楼顶的阳台上。落日余晖，空无一人，我抬头望着天空。我深深地吸了几口气，命令道，"打开自己！唤醒自己！挖掘自己！吹响自己！"

　　于是我对着天空摊开双臂。

　　"先知！我并不是非要加入你的行列，而是我有一个创世式的发见。它对人类的未来有着决定性的启示。"

　　我停了下来，回味着刚才对苍天的呼吁。我在唤醒一个词，一个遥远的国度旧时光穿黑袍的一个词。唤醒它，让它移过来，站在我面前，我走进去，它走进我。进行意念上的合体。

　　我在心里酝酿着，我以为我会一遍一遍地呐喊起来，反正没有人听到，我甚至怀疑会不会失控。我的声音却一次一次地降低，声音拉长，有种不安提醒自己可别疯了。

　　我觉得好像有人在阳台的出口处，我侧身一看，夏帆！

　　"你快下来。"她没有用嘴喊，用她的手势在喊。她又向我招招手，尽管只有十来米，犹如隔江的彼岸。

　　她又招手，"你快下来。"好像我在高高的梯子上，这情景和前些天她突然回家看到我挂在梯子上一样。但我能从她的手势看到的不是一个具体的梯子，有点儿从天空下来的意思。我愣了好大一会儿，她还在入口站着，焦虑又无奈地站着。我明白了，她说的"下来"不是具体的物件上，不是梯子，也不是楼顶，也不是天空。应是"先知"。她是让我从"先知"的幻觉中下来。只要从先知下来回归普通人，我就不会爬梯子，也不会悄悄地到楼顶。

　　整个过程，又出现了那种相对论的分离感，我人在阳台，而我的意识顺着轨道，看到另一个我在空中。看到另一个自己留在那里，张开双臂，向苍天呼吁。

第八章

画　符

66

去孟勋家的路上，我还没有把握，当我进了家门和孟勋老婆见面的瞬间，我知道自己能够成功。许多事都是在瞬间决定的。近日来，通过暗示和呼喊，打气和壮胆，我提升自己，试图摸找似是而非的先知感觉。眼下真的面对患者，我的先知感卷入了一种超乎寻常的平和及亲切。而这平和亲切，又分明有种从云端处往下的俯视。让我更意外的是，我发现自己的声音也随着心绪沉郁和缓慢了。

从孟勋老婆的反应上看，孟勋对我的吹嘘已经起到作用，已将我当成了非同寻常的先知。她对自己的病情也非常害怕，有着与孟勋同样强烈的治疗欲。治疗欲，这是我们三个人会在一隅的缘由。她绷紧身子，眼睛直直地看着我，我不管说什么或不说什么，她都机械式地点头。

她背着窗口坐在椅子上，尽管头发整理过，但那眼睛里的阴郁和神态中的疯意，还是觉得乱。我注意到她手腕有道新的疤痕。仅窗下的一角，让我想起"幽闭""疯掉""苦难"，如果她不站起来，你会觉得她瘫痪好多年了。

她一番被动的回答之后，受好奇驱使问我既然是先知，能不能将器官假说结合事例，弄得明白点？我猜想她应该指日常生活的事。只要赢得她的信任，就可以实施救赎。

在和她说的时候，为了达到预期的效果，便不自觉地进入了一种"欺骗"。我的脑子里闪现了很久以前了解的知识。那是我去一个道观时，看到的画符。有了这个想法，或者说动了这番心思，身边的什物就成了一个个道具。

我溜了一眼茶台，上面放包烟，一盒火柴。兴许有了先知意识总要显示先知的水平，就很神奇地想起了遥远的中学时代玩过的一种小游戏。三十年以来，没有在其他任何地方见过和听过这个游戏，也就相信这游戏极少人知道，几近失传了。既然如此，不妨在她身上试试，让她心理上惊讶和折服，只要把我当成先知，剩下的事就好办了。

几十年来忘得一干二净，从来没想起，也从没有在家庭游戏娱乐中给夏帆玩过，而今天突然想起，唯一的解释就是"神明暗中助力先知"。

真正实施游戏的第一步，我的脑中闪过一道黑色的光。这一点实在意外，前些日子总在独自强化先知，扮演先知，真的实施了却多了份罪感。"火柴术"本身只是个游戏，但我以先知的身份去做就成了布道和施法。我似乎看到了自己蹿到门口，身影在门口一闪还听到自己咚咚一跳三蹦地下楼。这种奇特的"罪感"又非常让我晕晕乎乎，脑中的硬物软化了，有种从来没有过的快感——犯罪的快感。

我拿起火柴盒从里面抽出一根，又取出一根，七根摆成了七斗形，这是在道观看到过的"步罡踏斗"。伸手隔着茶台递过去，那女人不知何意，迟疑一下勉强接过来。我告诉她这是我用七斗形的不同摆法，要求对方走到三米开外，将那根火柴棒任意握在左手和右手，背到身后，然后再向我走来。我说我用不同摆法可以猜中是哪只手。"不管多少次都能猜中。"

用概率来看这是不可能的。最多一比三，一比五，不可能次次都能猜中。她按照我的指令，两手平放握好火柴棒，迈步向前走了五步，到了面前。我说左手。第二次同样的动作，还是左手。我还加了一个抬头和低头这些多余的动作，制造障眼法。

轮到第六次，也就是事前说好的最后一次。这女人说了句，"我不相信这次还能猜对。"我一怔，这句话前几天在酒店看勺羹旋转时，自己也说过。在当时巫师桌上玩勺羹时，我并没有想到火柴棒的游

戏，现在一经对比，两者具有同等性质。都是玩游戏者知内情，而外
人被蒙。

　　第六次，按既定目标依然猜中。这是 6：0 的比例，打破了概率。
敲定了某种神秘法则在里面运行。从对方恐慌的眼神和敬畏的表情，
已经领略了我的非同寻常。她确认孟勋没有说谎。

　　"看来，你真是个先知。"

67

　　她被我成功地愚弄。

　　勺羹有勺羹的隐秘之术，火柴棒同样有火柴棒的隐秘之术。两个
游戏在于颠覆了概率，在别人看来诡秘神奇，一定握有法力才能百猜
百中。之于我则很简单，是一种最简单的小游戏。对方拿在手里，潜
意识体现在脚上，下意识地就迈了同一边的脚，诀窍在于看脚而不是
看手。谜面在手里握着，谜底在脚下踩着。我每次都知道握在哪个手
里，为了神秘化，做了其他的假动作以迷惑对方，好像在其他地方找
到的答案。

　　游戏在先知的光环中成了法术。这是一种极为简单甚至低等的小
游戏，如果揭开谜底会一钱不值，还有种受辱之感。问题在于，它将
简单的事情人为地神秘化了。当她起第一步时，我就知道答案。当她
走到面前，我让她抬头，平举双臂等等动作只是为了设谜。而将受试
者引向问题的远处进行和本质无关的事项。我让她原地转一圈，又蹲
一蹲，再装出费解的空间移物的困难，指着左手下不了决心的迟疑的
样子。这一切都是障眼法，是置谜的手段。扩而广之，人类的其他领
域，又何尝不是如此呢？文化如此，政治如此，宗教如此，甚至科学
也如此。我之所以在测试时显示困惑，难以决定，是故意地露拙。还
有一次，我发挥得更绝，怕她潜意识做出相反的抬腿，趁她迟疑不
决，我突然改变了策略，从而打乱她的变化，"我不仅能猜手中有的，
还能猜没有的。"这种小伎俩，很成功地干扰了她换腿的潜意识。为

此，我从中体验到了先知的妙处。

为了神秘化我借用了怪异符号，去破解其实早就知道的结果。有意思的是，这种游戏对她来说已经被假象迷惑着了，她的震惊反而又过来去验证我的游戏和态度。这才是最要命的。她的行为一再地去主动成全我的戏谑。

如此下来，受试者在情绪的激动中，已经失去刚才平静理性的状态。到底抬哪只脚已经不被意识和潜意识决定了。于是，在第六次之后，我果断地终止了游戏，而她已经相信眼前的人是先知了。我成功地将一种普通游戏经过繁复的细节和仪式嬗变为神秘的法术。

68

世界掌握在制谜人手里。一个火柴棍的游戏仅仅借助于本能的流露，我利用了她的本能。这个粗浅的游戏，经过种种伪饰的手法，加上先知特定的身份，而转变为神秘的巫术。她之所以相信是因为猜中的结果得到实际的验证。从而又将验证了的事实变成神秘而飘浮在空中，达到了对我的信服，对先知的敬畏。当我成功地升到先知，再说什么都能成为圣言。

相信就是成功。她愿意把自己交给先知。我还递给她一杯"符水"，当我递给她，看到她恭敬地接过的样子，这个动作和水杯，又让我想起最不该想起的，最后一次晚餐。耶稣端起杯子对十二个门徒说："这是我的血。"两者相去太远，但我还是荒唐地心里想到了。大概这种联想来自于先知感。

如果直来直去，见她抬哪条腿就说出哪只手，那将味同嚼蜡，而掺拌几个毫无意义的假动作，六猜六中，则含有呼风唤雨了。赢得信服之后，我以对话的方式测试她的病因。将前两天在书房听的和孟勋讲的当成背景资料。

我以先知的姿态下了诊断，尽管我的火柴术和我的诊断毫无关联，但不知内情的这女人，把它们当一回事。彼此有了逻辑。火柴术是通往解谜的前奏。我说你对孟勋的脾气是爆发式的，失控的。你是在某个时候，突然发现真的恼火的奇效，就在无意识的基础上发疯，有时你自己入戏太深都不清楚是真是假，但你意外地发现他害怕了。我强调了这一句"你意外地发现他害怕了"，我及时捕捉了这句话的效果，我对她每种心理和演变的分析都和实际情况很相似，她佩服得呜呜地哭了一阵子，那是种在忏悔师面前放心又放纵的倾诉。

这女人哽咽地，"先知，您说得太好了。我觉得您看得很透，比我自己看得都透。"

这是我第一次得到评价，我很在意第一次对方的反应，听到叫我先知也更有了信心，"其实，这是假象。"

"我也搞不清什么是假象，只知我发一次疯就治他一次。只有发疯才治他的官能症。我知道我的病是什么，也知道我的病怎么治。"

这个女人彻底敞开了隐藏的心扉。她回顾第一次爆发的原因，那是在她弟弟孩子的婚礼上，孟勋不是以姑父的身份招待来客嘉宾，硬是绕到三十年前的那桩副总理的事情，招惹人们笑骂。

她说，那天婚礼上孟勋又谈他的副总理。谈起那次"几米森严的丛林"，用的词汇也不断地改变，从"走过"到"穿过"再到"穿越"。还有一次用了"超越"，他如何受副总理青睐，地位超越了省长们。那天的婚礼上，他对"好好好""我很赞赏"这种官场上的话进行解读，他说，这种简单却透着世上最有艺术感的和美妙的句子。"好好好"这种简单的表态其实是一种身份的特殊专利。级别不到，你连说三个"好好好"试试，人家还不一拳给抢过去。这三个字只有高级别的人说，才有分量显出效果。人们都知道大道至简，却没有想到简至大道。他还说这种表态就是领导的符号化的指示。能够说这几个字的，"我很赞赏"。透着一种肯定。这就是金字塔所处的位置的问题了。不管你承认与否，社会就是一座体积庞大的金字塔。

她说："净说些箭头不发，努折箭杆的事。他自己真有半点本事也不会絮絮叨叨个没完。"

这句话孟勋也常说，看来这是他两口子的传统。

"那是我弟弟孩子的婚礼上啊，丢死人了，他就不懂什么叫远香近臭。在外面人家还当回事，在家里早就臭了。我弟弟都差点儿打他，回到家，在楼梯上我实在憋不住，就爆炸了。那是我从来没有过的，人就爆炸了。"

她说针对孟勋的官场话语，她是忍耐半辈子也劝阻很多次无效，那次在楼梯上突然爆发，"我意外地发现，他给震慑着了！"看到了意外的奇效，接下来就弄假成真了。只要他说话办事不好，我就闹，以至于闹着闹着有点上瘾，不闹都难受。怎么办，那就无理取闹。当然，我是以借病发疯。在过去，一听人无理取闹我就恼火，可轮到了我尝到了甜头，就是想闹一闹。浑身像蒸桑拿一样舒服。"我大哭大闹，特解气。"

我问："像一场暴雨从身上掠过。洗礼，治疗方式就是发一次疯？"

我已经有了"先知"意念，有了这个意念也就会寻找先知的力量。因为，她讲的这些话，内心深处的话，是不由得给我这个先知讲的。她为什么不给别人讲，而给我讲？这就像神父听教民忏悔一样。身不由己，很不由得给我讲了实情。

69

我假冒先知给一个病人治疗。正是这种反常行为，倒提醒我本人是不是病人，我失眠是病，我幻觉是病。现在伪装先知也同样是病。但在孟勋眼里我是救星。

这一切都是荒诞的。而我看到只有假戏真做才可以治疗病人，神圣感还是一点点地聚拢，给了理由和力量。以幻觉者治疗另一个幻觉者。

她兴奋地点头，表示对。"哭闹一次，排毒一次。"

我继续往下说："每个人都有好几个自己，而自己知道的并不是真正的自己。那么我可以有把握地对你说，你真正的本人不是这样的。"我在纸上画了个人形的符号。这些纸是孟勋写字作画的纸。

她看着字符，"我还不是我本人吗？"

"你的本人还藏着，并没有看清在哪里。"当先知太奇妙了，一张口尽是神秘。

"噢，那我什么时候能看到我呢？"

我没有正面回答，也无法正面回答，继续按我的思路往下诊断。我对病人说，你的闹与不闹其实是对孟勋的不满。说了一辈子的副总理，自己却什么都没有。你很不满。怎么办？讲理肯定不行，那就借更年期闹，越闹越想闹，闹的时候想了很多过去的酸楚，刹不住车了。更重要的是偶尔发现，他挺害怕，你捕捉到了这个信息，要是早闹就好了。他不怕你，而怕你闹，你一闹他就怕你了。于是想着想着，就更后悔为什么不早闹。

她又是佩服地叫起来，"对对，太对了。"

因为有种先知感，我就果然有了只有先知才有的水平，这当口，面对一个病人，我相信能够把她治好。我说，当然，你本人也有更年期，这种生理病要发泄，要哭，要闹。可你得有个对象，当你有个对象，只能是自己最不怕得罪的人，就是老公了。所求的就是闹的理由了，要是正常的对他的评价，就骂不成了，骂不成了就发泄不了。那就很憋屈，堵得承受不了，怎么办，还得骂。骂人那是对象得挨骂。

她双手捧胸口，完全呈现教徒那种神迹即将出现的惊讶和虔诚。

我越说思路越开阔，以至于很早以前闪过的念头，因为先知的力量，汇成一条条口若悬河的源泉。我甚至将她的咒骂放在广阔的社会背景，找到类似的理由，比如阶级斗争。当我们说到地主这个词，继而转变成恶霸的时候，只有把地主骂成恶霸，你就有了进行风暴式的革命行为。土改时期如此，"文革"时期也如此，你必须先给斗争的对象以恶化，罪化，这样就有了斗争的理由和打击的激情。没有也要有，你个人没有，但你的阶级有，你是阶级的一分子。因为这是阶级斗争，不是这个和那个的个别人的划分的斗争。

70

　　我看下表，两个小时过去了。诊断之后下了治疗方案，"所以，你对孟勋的咒骂、愤怒，不是一时一地的，是几十年积累爆发的。"

　　我还要对孟勋的重托负责。我答应孟勋的治疗承诺，"解决问题百分之四十的部分"；在她五体投地将我视为神明之际，我说出了下面的话。但是！

　　"你必须收手了。刹住车，再这样下去，你离自己越来越远，你的魂就散了。"

　　春天了，她穿得很厚，还感到冷。"我离自己越来越远？"

　　"为了自己，你也不要再图一时痛快。魂散，就得收回来。怎么办？首先，将你的吵闹在时间上控制一下，减去一半。比如，过去一星期两次，现在就一星期一次。这对你本人好。你现在需要，收。"

　　她若有所思地点头。

　　"孟勋已经是这样子了，你对他的处罚，也已经达到了目的。不能老这样下去。"

　　"我怕我做不到。"

　　"你过去做不到，现在，咱们两个见了面，就能做到。减去一半，控制一下还是可以的。"

　　她看看台上的火柴。点头。

　　我如释重负，站起身。这时我做了个事先没有料到的动作，我用手掌轻轻捺她的头部，这是耶稣治疗盲人的一个经典手势。我看着她，想起一句话，"每家总得有个疯子"。没有疯子也得培养一个疯子。几十年来，孟勋永无止境地用"小马体"驰骋在生命的疆域，已经是个疯子了，本来可以继续疯，直到生命的尽头。可是他老婆忍不住，爆发了。从外部更像疯子的样子反扑过来，扑灭了孟勋的疯。在我眼里，孟勋是个疯子，在孟勋眼里，他老婆是疯子，而最有戏剧性的是，在夏帆的眼中我同样也是疯子，一个普通人装扮成先知去救人，那是更大的疯子。我们所做的其实是一个疯子救另一个疯子。

　　我来到窗口，俯视街道，看到孟勋徘徊在路口一侧，在等我。那个患了官能症的人，那个三十年前的小马驹，在等我。

水部

先知在镜里

第一章
乌女士

71

乌女士并不姓乌，之所以称她乌女士，是我觉得她身上带有与生俱来的和现实出入很大的特质。她总是乐于将想象的、愿望的、可能的事物通过自己的心灵转换，变成她以为的现实。将不存在的当成存在。

我之所以说"心灵转换"而不说"大脑转换"，那是我对人与自我，人与外界关系的看法。大脑属"智力"，而生活的态度和方式并不是靠智力能够解决的。主要还得顺从心灵。有些人天生悲观，眼睛总是盯着阴暗，哪怕生活在幸福的花园，也操心虫子和枯叶，追忆遥远的一次冰冻造成的灾难；有些人则富有幻想，总是将明天赋予浪漫色彩。期待的事破灭了，不灰心也不丧气，新的勇气伴着不断升起的太阳而升起。乌女士就是后者类型，和这类人打交道会觉得很有趣。当然得有个前提，最好不是自己的直系亲人，那样的话有趣就很痛苦了。将不存在的当成存在，落到现实中就是个错，一个接一个地错下去，谁都难以承受。

我和她属于镜友。我总共有近五百面镜子，乌女士收藏镜子的数量和品种比我多得多，这取决于酷爱镜子和她有个做生意的老公，足以供她想买什么镜子都不会因价钱而为难。

因为镜子我们成了朋友，又因为交往频繁进而成红粉知己。

红粉知己是个很模糊又可疑的词语。通常的解释是这样，男女两人做朋友，相互信任、单独约会，无话不谈，就是不肯上床。一旦有了肉体关系就是情人了。在肉欲横流的当今，情人是最不稀罕的东西。于是构成红粉知己的关系也就弥足珍贵，大有向精神高地攀登的意思。一对男女，相处很好，很投缘，就是不肯上床，貌似在尘世找到了一个神往已久的圣地。我也曾经给朋友们如此炫耀过，但是，有人迸出一句粗俗的话。"什么呀，那一定缺乏姿色，激发不了情欲。"

我当即矢口否认，宣称人家有姿色，还丰满。

那人不留情面地揭发，"所谓的红粉知己有两种，一是你还没机会到手，需要伺机潜行；二是她不对你的胃口。一对男女都单独三次吃饭还没上床，这和床没关系，和精神更没关系，那是女的上面长的有问题，或者是男的下面短的有问题。都一把年龄了，这个老汉我懂。"

我被击中了，是我的下面有问题。

乌女士对我来说属于想硬又硬不起来的那种，就是说，那杆枪在对方躲躲闪闪，欲拒还迎的情况下难以挺直。就是说，我只能和热情主动，还有姿色风情的女人演绎床笫风光，并且表现得富有实力，战况优异。就是说，我那下面的东西太讲究了点。

有过阅历的男人都明白，大多的情景是女人的躲闪伴怒的欲迎还拒，我的功能问题正好是在这个临界点上。如果你真的为她着魔，那么虚假设防也就不堪一击，而在"衣服都皱了"可笑的理由中成其好事。但是，乌女士正好介于两者之间，对我来说她的姿色激起的欲望正好允许她的虚假设防成为真的障碍。因为不能立竿见影，只得文过饰非，退变成一种绅士的文明行为。

我对孔子的五十知天命的理解是这样的，知道事与理的诡辩关系，现象与本质的双重关系。知道一个流氓生理上力必多的分泌旺盛从人生初期就屡试屡胜到成年人的夺关斩将。也知道一个君子并不是思想和境界，更重要的是阳痿或怕老婆和被发现的灾难，而不得不放弃，同时为了不那么无奈和可悲，只得用思想和境界来化装一番。嗯，化装。

一个人内心的幽径隐匿着的事情很多，那种一副戒备森严的女人，那些圣人、使徒，到底是他们精神修炼到至上的境界呢，还是和我一样，缺乏这种功能的指数差而无法实施，被迫走向一条圣洁之路，显得异常的坚定，这样既掩饰了无能，还暗暗感谢自己身下的无能成就自己的光。嗯，光。

这个问题还不是伪君子。伪君子是对自己的伪装，而我的情况是本身的动能不够，将错就对，索性用泰然之形雕饰出一副真君子。

乌女士，偏胖偏黄偏中等，有着一双善良的鸽子似的眼睛，胸部轮廓缺乏形状，软塌塌，让人联想到挤压过的面包。这是我最不喜欢看似丰满实则无力无趣的胸部了。就女性的特色而言，乌女士除了一双鸽眼，还有一双笋手。一双介于纤细与丰腴之间的如春笋形状的手。和她自身偏胖的体形相比，简直不是一个人的。每当我们在鉴赏镜子的当口，我的目光都会顺便中有刻意去欣赏这双笋手。凝脂、温玉，我总想伸手去触摸。

在她的镜子收藏室，我多次注视着那双手。镜子与镜子之间，映照的那双手不大像她身体的器官，它白皙，柔润，灵性。在之前，我不大注意女人的手，和其他男人一样，在乎女人的长相、身段、胸部、肤色。但是，乌女士改变了我的视线。

我之所以没有越界的第二个原因是她的气质，理想主义的气质。精神领域的那种。一个女人如果有着精神领域的东西，男人就不大涉足踏芳了。

72

在那些交往的岁月，两个镜子收藏者以红粉知己相处。我和她谈我收藏镜子始于初恋，"我从她的课桌屉拿了她的转笔刀，作为纪念。那时候，转笔刀有两种，一种背面有小镜子，通常女生用，一种没有镜子，通常男生用。"我充满激情地回顾着初恋，当一个男人对一个女人如此神往地讲初恋，恨不能泪洒相思地，我就分不清回顾当年的是种情感本身，还是杂有让她觉得我是个情感上异常幸福和专一的人。正是这种时候，在我谈初恋的整个过程，那封情书，作为最重要的一环，必然要说起。我清楚地记得乌女士的反应，并不是对我的初恋故事如我期待的那种反应，鸽子似的眼睛发出的柔和目光多次在空中游离。对我而言，我当时并没有认识到器官假说有多大的意义，它只不过是我的一个特有的东西。而她，一个女人也不可能对一个玄虚的，奥妙的东西有多大兴趣。于是出现了常有的那种情景，说话的人发觉听话的人注意力涣散。

我记得我当时问她，是不是器官假说太深奥？她说那倒不是，男人总爱讲些女人听不大懂的话，这器官假说只是其中的一个。她说其实"那初恋"很幸福，"你从第一个转笔刀的镜子起步，一路走来，收藏五百多面镜子。而她却不知道"。

我和她谈到初恋故事，初恋里面有片镜子，学生时代用的转笔刀背后有小而圆的镜子。由于太小，应当称为镜片。在讲述的过程中，我对镜片如痴如醉，也含有几十年后的不忘初恋的炫耀。甚至自我欺骗，这是故意让她嫉妒，让她知道我心里的初恋是世上无人可比的。于是，"红粉知己"就这么被我和她双方共同努力默默地雕饰而成。

在我们红粉知己的时候，发生了一件闺蜜事件。这件大事不仅关乎价值观，还涉及人性的恶。之后，我们也就没再联系了。准确地说"没有联系了"。没再联系和没有联系，至少在我看来有所区别。"没再"是可联系又可不联系，里面还有点情分或思念；"没有"貌似简单得多，可以不联系了。人到一定年纪，感慨人生的事情很多，其中之一就是"友情消失"，曾经相处很好，交道两三年，说不来往就不来往，连一点儿音信都没有。当然，就这个问题我也思考过，人生几十年，如果都保持来往那也会因友人数量密集而难以忍受。旧去新来，"七八个朋友定律"最合适。

闺蜜事件是这样的，她的一位闺蜜，向她借五万，都知道她老公做生意很成功，乌女士有能力借给她也知道对方有能力在限定期归还。本来这事按生活常态发生，但坏在她老公。她的老公对人际关系很悲观，"借钱是朋友，还钱是仇人。借出去的钱往往收不回来就成了债主"。为了不借给朋友钱，她老公有着多种手法和预案，这也属于商人的一个组成部分。她老公感到有人要借钱，采用先发制人的策略，"我先编造个事情，跟准备向我借钱的人借。或者在那人开口之前我会打一个电话，说有个什么项目和什么事情，听到我比他更需要钱，也就不张嘴了，"针对这种退兵之计，乌女士说，不一样的。你那是生意圈，我这是最好的朋友。一听最好的朋友，她老公笑了，那种笑再往里探一点就透出了泪。"最好的朋友？她可不一定呢。"

"太不地道了你。"乌女士恼火，"不借钱算了，还说人家坏话。"

"我现在把钱放你桌上。"她老公说，"钱就是你的，你想怎么用就怎么用。只是，我有个愿望，通过借钱测验一下你的朋友是不是你说的最好的朋友。"

乌女士是个理想主义者，为了帮最好朋友的忙，也为了通过这件事打击老公的错误判断，便依照老公教她的方案到最好的朋友那里表示，可以帮忙却又迟疑，这迟疑中就透露出一种不情愿，不是钱的不情愿。

她忧伤地，按照老公的指导对最好的闺蜜说："我们是好朋友，都知道我们是好朋友，可你在别人那里说了不该说的话。"

她没有听到过这闺蜜说她的坏话，也没有听到过别人传话到她这里来，什么都没有。但她老公的人生经验告诉她，肯定说了。

"莫论我人非，人非即我非。"人生阅历就是最好的耳朵。她老公都给一句一句听到了，甚至连说"论非"的表情都给看到了。

那位最好的闺蜜就问："我说了什么不该说的话？"

乌女士捕捉到了她的眼神里的游移，本不想按照老公的试探走，可这游移中的躲闪，促使她鼓了下勇气，"你说没说过我不就是指望我老公嘛，说没说过？要不是我老公哪有钱收藏那么好那么多那么贵的镜子，说没说过？还有，我老公生意大，应酬多总不在家，夜不归宿又会去哪里呢？说没说过？"

乌女士的愿望是最好的闺蜜当即给以否认，给以惊愕的表情，然而没有。她只是转了下眼珠，深皱眉头，说："不愿借钱就算了，干

吗搞这套把戏？"乌女士看到她生气了，又觉得好像不是受侮辱伤害
的那种，似乎有被揭穿的意思。只是拿不大准。

73

本来她以为到了这个地步就行了，依她老公的情况也就到了这
种程度，要借的钱没到手还能引发一种自责。可是女人就不同了，或
者说那个最好的闺蜜就不同了。她确实在其他朋友那里"说了这些坏
话"。只是在说的时候并不觉得是坏话，仅仅是对事情的一种评价，
但是传到当事人的耳里，评价就成了坏话。那个最好的闺蜜就很恼
火，怎么能这么做呢？朋友间还有没有起码的信任？乌女士"编造"
的坏话，她真的在其他两个闺蜜中说过。

于是，那个最好的闺蜜因为借不了钱，全毁在另一个最信任的
朋友的告密。义愤填膺，将电话打到告密者那里，指责她不该出卖自
己，为什么把对她说的话都一一不漏地全盘学给了乌女士？而所谓告
密的闺蜜发誓，绝对没有传话给乌女士，如果乌女士真的听到，那只
是你不光给我说了，还给别人说过。于是受冤的"告密者"放下电话
又给乌女士打过去，问到底发生了什么事。"她是给我说过你的这些
坏话，说过你不就是指望你老公嘛，说过要不是你老公哪有钱收藏那
么好那么多那么贵的镜子，说过你老公生意大，应酬多总不在家，夜
不归宿又会去哪里呢？可我并没给你学嘴呀？到底谁出卖了谁？我是
从来不在朋友间说是非长短的。"

乌女士拿着电话悲喜交加。她没有料到那个最好的闺蜜居然去责
怪那个告密者。

事情自有它本身的旋转逻辑。很快这件事就在不大但也不小的
最好的朋友圈里，伴着风沙走石传开来。她已经差不多崩溃了。多年
来，她最好的朋友（们），说了最不该说的坏话。她经常请她们吃饭，
变成了"还不是炫耀她老公有钱"。热情帮朋友联系专家看病，"还不
是为了卖弄关系多"。她突然陷入了一片寒冷荒芜的黑暗。她哭了。

几个朋友（闺蜜）就这么篝火般轰地燃烧后，化为灰烬。

她怪老公，"你赔我！"她趴在沙发上痛哭。经过这次借钱引发出友情悲剧，她失去了最好的朋友（们）。

做生意的人更容易直接切入利害关系，更容易赤裸裸地逼视人性的丑恶，她老公说在多年的生意场上，将人性土地连刨带挖折腾好多遍了，也就"看山还是山"，重新把握人们的利益和人性复杂而微妙的关系了。

最后统统归于尘世。她，"看破"了。

"不打诳语"成了最为重要的一个戒条。在现世法中，没有对"诽谤"等坏话的有效限制。佛教中有这一条，这一条在人生的道路上异常重要。她以血淋淋的身躯触碰到这一条，而它又成为通道将她领入了佛教世界。

第二章

因果之缘

74

给乌女士打电话已是四月上旬的一个晚上。这时候的情况和前些天与孟勋联系完全不同了。那时，我只是作为普通人怀有试探的忐忑去找证人。经过半个月的跨度，我有效地打开自己，内心走得很远，都有点驰骋的意思了。尤其给孟勋夫人的心理疗法，助长了我先知感，很想再找个什么事重新试验一回。于是，给乌女士打电话联系的当口，我不能否定，除了寻找证人，还额外多了份对先知确证的期待。

和孟勋取得联系，得找中间的共同朋友，力图以自然的方式凑到餐桌上。乌女士就不同了，我俩是镜友，尽管十年以上没有音信，只要谈镜子，就不会觉得突兀。倘若她给我打电话，我也不会觉得突兀那样。

电话中我说，昨天晚上把所有的镜子看一遍（这是事实，找情书的时候看了一遍，挂在梯子上，给夏帆抓个现行），真是一面镜子一个故事，感慨系之（也是事实），就想起了你（更是事实了）。

乌女士正参加什么活动，从手机里传出七嘴八舌还伴着笑声。我打电话也只是约时间。她对我说明天有个放生法会，叫我去现场，在那里可以见面。她还让我加微信，微信号"菩提无树"。

放了电话加她的微信"菩提无树"，翻看里面的内容。每天都有佛教语录，佛教故事，佛事活动。前半个月还到印度转尼泊尔参拜佛祖释迦牟尼。从微信里看出，她已经深入佛教丛林，心地善良又富于幻想的人找到了安栖之地。

第二天上午，我对着镜子梳理。为了得到先知的形象提示，我的胡子和头发都留下来，所谓梳理其实是将头发撩弄得更乱一点，悄悄往爱因斯坦的造型上靠。

我开车去龙湖赴约。隔着几十米远远地观看放生法会。从车上运下许多硕大的白色的充满氧气的塑料袋，里面游动着鲤鱼、泥鳅、乌龟。信众们排成长队，塑料袋在手与手之间传递，慈悲也在心与心之间传递。一排排摆放好，在法师的主持下，信众齐声诵读放生仪轨，让它们皈依三宝，从此不堕三恶道，念佛往生净土。法会仪轨之后，一群佛教居士放生，那群朴实真诚、慈眉善目的善男信女们喃喃有声地念着阿弥陀佛，阿弥陀佛。每个人都将水生物倒进湖里，一条条生命旋转欢腾地游向远方。信众做着善事，从中领略内心的喜悦，做善事可以往生到西方极乐世界。半小时后，人们分开散去。我走到乌女士面前。

与十年前比，她的身材又胖了一大圈。下垂的眼袋给人一种岁月的痕迹。眼睛，还是鸽子式，柔和善良。当然，我还留意她那双手，那双笋形的手依然温润如玉。

她说我的变化不算小。我知道她并非指年龄，而是指做派，我的胡子和长发。

以我的预期先讲镜子，问问十年来又有什么珍藏，然后过渡到当年的交往，将器官假说隐埋在众多的话题里。对我来说，器官假说是花草里潜伏的蛇，对她则是花草的一部分。她不知我的真实意图，说起这些年来，收藏了和佛教有关的镜子，"这是一个世界，你想象不到有多大。各种镜子都有。"

我暗自高兴，"哪天去你那儿欣赏。"

75

我们顺着河堤漫步，两个大小不同的蛋形艺术宫在阳光下金光闪闪。多年前，它们刚建好时，成为这个城市重要景观。现代艺术在古老的中原大地诞生。这时候出现了常见的情况，我有我的话要说，对方也有自己的话要说。乌女士将话题转到每年两次来这里放生的事情。给我讲放生的意义，不仅是放掉鱼虫们的生命，同时还放掉心中的贪婪，嗔恨，愚痴。她讲放生的种种好处，有的信友因放生病都好了。

从她的话题里和语气中，能够明显感到她要引我关注到她的世界。这个平时很遥远的世界因为身边的她而拉近了距离。

几十年来，因为器官假说，我断断续续地翻阅了大量的书籍，科学的，生物学的，哲学的，当然还有宗教方面的。我做这些求索，并不是证明自己是器官假说第一人。恰恰相反，我是为了证明在我之前一定有过这种假说。当我找不到时，我就继续找，我没有找到那是我看的书太少。我为此患了轻度的偏执症。我坚信只要找一定能够找到。这种不懈的努力就是为了证明我绝对不是天下第一人。在求索的道路上，我翻阅了宗教方面的，比如对佛教多少了解皮毛。也曾去寺院游览，和僧人们有过请教和交流。都没有找到和器官假说相似的东西。相反，倒是对他们创造出一个彼岸的净土世界、地狱、六道觉得很奇怪。如果将奇怪具体化，具体化到人，那就是这些和尚居士到底相信不相信？他们是真信呢还是假信？一个无法看到触摸到的世界在那么遥远的遥远的地方到底是怎么感受到的呢？我对此有过种种猜测，最后我找到了给自己难以解释的答案，那就是，他们在大脑的构造上和我们不一样。除了教育和环境之外，他们和我们是不一样的人。我从来没有一个信教的朋友，也无处深问，而眼前的乌女士曾经是朋友，还成了佛教徒。那种好奇的质疑就自然地降临到她的身上。

当下的我，恰恰处在跃跃欲试的先知状，我对孟勋夫人的拯救给了我勇气和信心，我还想在现实中找到。若用一句诗来比喻，那就是我感到体内起团风，风里含着玫瑰。结果在听了乌女士的放生说法，几乎没思索就撂出了下面的话："你们这不叫放生，是杀生。"我话音刚落便把自己给镇住了，太出言不逊，好像对佛教人士有多么仇恨嘲笑似的。乌女士的表情一层层地变换，起始惊愕，继而疑惑，很快宽容出只有佛教人士才有的荷花微笑。

我接着说："就拿放生甲鱼来说，对它是放生了，得救了。可是，它回到水里要生存，就吃其他的小生命。甲鱼是食肉动物，它每天要吃多少小鱼小虾才能养活自己？一个月，一年，三年呢？它得救了，成千上万的小鱼小虾却死了，而这些鱼虾，也是生命。所以说，你们救了一个，却杀了更多。"

我讲了最普通的道理，只要摆到面前你就难以辩驳。现在乌女士就是一种无言以对的样子。她将右手竖起，放在眼前。我又看到了她的手，笋状的，温润的手，她的那种救命胜造浮屠的崇尚情怀明显地受到了挑战和颠覆。

乌女士阿弥陀佛一声，做了很高明的处理，回避地绕开，笑着说到缘字上面。她说三千六百个日子，弹指而去，各自忙碌，今天相见重续旧缘。万事万物总因一个缘字。

我的口气变得恭敬起来，我之所以用这种口气是对刚才鲁莽的一种补偿。我问的是，你学佛和没学佛有什么大的变化？

乌女士回答当然有大变化。她讲了一套常规性的佛教知识。以我对她讲的理解，属于那种并不是很精通却要摆出相当专业的样子来。比如她说学佛就是让人觉悟。又解释佛是梵语，是觉悟的意思。还说在她学佛以前，也以为什么都懂，只有学佛之后才发现自己错了。错在哪呢？错在这世界其实是空的，假的。"念佛很好，开智慧。怎么开智慧呢？要了解这一切世界都不是真的。你眼里看到的，手能指出来的，没有一样是真的。"

按说我们十年以上没有见面，就直接谈起了佛教方面的东西，很离谱。但对我而言，恰恰是一种解释质疑的机会。同时，我也理解，对一个天天阿弥陀佛的人来说，满脑子都是佛教的理念，又有弘法使命，你还指望她能说什么呢？正如一个商界的朋友，没两句话就会直奔生意场那样。

"那么，什么是真的呢？"我虚与应酬。

乌女士作了回答，"善根！福德的因缘！这辈子念佛诵经做善事。

往生到西方极乐世界。"

我知道尘世里的价值体系到了佛家世界分文不值。而佛家世界里的东西，全部是形而上的子虚乌有，并不存在，有趣的是，并不存在的东西却能将它们放在眼前，当成真真切切看到的东西。听这种梦呓似的佛教理义，我更加有兴趣了。

76

我身上的先知感在我的意识之外发挥着作用。我控制不住也不想控制。换了基督教的说法，这大概就叫"位格"上移。人一旦形成高下悬殊，会像天空的气流对冲。我本来完全可以不进行这种无谓的争议，但是，现在的我已经不是我了，我听到自己身体里有种声音脱离我。我身上凭空注入了从未有过的智能性的东西，有点无师自通。

"我一直觉得你们很有意思。简直在童话中生活似的。你们将一个世界分成两半，尘世的和极乐的。尘世，生命有限，事事不如意，处处不开心，反正很坏。怎么办呢？就寄希望于遥远的未来吧，未来是什么？通过涅槃往生到极乐世界。这种幻觉直接干预现实世界，人要进入涅槃就得用一生修炼自己，消灭自己，消灭自己就是要消灭肉体里的欲望。那么好，你们的这个涅槃存在不存在呢？"

"当然存在了。你要是修行就知道它们存在了。修行就是去贪、嗔、痴。戒、定、慧，回归自然佛性。只要做好这些，去掉屏障你就知道它们存在了。"

我进一步觉得先知感控制了我，操纵了我，"修炼，去贪、嗔、痴，吃苦受罪，是为了积德得到福报，获取更大的好处，到达一个根本不存在的极乐世界。那才是大贪是巨贪。你们用尘世的有限的贪去换来世的永恒的贪。只是贪的地方不一样。"

"说什么，贪？"

"当然了，贪。你们只是牺牲掉现世的欲望，换取来世更大的永恒的享受，这才是更大的贪呢。只是贪的不一样。它完全称得上是种算计。超越市侩式的算计。"我的话还没落到地上，悬在半空，就知道又闯了祸。我将人家至上的追求比成市侩式的算计，这于情于理尤其于人际交往的基本礼节太不符了。

她深深地吸口气，看着我的胡子，我的长发，我的眼睛，看着我外面的我，尽力柔和地问道："市侩式的算计？这个说法闻所未闻，你能讲讲怎么个算计？"

"我不是说了吗，为了未来牺牲现在，为了大福牺牲小利。"

乌女士又将手竖到眼前做了个阿弥陀佛的手势，也许她多次受到外界的种种嘲笑，但这种被指责为巨贪可能头一回听到。鸽子的眼睛有了鹰的光。

从我脱口而出的"不是放生是杀生"，到"市侩式的算计"，我看到身上的先知已经脱离，超越了我。我听到一种来自我身上又像来自其他方向一样的声音。

77

我知道我错了，我本身并没有错。我的错在于我在佛教徒面前说了番对的话。乌女士说："方程，从你身上，我再次相信那句，信佛则佛信魔则魔了。你一肚子魔怎么能看到佛呢？你这样说，是你没有进入佛界，就像一间屋子你都没进来怎么知道里面的情景呢。"

"我是没有进，但我知道你们是怎么回事。我好奇，你真的相信有个极乐世界？"

"信，当然信。你说的是实证问题，我们讲的身心灵。在你们眼里，生命就是身，最多有个心，却不知这世界还有灵。我们不在一个维度里，这就是我们的区别——灵。灵，是看不见的，只有修行到了一定程度才能感悟到。肉眼看不见的。"

我知道这就陷入了无法验证的领域了。不在一个维度里，就难以沟通。你看不见，她看得见。你看不见是你没有修行，你没有修行就不知道还有个灵存在。没有灵的存在就不知道佛教里的空与色，实与相的关系。我们看到的物质世界的东西，他们非要说是假象，而佛国里的极乐世界那种虚幻却非要说是本相。所有的问题都出在这个灵上，现在又多了一个维度。维度里有个灵。

这时我想到了引力波。尽管在我看来，人类首次接收到引力波发来的信息，无论是真是假，毕竟还能接收。而佛教的六道和极乐世界，从来没有发过来信息，它们的存在和作用，仅仅是一部分人自己单方面赋予的。

"这是个过程，开始不信，修到一定程度，进入了高维度，你就信了。再就是，那么多的人都信了，不会是假的。方程，我知道你的疑问，我开始和你一样。慢慢了解，就信了，信则有。"

"只能先有，才可信。你们可好，不管有没有，先信了再说。"

"离相即佛，我们佛教的修炼目的就是离相，能看到的是假象，而看不到才是实相。"

刚开始说放生，说修行，说放下，我还能凑合着涉及这个陌生领域，"离相即佛"这四个字，将我和她之间拉起了一个看不见又存在的帘幕。我就感到了无力。我不知她说的什么，同时又觉得她说得很荒唐。"真的是假的，假的是真的？"

她用了对抗的说服的口气，"对，先信再有。这就是宗教的神奇之处。你只要信，它就真的有了。我们几千年都是这样的，先信再有。只要信它就有。"

听到这种言之凿凿的话我的头皮一软有点眩晕。一个熟悉的人经过一系列的佛语而觉得陌生。她的信誓旦旦，像她刚从遥远的那边回来似的。

我想到了火柴术，孟勋的老婆信了我这个先知，我再做什么低级的假动作都会不由得上升到神秘之中，就能治病。我又想到了夏帆，她总说我有幻觉。我的器官假说在我这儿是真实的，存在的，发生过的，但是在夏帆看来它是一个幻觉一个虚构。我无论用什么方式来为自己辩护，对她来说，恰恰是用虚幻证实虚幻。为此，在没有物证的前提下，我必须找到人证。我找到了孟勋，又找到鸟女士。奇妙的是这个乌女士又给我说了另一种幻觉。

78

我提醒自己，找乌女士的目的是什么？我不是来探讨佛教和尘世的关系，而是找一个器官假说的证人。不能再受先知的蛊惑发难乌女士了。我对她做了个不谈这些换个话题的手势和表情。转而问她镜子方面的事，我说这十年我又收藏到了几个珍贵的镜子，其中一个就是我在高中时期，最想要的那种转笔刀背面有镜片的那种，我问她，还记得我曾经给你说过的转笔刀，我收藏的第一个镜片吗？她猜中我找她有事，只是不知道什么事，"还记得，你找我是要谈它？"

"这个镜片，你还记得什么？"

"还记得和你初恋有关。转笔刀后面的镜片，你收藏了……"她追忆的样子。

"再想想，"我知道这样有点难为人，但我需要。我想知道十多年前，我跟她说的那些话。我不能引导，我需要她主动追忆。我需要她一件件悉数往事。

"你做了个梦，给她写了封情书。"

"是不是，我做了个梦，将梦中的器官假说当成了情书？"

她在脑子里搜索似的，"你好像在找什么东西？我说你的问话很奇怪。你是不是见到她了？"说到这儿，她明白的样子又显得疑惑。因为，我见到初恋与否完全和她没有干系。而没有干系，又来找她，一定有着另外重要的暂时还不知道的缘由。

换了任何人也会如此推断。分别多年，既然打电话约见，那应该有什么事。现在，我锁定到第一面镜子，延伸到初恋，梦，器官假说，情书。这种指向当然促使她往我和初恋上面想。

"倒没有见面。"我用需要解释的口气说，"因为当年的初恋里面有器官假说，也就是说，器官假说在整个初恋里扮有重要角色。我现在想对此做些深入一点的研究，就找到你了。"

　　在我说到一半话的时候已经觉得奇怪而荒唐，正如刚才听她说佛教一样，奇怪而荒唐。因为，我说的话并没有给以明晰的解答。我来找她到底是为什么？

　　"我的意思是，我现在突然对器官假说有了兴趣，觉得它很了不起。我今天找你，就是想听听你对这事的看法。你能不能将你所记得的给我说说，记得多少说多少。我是想从侧面，估摸着到底值不值得去研究。"

　　乌女士终于明白了，舒口气。她说她还依稀记得器官假说，多一个和少一个器官什么的。这个世界并不是我们看到听到的世界，而是，一个因为我们器官注定的先天不足，而对世界的另一部分不知道，又因为，多一个的器官无法在科学上得到证实，只得为假说了。

　　她说着说着也兴奋起来了。犹如器官假说和她有什么关系似的，"你看啊，方程。放在十年前，你说过这些，我也听到过，但我不懂，真的不懂。留给我的印象，只是你的镜子和初恋。但是，现在，你再跟我说，就全懂了。不仅懂，我还可以用佛教给你个答案。你的器官在科学上还没得到证实，至今还为假说。但在我们这里就有答案。答案就在《金刚经》。"

　　阿弥陀佛！

第三章

幻觉即一种器官

79

对于乌女士的成功取证，倒让我陷入了矛盾徘徊。那就是给不给夏帆听录音证词？如果听了，她会直接发出更大的诘问，"你和她到底是什么关系？器官假说，你可以不给我说，我们天天一起，都不给我说，你可以解释你压根儿给忘了。但是，你给另一个人，尤其还是女的，说明你没有忘，没有忘而又不给我说就是故意躲避。我不知道这有什么好躲避的？"

我可以一字不漏地想象她说出这些话。最后必定一个追问，"到底什么关系？你们是在什么情况下说的？说这么深的话，能是一般的关系吗？"

对夏帆来说，我的器官假说已经很"幻觉"了。现在，乌女士的出现正好又成了幻觉的新证明。这种定向的思维已经形成，为此我打算暂不给夏帆提及。

我找乌女士只有一个目的，那就是找到证人录下口供，将十年前的谈话固定下来，排除自己陷于一种幻觉。虽然孟勋提供了一种口供，但因两人的相互利用的动机，很难说清这交易导致口供的真伪。

当天下午，我接到她的一条微信。

"六根清净。六根清净的六根其实就很接近你的器官假说。六尘，就是与六根对应的物质世界。六根清净的六根是什么，眼，耳，鼻，舌，身，意。和你的器官假说表面上一个样。往内再走又有区别了。六根是生理，它对应的是"六尘"。形状，颜色，声音，味道，冷热，等物理世界的对应。"

我的器官假说并不是她说的六根问题。我发过去一段微信，我们人类的六根为什么只是六根？六根发现"六尘"之外，还有没有其他的一尘或两尘呢？我要说的是，造物主恰恰不可能让六根和六尘对应。

稍等一会儿，她将《金刚经》中的几句发过来。

"如来说诸相具足即非具足，是名诸相具足矣。"

"如来说即非善法，是名善法。"

"凡夫者，如来说即非凡夫，是名凡夫。"

乌女士说："你的器官假说其实质就是器官假名。你在追究有没有第六器官或第七器官，在追究其他的宗教和科学里有没有，那么我可以告诉你，佛教里就有。"

我觉得不是我的意思。

"你的器官假说在《金刚经》里已有说法。我看你应该将你的器官假说改一改，太空泛了。"

"什么？"我回微信。

"改成般若器官假名，比你的器官假说更能说明你的本意。般若即智慧，比智慧还大的智慧。你这个器官假说属于大智慧。当然，要是再加上，波罗密那就更好了，波罗密是彼岸的意思，你的目的是在无问的情况下找到一个无解的答案，你是不是这个意思？"

"我本来知道我是什么意思，经过你的般若的智慧我有点迷糊了，再加上你的什么波罗密，我就更糊涂了。还是我原来的好，简洁明了。"

同样是器官假说，放到夏帆那里成了失眠造成幻觉，幻觉即病。而在乌女士那里，恰恰要的就是这幻觉。

乌女士要的就是幻觉。在佛家世界观里，人生如梦，世事如幻。幻觉不是生理上的而是心灵上的。你愿意它是真的它就是真的。现在，乌女士就是用我的假说去找她的幻觉。

"你说的幻觉和我说的幻觉不是一个幻觉。我的器官假说，不是什么幻觉，是一种科学假说。"

80

在家里我认真地阅读起《金刚经》。既然乌女士一再强调器官假说能在里面找得到，我就一字一句地找。哪怕很牵强也往上面靠。我只想赶快找到，我就将悬着几十年的心放下了。可是读一遍没有，两遍还没有，到第三遍读到一半就撂下不看了。

我放下《金刚经》，除了找不到我所需要的，倒是从里面发现了一个非常荒唐的逻辑。这是我五十多岁的人头回遇到。一件事，竟然能够给以不同角度的多维的解说，每个解说又是那么理由充足，振振有词，让你继续怀疑都觉得不好意思。

《金刚经》是世尊与须菩提一问一答对话组成。开始的场面是佛陀持钵乞食，入舍卫城，次第乞已。从世间法来看，一队穿袈裟的僧人托着钵挨家挨户要饭，这场面已经很奇怪好玩了。起码是种被救济的身份。但在僧人那里，一切有着相反的解释。他们讲究举止"庄严"、仪态"法度"。这就让人想到堂吉诃德，瘦马破甲，一本正经游天下，将自己所做的任何事情都赋予崇高意义。佛陀和堂吉诃德，在不同的场景构成了同样的镜像。

"次第乞已"，就是挨家挨户不要分贫富地要饭，这本身没有挑选的资格，人家也不允许你挑选，换到佛陀则有着高妙的说辞：要公平地对待。

须菩提是十大弟子又是解空第一人，不大守规矩，（真不知这十大弟子怎么当上的），偏偏专挑富人家要饭。其他的比丘嘲笑他，挑富人家是为了吃得好。

须菩提给出了道理，我去富人家要饭是为了穷人。穷人本来就可怜，去吃穷人的，人家更少。我不吃穷人是对他们的同情。而吃富人对他们仅是一点点的事。

与须菩提相反的是另一个大德，同样违背世尊的"次第乞已"。

而是专去穷人家。当须菩提问他为什么，这大德也给出了理由，我们的行乞是给供养者福祉的机会，专挑穷人就是给他们种福田，让他们将来不穷。为什么不向富人乞食，是因为他们太有钱太享福了，何必让他们福上加福呢？

引起我特别注意的是，他们将乞食的个人生存行为，统统上升到是为对方"布施"和"说法"的高度。

世尊的法是不能有"分别心"。那些穷人和富人，都是我们"布施"的对象。都应该公平地给他们种福田。

而十大弟子中，却有两个破了世尊的法。

须菩提是"解空第一"。他又是如何解空的呢？比如房子，是个实物，但是须菩提就能把它给解空掉。将栋梁撤掉，将墙撤掉，将门窗撤掉，如此这般，房子还有没有呢？没有了。再如，种子到开花，开花到结果，结果到败落，还有没有了呢？再开始新循环，是不是又空了？

在世间法，白即是白，不是黑，黑就是黑，不是白。但是在佛教里白和黑是一体的，就是黑中有白，白中有黑。

明明房子在那立着，佛不说，而只说把它拆了之后，空了再说，并且说这就是房子的实质。明明开花不说，待秋天过后，枯萎了再说，并说这是花的实质。

一个要饭的，都敢将乞食反升到给对方布施、种福田和救赎，可见在人类的初始文明中，种下了多少颠覆的混乱基因，埋下了多少根性的悖论。

事实上，在我和乌女士接下来的交往中，这种悖论总渗透在她的言行里。比如器官假说，她将我自身探究的需要误解为她施教的功劳。她从般若讲起，在世间法，人们只有智慧，而佛教的般若就是超越智慧的东西了。

她说："你其实在说一个看不见的世界。有器官可以见，没器官就不可以见。你的器官假说在佛教里有兑现的可能。"

"兑现？"我觉得比实现有意思，兑现是现成的，直接就可以变换对方，而实现还有着距离。

"用你的器官假说，通过修炼弄出个第六识第七识，极乐世界和六道轮回，你不是说看不到吗，也许你的修行证悟后会知道真的存在呢。"

取证任务完成，本来可以走了，乌女士这番话留下了我。长期以来我操心留意是不是有这种假说，尤其好奇人家怎么说的。现在可好，原来人家有现成的东西兑现呢。

她所要做的是，找到器官假说和佛教学说的关系。那么，在她眼里，我的器官假说就成了佛教的注释了。

81

春末夏初，我们见了好几次。这种节奏超出了很久以前镜友的关系。我看到，我重新走了和孟勋交往一样的老路。我的行为发生了一系列的"不得不"。我不得不，听她讲一套和我的世界观相悖的东西；耐着性子听她讲金刚波罗密的密，就是度人的意思，她这样讲是她已经在河的彼岸了，而我在河的此岸，既然两个人不在一个地方，只有到了她的彼岸才能知道彼岸的情况，用彼岸的观点和思维回看人世和佛境；我不得不，跟着她去北郊的观音寺烧香、抄经书；我不得不，听佛教音乐。我不知道佛教音乐对别人的感觉，对我来讲不大喜欢，缓慢悠长透出的沉郁使我的情感往下坠，思维也相对停滞。

伴随乌女士的相关活动的时候，我多次出现恍如隔世的云雾苍茫。我记得很清楚，小时候在乡野里见到过寺庙，两个干瘦的和尚，在破败的房子里，愁眉苦脸吃着面条。佛教龟缩成几间瓦破砖烂的黑屋，已经成了枯木似的僵尸。书籍没有了，教义没有了，什么都没有了。你无法设想三十年以后，它们在神州大地发扬突进。和尚们走向民间，走向大街小巷，救苦救难，观音求子。上师们网上视频，决定着官员的仕途，菩萨救命。它们活过来了，从那些零星的破败的屋子里活过来了，到处招摇。方丈出行，擎着巨大的豪奢华盖，犹如皇帝。由此可见，能够造神的宗教也只不过是世俗社会的玩物，政治气候的冷暖决定它的死活。几十年前的那些零星的出家人像蚂蚁爬过残垣，变成了兔子，又像兔子一样变成大象，闯进学府和官员的办公桌。人多就是有市场，连乌女士也加入其中了。

那些信佛的人，真的相信这个世界之外还有一个肉眼看不到的世界吗？真的相信有肉眼看不到的六道轮回吗？真的相信做善事积德死了可以去那个极乐世界吗？一会儿说前世是现世的因，你前世积德才有现世的果报；一会儿又说，现世不仅是过去的果，还是来世的因。但这个前世又追寻到哪里呢？前世又有几个或更多呢？从什么时候开始呢？全是本糊涂账。

82

其实，我很渴望器官假说不是我的发现，我不应该有这种能力，它发生在我身上，让我终日惶惑不安，跟偷了别人东西似的。我断定在人类史上早就有了这个假说，既然有了，我真的不必再操心了。

我之所以渴望不是我的发现，是因为它给我带来了难以面对无力回击的窘况，四十年来，没有去开创局面，恐怕就有潜意识里缺乏信心的缘由。现在果然如此，我陷入夏帆的围堵，孟勋的纠缠，掉进了乌女士的分不清方向的波罗密。之前，我与佛教一直是咫尺万里的没关系的关系。当下，却非常奇怪地形成了一种形与影的关系了。

"我说的是，这世上有两种存在。一种是我们感觉到的，如你的器官假说。另一种是我们感觉不到的，它也存在。你听明白了吗？你们的存在是感觉到的，我们的存在是你们感觉不到的。"

我每个字都听清楚了，全部意思也很明白，"我怎么可以感受到你们说我们感觉不到的存在？"

"你已经感觉到了呀，你的器官假说就是感觉到我们已经有的器官感觉不到的东西。不管你相信不相信，也不管你愿意不愿意，你的器官假说已经在为佛教献礼了。"

"我说的和你说的完全是两回事。"我必须让对方明白，我的器官假说是生理上的器官，就眼耳鼻五官能感受到外部物理世界的器官。而不是意念幻觉的另一个世界。即使它们存在，也不是我所要的存在。

乌女士认为，我的器官假说在佛教里可以解释清楚。按说我应该高兴才是，可我高兴不起来，因为我的器官假说完全是科学的假说，怎么在科学的世界没有一席之地，被斥为幻觉；进入了宗教反而得到了热烈的呼应呢？

我发现，从人类伊始就创立的宗教，它们的思想、人物、神迹、学说、传播和光大等等，这座无形的庞大建筑一代一代地，被后人添砖加瓦，精心装修。

当我再次问到，你们那个极乐世界，谁都没有见过，怎么能相信的时候，乌女士及时给以回应，你的器官假说之外的那部分不是也没有见过？但你却假说它存在？

我们就在这形而上的天空中行走，说的话闪烁着诡辩的机锋。乌女士说得对，我的器官假说本身是强调之外还有一个或一个以上的器官，但是却不知道在哪里。从逻辑上算，那是应该还有的；不能刚刚好和我们的物质世界的材料对应。那么，既然如此，佛国的世界，无论是六道轮回还是西方极乐，就像我的器官假说之外的世界一样，在逻辑上也成立。

"我这只是个假说，是愿景，是梦想。"

她抢断："如果在梦想里存在，也是种存在。"

"这就不好了，存在与不存在不是它存在不存在，而是你希望它存在就存在，如果这样，这个世界就完全乱了。"

我发现我开始有点乱了。我和她在辩论时，渐渐有种恐慌，照这样下去，我会不会觉得她是对的？她总是那样信誓旦旦，总是那样言之凿凿。犹如才从某个旅游景点回来似的。如果不是这样，她怎么就这么跟摸着看着似的如此真切呢？我甚至退一步替她想，她之所以虔诚，一定从中获得了让她确信的实例和凭证。那么，我就应该俯下身子，从怀疑自己开始，或者从相信她开始。我所说的科学和常识，只是我接受教育的产物。

那天中午，我们在餐馆里面对面吃饭，三个素菜。我看到她头发左侧有只七星瓢虫，我想它一会儿就飞走了，可是过了几分钟，它还在蓬松的头发边趴着。我想也许病了，担心它掉到碗里，不经意用手在边上扇了一下，它动了动，乌女士察觉了我的这个动作，我也没作解释，通常它会飞走的。过了一会儿，它还是不动，我就多看了两眼，乌女士觉得这种眼神不大好，我就想解除误会，那瓢虫又不动，就伸手去捉来算了，结果，它飞了。我的手触到她的头发，我没有任何证据，我的动作就涉嫌有问题了。

83

幻觉往往本人不自知，那些幻觉者通常如此，不知道自己是有幻觉的。在夏帆那里，世间法用逻辑组成的有四道墙，围堵着我。我的身上不可能发生器官假说，还要加封自己头上，只能定性我为幻觉。并且使用种种手段来测试我，围堵我，我在里面团团转无路可逃。以世间法将我推向了荒唐的境地。

到了乌女士面前，则有着另外一种极端的看法。她那里没有墙，一道都没有。辽远的开阔地，一望无际。在她的世界里什么事情都可以发生，都允许发生。连极乐世界和六道轮回这等事都跟现实一样地富有质感，那么器官假说，也就没什么了不起。满面笑容，欢迎接纳，安排席位。

乌女士开放接纳，给我一条出路，我很感谢。因为我知道器官假说是我的发见，那么谁能够很轻易地真诚地承认接纳，给我一种合法性，我就对谁好。这是个互证的关系。谁承认我，承认器官假说，谁就是对的。她很想让我成为他们的一员，并将我的器官假说编辑到佛经里成其为一个段落。

现在，我面对三种幻觉。

一个来自夏帆，器官假说决然不会发端我身上，而又一味地执着，就定性我为幻觉。我知道她是错的，我的幻觉其实成了"被幻觉"。

第二个，来自于乌女士，她的佛教将物理世界看成了幻象，而那种想象的世界反而成了实相。在我的眼里，她也是幻觉。

第三个，在乌女士眼里，我的幻觉并不是幻觉，而是佛教里的实相。如果推理演绎，正如我在夏帆那里不承认我有幻觉一样，乌女士也不承认她有幻觉。我怎么不承认，乌女士也怎么不承认。那么，势必得出一个质疑，正如乌女士非要看到了看不到的东西而不自知。那么我，是不是也不自知呢？我成了一个双面人，这给我一种乱云缭绕之感。

"三个幻觉"之间发生了极为有趣的悖论。我的幻觉，在我而言并不是幻觉；乌女士的幻觉，在她也不是幻觉；我知道自己是真实的，是有凭证来确认的，是有时间表格的，是有人有物。当我说乌女士是幻觉，人家同样和我一样，有鼻子有眼，有物有证。尽管这种物证，在我看来非常荒唐，那么，在夏帆那里，我一再说的物证同样非常荒唐。

我否定自己有幻觉，那是我有一个两个的凭证，我能拿出来，但乌女士的幻觉，我相信她拿不出来，拿不出来半点儿。她只能拿出子虚乌有，拿出一朵云。这就和我的幻觉有云泥之别了。为此，我要将她一军，让她拿出来。

因为乌女士一再说过，我的器官假说在佛经里能找到，又迟迟没有找到，我就有理由表示不满了。有一次，我故意将话题往极乐世界上引，忍不住就有了戏弄的意思，"你们总说极乐世界，退一万步说，极乐世界，总得有张门票吧？"

"什么门票？你当它是个娱乐场所，要门票？"

"我的意思是，你总得有个凭据。哪能嘴一张就出来个极乐世界。我觉得佛祖的鹿野苑，是可以看到的，他在鹿野苑布道的'四圣谛'苦、集、灭、道，也可以听得到。但是六道轮回和极乐世界，我们既看不到又听不到。我再问一次，你看到了吗？"

乌女士一定面对过多次这类责难，有着统一回答，"这就说到般若大智慧。我们不在一个维度，你的层次很低，没有进入，只有修行证悟才能进入灵界，知道我们真有个极乐世界了。"

84

两天之后，我去乌女士的镜像馆。

很早以前，也就是她信佛以前，她的几千面镜子在她家楼中楼的二层。现在，搬到了一座著名大厦的 B 座 25 层的公寓。我边开车边想她多次提到的灵，想到她说的修灵的作用。只有修到灵界，才能看到佛教世界的实相。而这些实相又是和我们看到的实相不是一种实相。在灵界，他们的身体，他们的血肉之躯，成为一幅摊到眼前的带有颗粒状的油画。

在参观她的镜像馆的过程中，突然发生一件事，这里的镜子、光线、似有似无的音乐，突然让我感觉到我在很久之前遇到过这种情景。

我停下来用食指揉了揉太阳穴。"你是不是有过这种感觉，说什么话的时候，突然有那么一瞬间，觉得过去发生过？就现在，我觉得以前什么时候就发生过。"

"有过，不止一次有过，也不止少数人有过。"

我停了一分钟，摇摇头，问她这在佛教里有什么说法吗？乌女士轻松地笑笑，有答案的那种笑，"我想这就是我们说的前世和轮回了。我记得我第一次发生这种事是高中二年级的一个傍晚，走在街头，突然觉得眼前的一切在什么时候发生过。汽车、人物、天空，一模一样地发生过，后来又发生过多次。我不知道为什么，但肯定有原因的。后来，我学佛，就找到了，是我师父告诉我的。这就是我说的，前世和轮回。"

"轮回？"

"是呀，几年发生一次，过几年又发生一次，你总得有个解释吧，要是人生直线形往前走，那么，你怎么能多次觉得发生过呢，只有一个循环往复，转回来了，你才觉得发生过。是不是？"

"那就是说，我刚才突然觉得好像发生过的情景，在很早以前就真的出现过，是吗？"

"是的。过去出现过，真真实实地出现过。然后在意识之屏再次呈现过，这只能是轮子那样，绕着转一圈，又转一圈。"

"过去我们在一起的？是十年前吗？"

"时间没法算，也许是前世，也许几百年。方程，你想想，佛教几千年了，这么有生命力，那也是有着实证的，起码是对你解释不了的给以解释。比如这似曾相识。"

这时候，我看着她的眼睛，听着她讲的话，除了似曾相识之外，又多了种咫尺万里的感觉。我和她只有一尺来远，但她的脑子里有个世界，一个我看不到也看不懂的世界。它就在她的脑子里。我们面对面地说话，却有着极大的差异。如果将两个脑袋用图像呈现，那将难以置信。她的脑图像是一堆堆未来，前世，净土，佛陀，菩萨。这就是我和她的距离。

"你说你师父？他能解释我的器官假说吗？"

"这样吧，哪天我领你见见我的师父，他会让你明白的。方程，我以为你来找我，就是谈谈你的器官假说。你是通过器官的多一个和少一个，来揭示了看不到听不到的另一个世界。可你却故意跟我们过不去似的。我就很奇怪，你来找我到底要干什么？"

我找她当然有我的目的，我是找证人。现在，一大堆新的术语让我不知所措了。我进入了"实相""六道""轮回""前世""善缘"等等术语的藻害类。进入现世和前世及来世的交织里面。在尘世中，恶就是恶，穷就是穷，痛苦就是痛苦，死就是死。可在佛教里，就有另一种解说。现世的恶是前世的，现世的穷也是前世的。困境不是困境，成了佛祖对你忍耐的考验。死亡不是死亡，是佛祖不想看到你受罪而让你到祂那里。

信仰世界和物理世界不一样，也不可能一样，各有各的法则。信仰者的天堂或极乐世界，每个人都成了结晶体，生活在一个模型中。我留下来最大的兴趣是，将不存在当成真实，到底是不是种"幻觉"？

放在以往，我不用怀疑什么幻觉，也不探究为什么幻觉能持续下去。我可以简单地进行否定。现在不行了。因为我本人也成了幻觉携带者。当我极力摆脱人们对我的误判的时候，恰恰与另一种幻觉巧遇。这就给我某种以幻觉嫌疑者变换柔和的姿态去触摸那个绝对的幻觉了。

我要她的门票，知道她拿不出。夏帆要我的证据，她也知道我拿不出。尽管，我知道我只是暂时地拿不出，我现在正为寻找证据而努力，但在夏帆眼里，我就是拿不出。我拿不出那个梦，拿不出那封情书，拿不出器官假说的主人——初恋。

我对乌女士的一再追问和质疑，其实是在她身上找到了我的投影。看她如何回答我的质疑。正是我对她的质疑中发现，我的身上同样发生了类似的问题。

85

两种幻觉恰好在一个看不见的十字口相遇。是的，十字口。是的，相遇。如果我没有幻觉，我会不在意乌女士的幻觉。我还会抱着优越的红尘的现世法去嘲笑，现在就不同了。因为，我也被说成幻觉者，尽管我知道我的证据但拿不出，只能在找不出的情况下，定性为幻觉。那么，乌女士同我一样，她不认为自己是幻觉。正是这种情况下，我和乌女士在十字口相遇，更深入地说，因为乌女士，我本人和我自己在十字口相遇。

就我来看，乌女士未必真的如她所言，相信在这个世界之外还有个极乐世界。我在意的是，她是真相信呢？还是一种信仰？我不理解信仰，但我觉得它是一种信仰的力量将不存在的当成存在。乌女士的极乐世界是在信仰中才从看不见找到的存在。看不见而虔诚那才叫信仰。

我在想，乌女士能"看见"，是不是还有两个她本人都没意识到的原因？一个是渴望，渴望成真它就能成真，这是人性所需。这在心理上能够找到许多案例，渴望能幻觉出现实来。一个是，天天喊着极乐世界，喊得多了，都不好意思看不见，也就自欺地当成了真的，省得天天纠结这个问题。若是看见，那就成了实相，而一旦实相，不就省了麻烦了吗？

为此，我从正面侧面，日常聊天，诗经法事等等，都在隐隐地求证，她是不是真的看见了。

"你这个问法不太对，不能说看见，应该说相信。"

"看见和相信有什么区别吗？"

她没有回答，想了一下，我觉得她再想也想不出拿得出来的理由，最多还是那句不在一个维度上。可我低估她了。她问："你说人有灵魂没有？"

我预感她要说什么，"有，有吧。"

"你能看见吗？"

"不，不能吧。"

"你能说你看不到，就不存在吗？"

"不，不吧。"

"灵魂如此，极乐世界也如此。"

我对极乐世界本身没有兴趣，因为它不存在，我的兴趣是，它不存在，乌女士却说它存在。是用相信让它存在的。

正像夏帆对我的幻觉那样，又是糊涂药，又是课题组。我现在也想这样，但是，我做不到。因为关系的远近不同。夫妻间可以任何方式，任何态度，今天闹翻了明天就和好了，乌女士就不行。只要一句话，就足以转身离去而分道扬镳。按佛说，缘尽了。

夏帆最爱说的"幻觉者不知自己的幻觉"，这话在医学临床确实如此，那么，我为什么就不能是"不知自己幻觉的幻觉者"呢？人家幻觉者不知，为什么自己的幻觉就知呢？我的凭证、人证，在时间表上是不是出了问题呢？比如，我真的在青春期看了什么书，很长时间过去，做了场梦，一醒来，就归到我的名下了？然后，就分别给三个人说过？如果是这样的话，那真的很可笑了。再往下面想，乌女士的幻觉是不是"不知自己的幻觉"呢？

我们两个遇到了类似的境遇。既然如此，我想到，不妨试着按照乌女士的思路走上一程，毕竟人家历史悠久，人口众多，阵容庞大，无论纵的横的都望不到边。既然乌女士用《金刚经》和幻觉为我这个孤零一人提供了凭证，我为什么不可以考虑顺势进入他们的队伍，往前试探地走一走呢？

86

夜深人静，心灵柔软，我向自己作了短暂的投降。乌女士在使用另一套语言系统，那就是佛家的术语。在现世生活中，那些佛家思想通过术语、词汇、字眼，把已经习惯的生活进行它们的解读。于是，同样的一种生活，经过佛家的语言去说，基本上成了另一种感受和形态了。语言就是意识的再现，意识就是不同的世界观，语言能把你固有的思想和认识给以另外一种表达和重新认识，连感受都不一样。

比如奢侈，在穷人眼里那是种犯罪，在富人那里则是种对财富的致敬。

再比如，我琢磨那个"似曾相识"和"轮回一掠"有没有关系？"似曾相识"，就是那天在乌女士的镜像馆里的那种，在瞬间，会突然有种曾经发生过和现在一模一样的情景、人物、对话。"过去好像遇到过，就像我们之间的这种交谈。而现实并没有发生过第二次，也不可能有第二次。但你却感到了第二次，那么第一次在哪里？"乌女士的解释这可以叫"轮回一掠"。说明轮回的前世里面，你有记忆的痕迹。我不知科学对此有过解释没有，而用"前世再现"的解释觉得是那么回事。爱因斯坦说过，"我很好奇，上帝在创造世界时是否有选择。"

　　爱因斯坦好奇上帝的选择。而我比他更好奇，更好奇人们怎么还会相信有个上帝。一个基本道理，我们的世界在时间上和空间上无穷大和无穷长，如果真的有上帝，那么它就应该在万年前和更早时候出现，而不能和我们人类文明同步；再说空间，上帝为什么在我们的星球上造人？只在地球上造人？银河系那么大，地球是可怜兮兮的小孤儿。这个上帝，这个万能的上帝，什么都不眷顾，只逮着我们的地球像陀螺似的玩弄吗？非要说论证的结果有个上帝，是万物的创造主，第一推动力。那么，既然讲论证，这个第一创造主又是什么给创造的呢？

　　深夜里，我想到，信佛的好处是人可以活三回，前世现世和来世。一个人在遇到事情总是有意无意地去寻找好处，有了利益就有了立场，有了立场就会为自己辩护。来世描绘出西方极乐世界，如此大的根本性好处，那更不会放手丢掉了。信徒们总能左寻右觅，搜集它存在的信息，一步步走下去，直至自欺的天性把它"当真"为止。人死后还有地方去，可以往生到极乐世界，那就非得抓着搂怀里，让它存在，非得存在，非得存在不可，不存在都不行。

　　乌女士讲了一则故事，有个信友的妈妈迷上了佛教。信友的哥哥在城里当局长，只要回到乡下，妈妈总给他讲信佛的好处，回去一次鼓动一次。后来信友的哥哥说，我是个国家干部，我要是信教，就得被开除，开除我就得回农村跟您一块种地。虔诚的教徒一听种地，忙说："那咱不信教了。"

　　归根结底还是好处，量化谁大谁小的选择而已。

第四章

狗与轮回

87

有一天我看她的微信"菩提无树",看了些文章和讲的佛教故事,以往我是看到这些题目就翻过去,现在则当回事地阅读了,比如"没有一样东西是心外之法""阿难问事佛吉凶经"等等。当然是置身度外的态度。

既然器官假说将我拖进了佛教的边界,我就不妨对它进行善意的考虑。我知道人是环境的产物,如果我在佛教的哺育下,势必就是它们的产物,是它们的信徒。我要心态归零。

我看得半懂不懂,在微信里请教了几个问题,意犹未尽,我们约见到河边,我带着我的小狗。

她很快跟它玩熟了,凭直觉宾宾知道她喜欢自己,便受宠地摆尾巴。她说每个雪花都有它该落的地方。她又拿小狗说事讲轮回。宾宾以宠物的身份进了你的家,形成了主人和动物之间的关系。这只是表面现象。按佛教上说,主人和宠物有它的因果关系。第一,宠物有千千万,为什么养这个而不是那个?第二,轮回前世说,将你和狗的关系进行了重新排序。也就是说,你可能是它,它可能还是你。我说的不是现在,我说的是,你的前世可能就是它,它的今生可能又成了你。人的生命不死进入了轮回。在我们佛经里,狗不再是狗,你也不再是你。你可能是个狗了。

全当是一种带有趣味性的游戏,但是因为器官探讨要和佛教进一步地接触,我也就采取听之任之的态度。

　　平常我爱和宾宾聊天，装着聊天的样子。它也就有一搭没一搭地胡乱听，眯着眼，打着哈欠。每天晚上，它例行站在我床头，两只爪子沙沙地抓床单，提醒我，我就会侧脸对它呢喃几句，好像说悄悄话。我会陈述一天下来我累了，我的腿疼了，有了人老腿先老的迹象，我还煞有介事地问候它，宾宾也就发出细细的线条声音来回应。我从没有想过它的哼哼叽叽有什么意思。

　　我知道我在做梦上有很高的天赋，乌女士所言，当天夜里就演化成一场奇怪的梦。我看到自己从床上缓慢地起来，移到床下就变成了小狗，一只和我的宠物一样的小狗。一经成为狗类，走路的动作也随之发生变化，我首先感到了敏捷，在夜晚的屋子里窜来跳去，微弱的暗光里犹如幽灵，还到冰箱和墙角的间隔，伸鼻子嗅几嗅。基本上按照宠物的习惯性动作，最后钻进了黑色的铁笼里，娇小的身子一扭，盘起来。我看到自己卧在笼子里。我看到自己在笼子里打量周围，好像测算着从很久很久的什么朝代，也就是几百年前的某个时间，我是谁。等到梦一醒，我的手在脸上一撸，自己还是自己，就慌忙地到客厅里看那笼子。里面的那个宠物还在，我专注地看它，刚才梦里的我还在里面。这都是乌女士的轮回功劳。现在，我看着狗，它也因为被凝视很久也好奇和羞赧地回望着我，两个动物就这么对视着。轮回的说法将我和它牵连着，目光里抽出一根细线连着两者。它的眼睛，那是我最欣赏的地方，正面看是纯净的晶莹的黑色，而换个角度就成了晶莹的金铜色了。我觉得它好像有什么心事，我甚至想它可能知道它的遥远的秘密。它的嘴里发出了神秘的讯号，我恍惚又隐约地听到了，在毛茸茸地呢喃，化成几圈看不见的泡沫升向空中飘浮。"我是你。"再后的几天，我总是动不动用眼往那里面瞟，有时狗在，有时空着。空的时候我就幻想自己在里面。身上的皮肤因为有种毛茸茸的而产生的滑稽，又因为人畜的转换而含着悲壮的感觉。

　　这种情况当然被夏帆有所察觉，"这两天你总瞅那笼子？"

　　"是吗？"我将目光收回来。

　　那是一个三角形的场景，笼子、我，还有两者斜对面的夏帆。那个带着神秘气息的场景，以忧伤的情调永远留在我的记忆中。

88

我发现大凡狗和它的主人长得很像。什么样的人养什么样的狗，院子有个又肥又笨的女人养的狗也又肥又笨，主人蓬头乱发，它也蓬头乱发。还有个瘦小精致的女人，养的狗也同样瘦小精致，走的步态也相似。我的宾宾就更有意思了，它是夏帆从朋友家领来的，才一个月。贵宾品种。它的爹妈腿短嘴很长，当时那一窝有四个，其他三个已经被领走了，留下这个是因为丑，可是长着长着就变形了，嘴短，头圆，晶莹的纯净的黑色。

眼睛也是圆圆的，最意外的是腿很长，整个形体挺拔、清秀，而我们两人都是高个子长腿。基因的改变，不可能因为生活在一起而改变。现在，经乌女士一说前世，一桩多年来的谜团找到了准答案。

乌女士的一套佛家轮回在逻辑上很混乱。或者说，不讲逻辑。就拿宾宾来说就很混乱，六道轮回有三道，饿鬼道、地狱道、牲畜道。无疑，这宾宾就是个牲畜，牲畜是前世做了坏事得了恶报，堕入牲畜道的。可是，乌女士还有另一个说法，宾宾之所以来到你家当宠物，那是你们前世的缘分。它可能是你的情人、兄弟、门前的一棵槐树，或是邻居。乌女士的轮回描述着前世生活的一个个图景。

面对这种混乱的逻辑，乌女士没有能力回答。我从她的表情看得出，这个问题她也没有想到过，勉强地笑道："狗和主人长得很像，只能说明前世的关系，还是缘分。"

我觉得老是难为她也没意思，看着她像看着一面镜子，替她换了话题，"那么你也轮回喽？"

"当然。"她在镜子里说。

"你前世是什么？"

"我想过好多次，现在不知道。"她就有着超级自信，好像里面隐藏着一条运行法则。

我半开玩笑地说："我觉得你前世是鸽子。"

她开心地说："也有人这样说过，我有一双鸽子形的眼睛。"

"你可能还是笋。"

这回她不明白了，"什么？"

我没有往下说。笋是植物，在六道里不知怎么轮回，倘若硬说只能暴露我过度关注她的笋手了。这回见面，我也确实过度关注她的手。我发现，那是双蒙娜丽莎式的手。这在十多年前，我很欣赏的时候都没联想到。

她的一双笋手合拢时呈现一蓬莲花，好像从手里探寻一个神秘美好的意义。说实话，这当口从一个纯洁的分享善缘的心情想用嘴唇轻轻地吻她那温柔的鸽子似的眼睛。我想吻，只是我清净的心灵的渴求，我还想双手捧着这朵莲花。我想从中找到净化自我的一种体验。在浊世，这种净化的体验是那么难以找到。

乌女士的目光回避了我。

我换了方向。"都轮回，那么佛祖轮回不？他后来到了哪里？"

"这个问题没人提过。按说……"

我觉得可以当成游戏来玩。"祂，又轮回到哪里了？总不能我们这小人物一再地轮回，唐朝一次，宋朝一次，现在又一次。并且现在的人和动物还是前世的熟人和亲人、仇人。那么至高无上的佛祖在哪里，肯定是在西方极乐世界。人们看见祂了吗？祂，应该给我们一种神迹，不能那次涅槃之后不再露面了，对不对？据说文殊菩萨都可以化身，其他的菩萨呢？为什么不化身？"

"好了好了。"乌女士急忙打断，"你提了一堆问题，可你犯了我们最大的忌讳，不能怀疑。佛教的教义是，佛说什么你就信什么。但你看看你，你就不能不怀疑吗？"

"这怎么是怀疑？这是最基本的请教。"

因为轮回和无所不能的缘，这狗不再是狗了。尽管我并不信，却有着人与生俱来的对神秘世界的好奇敬畏。同时，我有着刚刚抬头昭示的先知的潜能，仅仅为了先知的真假也得试一试呢。只是一种试验，如果狗没反应，就当一种游戏，如果反应了，那就再信教也说不定。

89

有天晚上狗在我的梦中跑出去了，在深山丢失，寻找不到。我在梦中对自己说，找到后一定对它加倍的好上好。

第二天醒来，情况发生了根本性的变化。第一眼看到狗，想到梦里丢失的悲伤和痛苦，先是柔声唤它过来，坐下。深深地凝视了一大会儿，拍拍头。它不知在主人的梦里自己丢失了，结果就撒起娇来。它最大的愿望就是卧在我的身上，于是俩前爪就搭在我的腿上，像模像样地哼哼叽叽。我觉得它和过去有点儿不一样了。那场梦也就成了一种媒介。宾宾过去没有这种待遇，警觉了一阵子，断定自己受到了比过去的重视，这种感受让它觉得更能放开一点了，蹦蹦跳跳，还激动地在客厅里跑了一圈。这本来是宠物的一种对主人的回应，但因为有了轮回的概念，有意无意之间，思路探到那个陌生幽径。哪承想极有灵性的宠物期待已久，欢天喜地闹着要出门去玩。本来早上不大有这个节目，看到它那种样子，我还多少沉浸在昨晚的悲情中，也就放任了一把，走到洗漱间去取绳子，那狗一看得逞更是狂喜，围着绳子又蹦又蹿，还为自己的胜利站起身子欢呼雀跃地弹跳。它呼呼喘喘，到了楼外，完全一副放纵的样子。踏着漂亮的蹄花。

做梦不仅是人的专利，狗也做梦，我多次半夜听到宾宾在梦中的呢喃。最有意思的是，在白天，它从不感伤不哭泣，可是梦中，也不知梦见了什么，会发出沉郁的叹气，抽泣的哭声。我开灯看它一会儿，有时还故意叫醒它，问它都梦见什么了？我经常对它讲话，和它交流，久而久之这宠物宛如小孩子懂事了。对宠物来说，懂事的标准并不高，只要学会装，学会奉迎就成。比如训话，每次它都能规规矩矩坐好，耳朵一悸一动表示正在专注恭听。我知道它听不懂，它也知道我知道它听不懂，但它知道我俩在玩儿，也就采取讨好的配合姿态。再比如喝水，我从它身边过，从嘴角滋出一条线飞溅它身上，它便微微弓起身子夹紧尾巴溜走，装着可怜相。而下雨的时候，它最喜欢的就是跑进淅沥或者哗啦的雨幕里撒欢，此时在家里，仅仅几滴小水珠就跟蒙受了多么大的委屈似的。它溜得很快，恰似从白色里跑出一道光。边跑边回头，那两只黑葡萄的眼睛变幻成晶莹的幽深琥珀色，隐隐飘拂往事的暗影。至于逢迎那就更有趣了，每当从某处传来吠声，那娇柔的身子猛地一绷，一抬，鼻翼翕动，寻找目标，这当口，宾宾太知道我想要什么了，我想要的就是看到它挺拔出一副"威风凛凛"的小派头儿。

　　白天跟它玩儿，夜晚偶尔也不放过。有一次，我在梦中把它带上了敞篷汽车。汽车跑着跑着就腾起飞到了天宇。汽车飞在无际的空中，离地球越来越远，我在无法停止的汽车上看到地球一点点缩小，最后缩成一颗星星。家园就这样逝去了，就这样消失了，就再也回不去了。我悲伤之极，在梦中的悲伤才是真正的悲伤，因为这时候没有理性也没有意志。我哭泣，我看到我在哭泣。早已瑟瑟发抖，缩成一团的宾宾，见到我流泪，还探出舌尖舔着我的手背，在无尽的虚无中给我安慰。

　　这还只是人的形体外相，而性格则更是和动物相似，人本身就是动物。是动物界的一分子，我们和动物界里的其他成员有某种相似，说到底也还是动物界。我和她有个共同的镜友，长得太像猴子了，因为长得像猴子，整个人笑起来更像猴子。而有的人天生就是一头狮子的雄浑，在你身边待上两秒钟就能强烈感受到野兽的粗犷气息。我们都见过像鸭子一样抬头晃动着笨重屁股的人，也见过狐狸般俊俏机灵的总是勾魂的女人，也确实见过长着蠢猪脑子也同样蠢的男人和女人。再就是，人一旦老了，濒临死亡前期，就可怕地脱胎人的原型而成了猴相和狗脸。

　　这些我都遇到过，漫长的岁月在各种不同的场景，车站、学校、电影院的门口、街道，但现在，有了人与畜轮回的教义里进行联系，这就觉得有那么点儿意思了。

从科学理论上，六道轮回很荒唐，但是，只要你打开电视看动物世界，观念就发生动摇。因为，你看猩猩、猴子、狮子、熊猫等哺乳动物和现实中你所熟悉的某些人那么相像，脸形、身材，甚至还有仙鹤的纤美仪态，我就看到一个和猪很像的人。当然从动物界来说，是从遥远的基因，点点进化。但是，在那个没有科学的古代，人们只能看图说话，你就相信六道中的畜生道了。

90

怀疑主义者即怀疑肯定中的否定同时还怀疑否定中的肯定。

我是人，宾宾是狗；我是主人，宾宾是养的宠物。它是我的一部分，而我则是它的全部。人与动物的关系很确切很明晰，不可置疑。

我到书房刚坐下，它便找来，两只前爪搭我腿上。我说学习呢，它知趣地扭头走了。过一会儿，又拐进来，哼叽，我又低头说，学习呢，话音刚落，它就一路小跑地溜掉。它为自己下意识的行为而不好意思呢。乌女士领我进入轮回观念，这种关系就发生了变化。

宾宾有个很有意思的动作，四肢站着，一动不动，长时间地低头。多年以来，我常在桌子底下，笼子旁边，墙角某处，不经意地看到这种动作，一直以为它在发呆或者凝神听楼梯里的动静。自从听到轮回，赋予它一种前世的身份，这个发呆的姿势就有了全新的解释。那是一个极为标准的祈祷的动作，只有十分虔诚才能默默地将祈祷表现得那么纯粹、透彻，甚至感人。有了这种全新发现，我只要留心，一天会很多次地看见它在某处，四肢站立，低下那一头的娇羞，默默地祈祷着什么。我的这种暗中观察完全是轮回的作祟。这种情况被夏帆发现了，一个人能充满兴趣地观察狗的发呆应该是病情的一种延伸，病情如源头你不知道它会流向哪里，于是也就默默地留心我的观察。我观察狗，她观察我。大约十次之后，她以不经意地好像第一次看到似的问我，这是怎么回事？

"太那个了。"

"太什么个了？"

"你发现没有，它经常默默地待在一个地方，低头一动不动？"

"有过，它常常傻乎乎的这样。"

"不要这样，"我制止这种轻慢的口气，"它是在祈祷。你下次再看到时不要惊动它，默默地观察，不要让它感觉你在默默地观察。只要用心看，你会觉得它真的在祈祷。我们一直觉得它在发呆，像你说的傻乎乎的，那是把它当成狗。"

"它不是狗又是什么？"两人瞬间进入了病情模式。

"这辈子是狗，前世很可能是个教徒什么的。"

"你可真傻乎乎了。"夏帆一副发呆的样子，说。

我不搭理她，唤宾宾，"过来。"它老实地摆尾过来，知道要上课了，规矩地端坐抬头望。

"从今天起，我们上课的内容发生了改变。"

耳朵像蝴蝶似的张开，停了几秒，又合上。

"今天，还有未来一段时间，我们专讲轮回。这里有一个非常有意思的猜测或者假说，轮回告诉我们，你和我，在前世可能有关系，要是没有关系那就不会在现世有关系。我要问的是，你是不是早就知道了？你有你的表达，但我听不懂。道家有个子非鱼我非子的典故。那么，我非狗，狗非我在逻辑上也成立。你很可能什么都知道，也给我表述过，可是，因为语言障碍，还有其他的，我们之间无法沟通。你知道前世，对不对？你点点头，默认一下，好吗？"

它不动看着我，耳朵又动了动。

"你动耳朵了，当然，我说点头那是我们人的习惯，对你也许就是动耳朵，好吧。"我做出友好的善意的让步，"从科学的理性的角度来说，我知道这是不可能的，但是这个世界毕竟有它的未知，科学也需要发展，它解释不清楚的事情还很多。"

我用镜子将阳光反射到地上，光斑在地上跳，它也扑向光斑在地上跳来跳去。嬉戏玩。

一连几天，我都要给它上课，把我自己的问题都一股脑地倾诉给它。有天中午休息，我听到客厅有叽叽咕咕的声音。那种声音隔了一会儿，又重复几次，还偶尔有种拐弯抹角的努力，当时我没在意，晚上睡前，又上了一堂课，半夜又被那种叽叽咕咕弄醒了，剩下的时间，我睡不着了。又不知多久，觉得它在试着发声。这个念头一下子把我惊吓得猛地坐起来。那边又没了声音。我继续留心，是的，它在试着说话，"这太让人害怕和惊诧了"。我赶快上网查，没有相关信息。没有狗试着说人话的信息。但我觉得自己和别人不一样，有器官假说，有天堂之梦，自己又是先知，那么，自己喂养的狗就不一定是通常意义上的狗了。

91

我受到了前世今生轮回逻辑的影响。多少有点不自觉地用这种逻辑穿过看得见和看不见的世界的交替，类似舞台剧一幕幕拉开，转场，向着一个假设的路径循环。

逗小狗玩，让小狗听懂人的话是一回事，这种交流自然也合乎情理，但是，试着引导狗说话，则完全是另外一回事了。我知道我在干什么，我并没有疯。我只是试探人与狗的轮回有没有可能性。我之所以放任自己教狗说话，那是佛教的轮回作祟。如果我真的疯了，那么他们那么多的人也疯了。但是，他们并没疯。他们就是这样认为的。由此看来，疯不疯并没有一个科学标准，而是取决于信仰和文化。

我对夏帆说："你看出来没有，它真的想说话呀！从语言系统和教育情况它不可能说话，幼儿咿呀学语，但是从轮回的角度又是有可能的。它只是说不出人话，它有它的方式。几年了，它从来没有这种叽叽咕咕的情况，它是能听懂我的，也许它还知道我和它前世的关系。"

夏帆听完就在屋里找什么，转了转，就虚拟地在桌上抱个足球，放在地板上，然后倒退几步，往前冲，对我一个怒射。如果真有个足球，非打翻我不可。接着她吹口仙气，把自己吹走了。

因为内心里有个先知的预期，演说的形式也就发生了很大的变化。以前我是喃喃的，有点揶揄，逗趣的，后来则成了洪亮和庄重，一种多多少少的仪式感，面前不再是一只小狗，而是一个门徒。环境不再是家里，而是一个开阔广场或者教堂。奇怪的事情发生了，自从我将狗视为自己的前世的轮回关系，成为倾听的门徒，仅仅两天的短暂时间，它就洞悉主人对自己的真心喜爱，一点儿不客气地把自己当成主角。有天晚上，我带着我的门徒又外出了。

我就和它对话："你最近一段时间，已经感觉和过去不一样了，关于轮回，是互相转换的，我这边只是在理念上，但在实际上，你可能早就有了真切的体验，只是你不会说人话，我听不懂你的表达方式。但你听懂我的了，你最近的表现，已经呈现出了你在理解和交流。你说吧，你能不能以你的方式给我讲讲轮回？"小狗蹲下，前腿支着，胸部毛茸茸，张开大嘴打哈欠。又来老一套。我说，我现在绝不放过沟通的机会，如果沟通不成，也好完成一种努力，不留遗憾。它还是不动地和我对视。

"别总是汪汪汪，你只说一个字，操。"

它看着我。没有说。

"操。"

它突然咳了一声，卡着了。它一声咳，咳，吓得我赶紧中止这个活动。我知道它在突围。这个夜晚有别于其他的夜晚。时间上，好像脱离了有序的排列，隆显出一个形状，剥离了常态。我最大的感受是从这块时间中挣脱了，这种感觉应该是先知才有的。先知对世界的感受当然与众不同，它们更有聚焦、强化、旋转的特点。同时，我感到自己走到了时间之外。先知的感觉可能就是走出时间之外，然后再回到时间内部走向永恒。

第五章

三次神秘体验

92

　　我的先知问题在佛教的轮回中有了说辞。一个人有了目标和期待总会去寻找资料来支持，于是，我不由得将触角探进一生的河流查寻相关信息。也就是说，我有责任，将某些发生在自己身上的特殊事情赋其意义，追加到先知上。我晓得，所有的事情都怕附会。事情能跟着人的意愿走。只要附会上，总能想法子给附会以合理的解释，从而成为需要的事实，直至成为事实本身。一开始，我知道自己走不通，我太了解自己了。然而，我又知道我能够走得通，因为我太"需要"了，我太需要接近先知这个目标了。找到找不到先知的"神迹"还仅为其一，找到找不到的能力其实更重要。正像我常给那些做生意的朋友所言，不在项目如何而在你做项目的能力如何，同样一个项目，有人砸了，有的则挣大钱。换到先知这事上，看我有没有本事挖掘出来。极而言之，只要想当先知，就能死活找到对应的"神迹"出来。只要存心去找，总能发生你希望的意外。那种你过去根本不当回事，或者判为乱力神怪的东西，被你排斥千里之外的东西，当听到"需要"的呼唤，便挣脱着，从遥远降临你的面前，那种早已经模糊的面孔重新显露芳容。

　　几天来，我在大脑里按需要搜索目标。精诚所至，连真带假地还给搞了七八个出来。有了如此数目，我宽慰地对自己点点头，这才进行挑选那些站得住脚的，经得住考问的。先去掉附会的，比如我经历过的"美女预感"，硬是一度拉进来，忝列其中，经过再三缜密思考，暂且退居候补。实在找不到更充足的再提交上来进行演绎也不迟（与此同时我在心里批评自己，这名单是给自己看的，何必糊弄）。最后还真淘出了三个。我站在稍远一点的地方，审视打量，给自己一个顶尖级的称赞。本来器官假说这一件足以当先知了，额外又找出两个前后护卫，更牢靠得多了。我想起《圣经》那种名言，"财富在哪，你的心就在哪"，又想到《天方夜谭》里的芝麻开门。人的生命里有着看不到的宝藏。你当成金矿就能采出金，当成铁矿就能掘出铁，当成煤矿也只能挖出煤来。少时见到的那个女妖，在几十年后，因为先知需要而复活过来。成年阶段的那次意外事故被推进重症监护室，和亡灵的相会，作为需要也注入了先知密码。当然，再加上青春期的那个梦中的器官假说。如此一来，便章鱼吸盘似的将少年到青年又到成年，三个时期的奇特体验吸附一起，从而构成了我身上真的拥有"先知"特质了。我对夏帆说过，多年以来关于器官假说我只讲给三个人。她不相信这三个人的存在，既然从根本上她否定器官假说是我的发现，那三个人也虚妄假想中的人物。对她来说，器官假说就是我们家的大爆炸。在这之后，呈现一个个无法相信的黑洞了。你得用证据一个个地确认，而找不到证据的地方，也没关系，你得符合逻辑。否则，既没有凭证又不符合逻辑，就只能暂时归到黑洞，游离在时间的弯曲中。她并没有为此问一问为什么给那三个人说，在什么时间说，什么情况下说。而我呢，也没有给她说为什么我给那三个人说，因为前提会让夏帆更为惊诧。

三次神秘体验是我的生命内部最隐秘部分。从家庭上而言，如果哪天我给夏帆说我和她认识的某某女人共过床事，如果哪一天我给她拿出一个大数字的私房钱，都不会让她吃惊。因为情人和私房钱在现实中可能发生，而我的三次神秘体验则通向另一个世界。一个人拥有三个神奇的体验如果分散在漫长的时间里，没有什么，但将它们集中在一起就毫无疑问地造成了震撼，就如电影将一个人的生命通过情节浓缩在两个小时必然给你冲击那样。

在强大的世俗现实面前，神秘的东西往往只是一种飘忽的磷光。

因为世俗的阳光太过耀眼，那些若隐若现的磷光也就泊在低洼处喘息。有意思的是，当你真正停下来走近它去凝视，就能发现它们就在原地，并不是寻找也不是什么探索，而是像一种生命球体在那里滚动，只要一招手就会转身冲你飞奔而来。这三次神秘体验分布得非常均衡，它来自于少年时代、青春期和成人阶段。倘若从人生的历程来说，这三种体验其实构成了三次神秘事件，因为它们决定了我的人生探索的方向，似乎也决定了自己和别人的差异。

93

第一次几近童话。那年我十岁，夏天清早，屋子空寂，也就是说家里只有我一个。我刚起身，看到紧贴着右边门框探出一张女人的笑脸，脸很白很媚，探出来冲我笑着，倏忽一闪又缩了回去。我的双肘支着身子僵在床上，我知道我看到了一张脸，一张从未见过的女人的脸，又白又媚还冲我笑。我在外面看过无数个陌生女人的脸和脸上的笑容，却没有在家里墙角见过。那个陌生女人和我对视的瞬间就闪了回去，有点捉迷藏的意思。墙角一尺来宽，她又能躲在哪里呢？她就在右边门框后边极为狭窄的墙角。那么只有一个可能，就是缩进了墙里而那种可能又是绝对不可能的。一大早，冲我笑的女妖是真实的呢还是一个幻觉？如果真实，她从哪里来，又消失到哪里去？如果幻觉更不可能了。我年方十岁，正处在"文革"鼎盛时期，天天讲阶级斗争，唱革命歌曲，学英雄人物，在这种大的政治环境下，没有任何封建迷信妖魔鬼怪的故事，尤其生长在城市，也没有农村那种奶奶们讲的天仙配雷锋塔的民间传说，也就是说，从教育和文化传播上没有任何信息能够引发女妖的幻觉。绝对不是听了什么鬼的故事，看了《聊斋志异》之类的书籍，受到影响而产生恐惧心理的反应。不是，我看到就是看到，就是真实的镜头。我很天真，指着门框和墙角之间告诉家长。"尽胡说。"家长听了当即给以否定。我用诚实申辩的口气强调，真的看到了。家长黑下脸质问，她去哪了，缩进墙壁里了吗？

"你有没有遇到过一个不认识的女人突然出现在你家里，笑了笑，又突然看不到了？"我又问小朋友，结果同样是当即给以否定。但我确信自己看到了。直到多年以后，也就是"文革"结束的第二年，整个社会都在议论报纸上宣传的狐狸精，故事发生在山区的一家中学如何如何，我自然想到了八九年前的那个突然出现又突然消失的美女的笑容。我没有再跟任何人提及过，我有我的道理。如果真有狐狸精，我再提及就保不准狐狸精能不能够听见，如果能够听见，那么就会有重新光顾自己的可能，而我又最害怕这类东西来光顾自己了。我暗地里怀疑地相信，这世上也许真的有我们看不到的东西，比如，那个狐狸精之类的东西，她是一种善变和融入空气的灵，不需要什么物质之类的墙来阻拦。后来，我遇见道教徒陶晋，就讲了那个墙角的女妖，想听听他的道教的解说，也以此说了器官假说。

94

第二次的神秘体验是一场梦。十六岁，这个人生的春天到处疯长着斑斓的植物，有的芬芳，有的散发醉人的毒素。春天的一个夜晚，或者准确地说是当天的深夜与第二天凌晨之间时段，我做了个梦。那是个和现实一样清晰的梦。无论场景和镜头都清晰而明确，只是和第一次神秘体验有个大差别。第一次只有张脸，一个笑容，整个身子隐藏在了墙壁里。而这次刚好相反。没有脸，也就没有五官，没有五官，当然也就没有表情没有说话的声音。但梦中我看到推送一张纸，没有字的纸。等从具有神启的梦中醒来，我获得了一个关于器官的伟大假说。这个梦充满了环形交错。首先，它的直接动力来自于对一个女生的初恋，因为要找到一个足以吸引她的东西又无从找到，就在梦中去找。从梦中推出一张纸，没有手推出的一张纸。于是器官假说变成了献给初恋的情书。因为我觉得只有这封情书才能配得上我对她的爱。同第一次神秘体验一样，我以为别的人也会清晨看到陌生女人的一张笑脸，经过多次对小朋友们的询问，人家并没有。第二次的神秘体验直接和初恋建立了关系，在我十六岁之前，从来没有遇到过这么喜欢的女生。没有说过话，没有交往过，仅仅在一个教室里上课。我为她激动，为她迷狂，还无数次地尾随着她，并且假装照镜子，好从里面窥探她的行踪和举手投足。镜子是我重要的同谋者，我可以通过它的返照而自然地找到她欣赏她。镜子就是个捕捉器。甚至她的同伴也在我的密切关注中。好端端地什么事情都没发生，我却因为她派生了种种的欢喜忧愁，种种悲伤思念，种种幻想私奔，以及为了她的安全而跟冒犯她的人打架。半年之后，日有所思就以托梦的奇特方式获得了器官假说。醒来之后我将器官假说复写出来，第二天，又以情书的格式誊抄为四张信纸，约一千来字。这是有史以来最奇特的情书，没有一个爱字，没有一个思念，通体就是一篇以人体器官为主旨的科学假说。第三天，用当年最流行的方式，找个朋友在她回家的路上截着她，替我交给了她。仅仅就器官假说本身就是对人类的极大的贡献。在具有超常科学的设想而惊叹之后，我陆陆续续地寻机给别人提及，当然，后来的我已经成熟，为了免生误会，我很策略地将托梦和情书去掉，只谈器官假说本身。有一段时间，我试图用几句话凝缩成定理那样。可是弄来弄去，发现还得用一大段文字才能表述："人类有五种对外部世界感受的器官，所以有了听觉、视觉、嗅觉、味觉、触觉。五种器官告诉了我们全部的世界。假设人类天生缺少其中的一种，那么世界就会因为缺少个器官而缺少相对的一部分。这一点人类容易理解。反之逆推，如果人类再多一个感觉外部世界的器官，那么，就会发现还有一种东西或事物存在。也就是说，既然人类对世界的认识来源于自身器官，那么，少一种可以，多一种为什么不可能呢？谁也没有规定不能多一种器官，如果上帝存在它也会同意这种观点。"除了我自己，没有人在意我的假说。这是人们不喜欢深奥、玄虚，更因为我是个彻头彻尾的普通人。这一点太重要了，既然是个普通人就要做普通人的事，你散布器官假说还冠之于自己的发见，势必要被扣上骗子和疯子的罪名。

95

第三次神秘体验，应该是灵魂出窍。达到了宗教的极乐世界或天堂的程度。因为突然事故我被推进重症监护室。大概昏迷了几个小时，从测量生命体征的仪器上看，我差一点儿呜呼了。然而正是同个时段，在外界以我快挂的时段，我则进入了一个非常美妙的世界里，那里的一切又轻又松，又温又暖，我觉得自往前飘，到了一个临界点，我的奶奶，过世的奶奶笑吟吟地出现了。两人阔别二十来年。奶奶还是那么慈祥，很疼爱地向我招手，表示阔别重逢的欣喜。在昏迷中我对自己说，奶奶是在另一个世界等我，迎接我。在阴阳两界的交汇处，奶奶的手抚着我的手，和我商量是去还是留的问题。奶奶说的大意是，她的那个世界并不像人们想象得那么恐惧，恰是亲人们相会的地方，那里跟人间一个样，娓娓道来另一个世界的情景。我说好的，既然死后是这种情景，也没什么担心的啦，只是换个地方。奶奶笑道，只是换个地方，你来不来呢？我迟疑地，想不起自己是何种回答，就和奶奶相偎了一会儿飘然地离开了。那天在重症监护室，我的醒来对医生和家人来说是告别了死神，对我来说，则是以梦幻的形态去了一个陌生的地方旅行，对死亡世界的一次窥探。乌女士信佛，在她眼里一切生灵的今生都是前世的结果。"每一片雪花都落在它该落的地方。"在这极富诗意的后面，轮回说便有了更形象更具体的指向。从她那真挚的态度里，她绝对相信她说的这些。信佛的人爱讲缘和轮回，讲前生和后世。在这种神秘主义美丽的幻想和浪漫中，我本来不信她，然而发生在身上的"灵魂出窍"，让我对佛教有了一种认证。我跟她说了，当然也说了器官假说。三次体验都是超常的和超验的，放在科学世俗的解释就是胡编和荒诞。问题的核心就在这里，对我来说它们都是真实的，确切发生过。就像少儿跟同学打架一样真实，就像初恋发生过一样真实，就像股票高位出逃一样真实。这一点我自己最清楚。但是我不能跟别人说。我深知别人不信，正像别人给我说之类的事情我不相信一样。作为一个唯物主义的无神论者，对此的解释是，自己所体验的神秘只是科学还没有发展到解释的地步。人类文明不过短短的五千年，科学昌明更是短短的二百来年。所有的神秘体验只是现阶段的问题，终有一天会作出科学的解释，到那时它们也就成为常识。"每个重大发现，若干年后只是辞典里的一个词。"科学无法解释，并不是科学本身无法解释，而是现阶段的科学或科学的现阶段无法解释。为此，我一点儿没有因为神秘体验而跨入宗教领域一步。我是对的，尽管经历过三种神秘体验，并不认为有一个宗教式的另一个神秘世界。它们只是科学需要继续发展去解释的问题。那张一闪而过的笑脸，在过去只能说是什么妖和什么灵，到几百年后，在得到合理的解释之后便成了一种常识。再就是弥留之际，和逝去二十年的奶奶相逢，尽管透露了各种宗教、基督教、伊斯兰教、佛教弥留之际与天堂的信息，我依然没有被折服和引诱过去。我多次暗地里想，那个弥留之际，将自己的灵或魂飘到空间的某个地方，也只是现在很诡异，过上几十年上百年，它同样可以给予科学的解释。那个墙壁旁的妖和弥留之际的天堂，仅仅出现过一次，你没有办法抓着它，更没有能力让它们重来一次。而因为初恋做的那个梦可以在醒着任何时候进行科学的探讨。其实，关于器官假说已经有了符合它自身的正确解释，它的答案犹如那个妖女的笑容而身子隐在墙壁里一样只是暂时没有答案。事实真相和逻辑关系的错位可以用科学观点来给予解释。即使说不明白那以后也可以说明白，科学也有待于不断成长前进。我为什么要说世俗生活，因为世俗生活是一种科学的生活，只是世俗生活中包含着传奇，在世俗世界发生的怪事，到了其他领域里，比如我国的三大文化儒佛道，都有各自的解释。长期以来，我一直在探讨自己。曾经一度知道自己是什么人，应该是个什么人，以及在别人眼里是个什么人。后来我又不知道自己是什么样的人，或者知道自己不是什么样的人了。因为每个人对我的看法都是按照他们自己是什么样的人来看我的。也就是说，他们统统按照自己的标准来评定我。

　　我试图用自己的人生体会去一点点验证超现实的存在。结果很奇怪地发现，我钻进了一个隧道从另一端出来，恰恰与先知相遇。我的三次神秘体验成为了先知的供词。悄悄地验证了先知的身份。

第六章

先知的前世

96

　　现在，可以比较清晰地看到，器官假说是个本体论问题。不同的学说及宗教以自己的意象和观点来定义它。我的发见，得到了那个玩转勺羹的巫师给我的先知封号。因为利益交换，又在孟勖那里做了先知般的践行；现在，面对乌女士，更是发生了质的飞跃：我的前世是先知。

　　夏帆一系列的质问，我俨然成了被监视防范又辩解的嫌犯。我是妄想症患者。将没有的当成了自己的，当成真实的。我无法逃脱以她为代表的世俗逻辑网。而在我的眼里，乌女士也属妄想症，将没有的当成真实的了。奇妙有趣的是，乌女士并没有把我当成妄想症，而是将器官假说移植到她的转世里去，给以佛教的认证。这应是最合我心仪的解释了。由此推算，信与不信，已经脱离了头脑和智力，变为一种精神的病理性的需求。多年来，我一直困惑，明明没有上帝，他们为何还非要说有呢？现在，我以自己为例，隐约发现精神上的需要，心理性的渴望可以直接导致大脑的认知变化。

　　怀疑症患者总以为有人要伤害他，这种病理影响着大脑的判断，已经和智力没什么关系了。

　　我找乌女士的最初意愿是得到一个证词。很快地不知不觉地一步步深陷下去。先是缘，继而因果关系，再就是轮回。以前，这些诸多字词既离我遥远，还抱以嘲笑。现在不同了，这些字词像活物走进了我的生活，切入了我的肌肤。竟然荒唐地导致我和小狗交流搞了一场多幕的轮回情景剧来。

乌女士说："如果这个假说是你的，是难以甚至无法找到解释的，人们会说你是精神病，幻觉，说你道德败坏，说你记忆衰退。"

我感动得想哭。"是的，他们就是这样迫害我的，你怎么知道？"

"我从那里过来的。我明白那里的局限和狭窄，你明白吗？"

"明白，我明白。"我觉得自己的声音发自阴暗的地牢。

"这个器官假说，到了我们佛教这里却能给以非常好的解说。很简单。"

我需要。

"这就要说到轮回。你现在很普通，但你的前世很非凡。"

"我对他们说，我是潜意识。是梦。"

"那太无力了，根本说服不了人。是前世。只要你信服轮回，相信你有前世就轻而易举地解决了器官假说。而它只能用前世，你前世是个佛教徒、高僧，甚至活佛。你用佛教的慧眼来看大千世界，解释三千大千世界，你的器官假说解释得很好。只有这么一个答案。否则你永远在你那边的世界被认为是神经病和道德败坏的骗子。"

我需要。

看来前世和轮回能解决我的问题。不再把现在的我看成我。在现世，我的器官假说有着很多的问题，到了佛教那里，早有了答案。我的那个梦，也不是我的梦，而是高僧大德的托梦。

乌女士说，"万事皆空，因果不空。你的器官假说给三个人说过，为什么给这三个人说过？我们之间不认识，时间段还不一样，那是你们在前世是一家人，是最好的朋友。在前世就争论过，没明白，放到这个现世又继续争论，探讨了。这个你不信，但我们看得很明白。"

"我和这三个人包括你是一家？"

"当然一家了，只是前世和现世的人物关系完全不同。"

我知道，下面的话是，我和乌女士在前世很可能是夫妻，我可能是女的，乌女士是男的，或是儿子，爸爸，或是家里的狗。是什么都行，只要是，就成。

　　我们分手之后，在回家的路上，就觉得乌女士一直在我身边。我从来不知自己还有个前世，现在，乌女士用她的佛教轮回将我的前世描绘出来了。按照她的说法，我们俩前世可能是夫妻，这就给人一种异常趣味的遐想。就乌女士本人而言，她首先是个女人，姿色尚可的女人，但是因为信教，对她的感觉就进入了复杂化。她是个女人，又是个教化了的女人，那么教化了的女人和世俗的女人的灵魂的差异之外，肉体上有没有差异？若有差异又有哪些差异？多大的差异呢？乌女士，在我的眼里，是由思想和精神构成的了。她的肉体，只是个载体。反过来好像也成立。思想和精神成了一扇屏障，一道掩体。又因为屏障很厚，肉体的成分也就很薄了，掩体很深，肉体的成分也就隐于湖底。正是这种反差，引发了我对她逆反的甚至变态的猜想。她有没有性生活？她在床上的表现什么样？她的需求，她的快感，她的高潮。当她还是世俗女人的时候，我倒没有想过这些。现在，跳出个前世，就有种奇异的探求念头，好像夜晚飘忽的磷光。

97

　　我想，我的前世是个先知。

　　一天晚上，我梦见自己成了个托钵僧，在梦里我还对自己说，这就是梦的特点，白天想什么晚上梦什么。一辈子都没做过和佛教有关的梦，我托钵沿街走着，两边涌动着人流，有个声音在空中响，"站在人流中，并非被粉丝所围"。这个声音隔一会儿响一次，大约五六次。我在床头，也就是梦外，对自己说，"这是什么意思？"凌晨我醒了，那声音退得很远很远，我对自己又说，什么意思都没有，只是个梦。

　　在我走投无路之际，乌女士伸出热情的手来接纳我，给以正解，这个问题就不再是问题了。它就是我的，是从前世带来的！

　　这个答案很让我吃惊又在绝境中乐意接受。我还私下里对自己说，保不准还是转世灵童呢。你一个中学生，只因一场爱情就做个神奇的梦，降临器官假说。

　　佛家不用什么科学哲学生理学历史和常识经验等等，只用一个轮回全解决了。开辟新天地。我需要，我需要能透见隐秘的洞天。又因为需要，我就以一个试验的好奇心理进入这个洞天。于是，当我有了先知感及转世轮回之后，我的意识和无意识都在搜集相关的资料和素材，哪怕似是而非，我也能用隐喻象征什么的进行转换，绕到我的身上来。比如失眠，失眠带来的幻觉，也不再是生理上的沉疴，而赋予一种新的具有神秘感的东西了。

　　佛教述说着一种先天的决定论，这种决定论又环环相扣，节节递进，互补求证，而得出一棵树上纷披的花果。第一，这器官假说绝非凭空弄出来的；第二，从四十年前到今天的再降临，亦绝非偶然，它就是在漫长的时光等候爱因斯坦的引力波；第三，去给朋友夫人看病也绝非妄为之举，它就是为了初次彰显我体内的先知。

　　在现世我是凡夫俗子，无论如何变来化去，都改变不了这种身份，而我又实在看到自己的先知本色，正在百般寻找无路之际，通过前世的轮回，通过轮回的旋转，我就在旋转的翅膀的一挑一抚，腾空一跃，成了先知。前世今生，解决了我最大的难点困扰，打破了僵局。多日来我的压抑，自救无效又倔强的挣扎，在这个出口涌出，我得救了。

　　当我在与以夏帆为代表的人进行斗争，挣扎疲惫，正值崩溃之际，轮回至少在理论的可能性上救我一把。我感激。"总得有个说理的地方。"当然，我的世界观拒绝轮回。我问自己，是不是因为自救而投降轮回？我及时供给自己一个理由，几千年了，既然那么多的人相信轮回，那些和轮回没有一点儿关系的都相信轮回，自己如此需要，而又能很好地解决危机，为何非要固守呢？能不能以宽容的姿态采取二元论进行辩证呢？我还对自己说，世界观是允许修正改变的。

　　自己的唯物主义也非天定，只是教育的结果。环境和教育起着决定性的影响。如果我生长在有神论的社会家庭，我就会排斥唯物主义和无神论。人是脆弱的芦苇，我看到了自己倾斜，我看到自己摇摆。因为器官假说我看到自己接受轮回，正是一个无神论走向宗教的开始。我需要，我的需要，必须迎接求助我的"理念"。

我还明白，不只是思想的解脱，其实它更多的是，寻找凭证无望产生的焦虑、急切和愤怒。轮回就成了我的救赎。知道人是怎么创造神的吗？我隐隐开悟了。人在尘世里总有种愿景，总有种渴念，神就可以将它们合理化。我现在，因为器官假说就有先知的愿景，唯有轮回学说能够解决我的问题。

器官假说是我的发现，走到今天，我不是已经，而是必须相信自己是先知了。所需要的只是，谁来确认我这个先知。用什么形式将它的隐身给转换出来。依佛教的说法，菩萨往往是以最普通人的身份显灵的。可能是个清洁工，一个小摊主。现在，我就想象自己，以一个普通人的身份掩盖的转世灵童。因为我需要。

我隐秘的先知身份和只能凭想象知道的前世结合起来，原本孤零零的先知就不那么突兀。前世的出现，不仅互为对应，还进入了绝妙的补充。这就是先知—前世—先知。正题—反题—合题。我是先知很难说服别人相信，但是，虚无的前世是先知，就能得到合理性。尽管这种推理上的结合很勉强。尽管我发现，这里掩埋了不少对自己劝谕的遁词。

轮回，通过前世解决了我的先知问题，我理应对佛教有感恩之心。人一到感恩的地步，就派生出意识不到的选择性。比如"信"。不再那么抵触了。我要尽量把"信"的问题解决，不信也要信，否则这个佛门敲不开，里面真的有宝藏就看不见。

我的身体烘热，感到空气升腾流动。

于是对先知的认证，更进一步进入了佛门。也就是这样，左拐右转，进入折叠的看不见的法门。

98

本来我的梦都是现实性的，醒了以后，会觉得挺有意思。但是在和乌女士交往之后，我的梦就又妖又魔。居然在几天后，那个托钵僧又进到梦中，他不再是我，而是找第一次来丢失梦中的什么东西。这第二个托钵僧的梦在第二天若隐若现，第三天就消失了。这本来已经结束，最让我奇异的是，几天之后，我们去参加法会的路上，那个梦又浮现出来了，并且真的见到一个托钵僧。

法会那天飘了春雨，我们开着车到一百多里外的"法寺"。行到半路，停到服务区加油，有个穿黄色袈裟的和尚，拦着行人以算命为由要钱。我便想起了佛陀的平等乞食的信条。《金刚经》的开头部分就是从要饭开始，要饭的不叫要饭的，而有个很好听又玄妙的名称，叫化缘。化缘的好处，除了解决肚子问题，还有个重要任务，广结良缘，给施主们一个"行善"的机会。施主们给托钵僧饭吃，那是乞食者对施主们的超度。这世界就是这样，只要想说理，总能说出理来。自己食不果腹，托钵求食，却美轮美奂搞成了度化众生。给乞食的钵镀上了金边。这是人类最荒唐的悖论——正如基督教的十字架，万能的天父既不能阻拦犹大的出卖，也不能制止被敌人残忍的鞭打，钉上十字架，却向世人发布，这种自我的牺牲恰恰是为了对人类罪恶的救赎。

正在我遐想之际，突然前几天的梦降临了。我真的不知怎么回事，那个梦很清晰地降临了。我下了车，我看到自己走进了自己的梦。走到那个和尚跟前，从钱包里掏出十六元。我之所以给他十六元，是我看到第二个托钵僧来梦中找什么东西，好像就是这十六元。我便将他丢失的十六元在现实中给了他。我只是复制我的梦，或者说，我被我的梦牵引着。

我这时很清晰地意识到，我先是做了梦，一个自己成了托钵僧人，此刻，我在现实中去复制那个梦，我给和尚十六元。我不知哪个是哪个的倒影了。我是先做的梦，几天后，这个被遗失的梦又在现实中复活过来，这就是说，我的梦成为一种预言了。当我给和尚十六元的时候，我觉得自己因为预言而成了先知。

回到车上，我发现这显然符合我内心对先知的渴望，我渴望对先知身份的印证。于是我就鬼使神差下了车。其实，我又在想，几天前我的那个遗失的梦并不是刚才降临的梦，那个夜晚的梦其实真的丢失了，我只是为了找到和印证先知的身份，将现实中的那个和尚与梦给联系上了。这可能是一种倒叙，一种来自需要的倒叙。走进那个和尚就走进了我的梦，那个实实在在的和尚，其实只是一个借喻。而那十六元的施舍，也是一种以所谓的梦产生的幻觉。

我走进了我的梦。

我走进了我的幻觉。

我走进了我的先知。

我走进了我的前世。

我斜目看了乌女士，从内心里我很感激她。她用前世的轮回给了我一种开放的思路，让我现实之我，还有一种存在。这和我的器官假说所提问的几乎一样，存在之外还存在。我之外，还有个我。

存在之外，还有存在。这是我的命题。那么，乌女士所言的空也是之外还有个空。

在继续行驶的车里，我问她"地狱未空，誓不成佛"，有个空。"世界的真相是空"，还有个空。这两个空是一个空还是两个空？

她说她道行没到这种境界，她师父可以告诉我。"众生度尽，方证菩提。我度不了你，我师父可以。"

"你准备把我度到哪里？"我知道在佛界里有一种彼岸和此岸的说法，我们现实叫此岸，这个此岸不好要到未来的彼岸。

乌女士说，就是叫你觉悟。"度到你看破，度到你放下。"

"我看不破也不想看破。我就酷爱这世俗的生活。"

"你的热爱其实是很脆弱的，只要经过几件事的打击，你就轻易地走向反面。"她的右手摊开，又慢慢收拢，握成拳头，以表示手掌里什么都没有。我看着她的手，笋手，我借机伸手去掰，"又来了，它哪里空呀？"我的手托着她的，我真想握紧，想十指交叉，合掌。

"现在不行，你六根不清净。等你觉悟了你就看到了这世界的真相。"她抽回手。她发觉我似有他意，一语双关道。

我的手掌里存有笋手的形状和温度，故意戏谑："这世界的真相？

是什么？你们总说空的，空的？空的怎么就成了真相？"

"空就是真相。"

不管对我如何有恩，追加我先知的合法性，但还是讨厌太虚的文字游戏，我又故意问："你都看到了吗？"这种话我们不止一次地扯过。每到这时她总显出支支吾吾，没有多大把握地支吾着，看、到和没、有。

"我呢？"我指着我的鼻子，认真地戏谑，"你看到我了吗？"

"看到了。"

"不是空了，怎么还看到了我呢？"

"咱们说的空不是一个空。"乌女士突然受到了什么提醒，"方程，别总是我的我的。其实，你已经无意识地进入了佛界，你的器官假说已经用另一种思想在阐述佛教，如果你过去指责佛教也就算了。现在，你从中得了那么多的，那么多的好处，我们都用轮回把你变成了先知，你就不该还这样了。"

我有点儿脸红，觉得自己不地道。人一旦犯了道德上的错，就软了。我扭动几下身子，也许她说得对。人家都把我的前世挖了出来，给度成先知了，就别再闹了。

第七章

信与存在

99

到了寺院，人头越来越攒动了。以前只是以游客身份来玩，寺院也只是有别于其他景点的景点，这次不同往常，疑似信众盘腿而坐。数百人群里嗡嗡吟唱阿弥陀佛。两边摇着烛光。法会上，住持黄色长袍，从口音中听出，多年前他可能还是个农民。赶上了好时代，轻而易举获得非世俗的成功。

住持讲了《楞严经》的来历。这部书在世上没有了，龙树菩萨到海底龙宫说法，看到此经，赞为珍宝，默记脑中，遂带出龙宫，藏储国库。这经不能外传，一法师将经文缩写到丝绸上，用蜡封好，割开臂膀藏在里面，航海传到中国。这显然是个神话。海底，龙宫，默记，丝绸经书，剖开臂膀，偷渡国境，传至中国。但是，佛教就是佛教，将这种神话当成发生的真真实实的事情。

台上的住持："我们得到佛法的真实利益，决不拿佛法去骗人，也不要被人骗了。要有能力辨证邪正。"

台下的乌女士：用心听的样子，领略其中奥妙的样子，点着头，我知道她是做给我看的。

台上的住持："楞严咒"里的故事，阿男恋爱了。佛祖对他说，你跟我那么多年，还会被女色羁绊，很叫我失望，这也说明你没听过《楞严经》。

台下的我：阿男专职记录佛祖的话和思想，左右不离，经年跟随，怎么还不知道有《楞严经》呢？佛祖一直藏着掖着，特意等候阿男犯了男女大忌，才舍得拿出来立威惩示吗?

台上的住持:"《楞严经》的魔力无边，你只要把楞严咒放在家里的墙上，带到身上，这个人一辈子都不会被伤害。火不能烧他，毒虫不能咬他，金刚菩萨藏王会用各种方法保佑你。不会生在恶道里。只要你诵念《楞严经》，十方如来会把自己所做功德全部送给你，你犯了大淫，只要念诵《楞严经》，就会被大风刮跑。"

台下的我:听得汗都渗出来了，这可是佛祖给阿男说的。更让人难以置信的是，"女人生不了男孩子也没关系，念诵《楞严经》，就可以生男孩了，有病治病，还可以考上大学，老人长寿"。

这是我听到最荒唐的课，不仅是讲者更是听者竟然相信。简直像给幼儿园的小朋友讲童话故事，而人们还是信。我看到乌女士的样子，看到了信仰的力量。

100

法会之后，乌女士领着我去见住持，她的师父。一个世上最正宗的光葫芦头。他对我的器官假说已经有所了解。如果说针对器官假说，乌女士往佛经上拉，住持则是往里面糅。他将我的器官假说的发现，改成了"照见"，这是佛教里的一个词，"照见"，就是从高处往下俯视对事物的发现。他说:"你最适合学佛了，佛度有缘之人。器官假说接近了佛说的悟和空。"

那天傍晚，山峰背面是落日的余晖，光晕在峰的周边变幻，出了寺门，住持和我散步。乌女士一会儿平行一会儿略后。此时的住持似乎换了一副面孔，从圣坛下来的威仪变成学者的面孔，连口气也生活化了，再就是笑，那种亲切的，朋友式的。

"悟，能看到科学和我们的佛教是一家，相互印证，佛教的本质是科学，而科学的本质又是佛教。就是悟。"

按说我应该脱口而说"什么"，但我在短期内多次经受着奇异的东西，我已经连说什么都说不出了。我很想看看下面他如何编派。

"现代科学的最前沿的量子力学，恰恰印证了几千年来的佛教。我们佛教为什么说空？是我们一层层将实体分解的，最后分解到没有了，它就空了。科学也是这样，物质有分子，原子分解，中介，介子，现在是夸子。大到无外，小以无内。无穷小，是不是也空了？"

"不不不，"我觉得不妨反驳一下，"不能分解到无穷小，找不到就成空了。这是两回事。一个亿万富翁，他就是个亿万富翁，你不能用层层的分解把他给分解成穷光蛋。你总不能说一亿是由一万个万组成的，万又是由十个千组成的，千由十个百组成，百由十个十组成的，十由十个一组成。你这样分解，能把亿万富翁分成穷光蛋吗？理论上可以，但实际上，不可以。"

面对我的有理有据的反驳，住持换了话题："这个无穷小先放下，再说无穷大，科学和佛教更一样了。我们佛教说三千大千世界，就是宇宙大爆炸。一层层向外扩展，地球，太阳，银河，而在我们的佛经里，早就有了，三千大千世界。"

在佛寺听到量子力学，又听到大爆炸，让我惊诧不已。两个月来，因为器官假说，我看爱因斯坦，看引力波，看霍金，看大爆炸，看黑洞。我充满奇异，继续听他怎么往下说。

"这就说到了'空'，你的器官假说，其实就是在说器官假说之外的空。我告诉你，你的这种假说，放在任何地方，都是假说，唯有放在我们的佛教，就不是假说了。它就成了我们'空'的实证。"

基本上和乌女士说的差不多。我心里说。

"你说的我们全部理解，器官的局限，决定着对世界的认识的局限，这是对的。但我们的三千大千世界，就是你看不到听不到的存在。它的存在，是器官感觉不到的，但它存在。"

"我只相信感觉到的存在。"我嘴上说。

"可你的器官假说恰恰在说感觉不到的存在。"

"所以叫假说嘛。"

"不，它已经在我们的佛教世界里存在了。那就是空。"

又绕回来了。同时我也觉得住持说得有他的道理。看到住持的意图，他进入了将相似的附会进行同框合影以达到为我所用的模式。以达到成为我的一部分和成为我的注释的目的。这种"我注六经"与"六经注我"是所有宗教和学术体系共有的特点。

我和住持对佛和器官假说的关系进行了探讨性的争论，他一直保持着自己的超越和沉稳的仪态。这当中下了一阵小雨，他还吟诵了一首雨诗。不知是他写的还是别人的。三个人都不再说话，空山春雨，说什么都觉得是噪音。

101

"我们说的灵魂是种思想和精神的东西。"

"这个说法很勉强。'唯心所现，唯识所变。'什么意思？极乐世界是自性变现出来的，'自性弥陀，唯心净土。'什么意思，你信它有，它就真的有。这么说吧，对你，它就没有，对我，它就有，并且真有。"

终于，我有种顿悟，这是遇到了宗教的真谛。从小，我在教科书上知道宗教是怎么回事，那只是文字上。现在，从住持嘴里，一个活生生的人嘴里，才明白这怎么回事是怎么回事。信阿弥陀佛，信释迦牟尼佛，他们说的话绝对不会错，他们说有极乐世界就有极乐世界。他们说往生，就有往生。

绝对的幻觉。我想到我说住持幻觉的时候，再次想到夏帆说我的幻觉。这两种幻觉从正方和反面夹击，掉进相对论的时间弯曲和折叠里。其实，爱因斯坦也是幻觉。他的引力波根本都不能得到实证。佛教为什么那般喜欢他，把他当成自己人，那是他们都在无法实证中恣意妄为，走得很远很远，越远越安全，越远越能殊胜。在我面前，又旋转出了三种幻觉。

"那么，回到我们今天的当下，我们谈的信与不信，存在与不存在。既是在谈这个问题又不是谈这个问题。更准确的是，信与不信和存在与不存在，是哪部分人的问题。这才是核心。你是无神论者，那么，你就当你的无神论者。我是个佛教徒，我就做我的佛教徒。你就不要企图让我听信你的无神论的高见，非要让我找出什么证据来。这就跟服药一样。医不自治。我对门的神经内科医生患有严重的失眠症，每天只能有效地睡上三四个小时，其他时间在床上备受折磨。可是，他给来的失眠患者开药，有一半以上都见效，有的很好。我问你，那是药的问题还是人的问题，是人的问题还是信的问题？人类社会几千年，有神无神争论了几千年，都想说服对方，都不成，为什么？"他用手背碰了碰我的袖口。这个动作太家常了，"为什么？"

"一个是属灵的一个是属物的。"

"灵和物？"

他又碰了碰。"还有一点，更有意思，我说更有意思而不说更重要，是它只能用更有意思来说更合适。什么呢？人性的问题，人性自我的屏蔽问题，你能改变人性吗？不能。你要能改变人性你就不是人。你去改变人性又有什么意思呢？意思。"

"你快说你的意思。"

"人有自我欺骗的天性，有自我屏蔽的本能。说到这里，我可以说，每个人都是教徒。你其实也是个教徒。"

我听了耸了耸肩，深吸口气，肩头耸得很高，像驼峰，我没有放下是我听了耸人听闻，我才知道什么叫耸人听闻。

"人故意看不见而形成的视而不见。我说每个人都是这样，有的在社会上，有的在信仰上，有的在朋友上，有的在家庭上。"这当口他一定想到自己的婚姻，从世俗男人走向寺院住持，一定受过什么重创。他的口气好像和以前什么事端发生的争吵连接上了，带有火气。"就拿婚姻来说。你的爱人你满意吗？有许多缺点和毛病，放在别人身上你是不理睬和讥嘲，甚至为敌的。放在你爱人身上，你就不会那么仇视了，因为婚姻是一种世俗宗教，你的所有行为，都是要对一场人生负责，父母和儿女，离婚而无更好的，怎么办？视而不见吧。因为一个信念，你是要好好过一辈子的，就故意看不见。那么，对宗教来说，许多教徒又何尝不是？需要看见一个要看见的上帝。那么就得有这个上帝。一句话，因为人性的黑洞和弯曲，为了利益，他完全可以根据需要选择看见和选择屏蔽。"

我猜测，他就是那个医生，那个失眠的医生，给别人治病自己却是个病人。同时我还猜测，他就是那个吵闹的婚姻失败者。他要找个地方安放自己，又不忍普普通通地安放，那就遁入空门，给别人信仰自己不一定真正信仰。我看着他笑，我的笑有种语言。只有两人意会的语言。

我的手背碰一碰他的袖口。

第八章

破“戒”

102

　　告辞住持，我突然觉得离开那世上最正宗的光葫芦头，眼前的景象暗淡了许多。乌女士和其他居士留了下来。我本来可以开车回去，只是觉得回去进入了我的日常生活中，进入夏帆的世俗模式里，便迟疑一会儿决定留下来。也许，在这个氛围里可以有意外的期待和收获。

　　我说的期待是，多年前，我和她算红粉知己，没有过尘世的床上风光，也没有什么非分想法。但这次好像不同了，我心里蠢蠢欲动，有种对一个佛教徒破译的欲望，这种欲念带着邪恶。我的逻辑是这样的，既然她说她相信生死轮回，她说她相信极乐世界，这些都很难以验证。但是她说的“八戒”却可以在现实中得到验证。她可以不杀生，也可以不偷盗，她可以不妄语，也可以不饮酒不奢华，她可以不坐卧高大床，也可以过午不食。这些都能落到实处，或者不同时段不同程度地落到实处，让你真真实实地看到。但有一条，你看不到。那就是第三条，不淫邪。这一条不仅具有试金石的作用，还可以通过努力得到验证。那么，谁去努力呢？谁去验证呢？我就想到了我。这就有了在她身上一探男女之事是否成功的期望。如果她做不到，那么她所说的信仰等等，也就经过逻辑演绎得出沦为骗人的把戏。

　　往专业上说，可以临床试验。

　　我一厢情愿地将上床和信教捆绑一起，人为地制造因果的互为印证。这里面深层的意思是，我心里仍旧对她持有怀疑。她到底信不信轮回，信不信极乐世界，信不信《楞严经》的神奇？多日来我看她信，但又觉得她并不可能信。那么我就用一种演绎推理来甄别，用逻辑去证明她的真假。而行之有效的办法就是上床。和一个婚外男人上床，是佛教里"五戒""八戒"里都严禁的。这起码是种尺度。如果她同我上床，委身我的方式和其他女人的一样，她就破了"戒"。她信奉的东西如此轻易地丢掉，那么，她所宣扬的信奉就可以以此类推，判断那些难以判断的东西也是假的。

我为自己的试验而期待和兴奋。我俩在幽径散步，空中皎月下，我追问道，住持说的《楞严经》的神力你真的相信吗？什么罪行只要一念咒就刮跑了？那几千年要法律干什么？有过实例吗？什么生男孩，你们念诵的信众没有女孩子吗？什么健康长寿，我看信众里大多是病人模样。

我又犯了怀疑主义者的毛病——把对方逼到死角，迫使其投降。这是我要看到也是乐于看到的。但是，我忽略了对方也是个完整的主体，有着自身的保护措施和抵抗手段。我之所以一步步地逼问，是要探究，非常荒谬的东西在她头脑里是怎么形成以及形成的程度。我一直怀疑他们是为了一种什么目的而欺骗他人和自我欺骗。我其实是要得到欺骗的答案。我故意发难是看她如何辩护。我在心里叫嚣着，她要是不投降就让她上床。她要是上床就要她投降！

已经九点多了，我们进了宾馆。乌女士和其他居士早就办了登记手续。我单独登记了房间。乌女士拉开一定距离，在楼梯拐弯等。相关话题还没说完，或装着没有说完，当她开了自己房间，我也跟着进入。

门一关，空气就变紧了。

两个人都不自在，她看我，有让我注意时间的意思，又怕太明显。有那么几十秒两人沉默，再不分开就很明显了，时间和安静本身就是最好的语言。空气中游离着丝丝的性爱，有时薄，有时厚，你能感觉得到，并能感觉到对方也能感觉到。

正在这时，先知感再次帮了我的忙。事前没有一点点征兆地来了灵感，成了我最好的最自然的理由。那就是，她总在重复的缘，一切皆缘，见面是缘，分开是缘，这也是缘那也是缘。缘是一切，包括我们这次相会是缘，既然缘那么万能，现在两人的半夜待在房间里，什么都不是，就是缘。好了，一切都归到佛界不可扭转的定论里，现在，我和她就待在她的定论里，发生任何事情都是内在的看不见的注定。

我打起了缘的主意。我说因为缘，解释了我和她无数种选择。来法会是缘，见住持是缘，晚饭前有许多选择，晚饭后的散步，也有许多选择，我们选来选去终归落到缘的里面。我们来到了客房里。

一男一女，异地客房，这不再是我们两人的事，还是缘。

"我知道你说什么。"

"这个缘，让我走都走不成。"

我在想，乌女士将虚与实颠倒，因与果错位。并且说得那么有底气，连这般明显的事情都搞乱，尤其又将搞乱的东西重新建立一套条理分明的体系。那么，尘世中又该有多少事物给颠倒黑白？人与人之间又该填满多少问题和答案？自我与自我之间又该有多少问号排着队，拥挤不堪？我的脑子里穿梭着这些问题，眼睛看着她，要在她身上做着一个测试，真是太刺激了。

103

我知道自己的魅力，男人的魅力。这无疑是一个非常恶劣的闹剧，尤其对乌女士来说是种罪恶的玩弄。但是，我还是要向前走，我之所以往前走，当然是一个人自我欲望笼罩着自己而看不到什么或者不愿意看到，以及有意和无意地把对方的灾难缩小到完全可以容忍的程度，甚至还会哄骗自己，其实她也想如此。因为在过往的情爱史里，也确实有这种欲迎还拒，欲纵还羞的情况。好吧，一个破坏者会给自己正反各种理由，它们来得很快，很充分，叫你觉得就是它们，这样才好进行下去。

当听到乌女士说我应该回去时，我说这是标间，两张床。我们各睡一张床。我得替她找理由。指明一间房子，而非要同床。

"你不是有房间吗？"她故意问。

"有是有，但我觉得可以留你这儿探讨点问题。"

"白天可以探讨。"她故意用防范的口气。

"不，有的事要在特定的环境中才能探讨。离开特定环境就不好说了。"

"这倒也是。"她故意用承认的口气。

我想了想，其实是做出想了想的样子给她看。我讲起"欢喜佛"。就是前些天在她镜像馆里看到的那面镜子。现在，倒成探讨的好时机了。既然她是佛教徒，欢喜佛又是佛教里的事，从表面上看，完全可以当成佛事探讨议题。

乌女士边听边将脸扭到一边，不想听。

她拒绝。我得继续说。

我说"欢喜佛"非常矛盾。佛教"八戒"之一不淫乱。可是在"欢喜佛"里，却成了男女合抱交媾的一种修炼方式，阴阳调和、消邪避灾的佛法威力。再就是，佛教最讲忍、善、慈、悲，但"欢喜佛"的故事则来自印度密教传说：崇尚婆罗门教的国王毗那夜迦，残忍成性，杀戮佛教徒，释迦牟尼派观世音化为美女和毗那夜迦交媾，醉于女色的毗那夜迦，终为美女所征服而皈依佛教，成为佛坛上众金刚的主尊。这是指大无畏，大愤慨，凶猛的力量，使用残忍的手段，把异教徒俘虏到手，蹂躏尽兴而踩在脚下，战胜后而欢欣喜悦的样子。乌女士的头扭到更远，扭得我都看不到那双鸽眼了。

我乐意在交谈出现障碍时关灯，黑暗中利于说出难言之隐。没有经她同意，我随手关了灯。

她反应强烈，身子一挺，指责地迸了个，"灯！"

我没理睬，回坐在椅子上，坐在黑暗里。我进而说，既然住持重申楞严咒的神威。犯了大淫，只要念诵《楞严经》，就会被大风刮跑。那就跟犯不犯一个样。我进而说，我们不妨就把自己当成实例，犯了大淫也没关系，反正一念楞严咒会被大风刮跑。

104

那天夜晚在宾馆的房间里，时间一点点地向前蹭，我们的对话也一点点地向前绕。前世是跑不了的，现世也就这样了，但来世，既然有前世，那么现世就是前世的来世。我说我们前世可能是夫妻。按照你们的说法，很可能你是男的，是我爸，我是你家闺女。

她整个人都毁了，央求不要说了，"这事在理论上说说很好，不要联系到具体的我和你。"

我并没有停下嘴，我没有停下嘴，是对一件事情展开的兴趣和好玩。我陷入这种荒唐的情境中，既然是先知，就要给予最大限度的展示和分析。我进而说，这里真的有无限的选择。前世她是人，也可能是狗，可能是邻家拄拐棍的颤巍巍的老大爷，可能是个贞女，也可能是半夜忙碌的卖身妇。

我刹不住车，既然你们一再说前世和轮回，就应该还原它的种种场景和身份，而不能一个概论一个词汇，它应该在现世中找到一个个活生生的例子。

我进而说，作为无神论者，我们只有一个世界，一个现实，我们的全部时间和精力，痛苦和欣喜，都在一个平面的世界里。可你们就多了两个。除了现在、现世、现实之外，你们多了一个前世，还多了一个往生，死了之后的未来世界。也就是说，你们拥有三个世界。眼前的现实世界是一种彩排和储藏，是一种积分，是一次次的作业。分数高的人就可以进入另一个美好的极乐世界，差了就沦落到其他道里。眼前的这世界是考场，考得好和坏，决定着你升学还是什么。这样很好，你们的人生永不会完结。虽然只活一辈子，却能生生地又增加一次生命，那个下一个生命又能指导这一个生命。这样很好，买一赠一，白赚了一个。要不怎么叫精神鸦片呢，幻觉成为事实。用无数个美好的期待愿景来填充自己。

我要做的只是为了一点，将阿弥陀佛变成床上的呻吟，不是一个女人的呻吟，而是一个教徒的呻吟。这是个带有科学临床性的邪恶的试验。我知道我是错的，是犯罪的，但是当我想到这个女人竟然信奉那《楞严经》里的虚假，我就对她的真信还是假信有种强迫症似的破译。

或者这么说，正是她教徒的身份激发了我的淫邪。我说过，十年前，当我们是红粉知己，我并没有欲望，当她是个少妇我并没有欲望，我的欲望不是对一个女人的，而是对一个教徒。

这种破戒的欲望燃烧的材料是理性的。

105

那天晚上，我在宾馆将宗教和世俗的情欲掺搅一块。在生理上我对她没有欲望。但是，我很想就因果前世缘这些不离口的佛语，在当下进行试验。

在学理上做了足够的铺垫后，话题该收拢了，"好了，说说我们自己吧。我们现世的相见，是缘在深处起作用吗？"

"是的。"

"我们之间在那个前世呢？唐朝之前我在干什么？你当时在哪里？那一世之后，宋朝、元朝、明朝、清朝，我们又成了什么？怎么到了现在，我们几百年后又来相处，你爱说每一片雪花都不会落错地方，那么今晚上我们是不是该落到这里，也就是说，这两片雪花是不是飘落一起，融化一体呢？"

"应该，不应该，应该……"她知道自己卡入了矛盾夹缝。

我将我在红尘中积攒的经验，应用到佛门里，没有直接逼她到墙角。而是绕着圈，说出了前些天的思考。

"你看，依照你们的说法，凡是今生有关系的，那是在前世有关系，这就叫因果，是这么说的吗？"

"是的，是，"她回答，猜测我下面要说什么。

"好了，按你们的因果逻辑，我和你前世有关系。"我发现按照佛教逻辑行事，倒比世俗的挑逗更自然，更合情。

"不一定是男女关系，很可能是动物与人的关系。"她尽量提前将不道德的推理撇清。

"我知道。"我知道地说，"那么，走到今晚，我和你待一个房间，坐在一起，也是前世的关系，在今夜的反映？"

"应该的，从前世的缘看，应该的。"

我认真的，强势推理，"应该什么，夫妻吗？"

她的脸一定红了。黑暗中我也能感到她那边的炙热。

"你看啊，回顾一下越来越像了，十年前因镜成了镜友。这次见面，又是缘又是因又是果。尤其是今天，参加法会，我本来要走的，没有。有缘一个房间。一切都指向了——夫妻。"

"你说得太狭隘了。"乌女士喘不过气来了。

我起身蹲在床边。我没有坐在床上，这样的节奏太快。我蹲在床边，把手掌放在她的手背上，当我的手放在上面，她的手痉挛，往外抽，我握住了。我的手若一微形花盆，栽种进了一只笋手。一朵莲花。这是我多年以来的一个向往。我握着它，握着皮肤感到里面的骨骼里流动的血液。

她的手不再抽动。我笑道，你不能因为个人的得失而否定因果之缘。因果可是大法。

她说，你坐回椅子上去。

"我并不是非要在床上怎样，而是对因果大法的一种测试。"

她做出一种推搡的动作，"这要打入地狱的。"

"这也太矛盾了，我们前世是夫妻是情人，我们重归于好是种合乎天理之举，怎么成了淫邪？恰恰是前世的因果。过去一家人，现在怎么成了淫邪呢？"

她突然抬手冲我来，我以为她要打我，却是用手掌捂我的嘴，禁止我胡说，"看见了。看见了。"

"什么看见了？"

黑暗中她好像四下张望。"看见了。"

"屋里只我们两个，谁看见了？"我注意门和窗。又警觉地扫视墙壁天花板，尤其吊灯。

106

当她低下头小声地又说看见了，我突然明白她在说什么。她在说"神灵"。我刚才一一扫视检查房间，完全按世俗社会的道德和法律，我在找监视器。只要锁上门，关好窗，房间就成了法外之地，成了伊甸园，你可以尽情地放纵欢乐。但是宗教不行，有神明不受物质屏障的阻隔，它会在你最害怕的时候和地方出现，"头上三尺有神明"。我知道她为什么不敢抬头看上面，总是低着头，她在躲。

"你是说神明吗？"

她幅度很小力度很重地点头。

"有吗？"

"有。"

"你看到了吗？你能告诉我它在哪里？"

"我不会告诉你的，你一个没有修行的人，告诉你也没用，你也不懂。"

这就是他们的逻辑。这时我想到了一句话，也只能在这端口想到的一句话，我要成佛，天下无魔我要成魔，天奈我何？

我不知道我为什么，我又知道我为什么，我要用我的世俗邪恶触碰她的莲花圣境。我其实要触及莲花下面的污泥。或者说，只要上了床，听到她的快感的呻吟，我们之间并没有隔着什么，没有那些东西，我和她还是一个世界。她并没有到她所说的什么彼岸，她还在我所在的此岸。她说的金刚波罗密的密，并没有将她度到河的对岸。我顿悟到，我让她上床并不是上床本身，而是，用上床揭露一种真相。

这当口，她多次说的"一切都是假象"，发生了作用。我带着这种假象的意识看她，她也真的不那么真切了。她像《金刚经》所说的如电如幻如露如雾。一种男女之情在虚幻的意识中逸出了现实的存在而成为另一个不存在的存在。此刻，处在现实与非现实的交叉中，假与真的临界点，我隐隐觉得我的视角正在移位，只要放过去，我将看到以前看不到的事物了。

我的双手将她的双手拢在一起，抚摸。十年前，我就喜欢这双笋手。我将它栽在我的手里。这双蒙娜丽莎的手。

她推开我，起身到了卫生间，躲我。还是躲。我从门缝看到透出的光线，推门进去。她在看洗浴台上的镜子。

这是两面镜子。一面贴东墙，一面贴南墙。两面镜子自然构成直角。

由于直角，两面镜子也就形成了三棱镜。左面的镜子里有两面镜子，右边的也是如此，于是站在三角形的正面，可以呈现三个自己。

奇妙之处在于，左手在右边，左脸在右边。一个自己分为三份，分裂的自己。我抱着她，看着左边和右边镜子里的三个自己。

"你看看，有几个自己？"

乌女士看到正面也就是左面有一个自己，右面有一个自己，而左面里又映照着右面里还有一个自己。她的面前有三个自己。这种镜像给人一种恍惚和不适应的错乱。

"你还没说你看到几个自己呢。"

"三个。"

"这种镜像很有意思，为什么只有两个镜子，却有三个人？当然，这个问题很幼稚，因为镜子里还有个镜子。"

镜子难以进入又全部进入，难以穿透又永远在里面存在。它是实体的反映，又展示了一种美丽的虚幻。它用虚无再造一个实体。

多维的棱镜给我三个形象的恍惚的错觉。一种错乱感，而那个幻象又是那么的令人着迷，从那里折射了许多的东西，在我生命中，重要的事情从镜子起步，从初恋转笔刀背后的镜子，到家属院用镜片照屋里，再到街上用镜子晃行人。后来发展到收藏镜子，和乌女士的交情，延伸到佛教形而上的镜像。

一人三体是棱镜的特点，互映的幻象。而这种幻象在直觉上的迷宫好似与器官假说又有什么内在的隐秘联系。

火部

先知在空中

第一章

你身上是不是多个东西

107

我对陶晋的感觉很奇怪，只要离开总想不起他的样子。

十多年前，和他见过三次面，分手之后就想不起了。第一次不算，因为没料到还见第二次，也就没有回想。半月后第二次握手，却跟头回见面似的，这种情景在我的人生中从未发生过。你见过一个人，还相处了半小时，总归算认识，当第二次见面，也自然而然回想到第一次的某个片断。可陶晋破了经验。第一次虚无，第二次才算第一次。第二次见面陶晋主要聊了他的梦甡，他的声音低缓从容，透着自信，他不像别人在说什么重要内容时拔高声音，用口气强调，再怎么近都怕你听不见听不懂。陶晋不，他用舒缓有致的语调表达。比如，说到某人居高傲慢，别人拍案而起叫喊，"去他妈的！"陶晋不，他用很轻的，柔软中垫点硬度的声音，"你算老几？"杨柳式拂过，从中感到那内敛的光泽，堪称最美妙的轻蔑。

第二次见面，说起生活中的神秘性，大家好像都有着独特的体验，他说他在搞一种叫梦甡的东西。我也性情所致，聊起我的器官假说。有的人说自己遇到什么绝无仅有的奇事，有的人夸张对某种女人的非同凡响的体察，有的人聊自己相信天上有灵。当人们都急于表现自己的时候总会犯同样的毛病，希望自己得到别人的关注而忽略别人，结果也只能是相互忽略。他的梦甡没有得到互动，我的器官假说也没有回应。那次分手之后，我觉得就共同的话题还应该和陶晋再见一面，这才发现当时的情景模糊了，想不起陶晋什么样了。只是那轻柔婉转的声音回旋耳际。第三次，我就刻意起来，记他的脸形，记他的表情，记他的手势，这回只有我们两个人，谈得比较深。他自称是道士后裔，祖上炼过丹，而梦牲的功能，将人的生活分为两大块：现实和梦中再造一种现实。

睡前服用梦牲，可以在梦中实际白天的愿望，有着现实的质感。和实际生活的真实一模一样。这样一来，人等于活两次，所以称之以梦为"牲"。

那天我讲了梦对我的影响，其中器官假说最为突出。结果分手后又想不起来了。周边的场景、细节，都清晰可辨，只要试图一点点向他身上集中，就模糊一片。仅有黑色的衣襟在炼丹的烟雾中飘一下，又飘一下。他说为了梦牲要遍访名山，求仙问道，自此以后的十年也没了来往。

往往会出现这种情景，当你回想某个人的时候，起初还有点清晰，可是越追忆越模糊，直到经过努力最后成为一团糟，连最初的印象也消失了。然而，对陶晋还不是这种情景，我是压根儿想不起来。对这种从来没有出现过的情景，也从来没有在别人那里发生过的事，我琢磨很久勉强找到答案。应该是他的梦牲和道士玄虚的作用，而进入了意识的虚空。现在要找他取证，再次出现了怎么想他也想不起的情景。

陶晋，是我印象中第三个谈到器官假说的人。我之所以用"印象中"，并不是我只给这三个人说过。就实际而言，还有其他的人，只因那些其他的人要不是目光游离要不是突然打岔，都成那样了，你还指望多年后让他们出具口供，肯定自讨没趣。我限定三人，那是当时不仅听完了我的假说陈述，还进行了疑问式的对话。现在，夏帆认定这是一出幻觉导致的闹剧，我找陶晋和找孟勋、乌女士的理由如出一辙。因为孟勋有交易的成分，不能放心地当凭据，乌女士的口供也只能算孤证。我得加快寻找陶晋的脚步。

那天下午，我试着给陶晋打电话，都十年多了，和乌女士一样，没有换号码，忙音没接听，我静静地等待着，过五分钟又打一次还是没接听，遂发条短信。到了晚上八点，电话打了过来。那张无形的面孔这才从熟悉的声音里模糊晕出。

陶晋说他在终南山，三天后回来。对此，我并不觉得意外。我对着手机称最近一段时间失眠，吃药没有作用，加强活动也没有作用，万般无奈，想到了他，能不能从道教的养生角度帮助解决。

108

在电话中，终南山只是个地名，当第四天我开车去陶晋的工作室，终南山就成了幽远之境。陶晋已经不是过去的那个人了，他身上的沉静中透着一种境，道士似的装束和言语，一种走在仙风道骨路上的样子。胡子飘拂，眼睛虚着，恍若一半看着你一半看着你的外面。

我心里想，什么样的人走什么样的路，他身上的天然沉静，只能走道士之路，有人是在尘世受了重大挫折心灰意冷而不得不逃避，他则来自根基上。

我们握手时我说了句实话，这句实话我本来没准备说，也不知怎么，双方的手一握，从他手里传递的信息，不由得我不说。我说只要在电视上、手机上、图书上看到道教的相关人和事，就自然地想到你。

陶晋听到我说到自然两字，很自然地笑了笑。这种笑让人能够感受到自然况味——清澈。是清澈。职业对人的影响真是太大了。我想起孟勋，作为新闻记者，总是一副见多识广的样子，抬起下巴又耷拉着眼皮，嘴角挂着三分至四分的嘲笑。又想到乌女士，信徒那种慈善、宽容、喜悦，以及相适应的，舒缓而不是放慢的动作。而陶晋则是另一种姿态，自然的，山中云海，滋润的清澈；道德经和八卦图高蹈的玄妙，墙上挂了一幅《修真图》。展柜里陈列着各种道教系列图，《八卦图》《二十八宿图》《北斗七星图》、人体下部《牛图》、人体中间《猿马图》《又环图》。这情景我在其他场合也见过，只觉得那是种装饰道具，摆设符号，没有什么分量。但是，当有了陶晋的"在场"，它们一一复活，透着千里之外的终南山的味道，同时又在隐秘的幽暗线路伸向远方。我以失眠当诱饵，是个小伎俩，很快将失眠的原因过渡到器官假说。"这件事太让人头痛，琢磨来琢磨去就失眠了。"

"什么器官假说？"

"当年我们还说过这个话题。"我将十年前俩人谈论的话题回顾一番，还提到身边其他几个人，以图再现当时的情景。

"有这档子事。"陶晋很轻松就承认了。给我的感觉轻飘飘几个字，没有期待似的。尽管如此，我还是又激动又感谢。和乌女士的加上，合在一起，就犹如成形的虎符了。

"一晃十年了，你还能记住？"我说到时间，觉得一阵虚空，是那种和陶晋在一起特有的虚空。

"当然还记得。"陶晋想了想，说了更鼓舞人心的话，他提到我们见面三次的情况，第三次专门谈了器官假说。

我满心欢喜，不住地点头，我发现点了一辈子头，要数这一回点得又快又标准。这会儿，我犯了个人所共有的通病，光算自己的账而忽略了对方。对我来说，获得了器官假说的供词，见面的意义几近结束，但对陶晋则刚开始，他提了个问题。

"你说你来看失眠，可你很快说到失眠的原因是器官假说。我听出你的意思来了，你更在意你的假说。"

看来是我的喜悦表情出卖了我，忙掩盖说，还是失眠的事。但我知道掩盖得无效。

"这就不好了，你只是用失眠找个由头。"陶晋用看破的口气。人家都看破了并将看破的直言出来，再辩白就无耻可笑了。我只得自嘲地撇了几下嘴。我觉得我的目的已经达到了，同时又被看破的难堪而局促，便急忙换了话题，问他梦甡的研制情况，这当然也是种相互的礼节。

陶晋说自从那次见面到现在十年过去了，他的梦甡已经试制了六个系列，这些产品都在终南山的基地。但我发现，他的心思还在我的身上。也许由于经验，也许由于气场，我能准确地猜出他想什么。一个人十年后又找来，本身就说明肯定有问题，还煞费苦心地编谎什么失眠，更有问题了。果然，当他说了一半终南山基地，话题又拐了回来。

"我很好奇，你的器官假说远不止十年，你现在又提出来，是不是发生了什么事，导致你专门找到我？"

陶晋的目光虚中有实要探入我的内心深处。"又是什么事？"他的思路也在渐渐朝着他的方向清晰。

109

到了这种被审的地步，我才意识到，其实自己来的时候已经被他打了腹稿。我有我的初衷我的目的，对方也不会机械地当一台记忆供词机器，而我就是希望他是一台供词机器。从我打电话开始，已经在空中画了个弧线问号，我拿失眠当理由，又在空中画了个弧线问号，两个弧线合拢就把我给包围了。

"说说你的器官假说。"一个转身反击。

我当然可以说，但我成了个被看透的角色。"这个假说嘛，我很久很久都没再想了，"我尽量用眼睛表示我的诚实。我停下注意着对方反应，"真的忘掉了。"我又做了刚才做过的样子，自嘲地撇了几下嘴。为了让他看见我撇，幅度尽量大一点。

"忘掉了？好吧，我姑且相信。"他的手在空中一扬，接收个什么东西似的。"你说你忘掉了。"他脸上的表情好似找到了内心疑惑的答案，"恰恰这话透露了天机。你听啊，一边是忘掉了，另一边，十年后的今天，你又特地以失眠为由找到我，谈论那件你忘掉的事。"

陶晋在屋子里缓慢地转，走几步停下来，又走几步，得出了什么结论又停下来。他在为自己的反击寻找缺口。

"你，没有说你的真实动机。如果像你说你忘掉了，那十年以后，又特意来找我，以失眠为由来找一个十来年没见面的朋友，这恐怕说不通。"我们的眼光交锋了一下，我的被他的击败了，萎下来。"我不是故弄玄虚，虽然我们道教在别人眼里故弄玄虚，那是因为有玄可故，有虚可弄。你找我不是为了什么失眠，而是为了器官假说。"

我心里很佩服，他是怎么在极短的时间里下了这个结论呢？同时，也激起了我的好奇。两个月来我遇到的多次好奇中的又一次好奇。

他看出我要问什么，进而说："我不是不让问，因为事情非常明白。我刚才说过，开始迟疑，现在很清晰了，你最好说说实情。"

我不可能说。我要是说了爱因斯坦，说了引力波，说了梦，说了器官假说，说了夏帆的幻觉论等等复杂的纠葛，造成的麻烦将是难以想象的。

"我就是来看病，失眠给我造成了很大的痛苦……"

陶晋抬手做个打断的动作，我以为他会做出厌恶状，又出乎意外，他的脸上却浮出解开谜的睿智的笑容。

"且不说我们在自己的领域里各有各的道行，仅仅是成年人，就能从你的自天而降看出问题。十年是一段很长很长的时间，我们相互没有音信，当你给我打电话，说是失眠，求用我的道教方法来解决，我就觉得不是失眠的事。你一再矢口否认。矢口，等于把我的疑惑解开了。"陶晋的口气越来越坚定了。"只有这一个答案。什么？同样是病，一种比失眠重的病。你身上有种东西，你看不到，对，你看不到。但它却存在着，它一开始就存在着，你一直不知道。现在它——长大了。"

刚才是一僵，听了这话我身子又通地一胀。好似 CT 片大夫下的定论，你身上的癌细胞扩散了。

"十年前，你说过你的器官假说，我记得，你还说这是你很早就有的器官假说，我谈了我的梦牲。我们当时为此有过深入的交流。现在你来找我，大道至简，只有一个结论。"

我太期待说出个什么奇葩来了。

"你身上多了个器官，造物主多给你造了个器官。你本人不知道，但它的存在让你感到不舒服，并以假说的方式提了出来。这还是十年前的情况，咱们没有见面的这十年，你忘掉了，也许还真忘掉了。但这个器官却没有碌碌无为。它悄悄地长大并一直作用着你。"

他说这话时一直用眼睛盯视着我。

我几乎用抗辩的口气回答:"我没有你说的那感觉,没有。"

"我说长大,并不是看到和感觉到出来个新的器官。比如说嗅觉,你能说长大了吗?不能。"

"好吧,就算你说的长大了,那我找你干什么呢?"

"你找我肯定有你找我的原因,这一点你知道。你打电话说找我用道教的方法治失眠,咱们一见面我就看破了,至于你说的为什么找我,你自己知道。"

110

于是瞬间,我堕入了真正的滑稽之中,我能看到自己堕入滑稽之中。这个滑稽犹如一个垂直通道,我从上端坠了下来。对我来说,找他就是为了一个证词,现在又轻而易举地得手了。但我却不能将它如实地讲给他,如果我说我是为了证明自己不是幻觉,那么他一定觉得我在更可恶地欺骗他。

我的整个经过都是如此的清晰,我是个正常人,但在别人眼里就不规矩了,在夏帆那里我有幻觉病,在孟勋那里我是救人先知,在乌女士那里我是前世因果,而在陶晋这里,我又成了身体多了个器官的异人。

陶晋从人体图上移开目光,"你不说就不说吧。那就由我来说好了,我想我没有猜错。"

他说我身上长了一个器官,已经猜错了,看样子他还要在猜错的路上再错走下去。

"我想起来了,你的器官假说是从梦里出来的。对不对?当时我们就谈这个话题。为什么有这个梦?别人没有,你有?从我对梦的长年的研究来看,那是你身上多了一个别人没有的新器官。它很小很小,你感觉不到,就通过潜意识进入梦境。十年前,你给我说,那是因为在不易察觉下，长了一点点。现在，你又特意来找我，那是又长了一点点。长的这一点点，叫你不舒服了，又找不到它在哪里。怎么办？你就想到了我，那时我给你谈到过我的梦牲。你想借我的梦牲对你的梦进行复制，还原。然后将谜底揭开。当然这是一种可能性，你是抱着一种可能性来的。"

真是个天大的荒唐设想。

他自豪地笑了，这是给自己超凡的洞察力的一种奖赏。这番话说了以后，我就明显地感到，他站在一个奇特的维度，一个我看不到的维度。这种维度能够造出超出常规的逻辑。他的逻辑就是一种自设的轨道，把别人放在轨道上跟他跑。

"它长大了，你也许知道也许不知道，但你来的目的，就是要用我的梦牲。你来得对，上天有眼，我们的机缘在十多年前就埋下了，促使我们共同进行一个大的事业。这就是人类的使命。你来得对，你这事也只能由我来解决。我这儿有梦牲，确实很适合你，通过梦牲，很可能或者说肯定能够将你身上的那个潜在的器官开发出来。"

111

陶晋用透视的眼光看，看，还是看，看得我直觉像脱光了衣服，便本能地捂着裆部。我也不知为什么，哪都不捂，只捂裆部。人一旦捂着就彻底萎了。我的样子可怜巴巴，声音也很配套地表现认罪。

"没有，首先在我这边没有一点感觉。至于像你说的那样，我多了个什么鼻子、耳朵、手之类的器官，我会发现的。可是，没有。"

"你没理解我的意思。"陶晋说，"我说你身上多了个器官，只是眼下还没有明显的感觉，但它在起作用，它在悄悄长，长到了正是你感到又感觉不那么明显又需要找到我的程度。也许半年，也许一年两年它就问世了。"

"你好像在说生孩子？"

"那你找我来干什么呢？这里有着在我看来很清晰的事情，器官假说。你跟我说，你当年做了一场梦，你说你的梦，你的器官假说来自于你的梦，我说我的梦牲。现在，十年后你来找我，足能清晰地看到，做梦只是一种表现形式，实质是身上长了一个器官。你想想，一个十六岁的小伙子，发育阶段正是长身体的时候，什么都在长，手脚，骨头，个头，全身上下内外都在长，五官也在长。这时候，你身上多长了东西，看不见，摸不着，闻不到的东西，噢，还意识不到。青春期你比别人多长了一个东西，形象地说露了点小芽芽。"

"小芽芽？"我噗地一笑。想起来大爆炸。手从裆部撒开。

"小芽芽。尽管它很小，还是通过梦给了启示。过了几十年，它还在长，小芽芽长成苞蕾了，你感到身上别扭，于是找我来了。找我干什么？只有这一个答案，你试图用我的梦牲来破解。你大概知道竹子怎么长的，是的，它长得很慢很慢。三年只长三厘米，就跟没长一样，甚至跟死了一样。但是到了三年之后，突然快了，三天可以疯长十五米。"

突然，我明白了，我又遇到了一个从自己的角度来包抄和剿杀你的人。这其实是我"先知感"的再现。因为有了"先知感"，就有了超凡的睿智和力量。就能以先知去拯救孟勋的夫人，跟乌女士斗智斗法，还能在宾馆戏弄欢喜佛。先知感引导我腾空升起，叫我有这种超凡的体验。陶晋，他，一个道士，看破红尘的道士，一个研制人类的梦牲，这种身份更能赋予一种对任何事情都有审视判断的喜好。看破的喜好。看破红尘，看破红尘里的把戏。仅仅为了超凡的睿智，即使没有看破，也得找到个事来看破。况且他拥有万能的梦牲，更要非得以最快的速度将别人给逻辑进去。

现在，我，器官假说，正好是他需要的靶子。

陶晋以一种道教的神秘立场对我的到来进行权威式诠释。他有这种资格和功能。至于这种功能有没有，倒不太重要。他觉得有，那就应该有，应该有，那就让它有。

多亏我有先知感的体验，否则对他的荒唐怪诞的想法和推算就无法理喻。

从"小芽芽"我又想到了"小豆豆"。霍金提出宇宙爆炸说，宇宙来自于一个小豆豆那形状的物质，突然在不知什么原因下爆炸了。那个小豆豆爆炸了。接着向四面八方扩散，这就形成了宇宙。这个小豆豆就是个奇点，和道教的极点如出一辙。道教的极点就是最原初的那一个，是一，一生二，二生三，三生万物。但是两个时代又是多么的遥远啊。一个是刀耕火种、茹毛饮血的远古，只能是想象和臆造，它是那个时期人类对宇宙的探求（不是探索）。霍金呢？则是在哥白尼、牛顿、太空飞船等等科学一扫天下的时代，又回到什么"小豆豆"，说明了什么呢？只能说明他没有脱离人类的初始幻想，同样一个观点，道教的极点只是人类初始的幻想，而霍金的奇点，就成了超越人类的一种科学假说。两则进行对比推算，还得感谢人家道教呢。要不是这种参照，差点儿被霍金的科学假说给骗跑了。骗跑，就是骗着跟他跑，不是很多科学家对此进行项目攻关吗？不是动不动出来一个黑洞报道吗？不是天文望远镜总是发现什么东西来佐证霍金吗？

第二章

混沌开窍之多一贼

112

我顺利地得到了我的证人录音，准备放给夏帆听，证明这件事的真实，不是妄想，不是幻觉，更不是骗子，乌女士和陶晋两个人形成了一个完整的虎符。

真正拿到了证词，心理上却突然有了大逆转，那就是荒谬。这也是两个月来多次从我身上掠夺的感觉。不是荒唐，是荒谬。器官假说引发的诸多的意外已经让我感到它简直成了一个"魔"，我甚至能够想象得到，夏帆听到录音后，再度发生猜测不到的反应，掀起我猜测不到的风波。既然险象环生还不如保持现状安稳的好。

晚上夏帆回到家，凭直觉发现我的变化，问我是否有什么好事很轻松，这才知道自己无意识流露出了喜悦心情，差点儿心头一软，说出小芽芽的笑话，把证词录音拿出来放。我深吸几口气终于憋了回去。

第二天上午，又是个没想到，陶晋打来电话。开门见山，提起《南华经》里的那篇著名的"混沌开窍"寓言。南海之帝和北海之帝经常到中央之帝那里玩，这个叫混沌的中央之帝总是友好地招待他俩。出于报答，两人商量，每个人都有七窍，而这个中央之帝则浑圆无孔，咱们给他凿七个吧，让他看到和听到我们的世界。结果"日凿一窍，七日而混沌死"。

这则寓言的寓意是人要顺其自然，不要超出规律去强求，否则事与愿违，受到惩罚。尽管这里最大的荒谬在于中央之帝什么都没有，也能成为中央之帝。再就是他浑圆无孔又是如何款待那些远来的朋友的？并不是非要找出它的科学性，但他这个"无"，怎么就能战胜那些什么都"有"的人，而成为中央之帝呢？

而这篇混沌开窍的寓言，又最接近器官假说。陶晋在电话中说，你所说的器官假说，就是五官之外如果再多个感官对不对？再多个感官，也就多了个感知外部世界的渠道，对不对？那么你看，若从感觉器官上来说，给混沌这个天神开七个窍，就很接近你的感官假说了。这七窍指头面部七个孔窍（眼二、耳二、鼻孔二、口一）。

"你的意思是，要是当初开他八个、九个窍呢？"我很兴奋，因为一般人只想到多一个器官会多一个认识世界的渠道，其实，反过来道理一样。少一个一样，少一个器官而对世界少一种认识。要是耳朵没有，世界就没有声音，有声音也等于没有，因为听不到，你听不到它就不存在，尽管事实上声音这东西是存在的。

我俩拿着混沌往深处探讨。它的脑袋圆滚滚的什么都没有，先开个耳朵，于是听到了声音，一定觉得好奇怪啊，这吱吱轰轰的东西，是什么呀？开了眼睛更让它目瞪口呆。过去没有器官，也就什么都没有，现在开了窍，也就有了，开几个窍有几个，这则寓言是按人的器官标准写的，要是人的器官多几个，那还会再多几个。

我很感激也很佩服陶晋，混沌开窍我很早就知道，而我的器官假说也是很早就有的，几十年却没有联想到一起，而陶晋一下子就抓着了两者的共同点。这件事说明人总是那么受局限。每个人都有着自己的优势和角度。先知也有先知的局限。

原本没有打算再去见陶晋，尤其他说到用他的梦牲来开发我身上的"小芽芽"，更不会去和他见面。这当口，我觉得如此价值的话题激发了我的兴味，在电话中说不透，主动要到他的工作室聊一聊。

113

崇尚大道至简的陶晋，一见面说："你的器官假说是从科学层面来说的，已经很好了，但不大容易说明白，不容易说明白也就不容易传播。我用道教的寓言一下子就清楚了。没有窍是什么样，多一个窍又是什么样。直观得很。你现在身上的问题就是多了一窍。"还没说完他呵呵地笑了。这种笑声有种修炼的控制，等说完，笑又波浪似的向前面排了一阵子。

"是很形象，也很贴切。也许我身上真的多了一个小芽芽。"

"小芽芽？不好听。连你的器官假说也不好听，太空泛，我看在寓言上做做文章。飞越时空贯穿古今。"

"当然好了！"我赞同。夏帆试图成立课题组下定义，乌女士从佛教的角度也给出过新命题。

"我替你想好了，就叫'混沌开窍之多一贼'。"

"贼，什么贼？"

陶晋看我吃惊的样子，说五贼是道教里的叫法。也就是五官的目、耳、鼻、口、手。又具体讲解道教的"五贼"，专门指五官，正像佛教的《金刚经》里的六根一样。道教里将人的五官比喻为"五贼"。这是一种明显的人与自然的对抗。说是道法自然，其实是将人摆在与自然的冲突敌对的关系中。要想得道成仙，必须先制服人身上的"五贼"。色、声、嗅、味、触。也就是眼、耳、鼻、舌、身。这五贼是修炼的大敌。人的身体被损害，外部的事物只有通过这些器官的引诱而心神外驰，进而物欲纷纭，邪念情欲造成人的毁灭。

我嘴里重复了一遍，说："意思是清楚的，可听着别扭。"

"别扭？那是叫得少，叫得多就不别扭了。来跟我再叫一次，'混沌开窍之多一贼'，'混沌开窍之多一贼'，'混沌开窍之多一贼'。"陶晋边走边叫，叫到第六七遍，突然又笑了，"这不，叫的次数一多，就习惯了。你不知道，道教最不怕名称字多，比这字多的句子多得很。'混沌开窍之多一贼'。多好听，还叫出韵律呢。我看就这么定了，混沌开窍之多一贼。多一贼？重点就出来了。多一个什么贼呢？"

陶晋探求宝藏似的打量我。我又险些捂着裆部。

陶晋越说越来劲，只差容光焕发了，这个名字太有意义和意思了。关键是他亲自给改的。我再次感到，他要他的世界进入别人的逻辑，让自己的逻辑进入别人的世界。

我觉得"多一贼"很有意味，还透着小小调皮。"多一贼"，这么深奥的科学假说用了如此直白简洁的表达。和相对论用谈恋爱一样，这多一贼容易挑动人的好奇。陶晋看我在琢磨的样子，又说，越深的事物越要用简单的方法去表现。"大道至简，玄而又玄同时还简而又简。"

"只是……"

"三个层次，第一，混沌，第二，开窍，第三，多一贼……"

"只是……"

陶晋沉醉地反身问："你在只是什么？"

我也不知自己只是什么，反正觉得不对劲。"只是……"

"你身上有个谁都不知道的器官，它在身上的什么地方，却一时找不到。"

"只是……"我突然明白自己只是什么了。独自嘿嘿地笑起来。

"这名字不能改。"我笑完了说，"不能改。"

"你是说混沌开窍之多一贼吗？"

明确而坚定的口气："还得是器官假说。"

"我不是替你分析了，器官假说太笼统，太虚。而多一贼就不一样了，你的目的就是多一个和少一个，多一个会怎么样，少一个又会怎么样。指向性很清晰，而我的梦牲一旦进入，也知道是干什么的。"

114

我刚才觉得哪里不对劲，只是不知道哪里出了错，所以"只是"了半天，现在听到"梦牲一旦进入"就明白了。他在说他的系统，系统当然很重要。比如琴声，再优美而在深更半夜，就是噪音。

"我的器官假说是我的发现，这个科学化的提法一听就是发现，我很放心。像揣在胸怀里那样放心。"我做了个向里紧密拥抱的动作。

"可是，改成多一贼，就很难和我有什么关系了。换句话说，很容易让人们以混沌开窍为重点，以为我是受了这个人所共知的寓言启发，你明白吗？"

陶晋不明白地摇头。

"也就是说，人们很容易猜到，我这是受混沌开窍的启发。都启发了就没价值了。而我当年十六岁做的梦，这个梦又是因为初恋，再将这个梦记录下来当成情书，经你这么一改，全都化为一个寓言的启发。还有意义吗？"

"什么初恋？"陶晋头一回听到器官假说里面还藏个初恋。

我想了想觉得这个历史性回顾太漫长，决定暂时不说，继续坚持不能改。它过去叫器官假说现在还叫器官假说未来永远叫器官假说。差点儿掉坑里。我庆幸地看看自己的脚，很想亲吻那只鞋。

"好了，不改就不改吧。现在，咱们说说合作的事。大道也得运化，器官假说也要用我的梦牲来化一化。凭我的直觉，我的梦牲能将你潜在的器官在梦中再现出来。"他的脸庞一下子变得很远，"让我的梦牲进入你的梦里，也许能够将四十年前的梦再一次复活。而一旦复活，我是这样想象的。"陶晋没有说"我是这样想的"，而是说"我是这样想象的"。

我问："想象？"

"是想象，可不是乱想。想象，在炼金术里是个极其重要的术语，是个决定性的事情。看不见的事物与看得见的事物，它们之间的关系是用想象促成的。这个话题你可能一时不懂，用你明白的话讲，这世界是存在物和能量的互换空间。能量又分两种，一种是物质一种是精神。想象就是一种精神能量。通过想象进入炼金术就是一种能量。在合理方向得有想象翅膀才能飞出现实篱笆和理性限制。我是这样想象的。"他想象地说，"那个器官在哪里，我的梦牲能够帮你。器官假说很可能是梦的形态，而一个梦是无形又有形的。"

他的意思是用梦牲开发。而我太知道我身上没有多一个器官。它是四十年前的一个梦，和四十年后的引力波。"那你的梦牲到底是怎么回事？”

"你的器官假说有多神奇，我的梦牲也就有多神奇。我觉得我们两人，是在梦中对话。"

我心里一震，隐约感到自己的身子在往一个看不见的地方掉。又觉得一场预料不及的什么东西进入我的世界。正像孟勋那一系列的事情受某个看不见的力量支配，先是书画展上的吵闹，十字架上的旋转，到他家里潜伏充当先知；又像乌女士那样陷入前世和轮回，去验证先知的答案。

现在陶晋说我身上多了一个器官，回想四十年前的十六岁，正在发育，多长了一个东西，于是在那个很小的器官作用下，做了个梦。现在，四十年后，那个很小的东西长大了，又不知在哪里。正好命运之神的安排，找上了门，好用他的梦牲开发。

"这梦肯定是要做的。"陶晋说，"我所做的事业是将梦的混乱无序归类，形成条理和系列。现在，基本上成熟地搞出了六个系列。"

我担心梦牲服用的效果，问道："你那个梦牲是种药品吧？我有个很大的疑惑，第一，你是怎么研制出来的，第二，它的功效真的能达到你的标准吗？"

"你其实还想问其他的问题，为什么不和科学家比如生命科学机构共同研制？不，我现在还在临床阶段，这是我祖上传下来的。"

"这可太神奇了。"我的口气是我一点儿不相信。

第三章

梦 甡

115

　　针对器官假说，乌女士给的答案，它来自于前世。陶晋给的答案，它来自于我身上多了一个器官。这就是宗教超出世间法的智慧和力量。

　　我在想，如果我将找陶晋的真实缘由告诉他，会是什么情景呢？我说爱因斯坦，我说引力波，因为它们激发了我的器官假说，从遗忘的边缘重新飞越时空降到前台，会是什么情景呢？我说我来找他，只是为了得到证词，证明自己并非幻觉，又会是什么情景呢？我难以猜测。因为事情一而再地总是超乎我的意料之外，每个人都从自我出发将器官假说打下各自的烙印。我是一个点，你是一个点，他是一个点，每个人都是自己的点。每个点都携带着力，每个人都要发散这力，于是力与力的撞击，力与力的纠缠，从而构成一个场。

　　夜深人静，独自徘徊，我能真切感到量子力学在生活中的殊胜。那些最微小的基本粒子充塞着生活的角角落落，聚集发散。夏帆让我意外，孟勋让我意外，乌女士让我意外，眼下的陶晋同样让我意外。他竟然以道家的眼光推断我身上有个"多一贼"，并且要用他的梦甡来破译。

　　"你说的甡是什么样的？"

　　"这样写，"他在空中用手指一左一右写了两个生。"甡。一生，活两回。怎么活呢？听着很荒唐可笑，我是用梦这个材料加工改良的。我说过，首先这梦是有的。"他说了笑起来，因为机敏抓着了一个空当而得意地笑，又因抓着给人类未来创造新的难以估量的贡献而朗声地笑。好像口腔里有两个镂花的竹筒，也只有在讲到此，才有这种不属于他的笑，这种笑呈现出一种世俗质地。

让人活两次？

梦牲的重点是将白日梦复活。现实生活很艰难，伤心又无奈。人们渴望解决这些问题，想多就成了白日梦。白日梦很快又烟消云散。就让它再来一次，借着夜梦的外壳再来一次。将支离破碎的，时空颠倒的，迷离恍惚的梦，经过梦牲，将它们系统化和现实感，也就是通过梦的载体将现实中最想过的日子给予梦化的再现。这个梦是可设计的，可实施的。梦中的那些街道、商场、大剧院，秋风、飞雪等等，如同回到时钟摆来摆去的物理世界那样；让有血有肉的普通人在有限的生命中可以活两次。

几千年，人类一直持久地进行炼金术和仙丹，以期没有翅膀的人如鸟飞起来，如神龟永远长生不老。人类的祖先做了根本做不成的事，陶晋这样解释时，其实，在可能与不可能之间有个中间地带，"这就是我做的梦牲"。道教的金丹术包括外丹和内丹。外丹以丹砂、铅、汞、硫为主要原料，与其他药物相配合置于炉鼎之中，运用飞、抽、伏、封、淋手段烧炼，以求制得服饵能使人长生不死，羽化登仙。虽然外丹没有达到目的，但是，却在烧炼试制过程中带动了内丹。这就是服气、胎息、守一等功法，对气功和医疗的发展起着巨大作用。"现在，我就是在外丹和内丹的中间地带，搞了个梦牲。"就梦而言，首先它存在，这是生物基础，我只是经过药物将它进行了改良。我不上天飞，也不进山长生，我只将生存的过程中增加另外一种，换句话说，增加人的复合功能。

陶晋说，神仙是道教的核心，生命不死和心灵逍遥。梦牲就正具备这两点。（梦牲，用另一种你明白的说法，就是将白日梦在夜晚的梦里再来一次，并且是真切的物质化的可触摸的生活）道教就是将不可能的当成追求的目标，而渴望不可能又是人性的本质。在其他宗教，人死了会进入另一个世界，天堂和地狱，佛教还增加个六道轮回。道教更绝，那就是可以让人不死。它能让你不死。不死去哪呢？

成仙。而一个人能不能成仙，怎么努力才能成仙就大有说头了。所有的宗教都是对人死后大做文章，而道教则是在不死上大做文章。让人长生不老，让人升天羽化。陶晋走的就是这条路，将人的白天和夜晚分开。让梦升天去实现白天的愿望，牲，再活一次。

同样一种东西，因为宗教和科学而有不同的定义和表述。人体的五脏在科学上是人体的内脏器官，心脏有心脏的功能，肝脏有肝脏的功能，它就是它，在人体内部它们又有着相互的有机关系，谁也离不开谁。可是在道教那里这五脏就与外部的宇宙建立了联系。两者之间有一个叫道的东西，天道与人道。

陶晋说，道教的根本两个指向，长生和成仙，成仙是种浪漫的愿望，我现在做的事比你做的事更有意义，你的器官假说还是一种假说，它不能多一个也不能少一个，既然不能多一个也不能少一个，那么世界是什么样也只好还是什么样了，它不会多一点也不会少一点。但我的就不同了，在实际上成不了仙，但在感觉上可以成仙，那就是我研制的梦牲。白天你在现实中，你很不想过这种日子，那么，将时间折叠，进入梦中。晚上，你服用了我的梦牲，就进入了另一种现实。我的梦牲就是在夜晚的梦里有效专一地实现渴望的现实。注意，它还是现实，只是在梦牲的作用下成为的现实。这就是我最大的发明。你明白了吗？

梦牲可以实现你的不可能。在服用后让你感到现实和梦幻互为一体。你搞不清自己是在梦里还是在现实中。梦牲的最大特点是可以在指定的时间里以睡眠的方式进入你现实中的梦想。也就是能够掌控。你的自然睡眠在内核是你在现实中的梦想。也就是梦牲就是一个中介，连接着现实和梦想，两者相互转换。最重要的是，你在梦里获得具有现实一样的质感。它就是第二个现实。

116

现在，因为我的器官假说，这梦牲就有了特殊的派用之地。我对人们在需要的前提下会变着法儿为自己找理由，有着深刻的洞悉。仅仅为了他的梦牲，他也会更加坚持我身上有个"多一贼"。进而言之，我身上是否出了个"多一贼"，主要取决于他那里有个梦牲。如果，他没有梦牲，他就不会异想天开地推测我身上有个"多一贼"了。这一点，在孟勋身上同样有效。为了拯救他那更年期泛滥的老婆，他就将一个普通人强制提升为先知。如果，他没有一个需要拯救的老婆，当那巫师称赞我为先知，他会发出恶毒的讥笑。但是，他没有。或者说，刚刚露点头的讥笑，在看到一线转机，立刻改变了方向，把我拉到他家里了。我又何尝不是呢？那么，我现在有两个选择，一是以局外人的眼光看笑话呢？还是假装参与其中来满足一下我对梦牲的好奇？

按照陶晋的说法，四十年前，我身上悄悄长了一个东西，这个东西就是第六器官。它让我不适应，为此做了那个梦。四十年来，它长大了。这就找他来求救于梦牲的破译。这显然很荒诞愚蠢。我也看到了荒诞愚蠢。但是，我是当事人，就不能像其他人那样武断地下结论，而是寻找里面的合理性。我是这样寻找的，十六岁的梦，应该类似于天体大爆炸。我的人体的爆炸带出的引力波，四十年后，又因为爱因斯坦的引力波而被引力了出来。人体内也有个爆炸后的引力波，现在开始接收了。

我的"小芽芽"。

由此，我再次对霍金的"豆豆"进行了深入思考。霍金的豆豆叫"奇点"。道教的"极点"则是从一片空虚生出，称为太极。太极又分出阴和阳，继而形成了宇宙万物。当我们将霍金的大爆炸，当成科学假说引导科学精英去探讨，其实就是绕了一个大弯，还原到了中国的道家太极。我并不是说我们的道教比科学伟大，早就有了爆炸说的荣光，恰恰相反，是的，恰恰相反。对比一下，霍金的假说并没有科学性，不能因为他是科学神人就信服他，那样就盲目追随了。因为大爆炸的奇点和道教的极点长得一个模样。你就不能说霍金是科学假说，道教是宗教迷信。倒是道教的迷信比对出了霍金的假说有了问题。

　　四十年后，一些各不相干的事情聚合一起。爱因斯坦的引力波，我的器官假说，梦甡。当我将梦甡与引力波联系在一起时简直目瞪口呆。对我而言，器官假说是形而上的思维假说，放到陶晋眼里，则成了一种实实在在的物化了的"小芽芽"。

　　诚然，"多一贼"的解释让我对陶晋佩服，这是个非常重要的心理基础，有了这个基础，我也有了合作梦甡的考虑。如果梦甡能够将我体内的"多一贼"弄成图像影像，那么，无论引力波还是陶晋，就直接能够认定这是上帝的安排。

　　合作梦甡之前，我会对梦甡的来龙去脉详尽考察。

117

　　我和陶晋的交往有序递进，我发现真实中还有更真的真实。真实里套着真实这恐怕更符合人性幽深曲折的特性。

　　像我的器官假说来自于青春期的一个梦，陶晋的梦甡则产生于少年时代的一则寓言。课堂上，老师讲黄粱一梦。在所有同学那里，这只是一个有趣的故事，下了课就跑到教室外面玩耍，唯有他坐在桌前，一动不动地沉浸在这个美梦中。回到家里，他还是一动不动地沉浸其中，相当一段时间，黄粱梦伴随着他。

　　每天晚上，他在上床后就回放一下这个奇异的梦，结果就真的做了起来，他进入梦中，成为梦里的那个旁观者。还有一次，成为当事人，最让他兴奋的是，他在空中飞翔，不是像鸟那样，而是升降式的，自己变成一只人形的气球，飘来飘去，一点点坠，一点点落，到了地面上，用脚在地上使劲一蹬，就重新升到空中。在空中，他还能看到黄粱一梦里的人，看到那个枕头。

　　这种升天的梦在许多同龄的少年都有，不同程度的飘，枯燥无趣的科学解释是少年在成长，在梦里发育，文学家可能有着艺术的解释，是少年对世界的认识的好奇。多年以后，陶晋知道梦中空中飘呀飘的情景其实很普遍，但在当时，他以为只是自己独有的。受到这个神秘的启示，他悄悄地走了一条探索之路，成为一个梦文化的探索者和践行者。他知道这是道教的故事，道教故事有许多梦幻色彩。

从那以后，谁也不知道他寻找了多少道教的书，翻阅了多少关于梦的书，记录了多少自己无序的梦，好从中体会梦的规律。他还遍访名山找到多少个道士，中医专家，熟悉草药和金石。到了三十岁，感谢苍天，有一天灵光乍现，诞生了梦牲。他将父亲的遗产，仅有的一套房子卖掉，跑到终南山，搞了几十亩的种植基地。

陶晋说："在向世人有选择地一点点讲梦牲时，发现了一个怪事，只要将这事如实地讲，从黄粱梦到梦中升天，从研究历程到得出梦牲，绝对没有一个人相信。不是以为我有精神病，就是以为品质恶劣骗人钱财。因为，在任何熟人眼里，我是那么平常，还有那么点癔癔症症，邪邪乎乎。后来，我发现在古书里，有一种托制现象。伟大的人物总是一种降生的模式，一个巨人一脚踏入家里或门前，顿时红光数丈，奇儿问世。为了解决被人讥笑的困境，我受到启发。"

陶晋编造了一个故事，"是我爷爷从祖上传下来的，至于祖上到哪朝哪代，谁也无法考证。我说多了，连自己也跟着相信，就有这么个爷爷了。'文革'时期，我这个爷爷到了终南山隐居，留下了一样叫梦牲的东西。"梦牲的要义是，在现实中你可以什么都不是，但在梦中你可以是你所想所愿。白天在现实中你是原本的你，到了晚上，你服了所选的梦牲，就能成为和现实一样质感的另一个自己。

为了让梦牲披上道教的外衣，陶晋就喜欢给人们讲些道教的术语和故事，那件黑大衣也搞成了道袍。在你们看来太阳就是太阳，月亮就是月亮，而在我们道教眼里它们有魂有魄。叫作"日魂月魄"，加上水银朱砂，坎男离女，就能炼成我们难以理喻的"金液仙丹"。

陶晋的梦牲是种"再造现实"，又是一种可选择的"再造现实"。以往的药物只是空中仙人似的飘，而在梦牲里，则是和现实一模一样的质地。你就以为你在现实的生活中，吃饭、吵架、说话、上街、逛商场，在这种质感的物化世界里，同样有种种现实的道德法规，这是个"再造现实"。

牲，活两次。白天，在现实中生活一次，你肯定不满意，那么在夜里，服用梦牲之后，就再活一次。这次活不是模糊的，断断续续的，它利用了梦本身的特有机制。也就是，我知道我在做梦的机制，在梦里再按自己的意愿活一次。犹如电影，电影是看别人演，这梦牲一服，就是自己演了，自己是主角。自己看自己演的电影。等到醒来之后，你就从夜晚的现实，回到白天的现实。

"注意，我这里转换了一个重要概念。"

"我感觉好像有什么变化，还没明白。"

"梦牲，是两个现实。就实际情况来说，只有一个现实，白天的现实，夜里只是梦，但我将夜晚的梦现实化，跟真的一样，就成了另一种现实。好了，我看你的表情明白了，夜晚的那个，已经现实化。完全可以说是两个现实。白天的和夜晚的。"

"这就是，二十四小时，人可以活两次。"

"又对又不对，白天只是物质的，是不由自主的，被动的，但没有它又不可能，必须有它，起码，它的意义是你得活着，一种物质化的存在，你得吃，喝，工作，交往，有了物质生命，这是前提，到了夜里才有能量，通过转换再活一次。"

我想起了乌女士，"这是不是很像佛教的西方极乐世界？此岸和彼岸的关系？不同的是，你是一天一换？"

"我这是道教，我是从仙受的启发。"

"但它还是梦。"

"我不是说了，我的梦牲让梦的质地具有现实感，这是它的第二大功能。"

118

到了这地步，我不得不问，哪怕让他难堪也得问。现在，你的梦牲，达到了什么程度？你说在试验过程中，达到了你说的第一目标，想做什么做什么；再达到第二目标，让它跟真实的一个样，这两个目标都达到了什么程度？

"我在剂量上，人的性格上，体格上，血型上，学历上都要个性化地分析。"

"可我至少十年前就知道了。"

"不不，不是你想象的那样，我十年前说，是已经有了眉目，在有限的朋友里透露也是看人们对此的反应。这十年，我并没有到处说，而这次给你说，也只是你的器官假说。它还在秘密阶段。我有个志愿者团队。有着协议，保守秘密。"

"志愿者，也就是试验对象喽？"我听得浑身收缩。

"你不必紧张，我的原料是志愿者知道的，没有危险性。但是，神丹妙药的配方，我不能示人。我和志愿者的合作分阶段，第一阶段是意向书，了解我的梦牲；第二阶段，选择不同性质的梦；第三阶段，体验现实感。直到现在，还没有出现过任何问题。我得做得慎而又慎。"

陶晋说，梦牲制造有两个元素。一是矿物和草木"你得口服"，光口服还不行，才完成一半，这叫"外丹"。还有另一半，"你得信服"。这就是"内丹"。

又是个信。乌女士在说信，基督教也在说信。基督就说，没看见就信的，有福了。看来，宗教在解决最难以解决的又必须解决的问题，就用"无据也信"，来解决信的问题。这没什么不好意思的，因为它是宗教，不是科学，你想用科学那一套行不通。你不信当然可以了，你不信挡不住别人信。你不信，那是你的事，全世界谁信谁有福了，反正有人信，你想用科学那一套来嘲笑信教的人愚昧，那恰恰证明你愚昧。在这地球上，都是舞者。科学跳科学的舞，宗教跳宗教的舞。你用科学的标准去衡量宗教那是枉费心机。几千年了，人家用超验对付你的经验。

"修炼者的行为和信服，是获得金丹仙药成效的唯一途径，同样的梦牲，你不用'信'，就没效验。所以，得先是志愿者。"

炼金术的想象力和意志力结合才能完成。我的理解是，"人体自身是个药库，用信念催化你的梦牲？"

"对。"

我的大脑一下子蹿出条火焰，这是我在遇到最严重的公开的把你当成傻子本能的反弹。这种感受在前不久，书画展我脱口骂大胡子放屁很相似。在夜晚，因楞严咒侮辱人的智力而诱使乌女士破戒相似。我本来给自己的纪律是不表态，但我有话说，又是非常关键的话，就忍不住，又因为忍不住，索性不再忍了，"这事得两面说了，就你一方，只要没效验，你会怪罪人家不信服，好给你的口服梦牲开脱之责。如果这样，你永远立于不败之地！"我知道，科学把我武装到了牙齿，遇到这种事就扑上去咬。

那天，我们没有涉及我们之间是否有个志愿者协议，但是在围绕着它展开外围的谈话。当一题多答都认为自己正确，最好的答案就是都不正确。

我们谈到最后，出于好奇，我决定跟陶晋去终南山。

第四章

终南山

119

临走前，我只和夏帆说去终南山，我的理由是登山游玩可能对身心健康有益。这个理由夏帆最喜欢期待，也就很高兴，以至于我和谁去几个人去，她都罕见地没有细问。我想近期我病态的行为太多，让她疲惫不堪，没有了了解的心思。

因为我和夏帆说了三个证人，没有达到预期，乌女士无法表明证人，现在拉扯陶晋更不敢说。她也就更进一步认定没有这档子事了。所以，我也不能再给她说陶晋的事，更不能说去终南山和我的器官假说有关。就证人这件事，我基本失败。

那天晚上，我收拾好行装，还有种迟疑，我问自己有没有去终南山的必要呢？我知道，在那里，有他的一个实验基地，那么，六大系列，就要有应对的志愿者。即人与梦牲的对应关系。比如情梦。如果有女的志愿者呢？她是在什么情况下出现的？出现的状况又是什么样？我就这么胡思乱想起来，结果那种奇异的现象又发生了。我想不起陶晋的模样了，越想越想不起。

第二天上午，我们驱车西行，途经洛阳，三门峡，老子骑青牛留下道德经的函谷关，壁立千尺的华山脚下虫行。一路上，陶晋给我讲道教和道家的知识。黄帝是道家第一人。黄帝乘龙回归了仙班。十道九医，道教名医张仲景、葛洪、李时珍，尤其写《千金要方》的孙思邈就是终南山的道士。道教有种"五字经"五行——金木水火土，五官——眼耳鼻舌手；五脏——肝肺心脾肾。又和五神一一相关。肝藏魂，肺藏魄，心藏神，脾藏意，肾藏志。我不知这五神有没有，更不知五神分别藏在脏器里对不对。

下午到西安，住进了滨悦酒店，他约见了两个志愿者，我到外面闲转。吃了羊肉泡馍风味，待我九时回酒店，他已经准备睡觉。他说经年如此，人要与自然和谐相处，才能天人合一。他又讲了在夜晚，五脏每隔两小时就轮换着工作。半夜我又习惯性地醒了，我看着他，知道这会儿他的胆正工作，其他的都在休息，丑时，他的肝接过手开始工作，其他的都在休息，我因失眠，五脏却在劳累中。凌晨五时，他准时醒来，充足了电，而我则糠了。陶晋说，他会治好我的失眠的。我相信。两人开车从市区向南，有八十里的路程上终南山。

进入终南山大环境，感到融进了它的氛围之中，融入了一种自古至今的道教系统。这里有一套自己的元素和情愫。半路上，路过一个小屋子，陶晋下车去给那道士打招呼，说了几句话，上车向我介绍那道士，只因在年轻时来打猎住进山洞里，做了个梦，山神请他保护这座山，于是第二天他就担负起这个使命，几十年没有下过一次山。

我听着倒吸口气。梦的神奇力量。

梦的力量难以估量。陶晋的梦牲是梦的力量，我的器官假说也是梦的力量。道教也是种幻觉，将幻觉当成了第二现实，当现实当成幻象就是病态的。幻觉成了现实。当你深入道教典藏会受到影响，你会觉得外界的许多东西都和你的身体有关，因为那许多东西都是有生命的。日光月精，坎离，道，这些根本看不见摸不着却能通过"意"而发现它们，还能认定，这些看不见的东西支配着我们。

以往我觉得隐士和苦行僧都挺自私，因为要自己升天和来世就抛家离舍。现在这种看法有了松动。

又爬坡转弯的时候，陶晋指了下一棵松树，见我没有看见，手指又向右边划去，原来一个形若槁木的人，坐在一根伸出很长的松枝上，犹如坐在空中。这已经超出了物理学和平衡术，是不是修炼增加了一个别人看不见的器官？这个凌空的镜头给我极其复杂的感受。在道人眼里，表现了无为，接近动物，也接近神；在勇者面前，传达出了无畏，在俗人面前，却是那么的荒唐而无聊。松枝上的仙人，他就那么神奇地无为地坐着，一辈子，一年年，一月月，一天天。什么叫仙？一个人在山里就叫仙。在别人眼里他那么孤独贫苦，风餐露宿，但在他自己的眼里他却成了世人所追求和向往的仙人境界。深山的孤独还不行，还要求深山树上的孤独，树上的孤独还不行，还要攀伸到很远枝上的孤独，孤悬一线的孤独才能将孤独表现得更纯粹，更透彻。羽化而登仙。道教追求的清心寡欲其实是得道的一种手段，那是为了达到更大的成仙欲望，以现世的牺牲积攒资本得到更大的好处。

别说世俗与山林的差距，即便滚滚红尘中，人们也是那么的咫尺遥远，难以企及。我需要山林，这里的风物和空气能给我一种回归和升华；我需要清静，看到长尾松鼠窜在山坡，精灵般地一闪，没入丛林。

道不远人而人自远矣。

120

大山的深处就是道教追寻的仙境和福地。陶晋的基地大约三百平米。一半依山，一半石头围着。一个助理，叫道休，五十来岁，你见一面永远忘不掉，因为他的门牙很长，我不但没见过这么长的牙，也超过了想象，他用西安话说他就是西安人。两只大黄狗。东北角有卧室，实验室，会客室，药材室。外面摆着瓶瓶罐罐等器皿。那里就是梦牲的原材料或许还有实验的成品。

下午，陶晋带着两个志愿者去山上采药了。傍晚还没回来，陶晋的助理说这是常事，很可能住到哪儿了。便招呼我吃饭。最简单的饭菜，但有瓶本地的烧酒。

我对梦牲能否复活我的器官假说甚至在体内发现"多一贼"器官，当然持否定态度。这是不可能的，反过来，我又抱有侥幸，自己看着不可能，那是自己认为，陶晋从道教上坚称可能，那也不能排除。我在人世间五十多年了，见到了太多的不可能变成可能，而可能到了后来成为不可能。既然陶晋坚信，自己在没有什么损失的情况下也可以适当地配合。同时为了器官假说，我很想深入道教的内部，有意识地和陶晋的道教朋友来往。与其说被陶晋的梦牲迷惑，倒不如说是我本身的需要。因为需要我已经有意无意地屏蔽理性。

陶晋的助理善谈。他的方言我猜着听，加之又是道教术语，更是猜着想着。我不能正视他，那颗长的门牙叫人太别扭了。他说，所有的问题，那是人性的问题，狗永远是狗，草永远是草，人永远是人。当我们指责人性恶的时候我们正是用另一种恶一种不自知的恶为准绳去指责的。他对人生社会所有的矛盾问题，幸福，痛苦，高兴，灾难，概括起来只有两个字。他让我猜。我猜不出来，我心里想，所有的矛盾都来自两个字，怎么可能？

助理说："这两字就是——比较。"

我一时没明白，当看到他说出答案的微笑，我才明白他说的两个什么字了。他看我反应平淡，就解释："所有的矛盾，全因这两个字，比较。比，攀比；较，较量。"

121

道休给我讲了鸡蛋的故事。

"文革"期间我上小学，有这么个同学每天拿一个煮鸡蛋到学校。当时人们穷，一个人能吃一个鸡蛋，只有生日才可能。他是天天有。他不吃，而是炫耀，课间操，来到走廊上，在人群稍远的地方，拿出来，含在嘴里，吐出来，再斜眼看我们，我们装着没看到，他的动作就大一点。这种戏码重复上演，后来就有人跟他好，那是要分一点儿的意思。他一点儿不给，还动不动当个小头头的样子对他们呵斥，结果白让呵斥了好几天，光看他含着，吃一半，包起来，放学路上再当众斜眼，小偷似的拿出。有人捣蛋猛地一窜，队伍乱了，将鸡蛋撞掉，蛋壳破了，蛋黄碎了，队伍爆发出幸灾乐祸的哄笑。

　　一个鸡蛋给我们带来了许多不同情感。我就想，最幸福是一天吃一个鸡蛋。后来，改革开放，我上班有了工资，头一个月，我买了一斤鸡蛋。八个全煮完，要一次吃光，吃到第七个，吃不动了，满嘴的鸡屎味。那一回就给伤透了，以后再也不吃了，看见鸡蛋就恶心，满嘴的鸡屎味。

　　鸡蛋其实是个物化象征，衣服、手机、汽车、房子都是鸡蛋的放大延伸。鸡蛋只是各种情感的载体和驱动器。我们现在最穷的人也比"文革"时最有钱的人吃得好，但却同样有着满腔怨恨和苦难。他天天想吃几个鸡蛋，就吃几个鸡蛋，但不再有那种吃鸡蛋的炫耀。贫穷的底座抬高还是贫穷，也就是说，不能因为底座的抬高就摆脱了贫穷。

　　这是什么问题？社会问题吗？在中国几千年，没有哪个时代在短短几十年天翻地覆。过去一个人的一辈子，都是那么的一成不变，而我们这代人到处在变。变来变去，人性还是没有变。贪婪和怨恨。所以，政府挨骂是替人性背的黑锅。你干得多么好，人民群众总是不满意，人性的贪婪。

　　我望着大山的夜空，觉得他讲的鸡蛋的故事很棒，富有寓意。只是一联系到理论上，谈什么人性，就进入了老套。我附和着聊了一会儿，绕到我最在意的问题，他对梦牲怎么看。

　　道休回答，好当然好了，但放在我说的"比较"，仍旧摆脱不了种种烦恼。你在梦中再怎么好，想干什么就干什么，要什么就有什么，那只是你一个人的梦，说到头也只是一个人的陶醉。你再好的梦别人不知道，而人，最根本是社会性。这就像一个人拥有最豪华的别墅，在这深山老林里，别人不知道又有什么意思？

　　我又附和几句，再次绕到我关心的话题。梦牲你服用过没？

　　他没理我。跟没听见一样。

　　道休说，我这大半辈子琢磨出了个问题，这人性里有个魔道，你总是被它掌握，这也就是人的灾难。刚才说的鸡蛋，那不是鸡蛋的问题，鸡蛋碍你尿事？本来你有了一斤，这不好了吗？不。不。不。人家一天一个，你想，我要为这一天一蛋而奋斗，你现在有了，一天可以吃十个八个。结果就给吃恶心给吐了。还不满足，那个魔道就在你心里转，往上盘旋，你的胃口欲望越来越大，为什么大？为什么大？还是给人看的。你不需要，但是你给别人看，就需要。全部折磨都在给别人看。我发现了这个魔道，一辈子就这样？该有个办法呀，怎么办，怎么不给别人看，只有一条路，离开，离开还不行，得远离。你看不见那些人了，你身上的魔道也不转了。喏，我现在身上很安静，吃一个鸡蛋就行了，穿两件换洗衣服就行了，魔道一停，体内也恢复了秩序。

我全部听明白了。"你相信心里有魔道？"我想起陶晋说我体内"多一贼"。

"肯定有，你看不见它，它能看见你。"

我又想起我少年时看见的那个妖，我是看见了的。

道休说："我告诉你为什么我来这里。我来三年了，三年前我是个房奴。为了一套房子，贷款三十年。人只有一个一辈子，我睁开眼就想，今天有三百的还款压力。我把一天的时间分三份，上午一份，还一百；下午一份，还一百；晚上一份，还一百。过了两年，我基本上疯了，我知道我废了。我不甘心。又苦苦地挣扎了两年，撑不住了，终于顿悟，'我不要了！'我在心里呐喊，'我不要了！'我天天呐喊我不要了。但我不知不要了怎么办，我知道我要远离这个城市。后来我遇到了陶晋，他在终南山搞了基地，我就来了。来了以后，我发现这才是我要的真正的生活。回头一看，人间浮华如烟啊，我的价值观全颠了个儿，红尘中人太可怜了。一进山，我这房奴就转升成了高人。在尘世，我是别人眼中的垃圾，而到这里，我还是我，我又不是我，我成了仙人。四大皆空，我什么都没有，反而拥有了全部。"

我听着浑身都觉得震颤。

道休站起来指着黑夜的某个方向，那个遥远的距离在他的手指一定能够测量出来。"我成了仙人，我天天无忧无虑，我自身需要多少我就有多少。我不需要别人看，不需要。情随心转。知道王重阳吗？"

他的手指又指着遥远的距离。

我老实回答："不知道。"

"不知道。"他换个问法，"知道全真教吗？"

"这知道。"

"呵呵，全真教知道不知道王重阳，那我告诉你，全真教就是王重阳创立的。他为什么创立？"

"不知道。"

"我知道你不知道，王重阳，家世很好，自幼喜读，一身才气，但到科举总是落榜，考了几十年，到了四十七岁，还是无成效。现在我们说科举制度害死人，当时那是唯一的途径，无路可走了，天天郁郁寡欢。结果呢，就'慨然入道'。什么叫慨然？感慨，愤然，绝望，在这种情况下，入道了。万般神通皆小术，唯有空空是大道。我不要了。这世上最厉害的是什么？"

我猜到了他的答案："我不要了！"

"对，无欲则刚，你还落个刚。而我不要了。就空了，我一空，什么大事好事恶心事都不存在了。"

我明白他说的房奴了。"我不要了！"我问他是不是也有点慨然入道的意思？

他反问："你说呢？"

122

沉默了一会儿，大山的沉默那是真正的沉默，空，还有层极细的质感，任何声响都有回音。我喝酒的声音都能在几米外有回声。

我再次问到梦牲上面。他既然是助理、参与者，一定有所看法，哪怕他不说，我也要问，而他不说本身也是一种表示。道休说，所有的宗教都是在人死后做文章，唯有道教，在不要死上做文章，你听清了，是"不要死上"，不是"不死上"。不要死的要决定它有意志在里面，怎么办？直接修炼成仙。在中国历代皇帝，最信道的数汉武帝，凡是和道有关的他都信，从西域来的使者献上一种做梦的草，放在怀里能做想做的梦。汉武帝说那我要这草，试试。他非常想念李夫人，就将梦草放在怀里，当晚就真的梦见了李夫人。

我听了笑，助理说你笑得不正常。

我说这个梦草没什么价值，这完全是暗示。如果真的有作用，就不要指明梦草，不要说出它的功效，如果还能梦见什么那才真的神奇呢。

助理当即反驳："你不说明，给他个草，不知道它是什么，怎么起作用？暗示只是一小部分，主要还在草的功效，如果你放在怀里做不了想做的梦，那就是假的，如果做了，那就是真的。"

我觉得他是要讲梦牲了。陶晋给我讲过，梦牲的配方不可能示人，但可以说分两个层次，一是进入你所渴望的梦，二是将提升梦的现实质感。现实感到什么程度？就像生活里本身的人物，听到他的呼吸。我又想到夏帆，她总是回想不起来头夜里的梦，如果像助理说的第二种功效，提升现实的质感，那么若夏帆服用了，能不能就回想起来？

"可以。"道休说，"这就如显影粉和定影粉，第二天一醒来就能显示出来。"

我的质问毛病又忍不住犯了，"这不是还是要吗？既然白天不要了，空了，为什么夜晚要在梦中获得呢？"

"这是两个层次，不在一个维度上。"他不想再往深处说了，一说多反而显得并没有放空。其实我看明白了，我不要了，不是真不要，而是一种选择，我不要了是对要不到的一种抛弃，而选择能要到的。王重阳，要科举，几十年要不到，慨然入道，不要世俗的，因为苦苦追寻无所获，那么入道是另一种要，要到了，要得还很多，长牙助理何尝不是呢？一本房产证压倒他，不要了，反而拥有了整个终南山，有了助理的身份，有了和梦牲为友的机会。所以他说，不在一个维度上。

我又问了一个问题，你有没有这种感觉，只要离开陶晋，就想不起他的样子？我的问题很唐突也很荒谬，因为夜色我看不清他脸上的表情。他问我："你说什么？"我就以自己为例，只要看不到陶晋，再想他的时候就想不起他的样子，而这种情况在其他任何人身上都没有过。那助理沉默了，我不知他是在琢磨我的问话，还是进行着对陶晋回忆的体验。

我们继续喝着酒，终了，那助理没有回答我的问话，也没正面说梦甡的什么信息，更没说他是否服用过。九点，到了助理睡觉的时候，他给陶晋打手机问怎么安排，陶晋说回不去了，住在什么观里，又交代给我安排住的事宜。临睡前，我俩有点微醺，助理领我到实验室看，我看到装有梦甡的药瓶，在手里掂量，我奇怪它的形状、颜色、厚薄、大小跟安定药很像。我不知一种中药为什么在外表像是西药。我对助理提了这个疑问，这样会不会发生不应该发生的事，安定和梦甡混淆？助理没有回答，在手指里搓了搓，放下。他说志愿者们都有服用的合同，看他们的反应是有明显的效果。我问他服用六大系列中的哪些系列？他再次笑而不答。他不笑牙都那么长，一笑，就，就，就更长了。

第五章

狐 仙

123

　　睡下之后，周边的宁静沉重又发虚。门关着，我觉得从门上玻璃掠过一个面影。突然，我的意识滑过十岁少年看到那个墙角的女妖，好像对生命的一种前后呼应，那个女妖潜伏几十年，隐藏空中勾引我过来。我身上有种收缩感，右肩膀麻了一阵，我不敢动一动，双眼紧盯着门上玻璃。稍过片刻又一个掠影，又一个掠影。我不知自己是醒着还是做了梦。

　　我看到了那个门上玻璃掠过的狐仙，她对我说她在终南山等了我几十年，在梦中，我还惊诧我的胆大，我一点儿不怕她。甚至还有点旧地重游的意味。我们说了会儿话，在一个道观拐弯的地方，这才觉得狐仙面熟，原来是医院的那个贵妇式女大夫变的。接着就是梦里的那团混乱逻辑了，女大夫披散了头发，在一个墙角和我拥抱。头顶的灯光在荒凉的道观极端地寂寞。我们开始行动，办了该办的事。对，我把她办了，她也把我办了，我和她相互都把对方给办了。一种比现实炽热邪恶的事。感觉情欲的昂扬平添了格外的荒凉和惊恐。我不知她什么时候从我手里溜走了，独自回往基地路上。走着走着到了那家医院的那间诊室。女大夫依然如故，贵妇式的盘着发型。我问她你是谁？

　　你不是知道了。这是个双关语，你知道我现在是个医生，还知道不久前在道观里和你野合。我看着她那狐仙般的妖媚，突然来了句，你是不是在我的腋窝胳肢我让我哈哈大笑的，你为什么胳肢我？那是要唤醒你对我的记忆。我问，我们过去见过？见过啊，你少年时的一个早晨。

凭我长年做梦的经验，我知道这是在梦中，我还对我说既然在梦中就能发生任何事情。于是，最让我想不到的事情还是出现了，我是说出现的是夏帆。这会儿看着我在梦中挣扎，欣赏地站在床边。你醒了，她问。

"我做了个梦。"我在梦中说。

"什么噩梦？"

"不是噩梦，是春梦。"

"哦，和谁春了，又怎么春了？"

因为我的幻觉和妄想症，夏帆的策略就是装着看不出来，但又在责任和好奇的驱使下，去给予应有的验证。验证的办法有好几种，其中之一就是，以对话的方式顺着我的意思，暗中引向测试上面——到底我内心发生了什么？什么原因？是不是疯的前期？以及为什么非要将梦当成了现实？

"说说你的春梦，那个人是谁呀？"

"那个大夫。"

"什么大夫？"

女大夫从墙角露了一下脸，和当年十岁时夏天清晨看到的妖女是一个人。在梦里，我还对自己说这不可能，但是两个女人就重合了。

我好像重新入睡。女大夫又过来，她知道我和夏帆的对话。就问我，你说你做了个春梦？我不相信地反问这话你怎么知道，你当时在哪里？女大夫说我就在旁边呀。我只得相信女大夫当时就在身边。在梦里允许将不可能变成可能，而这种在现实中不可能的在梦境里又是现实本身。

我咦了一声，你真的看到了？

女大夫妖媚地点点头。这个表情泄露了她的真实身份。

你是谁？

狐仙。

　　当时在诊室就觉得你不是人，我这可是头一次遇到狐仙。

　　妖媚的声音，你还第一次和狐仙睡了觉呢。我要不是狐仙，你还会被你老婆当场抓着哩。

　　我更加兴奋了，这种兴奋包括性，也包括长久的历史期待，包括现实的风花雪月的沉沦，还包括这种沉沦将会延伸到未来的向往。梦已经难以承载，我用力抱着了狐仙，嚷道，你真是狐仙就好了，我们可以天天晚上在梦里睡觉。

　　我就是狐仙，你可以天天晚上和我睡觉。

　　我不安地，要是找你睡觉你不承认是狐仙怎么办？

　　她让我放心，并证明她也在梦里，你做的梦我也同样做。

　　你是说，我今天和你睡觉的梦，你也同时做了？

　　就是这个意思。等白天一到，你就找我好了，你就说，你做了吗？我就回答我做了。

　　等到白天我找你，就说你做了吗？你就会接受我的拥抱，是吗？

　　等白天，她说。

124

　　白天到了。那个梦消失了，我知道终是一场梦，但我明显地感到和我以往任何时候做的梦有差别，那就是它的真实感，现实感，物质感。我像看电影一样回放里面的镜头，细节，眼神，呼吸，它们都在炙热的情欲里再现。

　　当然，这个梦让我想到梦牲。

　　我昨天夜里的狐仙和女大夫的梦那么淋漓那么透彻又那么纵情，是否为误服梦牲之后的功效呢？我还能非常清晰地就像现实发生的那样清晰，这让我惊奇。能不能推测，也许，我误服了梦牲？我又回想头天晚上，和助理喝了酒，九点左右入睡前，助理领我去实验室的事情，因为中间隔着一场梦，一场清晰度和物理化的现实感的梦，和助理在实验室的情景倒不真实，很模糊。

　　饭后，我一个人上山去转，站在寂静的山峰看山谷，那里的寂静更寂静。我能感到寂静向我体内渗透，向我的心渗透，向我的思维渗透。我渴望这种大自然柔美的风从我内部飘过。我成了寂静。

　　中午，陶晋带着两个志愿者回来了。那两个人都是中年人，据助理私下告诉我，一个中年丧妻，一个早年事业做得很大，被人陷害，牢狱之灾，出来后再无东山再起的可能，想在梦中再次创业。陶晋到我的房间告诉我，志愿者思想波动很大，疑虑很多，是一个不断自我斗争的过程，所以不要和他们任何一个人接触，那样会干扰效果。我答应不出门。下午，我卧床假寐，想从外面的动静探听到一点信息，但是没有收获。陶晋关着门和那两人低声说话。我盼望晚上早点儿到来，因为和女大夫的梦，太像陶晋说的梦牲的效果，我怀疑助理是否在我的饭菜里偷偷加了一片的剂量。我的回忆有点清晰了，昨晚睡前他还领我去实验室，看那梦牲的模样。还记得他讲了梦草的故事，汉武帝怀抱梦草和夫人会面的感人故事。

　　顺着怀疑的思路，我很快将发生的事情归到了被下梦牲的可能。陶晋的意思，我找他是想用梦牲激活我的器官假说，那么，我又不可能主动服用，就偷偷地下药，让我被动地体会。再就是，他不让我和那两个志愿者接触，也是怕某种重要的信息泄露。接着，我又回想中午陶晋回来时，好像很留神我的反应。那是看我对服了梦牲的反应吗？马上我又否定了，到了这把年纪根本用不着什么眼神去窥探，所有的心思都埋在脸的里面。

　　晚饭时，我又和助理单独相处，陶晋和那两个志愿者在另一个房间。我暗自倾听，没有一点儿动静。在吃饭时，没有留意助理的行为，但我明白这是无效和愚蠢。只要他想下梦牲，绝不会在我注意的某个环节上发生。

125

　　于是，吃了饭，我不知道我服用了，或者说我不知道我是不是已经服用了。

我从终南山回来的第二天还是忍不住去医院见那个女大夫。尽管去的路上我知道自己非常荒谬，但是梦牲的神奇功效，加上少年时代的狐仙的再现，我于心不甘。

要是她真的也在梦中梦见了我呢？要是她真的在诊室里等待着我呢？我沉浸在一种渴望幸福的遐想，我的遐想已经落实到非常具体的细节中，比如我的身体某个部位某个点，微微裂开一条细缝，隐约显露出第六个器官迹象。它不是现有的器官的延伸，而是诞生一个新的，从来没有过的。可它是什么，因为没有参照不得而知。说到底，我得用已有的已知的经验才能辨识，这就形成了悖论，恰恰又不能够这样。

我挂了她的专家号，还煞有介事地在专家栏里找到她，知道了她的姓名，那个绾起的贵妇式的发型。我在门外候诊，前面有三个病号。

二十分钟后，我进去了，关上门。

屋里只有我和她两个人。我没有主动打招呼，看着她。她也看着我。要是她真的在梦里见了我，一定会惊喜。没有，我在她的眼里没有发现一丝的惊喜。依旧理智和平静。作为过来人，我知道一个成熟的女人会掩饰得滴水不漏。

我想和上次一样，聊聊梦。这是一个医患关系的共同话题。可以说，聊聊梦就是看病的本身。我就说前两天我做了一个梦，一个和见过面又不熟的女人相处得跟朋友似的。

没有反应。没有期待的反应。

"我梦见了你。"终于，我大胆直率地说。

她还是没有应有的反应，依然是对一般病人的态度。

"我想起来了，前些日子你来过，说会笑不会，我胳肢你，你笑个没完。"

"咱们就说梦。"

"不用了，你很正常。"头上的发型如磐石一样牢固，"你可以走了，你很正常。"

我出了门，我断定她没有梦见我梦见的那个梦。这种情况在我过去的日子里发生过，也实践过。对此我有相当的经验，这就涉及共时性的问题。对我来说，这个梦是我前天夜里在终南山发生的，而她则在中原腹地，也许在另一个时间，也许是三天，也许是一周，也许在更长的时间。换句话说，在现实中，时间是物理性的，但放在梦里很可能就变成了相对论的时间。相对论里的时间能够弯曲，它就像一条无形的丝带从一头缠缠绕绕飘向另一头。我对自己说，我的这个梦，这个和她交好的梦，对她而言，可能发生在另一个夜晚。毕竟，从中原到终南山有着千里之遥。

第二天，我醒了。我听到屋外的声音，陶晋和道休的对话。我的怀疑基本上得到证实，即被暗下梦牲。因为服用了梦牲，我又一次做了个头天夜里的梦，白天渴望的梦。这是个定向明确又有现实质感的梦。为此我极度欢乐，又极度恐慌。我决定提前回去，不再按计划同陶晋一起走了。我找个理由，当我提出这个理由时，我发现，这时的心理决定我必须发现，我发现，陶晋知道我夜里梦到了什么。

"我这儿有志愿者，忙不过来。让道休送你吧。"

助理开车送我到山下的途中，我们谈起了一个既新鲜又老套的话题。说它新鲜，那是每一代人都会遇到，说它老套，那是从老子《道德经》里已经谈过了。人类的自身需要到底有多少？人类自己对自身需要进行的种种探讨又有多少？人类对探讨进行再探讨又有多少？这种一生二，二生三，三生万物成了人类自身的无量包袱。无量的糟粕。在两人无奈地相对而笑之后，又聊起"比较"的相关方面的事情，感叹这两个字言浅意深。

临别时，他做了两件事，一是回答了昨晚我的问话，为什么想不起陶晋的样子，他说了四个字，"道成肉身"。二是，他给我一小瓶梦牲，声明不是叫你服用的，算是礼品，每个来这里参观的朋友都送这个礼品，做个纪念。

在接小瓶子的瞬间，我的余光和助理的余光触了一下，只那么一触，我更加确定，两个晚上做的梦是怎么回事了，那个和梦牲描述的一样质感的梦。我大概服用的是六大系列里的之一：春梦。

第六章

故意误服

126

在来终南山之前，陶晋只是用语言表述那些种种想象，正如课堂上听课，触及不到人的心灵。终南山的存在和梦甡的可行性把我代入了进去。我看到梦甡对人类的难以估量的价值。人在有生之年，白天活一次，在夜晚的梦中再活一次，并且是按你意愿的任何方式再活一次。在物理的现实世界你只有一种选择，或者连一种选择都没有，而梦甡却奉献一个大千世界。于是人们只有一个目的，就是活着，能活多长就活多长，只要活下去，就可以在夜晚服梦甡到达彼岸。人们还知道，为了梦甡的彼岸，拥有大千世界，就不会在现实的此岸违法乱纪，就不会对自己工作反感和抱怨，对家庭生活单一枯燥而绝望，因为，梦甡的彼岸给你另一个，你想要的现实。

人的潜意识一旦挖掘能够产生意想不到的作用，那天夜里我在终南山做的狐仙梦，很可能是服用了梦甡。既然有其妙景，又无险处，在心里就有了真的试一试的念头。陶晋说过用梦甡开发我的器官假说，白天在理性主导下我拒绝，但在夜晚就是另一回事了。我误服梦甡做了个狐仙梦，内心便有了期待。梦甡的药力也许没有代谢完，还有沉淀呢？说不定还会再发生作用。结果真的来了。回来的第三天夜里，我又做了个梦，并在梦里揭晓了第六器官确切的位置，也就是陶晋预测的"多一贼"。我纵身跳起，兴奋地要向全世界全人类宣告，"找到了找到了，不要忘了不要忘了。"我在梦中向现实方向跑过来，我无声地跑，右手举着，我冲进现实，看着刚才还举着的右手，空空的什么都没有，我后悔跑的速度太快。

我在梦里呼叫时分，夏帆已经坐在梦外等我了。当我从梦中跑出来，夏帆开灯站着迎接。"你找到什么了？"夏帆现在适应我不正常了，恼也好，闹也好，都没作用，就采取陪着玩儿的态度。玩世不恭全是无奈的结果。

"咱不急，想一想。"

我喘着粗气，说："我从我身上找到了那个器官。"

"什么样的？"

"在梦里我还对自己说，不要忘了，不要忘了，这可是天大的事，全人类的事，我的注意力全部集中在不要忘了不要忘了，结果从梦里出来就忘了。"

"你刚才就是喊着不要忘了跑出来的。"

"就是喊的找到了，喊的不要忘了这几个字，才给忘了。"

夏帆表示同情后安慰我，咱下次一定抓着，不要说话，就抓着，抓得紧紧的，从梦里跑出来也不要急着叫我。先让我看见，抢拍个照。

多日来，夏帆在怀疑和痛斥我的种种诡异的同时，对立的立场也不知不觉发生了变化。什么事情只要听得多了，也会无意识地受到影响，这种渐进的方式会在某个时间，忽而较为明确。她对我里面那多一个器官的接受，是卡式的接受，绊着缠着的接受。她好奇又负有使命地总是在暗中观察我，巴望着在我不注意的瞬间，不定哪个动作裂道缝，里面的另一个器官就可能露出一点。白天的观察毫无效果，她觉得我里面的另一个器官应该在晚上，尤其在梦游离出来。

夏帆除了观察，她还认真地检查我的身体，几十年来，洗澡时候她只给我搓背，现在就不同了。既然那身体里面有器官，搓的地方就扩大了许多，搓背又搓脖子，前胸、大腿、小腿，还不好意思地对付着胯下之物，凡是关节处，出窍口，都表现得仔细耐心，手的力度平添种细腻的摸索。

带着这个疑问她有意在我身上寻找疤痕，粉刺，一点点肉粒。她在研究，她暗地吃惊，婚后几十年，她这是第一次认真地观察琢磨天天处的男人的肉体。从来不知道有七个黑痣，当她发现背和屁股之间有绿豆大的痦子上面还有根毛，去拔它，好像那是根井绳，一下子拔疼了我。

"你说的另一个器官，总得有个地方表现出来吧？"她那口气生怕里面的东西给闷死在皮肉里面。

我说还有一个很可能是灵之类的，没有形体。也不可能有形体。它存在，以看不见的形式。

那就更可怕了。

127

第二天收拾东西，我发现那个梦牲的小瓶子有拧开的痕迹，我不知这是怎么回事，但里面真的少了一片。十片装只有九片！

这就麻烦了。我知道一个人需要什么东西又知道不能要的时候，往往会借助潜意识，绕过另一条看不清的路去做，去实现。眼下我发现梦牲少了一片有三种可能。第一，给我的时候就是九片；第二，我误服了，因为我不定时地服用安定，摸错了瓶子；第三，夏帆不知内情地拿错了（这点想到一半就给否决了，要拿错也不会只恰恰拿错一片）。我先排除了那两项，单单停在误服上。我越想越觉得误服的可能性很大，并且是在潜意识的帮助下故意误服的。当我考察过梦牲基地有了较为把握的信任的时候我放松了警惕，如果说考察的信任，被暗下了梦牲，那么在做了离奇的狐仙梦的巨大享受和两三天后并没有什么不良反应，这些都在我的心里默默地进行着琢磨，发生着作用。自从引力波激发了器官假说，我其实经受着潜意识的生活。换句话，我的生活经受着"引力波"的作用。像宇宙的引力波一样，它存在，发生作用但你却看不到。潜意识并不是在睡眠中以梦幻的形式呈现，即使在白天清醒的时候，它也在行动。现在分析来看，当我发觉梦牲并无坏事的时候，我的另一个自己就叫我去服用了。我输给了另一个自己。

另一个自己？

128

一个为了开发自己的梦而有点神经癫狂的另一个自己。

我知道有一种叫双重人格的人。尽管这种人少而又少，罕见之极，他们是一个肉体两种生活两种思维两种人格，最奇特的是这个一分为二的人相互不认识。我从来没有想过我和这种人有丝缕干系，我的梦幻，我的器官假说等等尽管多少沾点双重人格，我都没有朝这上想过，掠过一影。但是，我误服梦牪以及故意误服梦牪，这就提示了我。有一个我不知道的，看不见的自己，操纵着我。

这可太有意思了。前些天我渴望我是个拥有幻觉的人，将实相看到空虚，现在，我弄不好还真是个双重人格的人呢。从器官假说来看，无论从科学上，无论从佛教的前世，无论从道教的多一贼。

我又想到陶晋说的"牪"字，道教的终极目的是让一个人活两次。不死升天。而我的双重人格，刚好在一个时间内。

我看着手中的梦牪，猜测是它的功效。以往我做过类似的梦，做过色情的、离奇的梦；那么如此连续的、质感的那只能是服用梦牪的效果。它有陶晋所说的那些特质元素。陶晋说，梦牪也许可以能将几十年前的器官假说的那个梦唤醒，于是真将几十年前的那个夏天的妖精唤了出来。毕竟沾了点儿边儿。几十年来，那个妖精曾经偶尔地出现，那是某个场景而产生的联想，比如不久前在孟勖家里他老婆从厨房探头引发的联想。而在梦中出现，倒是第一次，尤其将那个女大夫，给我挠痒的女大夫也从现实中唤进了梦里。更重要的是，梦牪有个非常重要的功能，即可以在梦中进行一种穿越时空的追忆。从狐仙的唤起似乎也能说出这个可能。它一下子追忆到了几十年前，那么，通过意念定位，弄不好在梦牪的作用下，真的寻找到身体内部潜藏的器官假说里的某个器官。

129

为了保险，我还是给陶晋打了电话，询问了梦牲的情况。当然我绝口不提误服的事情。我知道，只要服用就得订甲乙双方的协议，陶晋要进行指导，包括用量多少，间隔时间多长，效果如何，那样就进入了一种干预。而我的服用目的是为了催生我体内的还不知在哪里的"多一贼"。

"你要咨询梦牲吗？"陶晋又详细讲解了将梦系统化、标签化，分门别类，像中药铺抽屉里的不同药性的药材。

在梦里允许将不可能变成可能，而这种现实中不可能的在梦境里又是现实本身。

陶晋在电话里说，服用了梦牲很有可能催生了潜在的器官。在梦里，可以发现正常人看不见的"器官"。

尽管我没有提服用梦牲，陶晋也猜我在考虑是不是要服用了。这个问题很透明，我看得到，陶晋正暗自庆幸经过刻意又不着痕迹的系列活动，引诱对方服用，又成功地在一个人身上有了着落（类似一个风骚女人，不用勾搭，只要很正经地、很自然地和她想上床的男人多来往几次，剩下的就等男人进攻了）。电话里，他说他不推荐患者去服用，只是将患者领到基地，看看种植草药，听听梦牲理论，聊聊志愿者们。这种外部的宣传往往会在几天内以渗透的方式，在潜意识里反复博弈。有的退却了，有的犹豫，有的打了几次电话反反复复，一切都在对方的自我选择中进行。

"我这只是提供条件，服用者进行选择。我知道这个选择很矛盾很痛苦，而一旦服用，那就是心里过了斗争关隘。"

我听着电话那边的声音，结合自己故意误服，又为自己找到一条原因，那就是失去了在服用前的紧张，也失去了服用后的担心、期待、揣摩等等混合的复杂心理。误服，完全是种自然的状态，是梦牲的一种本身的真实的反应。这点很关键，真实的、没有外加情绪心理的。那么，前两个夜里做的梦就是梦甡本身的作用，而事实上，它确实和过去以往的梦有很大的区别。

既然第一次被下梦甡，第二次故意误服，再下一次还要服，就没有什么理由，不妨明明白白地服用了。

130

从被服用到所谓的误服，这第三次则是理性的。选择理性就是选择了勇气。真要明明白白服用，很难预测会不会因为心理作用而发生不良反应。我打开药瓶，倒出一片，盯了好大一会儿，很荒唐也很悲壮。

上床之前，我就在身上悄悄地摸来摸去。捺一捺，搬一搬，从上到下，有轻有重，尽管很小心很小心还是让她看出来了。

夏帆笑："你真是自恋啊，你摸到了什么吗？"

"也许我身上正长着第六个器官，但它一定是能感受到的，就像耳鼻嘴，只是在。"

"你放心，我会帮你细心观察的，我现在对你身上任何一个小小的痣、瘊、瘢，都在进行你无察觉下的观察，还有你的疝气，好像也在悄悄变化。"

我感谢地说："前几天到陶晋的基地参观过，今天我们通电话，他说少了一粒梦甡，我就搞不清，是不是我给误服了？你知道，最近这段我有时就是弄不清，发生了好像没发生，没发生的又好像发生了。"

夏帆不知我胡说什么："什么什么？"

"陶晋搞的这套东西，叫梦甡。每到睡觉前，就从抽屉里取出什么梦的药物，温水内服。想做发财的梦就服'财富丸'，想战争就服'火药散'，想当官就服'升堂剂'，想和美女做爱就服'云雨片'。"

夏帆坐在我的梦的外面，脸上有种被新奇想法感染的样子。

"这梦甡也是这样，睡觉前吃那么一粒，好选择梦的方向。"

"这倒是个好的想法，人要是服了这种梦牲，想做什么就做什么，凡是现实得不到的，一吃梦牲就在梦中得到。"

"陶晋研究的就是这个意思。"

夏帆来了兴致："得到了就不想醒，我看还得增加一项功能，控制功能，想不醒就不醒，待在里面不出来。"

"即使出来也没关系，可以把白天的现实当成梦，反过来，还能把梦里的情景当成现实。"

夏帆鼓励地："然后成为神经病。"

"看看，你又开始胡说了。"

"没有啊，神经病就是这样的嘛。"

"人有病可以抓不同的药，人做梦为什么不可以抓不同的方呢？当然我知道这很荒唐，可放到三十年后，五十年后呢，就大有实现的可能。梦牲这东西，在药理上是行得通的。"

"好，行得通，咱们让它行得通。"夏帆赞许地说，这是她不得不用的策略，她知道如果不附和着我，我会没完没了地纠缠下去。"看看，我都受不了啦呀，你一个器官假说，你的朋友又有个梦牲假说，我就认识这么多点儿的人，就有两个假说了。按这个比例，我不认识的那么多那么多的人，又该有多少假说？"

我觉得不妨往下说："梦牲比器官假说更易操作。我的只能算假说，梦牲就不同了。在没它之前，现实永远是现实。无论多么好多么坏它都是可以触摸的物质世界；梦境永远是梦境，无论多么好多么坏它都是难以触摸的飘渺之境。"

"对，上天入地，想做什么就做什么，想怎么做就怎么做。这梦牲也弄点给我尝尝，给俺一点点呗。"她伸手做少女状。

"什么？"看着她的手，我表现出负有责任的样子。"不行，这梦牲还在临床试验阶段。你要服用了出了问题怎么办？据陶晋说，这梦牲有两大特点，一是它的指定性，你想做什么梦就能做什么梦，就像医药在人体里的靶向，什么药就会在体内到达指定的位置。第二是质地，将你在晚上的梦中定下来八小时，这八个小时把梦变成现实，也就是八个小时生活中以梦的形态而形成的第二现实。就跟真的似的，两个现实，一是真正的现实，另一个是愿望的现实，而愿望的现实又成为真正的现实。真正，不是一个梦，说醒就醒，随机的，碎片化的，易醒的。而是把你的二十四小时剔出八个小时，给你。人人平等。这样，你的愿望，在梦牲中都可以在第二现实真实切肤地实现。"

"这就是器官假说与梦牲结合的最好答案？"

"对呀，陶晋和我当时就是这么说开的。"

"这就让我明白点儿了，我咋说哩，怎么都跟别人说，就我不知道，原来是你要和他合作。这很可怕呀！"

我还是服用了。我总在猜测服用梦牲的恶果。我感到体内发生了变化，靠床头望窗外的天空，朦胧月光勾画窗框轮廓。我等待着梦牲的反应，可惜，在理性的操持下，一夜无眠。

第七章

梦 游

131

我失眠了。凌晨三时，我焦躁地在屋里转了十几圈。憋闷得厉害，看到窗外，临时想到去外面，我从来没有在凌晨这个时段外出过，也就是说，我在失眠时从没有想过到户外。这是头一次，我怕影响夏帆，悄悄地用钥匙将锁拧开，人站在门外再悄悄地拧上。为了不让声控灯亮，我蹑手蹑脚，能多轻就多轻，像贼影。到了花园才恢复正常，大门口的保安坐在椅子上睡着了。

我来到深夜的大街，白天的喧嚣平伏下来。猫儿潜行，夜空泛着钻石般的光晕。还有自己的脚步和身影。我可以看到我的身影，在白天我都不知自己是谁。才发现这是一天中最美的时间了。这是世界的背面吗？它是无人问的，透着一种灯光的沉落荒原气息。偶尔一辆车驶过，远处一个人飘过。

多年以来，深夜总是辗转反侧，不知窗外还有这么好的世界。夜晚犹如幽深长廊里的镜子。我在这座城市生活一辈子，走到哪里，都能从时间深处浮出一张当年的相片。

后半夜，大街小巷很空寂，人们都在一个叫家的地方睡觉。在床上做着梦。白天，发生的所有事情都在大街上消失，来到人们的床上，在梦里再现缤纷。若真有上帝式监控仪器，放在城市的最高处拍摄梦，那么，整个城市的天空将会像海市蜃楼那样飘浮着梦，拥挤叠加，你会看到但丁神曲的天堂地狱里的情景，拥挤着教廷，情杀，泪奔，恋父痴母，人的隐私被仪器摄取。

我对自己说，这么美好的下半夜，而不知，说明我们日常生活该有多少错误而不知呢？我又联想到器官假说，因为我们的器官局限而无法感知世界另一个部分，正像三更半夜的美藏在我们的窗外。

我又想到了先知，我是三更半夜行走的先知。

三更半夜我行走在沉静的大街上这是第一次。我不由得想到了，或者说我不应该想到穆罕默德，想到了他的夜行和登霄。这原来只是读书知道的事情，万里之遥的神话，千年之前的传说。和我一点儿关系都没有。然而当我有了先知的意识，在这个夜晚就和自己发生了联系。好像从那书里延伸了出来，它已经不是它了。

为什么，我深夜独自行走在无人的街上呢？在我记忆中，我从来没这样过。曾经三十岁，四十岁，在深夜行走过，那也只是匆匆地，向家的方向赶路，没有停下哪怕一秒的步子。而在今夜，却莫名其妙地独自行走在大街上。这在我曾经失眠过的岁月也没有过，我在床上翻来覆去，也没想到走向大街。

黑夜笼罩的世界变成了一种消失的存在。

我突然停下步子，我以为自己真的产生了幻觉。我甚至知道是幻觉。通常而言，幻觉是幻觉本人不知道的。而现在我能够意识到，这就很奇妙了。因为我抬头看到了实际看不到的景象。我看到了银河，看到了银河缥缈的光带，里面闪烁着几个光点。我知道这是四十年前的夜空，这只是少年时代的记忆。现在我抬头看到的绝不是真实的当下的夜空，我提醒自己看到的是四十年前的夜空。那时由于持续凝视，银河越来越近。

我记得清楚，那天晚上我截着初恋，喊道"站住！"她走进门宅消失之后，我失恋造成的绝望，我抬头向苍天祈祷时看到的星空。现在我抬头又看到了它。

从外面回来，不拉灯地在家里转，除了不进夏帆的屋里，我会潜行到任何一个角落。夜光映照下我的身影鬼魅似的在阳台、厨房、客厅、卫生间浮现，直到客厅变灰色才去卧室睡觉。

132

第二天后半夜我又到外面转。

第三天，亦然。

第四天中午，陶晋打来电话，我知道他想了解我是否服用梦牲的事。他没明说，我也不可能告诉他，我谈到了我半夜三更到街上的事。他抓到答案似的，"你后半夜在街上逛？"

"我实在睡不着，来到空无一人的大街上，情绪很好，整个城市给了我一人。一座城与一个人。"

"你这不是什么逛，这叫梦游。"

"梦游？"我可没想到这上。

以他对梦游的了解，说，你的行为符合梦游的几大特点。梦游者往往半夜醒来，一个人活动，睁着毫无视觉的眼睛，干着只有清醒时才能做的事，然后继续上床而不自知，在潜意识下做白天清醒时能做的事。能打开冰箱，从里面取出一瓶饮料，可以开门一级一级地下楼，到花园散步而不被石块绊倒。总之，这种情况在科学上是难以解释的。瞎子还要用棍子一点一点地探路，而梦游者睁开无视力的眼，没有知觉的大脑却能本能地做着这些。梦游者不自知，就跟没有发生一样。

"我可不是什么梦游，那两个小时我知道我在做什么，我从这条街走向下条街，有时还在一条街来回地徘徊。"

"那是你以为你知道，其实你并不像你以为的那样知道。"

"你是说我不知道我做什么吗？"

"当然可以这样说，只是这样说你会不高兴。我想还是用'其实你并不像你以为的那样知道'合适点。我建议你抛开自己身份，用第三者的眼光来看，有这么个人半夜醒来，什么地方都不去，专一地在一条街上来回地徘徊。这是什么行为？"陶晋不放手地追问。

"你不要过度解读，我这是失眠，"绝口不提服用了梦牲，"到外面散散心，过去我总在家里，现在我突然发现外面更好。白一黑，同样有着一天当两天过的意思。我不做梦，我就在夜里游玩。我就在那条街上徘徊。"

"如果说白天，你清醒的时候，会在一条街上来回地徘徊吗？"

"那，不会。"

陶晋在那边笑了，"当然不会。只有借助梦游你才会去。梦游是一种很神奇的现象，它完全是潜意识支配下的活动。而人是无法知道潜意识的。"

我对这种玄而又玄的话很熟悉，我对潜意识同样熟悉。但我要面对自己的问题，伸手抓着了对方的漏洞，"我是有意识的，我什么都明白。我还记得那个警官的手势呢。"

陶晋捕捉到新的信息，"警官的手势？"

"是呀，警官，我还去了火车站，按照你说的梦游是睁眼而无视力，上梯子，翻墙头，我可什么都看见了。"

陶晋在多年的梦性的探讨中，深谙洞透事物的幽处，"这只能说明你的梦游和大多数的梦游者的情况不一样。如果白天，在清醒的情况下，你没什么事，你会去火车站吗？"

133

按说，他也确实抓着了问题，我深夜外出不光是失眠，还有暗中尝试一下先知的意思。但我绝不能给他说，不能给任何人说。

我半夜游玩是试验一下先知的力量，这是一个隐秘，如果我的先知的尝试一旦公布，陶晋就会进行无可置疑的断定，我疯了。为了不被人称为疯子，只有一个答案，我说，"我不会去"。

"那为什么晚上，尤其是半夜要去呢？"

我只好再绕回开头，"我半夜醒了，凌晨三时，我知道睡不着就跑了出去，我也不知为什么非要跑出去，当时我想，反正睡不好觉，就到外面转转。"

"这样子。"陶晋沉吟一下。"这个问题看样子就我们现有的学识都不具备说清楚的能力和破译的水平。但是有一点可以肯定，你的器官假说，注定你是个非同一般的人，你的梦游也就不能与大众同夜而语。我再次重申，梦游者的眼睛是无视力的，第二天还不知道这种行动，说明了什么？说明了你的身上真的启动了另一个器官。另一个器官在替你实施它的功能。"他重点强调，"之外的器官"。

这就是他的用意，非要将我的外出挂到梦游上，这样好在我身上确认"多一贼"，在眼睛无视力的前提下，还能到外面逛，就肯定是那"多一贼"的作用。

"这就让我无言以对了。"我无言以对的样子。

"这是核心。你一直以为你睁眼走来走去，还看到警官的手势，其实你不是用眼睛看到的，真正起作用的是那个悄悄长大的第六个器官。这是核心。"

我太知道事实真相了，"我不想要你的什么核心。如果这样第六器官还是有视力的呀。"

"这就是我和你的差别。"陶晋很乐意提起这种差别。

我有点儿不耐烦，"你还是坚持梦游论？"

陶晋继续往前走，"现在已经超出梦游论了，看来梦游只是形式，但对你个人来说，是'之外器官'的问题，这才是核心。"

我重重唉一声，我从没有唉得这么重，我对他的错误判断直接影响他对梦牲研发的估价和信任。

他还追问："你是什么时候开始梦游的？"

我不是梦游。

"又来了，这样子，你小时候梦游你父母说过没有？结婚后夫人说过没有？"

我消极地回答没有。

"这就对了。"陶晋说，"过去没有现在有，这就是你身上的器官正在发生作用。"陶晋又追加了要命的一句："对了，不是发生作用，而是，正在起着作用，你梦游，正是因为那个器官指导着你。"

"全是错误的。"我用他的演绎句式说,"我只是觉得在房子里闷,又是春天季节,换个地方散步。"

"我想不妨做一个试验。你知道我可能要说什么,'可以试着服用梦牲,好把潜在的器官激发出来。'这就进一步接近我对你假说的假说了。"

自己没有梦游而非给我定性为梦游。这是错误的,而他在为自己的错误兴奋。

"我当然要兴奋了。我的梦牲和你的器官假说的结合,将创造一个人类的奇迹。光是我梦牲不行,光是你的器官假说也不行。但两者结合就打通了对方。想想吧,这会儿我简直想改宗,抛弃道教,信仰基督了,相信真的有上帝了。"

"我不会服用梦牲的。我怕出事,要是真的睡过去怎么办?或者醒来成了植物人怎么办?"我信誓旦旦地说了谎话,所有的谎话只要认定对方不会知道都会信誓旦旦。

"不会的,绝对不会。就服用一粒,只一粒。你就会把白天想的到梦里变成了现实。"

"你为什么非要让我服用?"

陶晋笑道:"我已经说过多次,因为你一直在讲器官假说,现在,你不讲它了,而它自己却在讲。刚才你说你夜游,这不稀罕,稀罕的是你过去从来不夜游,正是在找我之后开始夜游,进一步印证了我的小芽芽的猜想。这个器官你并不一定知道,但它在无形中提示了你。所以我想以梦牲的方式做试验,说不定你在梦牲中真的发现那'多一贼'的器官呢?"

第八章

先知病

134

夏帆知道，我失眠的重要指标之一是做梦，也多次听到我讲梦里的故事和片断，自从那天我说叫陶晋的搞梦牲的人说到"梦游"，这倒将我的梦的情况提升到奇特的视界。因为梦游里的一个重要指标有一条半夜醒来，去做一些事。我没有开冰箱，但我总是在客厅里悄悄地像猫一样地徘徊，关着书房的门，发出翻书的微弱的声音。面对又一次的新玩意儿，夏帆决定换个策略。

有天晚上，我刚刚入梦隐约听到一声呕吐，那是狗在吃了什么东西不消化经常出现的情况，屋里黑乎乎，我走到狗笼前，没有狗。我以为自己是在梦里，又在梦里悄悄去茶台上拿手机打开向狗笼里照，猫着腰仔细察看。就在这当口，厕所的门开了，手机的微光中飘来一个身影，我吓了一跳，这才知道自己其实还是在现实中，刚才的呕吐应该是夏帆上厕所的声音。我明白了，可是在黑暗中猫着腰察看笼子的身影，叫夏帆瞅到了。一个人只要有了某种病，总会在其他方面有所表现。你在干什么？我讲了听到呕吐声看看是不是狗病了。而在夏帆看来，这是不可能的，狗既没有呕吐，又不可能连她都没听到的呕吐会把我弄醒。

"醒就醒呗，干吗猫着腰偷偷地往笼里照？"

"我要是开灯怕影响你。"狗在沙发边上娇柔地坐着，它听得明白，两人在半夜争执全都因为它。它歪着头很得意，接下来的它就听不大懂了。

"你，你可能真的犯了梦游？"

"梦游？不会吧。"

"你，你试了那个叫梦牲的东西了吗？"

夏帆知道问题出在哪里了，她发出绝望叹息，又陷入一阵发冷的恐惧和惶惑，她几乎用请求的口气说，"在没有批号以前，它就是再好再对，咱们也不要碰。"

"我考察过了，并且，这是我试过的第三次了。"

夏帆听了像烧了场大火，她摇晃着我，要将我从另一个世界中摇出来，"三次？这么大的事你为什么不跟我说？！"

"第一次算是误吃了。"我将被下药改成自己误吃，清扫理性上的障碍。"上次我们去玩，第二天我才发现我误服了。半夜我做了非常奇怪的梦。第二次我是试吃，一点点，看看没有什么不良反应我就吃了第三次。整个看来没什么风险。"

"风险大到了天上！这就是我最担心的，你的幻觉，正是它造成的恶果，你已经不是你了。"她愤怒地仇恨地还在摇着我，因为她还不知道我是不是给摇出来了。

"不是幻觉。"

"那是什么？那是傻吗？人家说什么就相信什么？"

我摆出那怎么可能的样子，"我没傻到他说什么我信什么。"

"你又疯又傻！你无可救药！"

"从开始到现在你的一切在我眼里都是他妈的又疯又傻。"

夏帆绝望地，从来没有的绝望地，双手在空中摇下来，一层层地摇，摇到腿的部位。站不住了。我急忙扶她，将她一点点挪到沙发上。

"如果，你从我的角度，一切都能找到端倪。绝对不是你想象的，你以为的那样。陶晋想从我的试验发现我身上是不是真有一个第六第七的器官，因为我的器官假说，只能是有一个隐藏器官，才有可能有这个假说。"

"给倒杯水。"夏帆闭着眼命令，我觉得自己都成沙袋了，我向前递水，她依旧闭着眼喝，又闭着眼说，"你也想发现有一个是不是？"

"嗯嗯，万一有一个呢？"

"就当试验品？你是在失眠的情况下有幻觉，而幻觉又直接影响你对事物判断的能力。就像醉驾，以为没事但在判断上已经不正常了。他想从你身上找出个新器官，可你身上没有一个隐藏的器官，要是真有一个，四十年来，也该长出来了，它总不能在你十六岁发现，长了四十年，还没有露点头哪怕像小肉刺那样。"

"在体内。"

"更不可能了。你的五官哪个是在体内的？既然说是对外部世界的感应，它老在体内算怎么回事？"

我知道事实真相，简单而直观。如果我是那种有欺世盗名的念头，我会利用我的器官假说而故弄玄虚将一系列术语把我的假说神秘化和复杂化，我会将我的梦游也编入我的宗教"登霄"之类的神迹。有人会这样做，我也差点儿这样做。我没有这样做正说明我有先知的理性，只有科学才能引导人类正道。正是不弄玄，不行骗，不去神秘化，至于在孟勋夫人那里表演的火柴棍，并不是用神秘行骗，那是救人。

在夏帆看来我又走得更远了，走到了万里之遥的极乐世界；而在我来说，有着一系列的理由做内部的支撑。"我这些天一直在寻找让我们都能认可的答案，你不把我当成先知，这个我当然理解。但是，事实上，你犯了一个错误，你听好了，你如果把我当成先知，这样事情就不那么冲突了。你不妨试一下，如果你把我当成先知，真的会顺畅得多。"

135

夏帆苦笑冷笑几下，右边嘴角下勾得厉害。这种表情近期在她脸上发生过多次，"你说让我把你当先知，我不是没有努力过，你听我说。"她想了想，大概是半夜，思维不顺畅，让我把她卧室里的课题本拿来，她接着没有马上翻开，而是向窗外的黑夜望一望，"深更半夜。深更半夜就深更半夜吧，反正神经病了，白天半夜都一个尿样。"

我指指课题本，示意说正题。

她翻开，"关于这假说有三个层次。"

"哪三个？"

"第一，器官假说确实很神奇，讲了五个器官和外部世界的对应重叠关系，不多不少。当然，我的理解是现在的状况是不多不少，这就质疑器官假说，质疑得很有意思，也很策略，它先从我们少一个器官入手。少一个器官，那么世界上就少一种物质，少一种物质又因为人少一种器官而无法知道，所以又不知道少没少。问题在后面，反推完全成立，那么多一个呢？这就真的很妙。"

"很妙是吧？"我也感觉半夜三更很正经地看着课题本很神经病了。

"第二层次，你刚才说我在注视你，我打量来打量去看你是不是先知。不是有种说法，某个圣人一千年才出一个，先知五百年才出一个，我边看你边想，中国这么大，十几亿人，出一个两个先知肯定会的。问题是，怎么会是你？这还不是我真正的疑虑所在，是你也可以，我的疑虑是，怎么是我身边的人？造化可以让你成先知，谁成先知都是先知，为什么不能是你？完全可以是你。可我就不一样了，我是凡间一俗女，天天想的都是油盐酱醋茶，做的都是鸡毛蒜皮事，我的床上人怎么就成了先知呢？这让我难以置信。"

"你的这种思想我曾经有过，怎么是我？怎么会是我？上床这么问，如厕也这样问，都快给问疯了。现在，我基本适应了。接受了这个事实有很高的难度。你接着说第三，"我焦急地想知道，"第三是什么？"

"我在想，这个伟大的假说发生在我的身边的几率是零，现在却成了一个百分百。这个跨度让人接受不了。太大了。"

"第三，你快说第三。"

"我正在说第三，第三，这个跨度太大了，正是这个角度，我又怀疑这是你的东西了。"

"什么意思？你再来一遍。"

"我觉得器官假说太伟大了，太神奇了，应该是别人的，也应该是你的。我得重申，应该是你。但我和你的夫妻关系我就觉得它不是真的了，我不配。"

"这本来也不是你的呀。"

"可我们是夫妻，就像这家产，你的就是我的一样。"

"这和配不配没有丁点儿关系。"

"你说得有道理，我只是感觉上不配。"

"好吧，"我退一步，想看看下面说什么，"不配又怎么样？"

"既然我不配，你就不该有。"

"什么混账逻辑，你应该高兴和拥护才对呀。你不配还不能我有？"

"不管混账不混账，反正就不该是我床上的人，世上只那么一个元宝，只一个就砸到我头上了，我晕。"

"那是我的，不能因为你晕就给别人嘛。"

"它不是你的。"

"就因为我是你床上的人。"

"对。"

"那不行，它就是我的。噢，是不是这样，你看到了我成功地找到证人，证明了我和假说的关系，就又找事端？这可真不好，你应该从此摒弃前嫌，好端端地助我。"

"我助不起来。"

"助不起来就头晕？"

"正是走到这一步，我才晕的。前一段时间，你找证人找来找去，我觉得你找不到，只是失眠造成的幻觉。现在，你竟给我真的找到了两个人，真的证明你是原创者了，我就觉得我不配。我不配还有一点，我根本没有发现，几个月来，我一直对你打击谩骂，恶毒嘲讽，无端迫害，想想多可怕。"她哽咽了，话锋突然一转，央求地，"方程，咱还不是先知好，要不我怎么面对你？为了我，咱不当先知吧，太折磨人了。"

136

真相来自隐藏和表达之间的一致性，经过坎坷的证明之后，却又坠入另一个承受不起的问题，我看到平民思想害死人，草根意识害死人。我替她说：

"如果我们不认识，或者是同事的老公，你是不是觉得可以接受，你还会回到家给我报喜地说，哇，某某老公如何。"

她不住地点头，"别人老公可以的。"

"那你说怎么办吧。"我面对荒唐，只能荒唐地问，"要不离婚，要不找个你美丽的同事，假扮夫妻一年半载，再让你觉得这是真的。"

"这就是人为的操作了，不自然。"

"好吧，你给我个真实的。"

"我真实的想法是这样的，这里的逻辑不管混账不混账，反正都这样了。因为我，因为我的命里不该有，我命里不该有，那就不该是你的。"

天哪。说来说去还是个拒绝。

"现在超出是不是你的问题了。它不是你的，你却非要说是你的，这就有了问题。"她开始语无伦次，颠三倒四了。"多天以来我一直为这个问题而困惑，转来转去还是开始的那个答案，幻觉，有了证人，还是梦游有病。"

"圆画了一大圈，又回到你的开始，你开始就是这个答案。"

凡是和它有关无关的事情都能牵强地附会上去，什么东西都能通过人为的变形而给它提供理由，提供细节，因为事物原本就是人构造的，那么只是为了自己的意愿再改变，在技术上很容易，很自然。

"还是病。"

"我这又是什么病了？"

"你乱吃人家的药就是病。让我正常，你就不该再往前走，你明明看我承受不了，还非要说是你的。都到这地步了，你都不想想老公职责是什么？"她的声音有了暴戾的味道。这是经过折磨绝望愤慨无奈的积压。

"没有不良反应呀。"

"我不管反应不反应，不是现在知道的。也许半年以后，你突然反应了，白天黑夜颠倒呢？我不准你再吃。你要是再和那个陶晋来往，我就找他去算账，这种人为了自己的试验，不管别人的死活。要让他知道你是我老公，不是他老公。"

"你这就不讲理了，我又不是未成年的孩子，上当受骗，我也有私心。梦牲也是为了测试我身上是不是有个潜在器官。"

她委屈地哭了，"我说你幻觉你不信，冲我发火。人家一说你梦游，你怎么就信了？"

"也不全都信。我是这样想的，可能两小时中的夜游，只有其中的一段呢？"

"这话什么意思？"

"就是这梦游的时间并不是全部梦游，只是其中的一段。"

夏帆不理解，"这只是局部问题，你要看整体，你的整体是，你过去没有梦游对不对？"

"没有。"

"这才是实质，为什么你突然梦游了？就是吃那狗梦牲给吃的！"

137

两天来，我没有再和陶晋联系，也没有再故意误服和理性服用梦牲。我和夏帆吃饭的时候，两人谁也不说话。就那么冷冷地吃。我们中间隔着许多过去没有的东西，当然还有怨恨。屋里空气中聚集一层层负电子，像空中的雷暴前奏。它们看不见，嗅不着，但却直接作用于心情，作用于思维。它们构成了一种场，随时都会因为一句话而点燃。第三天半夜，在我通常要醒的时候，夏帆从什么噩梦里惊醒似的，溜进我的卧室，拍着我，"明白了！"

她叫着，"终于明白了！"

我害怕，她是从来不做梦的。

"真正的祸首来自梦牲！"

我才知道她内心一直不平静。夏帆宣告她发现了谜底，也是几个月来，一直困惑她的事情有了答案，问题为什么总是越说越多，越理越乱，其实坏在时间上。"咱们来算算时间。春节刚过完，媒体宣传了爱因斯坦的引力波，你寻找器官假说的材料，得了失眠症。对不对？"

我点头。

"你去医院大夫们非要扯到抑郁症。而抑郁症的特点就是幻觉，这就把真实发生的事情当成一种非分的幻觉。对不对？"

我点头。

夏帆抓着一条最符合逻辑的事情，也是唯一可信的原因，就绝不能这么轻易放过。她曾经坚持用逻辑抵抗我的幻觉，现在却用非逻辑强行制造她的幻觉了。

"春节期间你找过陶晋没有？"

"都半夜了，你怎么问这事来了？"

"你就只管回答。"

"没有，我是最近半个月才找到他的，我不是给你说过有三个人知道吗？他就是其中之一。"

"不，不，不不不！"她又笑起来，那种笑我不知该叫什么笑，很有深度和爆发力，"你再想想。真的再想想。"

"怎么回事？"

"你只想一个问题，春节你们见过没有？"

"这个不用想。没有。"

她急切地催促，"你为什么不说见过呢？你要是说见过，我们所有的问题都解决了。你说你见过。"

"没有。"我好奇地想知道她的奇异思路。

"见过。一定见过。只是忘了，忘了。"

"为什么非让我说见过呢？"

"太重要了。"她对我的不配合很恼火，好像遇到笨学生那样，

"如果，你承认你在春节见过这个陶晋，那么，我们所有一切问题都给解决了。彻底性的，不可逆转性的！"

"这事和春节没关系。"

"我为何定在春节？又为何说你一定见过那人？因为你的器官假说，和因为器官假说引发的一切事，都是从那时发生的。"

"什么叫是那时发生的？"

"你必须明白一个问题，从那以后，你发生了重要的变化。你出现了幻觉，你的幻觉是春节时出现的，你一直说爱因斯坦和引力波，是不是？你说了你的器官假说，是不是？我也开始说你产生了幻觉，是不是？现在看来，我们都错了。真正的罪魁是梦甡！只有梦甡能导致你的幻觉，这是倒逼出来的。我们就要把重心和疑点放到这上面来。你想想，再想想，也许你已经回想不起来了。你一定要把这事给我想起来。"

我豁然明白她的意思了，面对这种无所顾忌的荒谬，我极度悲凉。那就是夏帆不正常了。她竟然不顾事实任意地歪曲时间顺序。这种发现是惊诧式的，原来一直围绕着我正常不正常，现在突然逆转，她也出现了不正常。自己的不正常完全是受了冤枉，它本来可以不冤枉，只因她用常识和逻辑把事情搞得混乱，她应该无条件地站在自己的一边，信任自己，而不能和外人那样愚蠢地站在自己的对立面提出那么多无法回答的问题。

138

夏帆太渴望找到真正的原因，既然意外地找到了搞梦甡的人，找到了机会和搞梦甡的人见面，就不一定是前不久在终南山上的事。在春节之后的某一天，我一定见过陶晋，喝过酒，服用过梦甡。

"既然你说你误服过第一次，那么，误服就不一定是在终南山，而是在春节。"

"为什么非要是春节呢？"

"因为所有的问题都是从春节爆发的。"

"我春节真的没见过陶晋。"

"那是你记忆出现了误差，还是这个问题，记忆误差。"当她说了这话之后，突然又上了一个台阶，那就是她可以将事实进行她所需要的篡改！为了拯救我，她的意愿操纵了她的理性，"你们春节时见了面，春节。要不是你不承认，要不是你记忆倒错。"

彻底完蛋！

我看到的是她记忆倒错，灾难降临，"好吧，退一万步我们春节见面，那又怎么样呢？"

"陶晋偷偷放了梦甡。当然这样说太缺德，但不管什么方式你都服用了梦甡。"她知道自己在编谎，她心里给自己开脱，人有时候需要编谎。编谎是一种防弹衣，但她给自己一种道义上的支持那就是为了拯救。这一点已经不由得进入了宗教模式，将愿望通过想象当成事实。没有神而去创造神，然后再用创造的神去创造他们需要的世界。她将梦甡挪到春节期间，这种颠倒具有决定性意义。为了这种颠覆获得殊胜，她可以去当真，当然是救我，去当真。

奇妙的是，她这么弄来弄去，自己果然将假的当成真的了。人之所以为人，就是他能够选择；人之所以为人，就是在多项选择中为自己需要进行选择；人之所以为人，就是在多项选择中为自己需要进行选择而找到应有的理由。在复杂的线路图中，每个人都能找到一条自己的而看不见别人也在自己的路上行走。

我害怕了。在我看来，这是她天天高度紧张，急于拯救我的愿望而导致的记忆混杂，精神错乱。几个月来她质疑，帮助，证实，挽救，愤怒，打闹，无奈，绝望。负面恶劣的情绪在她身上穿梭盘旋，这些都是在惶惑中能够理解。但是，这天夜里超出了我的认知，那就是篡改事实，她编造了一个时间表。事实对我而言，原来很有逻辑，现在一个乱码介入，整个程序都乱了。从道德上讲，她成了这样是我对她的迫害，是我把她迫害得失常了！

最后她叫道："现在，你一定要认清这点，是梦甡对你的迫害！春节，你误服了梦甡！自此产生了幻觉！"

彻底完蛋！

夏帆也产生了幻觉！

土部 | 先知在身边

第一章

带电光的女性

139

人生最大的愿望就是与初恋者重来一次。与初恋者的重逢，大约是情人们一种渴望式的等待。无数个日常生活组成的浊浪，虽然淹没了这些情人，但在心灵深处，却活跃着一个梦幻的天空。它们悄然无声地燃烧，以飞舞的姿态编排着戏剧。结果人们发现，梦幻才是生命的原动力，大地其实是弥漫天空的一种投影。

是的，大地是弥漫天空的一种投影，破壳而出的梦幻，能成为启动深藏的命运之锚。我对初恋有个哲学式的看法，它是人生的一个基点。你有什么样的初恋，意味着有什么样的人生；你初恋的对象什么样，也意味着你的审美标准定在什么位置；你和初恋者的关系进展到什么程度，无形中已经显露了你把握这个世界尺度所具备的能力。

初恋，当然不是通常说的第一异性者。她或他必须是让你感到坐立不安，撕心裂肺，春雨缠绵，秋叶伤心的人。是随着斗转星移，在人生之路一程一程地走下去，不断回望的人；当你回望的时候，你会发现初恋这棵树，从开始就给你指引了一个方向。它既是你情感链的一个参照，还是你对未来的一个梦幻。

每年春夏之交的雨天，总幻想能在城市某个拐弯的地方遇上她，预感某种机缘或者巧合，在茫茫人海中和她相见。我最喜欢做的一件事，就是放任自己，把梦想装进火车，看着它和火车在奔跑中一起远行。不知道为什么，每想到邂逅，或是突发性的私奔，眼前总是掠过一列长长的火车。这时候奔驰的火车成为一种浪漫的意象。

这一天终于来了，幻想中奔跑的火车鸣地停在了跟前。

关于器官假说的证据，初恋既是人证又是物证。在寻找那三个证人的时候，我就知道有这一天。按道理讲，我可以第一个找到她，但我又隐隐恐惧过早地找到她，我恐惧两人一旦相见，发生难以预料的问题得不到解决而流产。我寻找那三个人是为了热身，或者说一种由外围向内部的渗透。自从器官假说复活，无论是夏帆还是孟勋、乌女士及陶晋，都发生过始料不及的误会和冲突。这些都还能用时间和其他的条件去解决。然而，初恋就大不相同了。就事实来说，我们尽管同窗四年，也只是高一说过一次话，高二毕业那年说过两次话，送情书的第二天晚上截过她，截她的第二天早上，去过她家，没说一句话又走了。四十年来，她的消息是个真空。三十周年同学聚会，她是同学录里七个空名额之一。只耳闻到了南方广州好像又回来了，两头来回居住。但我相信，只要想找，总能找得到。

140

找到她的前两天，做了一个失火的梦。那个梦的地点体现了梦的特质，那就是一个没有地点的地点。我在那个不知什么的地方看到了一团飘扬交织的火焰，它们欢快地跳跃，像温柔乡里的一群金色狐狸。在屋子一角紧挨窗口的地方，那里放了一堆敞开的帆布，摞着的日记本一层层地燃烧。那些火苗只有多边的形状和瑰丽的颜色，却没有温度，也没有撩人的灼热。这是我平生看到的最耐心、最柔润，也是我平生看到的忧郁中还带点惆怅气息的火焰。燃烧的时候，因为交错的关系，将漂亮的狐狸抽成了许多优美的黄色曲线。日记本的字像印刷体似的非常工整，而所记的内容却难以辨认，每当我读几个字，还没有连成一句话，火苗就将它们卷走吃掉，消失得看不见了。接着再掀起下面一张，这样反复多次，我终于放弃了阅读的努力。我猜测这本日记一定和自己有关系。也许是早年的记录，也许是过去写的什么东西变成了日记模样。不管怎么说，我想将它扑灭，或者浇灭，保留下来好在醒来之后再看上一看。可是自己的脚一动不动被什么力量固定着似的。我站在梦中，看着被火焰映红的脸庞对自己喊。我喊的什么自己听不见。

醒了之后眼前一片黑暗，那群金色的狐狸退隐远处。我意识到做了一个失火的梦，我回忆梦里的情景，再度看到自己映红的脸庞，以及火焰里的日记本，还有日记本里一行行的字迹。这已经够奇怪了，更为奇怪的是，我的鼻孔里还萦绕着焦糊的气味。真是让人难以置信，梦中的燃烧竟然能在现实中留下残迹。这就像一个人在梦中摔个跟头，血流如注，等醒过来，竟然从床上一跃而起跑到医院去包扎一样。

我躺在黑暗沉溺在梦的余影里，燃烧的日记本是怎么回事？这是一本关于初恋的日记，记下了高中时代的一段相思。高中生有高中生的通病，我们总是毫无理由地以为暗恋对象，同时反观自己的举动。那本日记记录了对事情的种种分析，详细而周全，当初以为很有道理，后来再看反倒成为羞愧难当的证据了。我曾经做过很多奇怪的梦，从未梦见过失火，也没梦见过日记本。失火的梦境加重了对什么事情的某种预兆。

见面的那天，下着春雨。我约上她，在一家百年老店吃饭。我们在百年老店坐在历史里谈我们的学生时代，她记着很多当年学校的故事，至于三十周年庆，她当时在广州。饭后，我们开车探望母校。这是我们首次单独相见，我们边说笑边在城市的腹地穿行。有了身旁的初恋，任何交谈都可以趋向诗化。往事在逝去之河闪烁着迷人的光晕。四十年前母校还是城市的边缘，现在已经被众多的高楼和经纬的道路交织缠绕在内核之中。从高架桥一圈圈地盘桓之后，像从巨大的螺母旋转下来滑脱而去，穿过高楼之间的峡谷拐入一条干道河流，最后停泊在学校门前。

学校只剩一幢60年代的楼房，教学楼原址盖了一座豪华的实验楼。操场还是那个操场，环形跑道上铺着碾碎的炉渣换成了整体塑胶，反着绿色的光。四座大厦矗立把学校兜成了一个盆地。我们开着车沿着操场的环形跑道，以最慢的车速在盆地里缓行。

我开着车环绕着跑道。这之前我多次想象自己一旦和初恋重逢的情景，各种各样，唯独没有想到这种方式。没有想到开着车在母校的操场兜着圈子。我开着车在操场的跑道上旋转，西边矗立的酒店的一扇窗打开，拉出来一条红布条，长长地飘着，那应该是窗帘，房间的主人这样做肯定有其目的。也许给外面的人一个约定的信号。我的车速缓慢了，看着那个长长的红布条在空中飘扬。

我说要绕上四十圈。一圈代表一年。四十年我要绕四十圈。

我们在操场上一圈圈地绕行，每绕一圈就像倒进年轮的螺纹里向青春期回旋，一层层地抵达年轮的内核。环绕的旋转和青春的回旋，就给人一种晕船的陶醉。操场上由这些组成，细雨，安静，遥远，显出超时空的光泽。

第二章

一个人三个影子

141

　　事情呈现了一副饶有趣味的面孔，我在陈述一种事实，发生在我俩之间的事实。问题妙在，当我谈了往事，她不知道我说的什么。在她看来，她被这个还不知道的什么东西分解了。

　　她一脸茫然，觉得我是在编一个故事，等我讲到最后，她终于说就这些事中只有一件知道，而其他的所有所有都像别人的。

　　"只是那天早上，你到我家的那件事，和我有关系，其他的，我都不知道是你所为。"

　　"那么，头一天晚上，在你家楼前，我拦截你，这事你总记得吧？"

　　她又是一种笑，很难说是什么意思的笑，"这事我记得，但你要说什么，你要说是你？"

　　"当然是我了。"

　　她的肩头塌了下来，摇头否认，"那天晚上有人拦截，可不是你呀。"

　　我为了省略周旋，将当时的情景还原，"你快走到你家门口了，大概还有十米的样子，我从后面追过去，站住！你回答'我不认识你'，继续往前走，我又喊'站住'。"

　　她抚着额头，凝视着我，"你说的全部对，这事我记得很清楚，但我真的不知是你。"

　　"为什么？我觉得这是不可能的，因为，我们同学多年，不可能不认识。"

　　她想了想，一种在认真回想时眯着眼，"真的不知是你。你想想，突然有个男人拦截，还不吓坏了？人一害怕会看不清东西的。对了，还有光线，那时的路灯多暗啊，电线杆高高挂着，一片昏黄。"

我觉得太勉强，这个理由对我来说，明确地包含着对我的自尊心的伤害，一个求爱的人，自以为有把握得胜的人，却输到了害怕和光线。

"你觉得你说的站得住脚吗？"

"不是站住脚，就是这样的。"

我又问，"那么退一步，你当时看着那人是谁？"

"不认识。真的，不认识。哎，要不是你刚才学了前后过程，将当时的情景都准确地描绘出来，我真的不知是你。这么说，是你了？"

我这时还拿不准这是女人的策略还是真实本身。可是看到她的表情和口气，也就相信她说的两点理由，关于害怕和昏暗的光线，在四十年后是编不出来的，尤其是光线。

这反而激发了她的好奇，"你为什么当时拦截我？又那么凶巴巴地叫站住！你为什么不好好地说？"

我不想就这事细分，因为还有第一天下午送信的事。我说我那天晚上拦截你，是想问头天下午给你送信，你看了没有。什么反应？

她完全错乱了，"你要想说送信的人也是你，那就是你在故意捣乱。你总不能说送信的人是你吧？"

我咯咯地笑了，我再次发现，在语言暂时无法表达的时候，笑也是种语言，"给你信的人不是我，但我为什么知道送信的事呢？"

"我还奇怪呢。那人肯定不是你，肯定不是。"

"你能不能想想？"

"我不想，你直接说。"

"因为那封信是我找人替我送的，就是说，信是我的。"

这回轮到她笑了，一抽一抽的，有点半笑半哭的意思。"你的？"

"我的。"

"你的？"

"我的。"

"为什么成你的了？"

"因为是我写的。"

"我非常非常非常地好奇，一辈子都没有这样好奇过。刚才，你说拦截我的是你，我姑且同意，因为害怕因为光线。怎么刚转脸，头天下午送信的又是你？我就要问了，这是一种什么性质的串通？"

"我完全可以说，当时送信的人是什么样的，在什么地方把信给你的，他当时还说什么，我完全可以再复原再现一下。"

"我觉得今天出鬼了。"

"没有没有，现在我给你说，这三个人其实是一回事。我给你写信，找人送，第二天就蹲守你家附近，问看信的反应，结果迎头痛击来个'我不认识你，'我于心不甘，一夜未眠，第三天早上就闯到你家，我要取回信，但慌里慌张，转了一圈愤怒地走了，信还留在你那儿。"

初恋没有说话，直视着车的前方，偶尔抬头看天空，过了好大一会儿，缓缓地："听你这么讲，用逻辑一串，三件事还是能够勉强地串一起。"

"那你说说，从你角度说说，你是怎么看的？"

142

从初恋的角度看，当时我的情书事件，共有三个人。出现的三个人，就有了三个追求者。

"问题出在你身上，你找人送封信，信里没有落款。这样下来，就无法让人知道信的来路，是替别人送的信呢，还是送信人本人的？"

"我以为你知道是我写的，这之前，我觉得我们之间什么都明白。看来我们坐在一起很有必要，可以对质似的回顾一下。就像医生进行会诊，病人和医生互通有无；法院再次审议，从材料中订正一些细节。拿那晚截你的事来说，第二天早上我去你家敲门，你很快就开了，我还以为你是在等我呢。现在，我问你，你要不知道是我，为什么给一个陌生人开门，并让进房里？"

初恋重申："我以为是我家长忘了什么东西。我开了门，还没看清，你就横冲进来了。"

"这次你知道是我吧？"

"这次我知道。"

"我当时是什么表情？"

她想都不想，"好像是愤怒。"

"怎么想都不想就脱口而出？"

"这些天见面，我就多次想过当时的情景了。"

"那就不是脱口而出，是……"

"噢，还有，我当时也很害怕，头天晚上被人拦截，怎么一大早又闯进了你？你还说呢，打那以后，我开始怀疑自己的眼睛。本来就近视，这人一会儿一换，走马灯似的真搞不清怎么回事了。你听听，先是有人给我送信，也没有署名，我不认识这个人，他为什么给我一封信？写得很玄奥，我看不懂，到底是什么意思？第二天晚上有个黑影拦截叫我站住，吓得我一身冷汗，加快脚步往家赶，关了门，我还直喘气，怎么突然蹿出个人叫我站住？而这个人又不像头天下午送信的人，也不说什么事，劈头盖脸就是站住！第三天早上，你又出现，气哼哼闯进我家，好像有什么事，又没说，转一转又走了。你看，一下子在我眼前闯进来三个。送信的不认识，拦路的看不清，闯入的才是你。换了谁谁不蒙啊？"

我忍不住笑起来，这声笑来得突兀了，我本人都没有料到，这个爆发的大笑回荡在校园上空，是对一个深度误会的回答。

"太有意思了。现在你搞明白了，三个人其实是一个人。朋友为我送信，没有落款，你不知是谁；第二天晚上拦路，天黑看不清，你以为又跳出个人，还说了句'我不认识你'；第三天早上，我闯入你的家，你心里喊怎么又来一个？其实，三个人一码子事。"

"啊，你还好意思笑呢，看你办事的水平吧，我真的觉得是三个人。三天之内集中出现了三个人，而这之后，一下子，一个人都没有了。我还纳闷好长时间。"

她本身也有种解开谜的需要。

143

我们共同合谋对当时的情况进行补充，互相提供各自的角度和心理，这种合谋又引发出一种好奇。尽管四十年，并没有物是人非之感，反而觉得触手可摸。我问她，那封情书有印象没有？

她回忆地说："那倒还有。在我的家属院大门口还差几十米的路口，突然冲过来一个男生，是冲过来的，我还没反应过来，他丢到我书包上一个信封，也不管我接着没有，就往前继续冲，给外人的印象只是经过我身边那样。我连他的脸都没看清，穿的蓝色衣裳，中等个儿，胖胖的，等他跑出二三十米后，这才转过身，和我对个面，喊了个字，'信！'接着转身拐弯消失了。我听到过送情书的事，这在我们那时好像是唯一的途径。我想一定是送错人了，怕他来找我要，没拆开，留下来放好，心想，哪天人家再问我要我好原封不动还人家。"

"就是说，第二天晚上，我拦你，你还没看？"

"对，没看。"

"你等着还给人家？"

"对，还人家。"

"那么，"我感到太滑稽，"第三天早上我到你家你还没看？"

"对，没有。"

我做了个向苍天呼吁的样子，"那你什么时候看的？"

"具体忘了，那段时间我尽量不出门，真出门，也拉个人陪着。过了好长一段时间，没有再出现莫名其妙的事，我想应该是送我的。这才拆开看。"

"你看了？"

"看了，看不懂。"

"后来呢，那封信？"这是我最最关心的。

"当废纸呗。"

"具体点儿，你总不会四张纸一起丢掉吧？"

"四张纸？我忘了，怎么处理真的忘了。我不是说了，我不认识那个人，从来没见过，所送的信又一点儿看不懂，就想，一定是认错人了，既然认错人，和我没关系，又等不到回来取，就当了废品。毕业后，正好赶上恢复高招，我上了专科，离家时处理了好多东西。"

"你处理的时候又看了没有？"这可是最后一线希望了，我不由得咽口唾沫，都听到咕咚声了。

"不记得了，总的印象神神道道。"

我提示，"有什么五个器官？眼耳鼻什么的？"

她按照我的提示做出回忆，"真的想不起来了，再加上以为送错人了，除了神神道道没有一点儿印象了。那你第三天早上来我家，怎么没提那事？"

144

这就是人们经常遇到的误差误会误判啊。好了，好了，我对她说："现在你听听我的角度是怎么回事。我找朋友送信，以为你会看的，我知道你不一定看得懂，就在第二天晚上，溜到你的家属院，为了不让人们怀疑又能看到你的行踪，我就待在附近的小卖部，跟一个大妈聊天，说等个同学什么的。在我的思想里，你是知道我写的信，至于为什么知道你会知道，从现在我们交流之后，才知道这简直荒唐至极，毫无一丁点道理。但当时就是这样认为的。这一点是人生的一大课题，事实层面总是被个人的主观愿望来代替，总是将想象去补充衔接事实断裂，无意地自己给自己构建了一个'现实'。然后，就真的把这种混着心理情感和扭曲了的事实，美化了的事实当成了现实，再接着将这个虚构性的现实，作为行动的依据，往前走。这里有个错误的前提，即，因为年龄问题，阅历的第一次，人生的青春遇到都是第一次，即没有得到和你交流的可能，不能及时地校正和修改。只有随着时光流逝经历了其他的种种事情，你才会知道自己之外还有个外部世界。"

　　显然女人对道理与生俱来没兴趣，她还沉浸在故事情节中，打断问道："说远了，你放下高深理论，回答我的问题，你第二天晚上拦截我，为什么没有提信的事？那么凶地叫我站住？"

　　"是，是很凶。我本来是要问你看信的情况的，我从下午等到晚上，就是想问这个的。我还想，我想的可美妙呢，我是这样想的，两人见了面，你也知道是我的信，就问我这信写的是什么，谁写的，为什么写，我就告诉你这是怎么回事。是写给你的，而这个器官假说，是一种什么来源，你就会用一种敬佩的眼光看着我。接着呢，我就给你讲马克思，当然还讲燕妮。这都是我当时在心里反复演讲的。我就是演讲的。我觉得只有这样才配得上我的爱情。我当时根本没有想到什么吻呀，拉手呀，我满脑子只是你的敬佩的目光，我们是小马克思和小燕妮。"

　　"又远了又远了。什么小马克思，什么燕妮？"

　　"噢，我当时紧张，又是第一次正面和你说话，更主要的是，离你家只有二十来米，怕你边说边走，话都没说开你就回家了。这是当时的主要原因，就失控地叫，站住！"

　　"结果呢，吓得我步子更快了，躲罪犯似的回顶'我不认识你'。你好像又叫了两次站住？"

　　"我看你越走越快，都快进门洞儿了，就更慌乱，完全是挣扎似的追叫了两次'站住'。见你走进家门，就绝望了，那是我人生的第一次绝望，我从来不知道什么叫绝望，那一下子就绝望了。什么都是人生的第一次。那种绝望是从悬崖掉下来的，是黑夜从悬崖掉下来的。"

　　"远了，又远了。"燕妮有她的好奇，"说说第三次，现在明白了，第一次不是你，但信是你的；第二天晚上，还是你，但没问信的事；那么第三次，第三天早上，你怎么知道我家没人？"

　　"我整夜没睡。我在你家的附近转了很久，大概十二点多，才回家。我还是睡不着，就倚着窗口看天空。有两件事我还记得，一是那时的天空很高远，能看到缥缈的银河，二是我抬头向苍天祈祷给我以帮助。第二天很早就去你们家属院了，你不相信吧，我认识你爸妈，开家长会时你爸去过，你和你妈上街，我也尾随过，我是看到你爸妈八点前上班走了，你还有个哥，我知道下乡在几百里外的农村。我这叫蹲窝。"

她一副惊诧又佩服的神色，"瞧这功课做的。"

"我很恼火，在我心里，你既然知道我给你写了信，为什么第二次，你说不认识我？我替你找个理由，你是冲着我对你吼道'站住'的不满的一种回击。我是这样给你找理由的。第三次，我敲了两下门，你开了。我想在你家里只有两个人可以好好地谈谈了。我觉得你是知道我要来的，才开的。是种等待式的开门，现在想想又荒唐了。你见了我的面，完全是惊诧的，奇怪的，好像是第一次见我。我愤怒的是，我看出你那第一次见我的样子一点儿不是装的。完全是真的第一次。"

"人家就是第一次嘛。"她第一次用撒娇的口气。

145

这声故意的撒娇，将我们的距离一下子拉近了。隔着餐桌我的头向前倾了过去，微笑地欣赏她。和初恋坐在一起回顾追寻当年，真是奇妙极了。

"我去你家，你开门，发现你完全是第一次面对的样子。我就一下子愤怒了。我就冲进你的屋里，我呆头呆脑站了一下，又不知所措地坐在床头，我不知记得准不准，右胳膊放在床边的桌子上，我还一定是铁青着脸。你呢站在屋中间，侧着身子。我说了什么话没有，现在回想不起了，当时太情绪化也回想不起。你一句没接。我又木雕一会儿，也就十来秒，本来想问你看了没有，不知怎么回事，全忘了。后来，我看到人们说，本来准备好的演讲，一到台上就脑子一片空白，我总想起在你家的情景。"

"然后呢？"她问。

"然后，然后你说呀。我当时是不是这样的？"

初恋叹口气，脸上拂过一层时光，"我说说我的印象吧，这也是现在几十年后的记忆了，我们都有过……"

我知道她要说什么，急着听当时的记忆，"不管对不对，你只管说记忆中的印象。我当时什么情况？"

"我说过，开门是以为我的父母哪一个忘了什么东西，没料到一开门，站了个同学。我第一时间反应是，你敲错了门。我很意外，更意外的是你直接闯了进来，在屋里中间站了一会儿，这一点我们记的一个样，说了几句什么话，我也忘了。当时觉得太离奇了。至于你说你还坐在床边，胳膊放在桌子上，我没一点儿印象。不过当时我家就是这么布置的。那时候，每家都一样，全是单位配的家具，那时候没有沙发，摆放的还都一样，没法不一样，东西都一样。你再想想，你坐到床上了吗？还有胳膊也放到桌子上了？然后，你就走。带着怒气，为什么我记不得你说的床和桌子，记着怒气？是你走后我一再想，都毕业了，一定是你听谁说了，我说你的坏话了，才跑到我家。要不是这样的事，怎么一进来就严肃，走的还有怒气。"

"然后呢？"我很想知道我走了之后。

"然后我就害怕地不敢出门了。现在，我们说开了，知道三个人是一个人。当时不，我就跟做梦的感觉。你去我家，我是将三天内发生的事结合在一起看，三个人。我给我最好的姨家姐说，你猜她咋说，胡编！她说我中了什么魔了，还说想男人都想疯了，打那以后我再不搭理她了。她后来结婚我都没有去，我把她当成知心，她却侮辱我。"

我知道她姨家姐。

"其实第二天晚上拦截事情，让我半夜都没休息好，拦我的人是谁呢？首先我排除了那个送信的人，那人中等个儿，胖。再就是排除家属院的人，我说过因为害怕，光线又暗，没看清谁，我也猜来猜去，也只猜到流氓了，站住！太粗野了。"

"停停，你这有个漏洞呀，你头晚被流氓拦截，第二天有人敲门，就应该联系呀。这是很顺理成章的。"

"对！我就要往这上说呢。我在想，闯家门的是同学，叫方程，是不是头天晚上拦截的那个人？我在回想对比，可是还是看不清，只能在道理上想是那个流氓了。站住！闯家！都是一个性质的。我也只能用同类项猜是你了。现在，不管你的道理是什么，我猜的有没有误判误中，反正我是这样联系的。"

"那你为什么不将第一个送信的事，一起联系呢？"

"那是不可能的，我也想过，还是不可能，太明显了。那信很复杂，很高深。我都看不懂，你怎么能写得出呢？再说，你就是抄别人的，也没必要给我呀。反正这是一个和你绝对没关系的人和事。其实，正是那第一件事的出现，我没有将你和第二个拼一起。为什么，那样就是两个半人了。第二天晚上，你连叫了三次站住，又是凶巴巴的，对我自己说，压低声音不让别人听到，总共六个字，听不出来声音，关键是害怕，没看清那人。你要知道，当时你的所谓拦截不是从前面，左面，右面，而是从后面，这一点你要有印象，就知道为什么第二天早上在家开门，和你没关系了。我绝对不会想到什么人胆大包天闯家里来。事后我还害怕，为什么不想呢？如果真是头天晚上的流氓，怎么办？你要说我事后想什么，我就想这么多。噢，其中一点我还庆幸，好歹是你，不是那个流氓。不过，说句让你伤面子的话，事后，不是三个人吗？我想的最多的是那个信，还有那个喊'站住'的流氓，倒是很少想你，因为我知道你，同学几年你还是个好孩子，好孩子就没有什么威胁了。熟人我不怕呀。"

"那我太惨了。"我歪着脸做着惨状。

"也没那么惨，我倒是觉得你这人很奇怪。怎么愤怒地来我家转一圈又走呢？什么也没表示，要是从你角度，这是三部曲的第三部，在我却是第一部。后来，我离开，去上了大专。时间一久，情绪也就淡然了，还心里笑，这人犯了什么病，转一圈走了，也不再来。"

"这不是来了。站住！"

我们一起大笑。

第三章

名次乱了

146

　　其实，当初我去她家敲门，一脸的怒气还有更深层的东西，出在器官假说的本身。因为远隔四十年，作为原因反而被淡忘。一脸怒气的原因是，那封写了器官假说的信，我以为她看了，又知道是我写的，我写给她的，那是一份特别的礼物，一个对初恋的献礼，这才是我当时最大的心愿。我在头天晚上叫她站住，从后面追上她对她的近乎命令，还是以为她知道是我为前提的，而她竟然说"我不认识你"。这与我原本想得到的敬佩欢喜成了天地之差。所以，到了第二天早上就是带着这种怨气敲的她家门。

　　再有一点，是我与生俱来的毛病，这种毛病从小到大又到现在五十来岁，仍有这个毛病，总是在乎对方主动说出来我以为应该说又希望说的。这一点在婚后三十年里也无数次地与夏帆争吵过。"你总是让人家猜心思。猜得不及时你恼，猜得不对你更恼，有话你直接说呀！"

　　那天早上的一脸怒气也是犯了"猜心思"的毛病。我以为她看了我的器官假说，又是写给她的，人家写了四大页，又是针对你的，都到你家了，你还一脸吃惊的样子，这就在瞬间生气了。我希望她一看到我，就好奇地敬佩地夸我什么的。我写的也好，送给她也好，就是这个意思。但我没看到，很失望，我很恼火，气得昏头晕脑都想不起说了什么，跟吵架似的，到屋里转一圈，就走了。

　　"我不是说了，以为三个人，谁知道是你写的？以为是第一天送信的那个人写的。"

"现在，只能用你说的角度来看这件事了，我以为是我本人的第三次出现，而你则是第三个人出现。"

"是啊，那你现在给我说说，你那写的是什么？神神道道的。你给我送那什么意思？"

我怎么说？如果照实说来，那将是一个曲折复杂难以收拾的局面。更为可怕的是，她此时陷入一个女人对少女时代的渴望回忆，而我的出现，只是为了寻找证人的一种追溯，这将是灾难性的。

我对此有了介于两者之间的解释。既不能让她失落，也不能叫她在形而上的迷宫里转向。我说，当时就是到了那个地步了，就给写了。

"什么地步？"

"喜欢你的地步。"

她点点头。"这个我已经明白了。只是我不明白，喜欢一个女孩子写情书，为什么非要写得看不懂？"

"这是一个深刻的话题，四十年后讲，你也不一定懂。"

"那也得讲，懂不懂，我想听。"

"好吧好吧，你理解不理解我不管，我只管将当时的事说个明白。高中时，看了马克思的传记和马克思的书，满脑子都是高深，赶巧正好喜欢上了你。"

"这是什么逻辑？"

"我是说高深上。"

"就给我写了篇论文？"

"当年，也是人生第一次，总觉得爱情是神圣的，给她的礼物也应该是神圣的。这也是当年，后来发现，越世俗越容易获得女人的心。"

"还有个问题，我也问过了，为什么非要写得让人看不懂？"

"恰恰以为你看不懂才这样呢。用现在的话说，想玩得高深，才能征服你。当然，后来没多久，我才发现，自己只是天真的单相思。我当时就遐想，你一打开看，不懂，不懂，心里赞扬这人水平多高呀。就等下次见面请教我是什么意思。我当时最渴望的情景就是，我给你讲器官假说，给你讲马克思和燕妮的爱情。我觉得它们都不是日常生活中的人和事。爱情也不是日常生活中的人和事。马克思和燕妮在我心中已经被神化，那么他们的所有也自然地被神化，哪怕燕妮在朋友通信中，向邻居苦求借两块钱，马克思在家里四肢着地爬，让孩子骑身上戏玩，也神化了。那是经过神化的解读，类似于基督教，《圣经》里的日常生活在教徒的眼里，都能得到神化的解读和向往一样。"

"远了又远了。"

147

这时候我做了个我自己也没料到的举动，伸手将她的酒杯拿起，将红酒一点点地倒进去，若三分之一的位置，又将她杯子里的酒倒进我的酒杯。这个动作已经是两个人的情感到了交融和希望进一步交融的地步，然后，我将酒一口喝完。接着，我又将这个动作循环了一回，我不用我的酒杯，而是将她酒杯里的酒倒在我的酒杯里再喝。

"一点儿不远，你要说我进你家门的愤怒，总有个缘由吧，这就是缘由，我没有得到我最希望的。"

"我知道了，你是想让我对神一样地崇拜你，不料一脸茫然之色？你在屋里转一圈，也在想让我急切地问，你写的什么呀？请给我讲讲呗。"

"嗯，我就是这样想的。"

"你凭什么呀，那么张狂？嗳，为什么给我那种信？这个话题也许更有意思？你要发展信徒也不该我一人啊。"

这正是我必然要问的。我说："哎，我问个话题，到了我们这把年龄，也不忌讳什么了，摊开来反而有意思，当时你知道我喜欢你不？"

"不知道。"她回答得很快，是那种标准答案式的快。

"说实话。"

她用实话的口气："真的不知道。"

当然，这是事先就能猜中的答案，不管知道不知道都只能说不知道。"好吧，咱们不说不知道。"

"我真的不知道。除了那天早上去我家，愤怒地转了一圈又走了，我都不知道你对我有意思。别再说之前了，更不知道你对我如何如何。再说，你也没对我如何呀。"

"在我写信之前，我已经和你有过超出一般同学的接触了，正是基于这个，我才给你写信，并且我相信你一接到信就知道是我的。"

"为什么？？"

"我在课堂上闹过政治老师的课，只有我这种人才能写这种文章。只能是我。"

"你闹过老师的课？"

"这就不对了吧，你要是连这件事都说没记忆，那就让我怀疑你前面说的都是故意的不知道。"

"当时复课闹革命，跟老师吵的人可不少。正上着课噼里啪啦打架的都有，你闹了什么？"

我说了牛顿和唯物主义的那件事，当我讲到一半，她摆了下头发，伸手打我一下，想起来了。

"真想起来了？不会安慰我吧？"

我又将酒瓶拿起倒进她的酒杯，又将她的酒杯拿起倒进我的酒杯，这完全是情之所至。很自然，很亲昵，又很有分寸感。

"真的真的。有这事。"

"那好，你只要记下来，我就好说了。在我们班上只有我一人跟政治老师争，一个中学生多有思想呀，所以我写的哲学情书你就该猜是我的了。"

"你就是这样将两个画上了等号？"

"在班上我是唯一，你又收到一个论文，这就是我的逻辑。"

这时候，突然又出乎我意外，她用抱怨的，责怪的口气，"那你为什么不自己送？为什么找个我不认识的人？"

"人不能跳出特定的时代。在当时哪敢直接面对面啊，况且又是中学生的第一次，我没有勇气。再就是，当时也多次听到高年级的人找朋友当信使。"

"这完全是你个人的一厢情愿，这是你的逻辑。好了，我现在有点儿明白你的线路图了。你说你喜欢我，你又是从什么时候喜欢我的？我是说以你送信为准。在这之前多久？"

这也是我最为在意的事："在之前，我们之间是不是发生了一些事情？"

"什么事？"她问。已经被一串串问号困惑了。

我看着她，这是一种很少用的目光，我有点不好意思，又想从她的眼神中看出细微的变化。

"我是单相思吗？这是长期困惑我的问题，我到底是不是单相思？我很想从你这得到个结论。"

这个话题很让她为难也无所适从。"也许你该换一种问的方式。"

"你说怎么换？"

她说的方式，其实是她惯用的举例子的方式。她说什么和表示什么意思总是喜欢伸出纤细的手指佐以例子。以例为证。她的方式就是让我举个例子，好看看到底发生了什么事情。

我举出了运动会。这是我对她的恋情篇章的第一笔，我几乎脱口而出地问她："高二的运动会。当时……"

"停下来，"她捕捉了她的关注时间，"高二的运动会？秋季还是春季？"

"秋季。"

她算了一下时间，"秋季运动会是十月，第二年夏天我们毕业，送信是刚毕业发生的。中间隔着一个冬天和春天。"

"下了大雨。你还记不记得了？跑三千米的大概有二十多个队员，背上的号码都淋坏了，你竟然查着我跑了几圈，知道我是第三名。"

她的表情再度像听人说梦一样的迷惘。她看我一眼，又看我一眼。慢慢地摇摇头。都快哭了："什么第三名？"

从她的反应上看，又是一个真的不知道。如此说来，自己终归还是一个可怜的单相思。

为了得知她是不是真的懵懂，我像侦探那样在事故现场的周围进行勘查。这个范围的直径呈无限大，有的事情表面上毫无关系，但对事情本身来说可能就是一种间接的凭证。和初恋的交往，就是对某些事情进行纠正和补充，就是向事件现场进行迂回。我要将她拉到四十年前的那个岁月。我以求证的主要手法和策略将事情变成一个圆形广场，这个广场有许多路口，可以进去又可以出来。

148

第三次见面，已经不再是见面了，称得上约会。

那天又飘了春雨。我再次开车到母校，绕着操场转圈。每一圈都像从时间的螺母旋转进去，一层层地抵达年轮的内核。

我谈到我的情爱世界总和雨有着不解之缘，这种宿命的东西，在四十年前的秋天淋湿了我的初恋。

"前几天来过一次了。"她说。雨花洒到她的脸上。

"这次下雨，不一样。在这个情景下有利于唤起回忆。"

"你还是说运动会的事吗？"

"你一定记得那次运动会。"

许多事情发展到最后往往容易出现意外，那次运动会也是如此。头两天好好的，到了最后三千米长跑，压轴戏的角逐之前，突然下起了雨。裁判们经过商量将原来的两组混编为一队，我本来是第二组，只得夹在几十名运动员中。

我讲起秋雨渐渐增加密度，观众四处溃散，跑到宿舍或教室，留下来的围在树下，挤在食堂的屋檐下，只有少数人簇拥伞底坚守着。进行曲从广播里轰出来被雨水一下子泡散了，一歪一扭地飘浮。队员们背后白纸黑字的号码被浇湿，变得一塌糊涂。几十名混编队员错落无序，前面和后面，掉队和赶上来的，像一群披头散发的水妖缠乱了人们的视线。第一名跑到第四圈赶上了只跑了三圈的最后一名。到第六圈整个环形跑道彻底乱了套。加油的吼叫转而变成疾声辨认，大家为名次激烈地叽喳争吵。好多队员不知道自己的名次，这就造成了一种滑稽错觉，以为自己不断被超越。一部分人抱着茫然而又侥幸的心理加速。操场每圈二百六十米，需要跑十一圈半。我名列第三名，当跑到第十圈时，终点线突然爆出一阵欢呼，不知是算错了圈数还是故意恶作剧，有人居然以第一名的身份冲刺了。欢呼的效果直接促使那些糊涂的队员以为自己也跑到了头。我们挺胸咬牙冲过线，叽里咕噜像从车上掉下的萝卜，获得一阵高过一阵的欢呼。混乱已成定局，算着圈数的队员发觉再往下跑就愚蠢了，也在终点线收了脚。个别队员干脆半路就退出跑道。

"这件事你一点儿没印象？"

"没有，我在努力追忆，还是没有。"

我深知这场比赛注定完蛋了，但还对裁判残存希望。比我更急的是前两名，第一名跑到终点线大声疾呼，错了！错了！我是第一！怕第二名越过，又马不停蹄地继续奔跑；第二名也喊了起来，错了！错了！我是第二名，我们的圈数不够！又怕被我超越，也是马不停蹄地继续奔跑。

人在雨中奔跑的时候就像飞，这是水雾造成的模糊视线，人在雨中奔跑的身姿总是那么动人心弦。我停止了讲述，认为这个地方正好可以切入事情内核。

"当时我什么反应？"

"我怎么知道！"

"不知道？"

"不知道。"

"那你怎么知道我是第三名？"

"我不知道你是第三名。"

"你就是这样说的，才引起我的注意。"

"我一点儿印象都没有。"

"要不你不承认，要不你忘了。"

"这样子，你接着讲好了，要是忘掉，说不定你讲着讲着，我突然会因某一句话而想起来。"

我当时是这样的，举起手弹出三个指头，跑过去。谁都知道名次错了，裁判们更知道错了。只是人们无法从跑道上分辨，成了一本无法理清的糊涂账。中学的运动会上，男生总是在女生面前展示自己，我们的奔跑就是一个个健美的身影，一圈圈的跑道就是一圈圈展示的胶片。那时候没什么表现自己的地方，除了样板戏，就是运动会。

真正的前几名倒成了最后的冲线队员，这种情况谁也没遇到过。于是操场上展开了艰巨的拨乱反正，除了队员自己申辩外，队员所在班的同学也吵吵嚷嚷前来声援。我停下了，看着你，或者说有点凝视地看着你，看着看着，便成了凝视。这时候，你，出现了。我记得当时的所有细节。你和几个女生挤在一把黄色的油布伞下，黄色的油布伞。堵着裁判长，不让我走。你们在声援我，"我们班的队员是第三名。我们班的队员是第三名"。我看着你们在喊。我当时累得大喘粗气，雨水加汗水淋透了全身，令我疑惑的是，在一片混战中，只有我本人知道真实名次，没料到你们女生却能准确分辨。

149

裁判长从主席台上蹦下来，他说什么都没人听，又跳到主席台。最后他吼道，"账是算不清了。真要算账，你们就去找老天爷。背上的号码纸，有的掉了，有的乱了，现在报第一名的有好几个人啦！"雨中的你们像落汤鸡，更像一群火烈鸟。你们认为只要努力争取，完全可以搞它个清楚。你从人堆里挤出来，正好给我打个照面。你问道："你觉得公平吗？"你这样问我。

她绷着嘴笑，"不可能啊，"又抬头望天，"我可一点儿印象没有。"

"这是你给我说的第一句话。我很意外，随口回道，'当然不了。'接着你给我说了第二句话，'你怎么不争取？你不争取我们班的成绩就出不来！'"

“接着呢？”她茫然又好奇地追问。

“这些你都没有印象吗？那时候，男女说话很难的。男女之间互不说话，好像一种天敌。你都一口气和男生说了两句，竟然没感觉？”

“不不，这个问题我在后来工作上也遇到，我跟男的说话很平常，没有什么困难的，别人有时误解。要说追究原因，可能有两点。一是，我有个哥哥，我哥哥的同学经常来家里玩，我和他们都很熟，异性对我来讲，不像别人那样是什么大问题。二是，回到我和你说话这事上，也是很自然的，男生对我来说不像你说的天敌。你应该有体会，凡是跟异性说话，有两种情况，一是没把对方看在眼里，二是太把对方看在眼里。”

“我属于哪一种？”我紧张，都五十六的人了还紧张。

“你哪一种都不是，我要是真的跟你说话也是冲着班上名次和成绩去的，你不是个人，只是集体的一员。知道吧？”

“我记得很清楚，裁判长站在雨里陷入一堆人的围攻之中。我没有去争取，也没有接你的话，而是摇头苦笑，转身冲进了一层一层的雨幕，向宿舍楼跑去。我将湿透的运动衣裤脱掉，清洗一番，躺在床上和别人吵吵嚷嚷讲着刚才滑稽的长跑。一边讲一边大笑。沉入剧烈运动后的激动和疲劳之中，还沉入和大家一起对可笑事情的回顾之中。到了晚饭时间，在食堂门口与你相见时，又想起操场上的事。我记得很清楚，我们之间隔了几个人。我心里嘀咕，在如此混乱的情况下，她怎么就知道我是第三名？这说明她一定在死死地盯着我。顺此推论，她是注意上我了。她注意上我还不是以一个运动员的身份。有了这个结论，让我心里荡起一股男性的自豪和得意。”

“换谁谁都自豪谁都得意。”

“下面还有呢，直到晚上临睡，这件事又冉冉升起。我的心中含着蜜糖似的，这对一个年轻人来说容易诱发胡思乱想。我躺床上品味白天的情景，继续推论，得出的结果比白天进了一大步。那就是，她平时就注意上了我，而这种注意不同一般的注意，沾有男女之情的成分。我还像做数学题，进行了逆向验算：只有她看上我，才能在比赛时死死盯着我，只有死死盯我才能在混战中知道我是第几名。可是再往下想，又有点莫名其妙了。人家凭什么就会看上我呢？这种结论显然对刚才引以为豪的得数进行了质疑。"

"典型的单相思。"

最核心的质问，"如果，你给男生说话没什么感觉，怎么能记着我的名次呢？如果，没有在意我，又怎么能一圈圈地数着，知道我是第三名呢？"

"如果，你自己喊你是第三名，我们相信你，也会跟风地喊第三名。你的长跑好，第三名没什么问题，而你又是个诚实的孩子，我们大家信任你。如果，你对裁判喊第三肯定就是第三。我们是在信任你的前提下，呐喊助威，放在现在叫瞎起哄。这有什么不对吗？"

天！

"照你的逻辑，啦啦队都要和运动场上的队员有点情感瓜葛喽？"

天！！逻辑如此简单，而我从未想到。然而，正是这个严重缺失的认知产生的误会，开启了初恋的起点，并用单相思的杠杆撬动了整个青春期。

第四章

独角戏

150

　　这次和初恋相互求证最大的最意外的震撼甚至颠覆，是我以为的和实际之间的巨大鸿沟。我的初恋一直活在我的想象中，我的想象又一直活在我以为的实际中，它们已经定格在历史的书页里，装订了，注册了，尘封了。对我的人生而言，那是一场人生的匆匆登台的排练，一些仓促的台词，一个狼狈的身影，随着时间向前，也不过遗憾叹息。回头再看，也只落得年少无知而又胆大妄为的鲁莽，再扩大一点是那个禁欲时代的一个响亮的口琴独奏。但是，听到初恋的话，才得知那只是一个彻彻底底的独角戏。当年，我只是在捕风捉影中，在蛛丝马迹里按照自己的愿望进行歪曲夸大，将实际的人进行虚拟，又将虚拟当成实际。也就是说，在这个舞台上，从前到后只我一个人跑来跑去，说来说去。我看到的舞台上的另一人，将她当成了现实，而实际上并没有这么一个人，连在台上留一下都没有。是我把她，一个身影拉到台上的，我给她说，我为她做梦，我把梦里的器官假说当成珍贵的礼物，这些本来就是我个人的事情，但我却以为她连我的梦都知道，并且找朋友送信，也绝对相信她知道是谁写的，为谁写的，这些都是两人不言而喻的事情发展走向实质的重要的第一步。我还相信，这重要的第一步，也是她所期待和需要的，我还相信，她看了信，一定兴奋地跑到家里，看一遍不懂，看两遍不懂，殷切盼望我下一次找到她时，看到她渴求的目光。这个场面是我真真切切看到的，我还看到，我给她讲这个器官假说是怎么回事，讲燕妮、马克思，让她景仰不已（幸好这些都是不存在的，如果真的如此，第二次见面，听一半会吓跑且无疾而终，也就从第一场走向剧终）。我还看到，许多我必然看到的种种和她的情景。由于神圣化，我没有想到接吻，虽然在书里马克思给燕妮的信很世俗化，那是马克思。马克思的任何行为都是神圣化的。尤其马克思和燕妮私下订婚，双方家长完全不知情，更是神圣化的。

151

那场独角戏演得如此有滋有味，所以有了第二天晚上的拦截事件，喊道"站住"，我之所以这样，又是第一次面对初恋的恐慌和几分犯罪的表现。还有，我想象中她是知道我的，甚至我还想象她故意晚一点回来，是给我拦截的机会。我以为她会站着，等我发布指令，因为我俩之间该有的都发生了，只差站着。然后脸对着脸，说话了。这是我的逻辑，我相信的事实，但是眼前发生了另一种现象（还不能当成事实）。她头都不抬，加快脚步往门洞儿里走，"我不认识你！"我万万没有料到，和我的判断完全对立，"我不认识你！"我立刻惊呆了，接着又机械地追加"站住"。她快进门洞儿了，"我不认识你！"前后就一分钟，所有都逆转走向反面。

到了这种地步，发生了新情况，我还没有反思醒悟，因为之前"所发生"的都已经被成功注册了。整晚上，我倒是在替她找理由，是不是"站住"吓着了她？像社会上的流氓，"我不认识你"，我想了想，这个不会，毕竟同学几年，我是什么样的人她知道，再说我写的器官假说，更不是流氓了。紧接着我又有了新发现，也许我写的器官假说太玄奥，她生气了？一定是的！因为马克思跟燕妮的爱情成了我的示范。我又聪明地结合事实突变反省，那也只是自己认为的，对一个中国女生，还是太深奥了，也就来了句"我不认识你！"这个发现太重要了，我为我找到最终答案而兴奋，一定太深奥不像情书。她恼火了。

第二天凌晨我只眯了一会儿，又到她的家属院，本来想开了门，问她为什么说不认识我，我想以这句话开始，但是当她开门真的一副绝对不是装的惊诧的样子，一副真的不认识我的样子，我一下子恼怒了。

我在想一个虚幻与现实的关系问题。如果我不和初恋见面，我的所有的独角戏就是我以为的。那么，在其他事物上在其他人们之间的关系上，在人与物质世界的关系上，我们总是在演独角戏，我们从自身的愿望需要出发一路上采集我喜欢的花草，编织着花篮。殊不知，花草并不存在，而所谓的花草编织的花篮也不存在，但是，我们却以为它存在。我想到的是，初恋，我确实以为它存在，发生，有逻辑关系，有具体的人物在眼前晃，每件事都是真切发生的，有方向，有目标，有计划，有等待，有冲突。可在她的面前这些"有"，并没有。一切都破灭了，她就是"无"。有意思的是，所有的"有"和所有的"无"，只是两者碰面给以揭开。而重要的是，世上万物，人世万情，绝大部分"有"和"无"是碰不到的。那么"有"就将成为永远的"有"了。而初恋的另一个"以为三个人"也永远的是三个人的"有"了。

我在想，科学如此，引力波如此，量子论相对论大爆炸如此，"有"和"无"那么宗教更是如此了。佛教的，道教的，还有其他，都是堆积着无数的"有"和"无"。

而我要说的，器官假说的世界"之外"，永远找不到那个"无"。

这其实就是幻觉了。几个月前，夏帆对我的器官假说和初恋以及三个证人就坚信是幻觉，我也曾有种怀疑，是不是像她说的一个梦后的误会？现在，另一种幻觉却真的存在了。我长期以来认为的事实，经过初恋的表述，其实是种可笑的误判。这种误判又造成了大量的，带有实质性的幻觉。它成了一个混合着一个真人，一个真的场面，一个真的逻辑性的推理，成了一个再造的现实。我就在这个再造的现实里进行种种的行为，又从这些行为，用想象或者说"幻觉"来自找依据，最后再造了个初恋的存在。

第五章

初恋问号

152

运动会后我开始在意这个女生，她的明亮隆起的额头在汉人中极少见。命运所致，这时候我正看《马克思的青年时代》和《马克思传》，上面的几幅黑白照片，其中一幅是马克思夫人。我发现初恋很像燕妮，饱满隆起的额头。这种留意称不上什么恋情，它只是一个男生对一个女生的关注，勉强够上格外的意思。青春期的特点就是生理上以及心理上发生变化。我从燕妮的额头开始，不断地发现她，她的带着幼儿式的淡蓝色晕的眼睛，音质明亮，有一种纯净的美感。使她从朦胧走向清晰。不管她人在何处，我的视线总富有长镜头聚焦的功能，从人群里将她一下子给特写出来。

值得探讨的话题摆在眼前，"在名次混乱中，还能分辨出我是第三名"，她是不是真的看上了我？对一个从没有涉足过男女之情的人而言，这个话题非同寻常，很魅惑人，有着花样的芳香，水似的跳跃，还有石头一般的凝重。我的疑心成了生活的一大动力，疑心就得求解。求解就要寻找凭证，寻找凭证就要观察。而观察本身又往往是主观的，是受局限的。局限又是多方面的，视界的局限，情绪和心理的局限，还有经验上的局限，不同的观察者对所观察的事物有相当大的差距。就我而言，戴着特定动机的眼镜去观察，总是能得出符合自己利益的结论。我的疑心潜伏于外表之中。比如我和某人说话，把身子侧过，就是为了避开不被人发现的视角。观察的结论和预期总是不谋而合，仿佛她做什么事也操着我的心，惦记我在什么位置。比如她的一声高音，在我看来，正好能让相距十几米远的我听到的意思。有一次，我有了新发现。《天安门前留个影》彩排休息的时候，她躲到一旁悄悄地拿出小镜子，看一下自己。这个动作本来没有什么。让我动心的是，我发现她在看自己的时候正好背着我。她的镜子很可能映照着我。我就有了一种在她的镜子里映现的感觉。

我得出了有利于自己的结论，表面她看镜子，其实是看镜子里的我。

真正的初恋具有一种宗教情怀。人的狂热革命和宗教信仰，正是挖掘出人性内部的崇高性。说到底，革命和宗教是人性开发的工具和运用的载体，一切社会性运动和活动，都是人性的开掘。我的初恋正是革命时代的个人宗教。

153

在进入无所不能又一无所知的青春期，心理定势将对方的任何行为都得到轻而易举的改装。我本人并不知自己的改装，一意孤行地认为自己的答案很正确。我一厢情愿地认为，人家应该对我很有意思，如果没有意思，还多少不大正常。自己应该让她认为是很不错的。这些微妙心理放入逻辑难以成立，但对一个天真的，从没有恋爱过的青年来说，这种答案也就顺理成章地成立了。情绪的波动会直接影响理性的思维。我倘若将她换成另一个女生，一个根本看不入眼的女生，我就不会有这些心理。然而我没有意识到正是自己的变化说明已经在意她了。只是这种从未出现过的心理，表现朦胧分辨不清。这种心理支配着我，促使我对她的一言一行进行间接而有效的观察。没过多久我焦急起来，难以忍受这样蜗牛似的慢爬，我太想知道她对自己到底什么态度了。彩排休息，六个女生总是欢天喜地说笑或游戏。一次她们变换了新游戏，每人拿着一个汽水瓶，放在头顶，看谁能够走出五步而不掉下来。其他几个将双手高举头上，护着汽水瓶，如履薄冰，尽管慢慢移步，头上的瓶子还是晃晃歪到手里。只有初恋双手平摆，面带微笑，像踩钢丝似的把握平衡。瓶子在她头上稳稳立着，等她走完五步再一个小小的亮相，这才伸手够下来。其他几个女生看不出窍门，嚷嚷着再试，直到一个瓶子掉下来在地上摔粉碎。我认为这里有窍门。装模作样地换了位置之后，从另一个角度窥视，结果，观察的角度帮了忙让我发现了隐秘。原来她的瓶子里有半瓶水，其他女生的瓶子则是空的。这种发现完全来自于角度。就像前不久在街上发生的骑车撞人的那件事。我的前面几十米有个肥胖妇人，肥硕沉重的屁股扭的幅度很大，左一撇右一捺，再左一撇右一捺。这是我从后面的远处看到的，当我骑到只有几米远，另外一辆自行车迎面驶来，我躲了一下，胖妇人也躲了一下，仍然节奏浑厚地左一撇右一捺，我左躲右闪还是撞了上去。双方发生了争执，妇人捂着屁股指责道路那么宽，怎么非撞到她身上？我不能说明这和她扭来扭去的屁股有关系，因为说到女人的屁股，就搭上了流氓问题。何况是那么大的屁股。周围的群众不明真相，只是看到一辆自行车平白无故地撞了人家。这说明看问题的角度很重要。关于初恋的瓶子为什么在头上掉不下来，是因为装有三分之一的水。装了三分之一的水，便有了物理学上的压强作用。除了瓶子，我还发现了另一个更重要的情况，她之所以和她们反复玩这种游戏，是因为她知道我在某个角落观赏她，而故意表现。

"头上顶瓶子的游戏我还记得。"初恋回忆地说。

我说了必须说的含有恬不知耻的话，"我当时觉得你是让我欣赏的。"

她扑哧一声笑了，这种笑是对一个恬不知耻的回应，"谁知你在哪里。我们女生玩游戏为什么要男生来欣赏？"

154

我和她的谈话又追忆到政治课上。这件事，在我的初恋故事里有着极重要的意义。

"唯心主义不也有科学成就？"我举例说牛顿。

政治老师说，这并不矛盾，牛顿是个唯心主义者，有成就，但是，他在从事科学研究时，却应用了唯物主义，问题是他是无意识地应用了唯物主义。

我问，有什么根据证明他是无意识地应用？

"因为啊，大前提是只有用唯物主义的思想，啊，方法，才能取得成果。而牛顿取得了成就必须用唯物主义的方法。懂了吗？你坐下。"

我没有懂，也没坐下。政治老师再说一遍，同时配着手势在空中劈来劈去，只有用唯物主义的原理，思想，方法，等等等等——才能取得科学成就，也就是说，这是唯一的道路——才能取得科学成果。牛顿信神，但这只是表面现象，表面不是本质，我们要从表面现象看到内在的本质。这个你该懂了吧？好，你懂就好说了，当他无意识地应用唯物主义时，就发现了万有引力，当他信神，是唯心主义时，什么也不可能发现，如果牛顿是一个唯物主义者，啊，他会发现更多的东西。好了，你坐下，明白了吧？

没什么不明白的。课堂上关于牛顿的争执不是为了牛顿而是为了亮相，好让初恋看到自己。由此可见，人们干什么事并不一定针对这件事本身，在它之外另有目的。我胆怯地不敢向她多看一眼，却敢在课堂上与老师争执。而这次争执仅仅是对不敢向她看上一眼可怜的补偿。我的勇敢其实只是假象。

冬天的一个下午，我打扫卫生经过她的桌前，不由得往空了的抽屉瞥了一眼。因为这是她的桌子，是她的抽屉。我的身子已经过去了，抽屉的中间隐约有个什么东西挂了我的眼角一下。于是，我又返回来重新向里探视，原来是一个圆形的粉红色的转笔刀。这种正面削笔背面是镜子的圆形一款随处可见，而粉红色的则是女学生所专用。转笔刀在抽屉中间，我替她陡生一种防范之意，生怕被别人发现顺手或者说故意拿走，于是把它推到了里面。这个动作在我做的时候已经意识到多余和可笑了。身为高中二年级的学生，无论道德水准多么低，都不会去拿这个小玩意儿。当我打扫完教室，这才发现自己把她的东西当成了宝贝。转笔刀一钱不值，然而里面映照过她的面庞就有点非同寻常了。一个普通的转笔刀因为背面有个镜片，就成了非同寻常的宝贝。值日的同学走了之后，我一个人伫立在教室猜测联想，她每次在照它的时候，是不是真的要从中看着我呢？我和她的课桌隔一个过道，错开两排。我走到外面，看看走廊上空无一人，再次反身来到她的桌前，坐下来摸出转笔刀握在手里。我从中看到了自己，我从这面小小的镜片里看到了自己。接着我斜了个角度，从镜子里看到了窗口，镜子里的窗口很小，因为移动晃悠起来，没有一点真实感。我把书包从脖子上取下放回到自己的桌面上，回坐到她的座位，结果正如我所猜测，坐在她的位置上正好可以从镜子里看到自己，包括后面两排课桌上我自己的书包。

155

那天下午，我被一种叫着魔的东西纠缠住了。我恍恍惚惚癔癔怔怔，走过操场，回到寝室。什么也干不成，那面小镜子总在我的意识中闪烁，里面回映着自己的面孔。我将它联想到自己身上，再次认定她是从中看我的。十六岁的年龄，充满天真而荒唐，来不及看清事物的真相，只得用想象代替实际。我把人家女孩放在了心上，想当然地以为对方同样如此对待自己。我看着自己的手，这只手拿过她的东西，拿过她粉红色的转笔刀。这只手便存在一种圆形的几何感。这种情境和那个真实故事如此相像。十年前，一个造反派在天安门城楼和毛主席握手，竟然一个月没有洗手让神圣感存留下来。现在，我也是类似感觉，奇妙的感觉促使你动了一个念头，既然转笔刀对自己这么重要，是不是可以将它据为己有呢？

这个念头越来越强，燃烧得让我坐立不安，甚至有种不采取行动到不了半夜它就会不翼而飞的惶恐。晚饭的时候，突然被一个主意攻占了，决定去合作社商店买一个同样的转笔刀，然后神不知鬼不觉地交换一下。我被这个着魔的念头驱使着跑到学校大门口。

天快黑了，我生怕合作社商店关门，走着走着加快了步伐，最后按捺不住拔腿跑了起来。我在冬天里跑。这是一种幸福的跑，远比获得全校长跑第一名还幸福。在奔跑中，我看到第二天自己将她的转笔刀换下来。在奔跑中，看到她的面孔在镜子里和自己的面孔重合了。这是我懂事以来做的最为纯情和荒唐的事情。终于我跑到了两里远的合作社。大口小喘地来到文具专柜。急忙用眼睛在柜台里搜索，总共就两个小盒子盛着带镜片的转笔刀，一个盒子是黑的和蓝的，一个是红的。偏偏没有女生专用的粉红色。我问："有其他颜色的吗？""你问的是什么？""有其他颜色的转笔刀吗？""你要什么颜色？"我是个男生，怎么好在气喘吁吁的情景下，张口要粉红色的呢？我有自己的心事，这种见不得人的心思使我迟疑了一会儿，又重复那句问过的话"还有其他颜色的吗？"营业员横我一眼转身走开了。这家合作社是方圆几公里最大的，这里没有的话在其他商店也没希望。我又巡走两家小商店，果然都没有。

156

在青春期那个岁月，爱情把我变得越来越像一只困兽，我一天到晚想的问题是如何据有那个带有她手香的转笔刀。在心理上它已经属于我的了。通过交换它可以成为我的东西。然而商店里没有，买不到手就无法交换，如果换成个其他颜色的肯定泄露了机密。初恋找不到自己粉红色的转笔刀，她最多只想到是自己不小心弄丢的，要是抽屉里又跑出来一个其他颜色的，势必成了问题。据我观察全班想要她东西的只有一个人，那就是我自己。那个镜片就像一个魔物在我的生活中旋转。班上每周轮换打扫一次卫生。在下一周，我把那个被爱情浸泡的镜片，悄悄地拿走了。这个动作并没有偷东西的感觉，因为它不值多少钱，它不值多少钱就不值得偷，何况它已不是文具，而是一个爱情的象征。

初恋者的世界就是一个繁杂的内心舞台。层出不穷地上演自以为逼真而事实上又非常荒唐的戏剧。镜片事件之后，我琢磨着要做点什么，又不知做什么，我本该向她迂回式地试探和进攻，可是又难以下手。在当年所受的清教徒的教育里，我觉得自己在犯罪。想做什么又不知怎么做，同时又是最怕她知道我是爱她的人了。结果鬼使神差走向了匪夷所思的另一个极端，反而觉得应该让她看出来我不在乎她。为什么演变成这种心理我一点儿不知道，后来回想还是糊涂。我只是想让她注意自己。当我实在不知做什么，只得用一种什么也不做的冷漠方式表现自己。上课的时候绷着脸，一点儿不向她那边看，下课后到食堂打饭也是绷着脸，像是赌气似的，又像她做了对不起我的事情似的看着她身边的什么地方就是不和她目光相遇。没过几天，冷漠应验了似的，一向爱说爱笑的她整天闷不作声了，脸上写着什么心病。尤其当和她的目光隔着走廊的空地对视，淡淡蓝晕的眼睛异常地忧郁。我以为是为我而苦恼，并为自己能使一个女性痛苦而倍添得意。

　　一个男孩在人生道路上首次以爱情的形式发现了自己。爱情的阳光唤醒了自我意识，这个重大发现意味着自身的力量和价值。自己不仅仅是个吃、穿、行动的人，不只是把眼光集中在书本、历史、社会的人，还是顺着那道爱情阳光从外部世界凝聚到自身。这是一个陌生的领域，我到了青春期开始朦胧地认识自我。我是现实中的自我，现实中的现实，唯有现实中的自我才是真正的。

157

　　她请病假我以为是我伤了她的心。心中鼓动起一种新鲜的男性的骄傲，自以为是地玩味着她的痛苦，蘸着她的痛苦生活中能尝到一种甜蜜，在这种只有我知情的骄傲面前，我的话不自觉地和同学说得多了，脸上也常常神采飞扬。每到夜晚，我躺在床上浸在幸福之中，这种幸福虽然不同于真正相爱的那种，但它特有的虚幻其乐融融，还是足以让人陶醉的。一天晚上，我突然有种幻觉，好像她要远离这个城市，在幻觉中，她向我招手诀别。我觉得她这会儿在家里等我。我离她所住的家属院只有三站路，我对这个院子很熟悉，从长长的胡同进入她住的 10 号楼。天空黑透了，昏暗的路灯里有种混浊的感觉。我几乎以潜伏的脚步来到了她住的门洞儿，四下黑暗没有半点儿声音，这时候我才发现自己的盲动，因为不可能敲门，也不可能见到她。我知道自己的荒唐，这种未谋面的探访，有种明确两人的关系似的。我觉得两人之间的情分是存在的，虽然什么都没有说，眼神里和感觉里两人仿佛该说的都说了。在她生病的时候应该离她近点。楼上响了开门的声音，有人一台阶一台阶地往下走。我慌乱地转身撤离，走向二十米远的一棵大树下。我知道二层的第三个第四个窗户是她的家，只是不知道哪个是她的屋子。我看着挂有一半淡黄色的窗帘，仅从这个颜色断定应该是她的屋子。我希望窗帘上能印上她活动的身影，然而长达半小时，窗帘上没有出现任何影子。我又怀疑这是不是她的家，是不是她的屋子。

第二天中午，手里拿着那个带镜面的转笔刀，溜到她家的楼后，躲在一个小树林，躲到以为她看不到的地方。用那面镜子借助阳光照到她的家里。和昨天一样，我并不能确定哪一个是她的屋子。镜片的光斑很小很亮，在青砖墙上跳跃，接着我固定在一个房间，把光线射了进去。光斑跳跃，游离，出出进进，好像一种不经意的试探，过了一会儿，我的手法变得细腻，光斑一点点地在屋里墙壁上移动。东边屋里没有反应，就移到西边，西边的屋里没有反应又移到东边。在移动的时候它画着圈，表示一种刻意的行为。我想召唤她，然而，空寂无声的屋里还是没人影出现在窗口。我有种潜在的自信，她的转笔刀丢失，就应该想到是我所为，而家里这墙壁上移动的光斑也应该想到是我的召唤。这是一个初恋者的典型心理，躲在纱幕后面不敢露面却又渴望对方知道躲藏者是谁。

第六章

无神论者的神启

158

　　我偶尔从朋友父亲的书架上看到的《马克思青年时代》《马克思传》，我是站着看的，接着捧着书移到窗前，他们几个在说笑，出班主任的洋相，我则在不知不觉中读了进去。那时候，我已经先后看了《宇宙之谜》《人类在宇宙中的位置》，对我生活之外有种强烈的探求欲。而《马克思传》，我是第一次看到。那天走的时候，我迟疑地借书，朋友很当家地说你拿去就是了，我让他问问他爸。他做了个没什么了不起的，"你拿走就是"的手势。过了半月，我又换了《马克思传》。半年后，还是这个人，替我送情书。当时他显得很兴奋地歪着身子，一蹦一扭。他不知道，这个情书不是通常的男女之事的求爱，而是在他家里看的《马克思传》，在一个青年人的内心发生了天翻地覆。他不知道，马克思的高中毕业论文，燕妮，班上女同学，梦，器官假说，情书。都源于他父亲的书架。

　　人类所有的伟人里我崇拜的第一人，是马克思。他海洋般的博学，高山般的精神追求，他的贫困，他的家庭，他的《资本论》，"初看起来，商品似乎是一种极平常的、毫不新奇的东西。但是，分析一下就可知道，它是一种充满了形而上学的微妙性和神学的诡秘性的极古怪的东西"。这种句子让我着迷，接着以桌子为例子，是木头做的，桌子改变了木头的形态但还是木头。"一旦成为商品，就变成了感性和超感性的东西。它不仅用四只脚站在地上，而且在其他所有商品面前用头倒立着，并且在它木头头脑里产生比桌子自动跳舞还更离奇得多的幻想。"

这个句子出自《马克思传》里摘引了《资本论》的第一章。我看了一遍，琢磨一会儿，就把它背诵下来。我喜欢这样的句子，句子即思想的文字之矩。这种思想，这种文采，这种神思直接影响了我。当你再看其他的书就真的是平庸之作了。我现在想，我能有"器官假说"的神奇之梦，只能荣归对马克思著作的阅读，那里的辩证给我以哺育。如果没有那几本马克思的书，我不可能有这种神奇的梦；没有燕妮，我不会找一个中国式的替代品。

对初恋，我必须坦诚，因为只有坦诚才能符合事实和逻辑。

《马克思的青年时代》，其中马克思的高中毕业论文，《青年如何选择职业》有好多段落我会背诵。

"尊严就是最能使人高尚起来使我的活动和我的一切努力具有崇高品质的东西，就是使我无可非议，受到众人钦佩高出众人之上的东西。""如果我们选择了最能为人类福利而劳动的职业，那么，困难就不能把我们压倒，因为这是为大家而献身，那时我们所感到的就不是可怜的有限的自私的乐趣，我们的幸福将属于千百万人，我们的事业将默默地、但是永恒发挥作用地存在下去，面对我们的骨灰，高尚的人们将洒下热泪。"

马克思是无神论者，他的门徒也就都是无神论者。从青少年时代，我和绝大多数的同龄人一样，是个无神论者，并且影响了终身。

我也要写一篇杰出的论文，尽管，当时的作文是全国一片大好，大江南北，低级无脑的，但是，马克思激发了一个年轻人的心智，这是很奇妙的事情。天天看到墙上的马克思的画像，真正读其书的则少之又少。同学中没有人看过传记，没有人知道燕妮，没有人读过毕业论文，而我这时正面临高中毕业，和马克思同届（实际年龄差两岁，我十六岁，马克思十八岁）。当我看到我的作文和他的论文，我知道自己在非常可怜的荒原上。

正是这种崇敬，我想能不能也将文章写好，尽量写好，对得起对马克思的崇敬，同时又是对火热的初恋的献礼。一天深夜，我做了个梦，就是器官假说。

"自然本身给动物规定了它应该遵循的活动范围，动物也就安分地在范围内活动，不试图越出这个范围，甚至不考虑有其他什么范围的存在。"我的器官假说，是不是受了后一句的启示？这一点既难以解释又好解释，难以解释的是，没有人让我读，是什么力量让我非要去啃我啃不动的东西？

159

我要求她将中学时期的照片，有多少拿来多少。她在下次见面时从影集里展示了八张。其中两张，和我当时看到的马克思青年时代的燕妮，在形态上像。

而她觉得不像，只是额头饱满，脸形圆，神态仔细对比，还是差得很远。

她说，你将我当了燕妮的替身，其实是满足你对马克思的崇拜。我并不像你说的燕妮。她说："如果没有燕妮，你还不会注意我。其实，我在后来，大学，工作之后，并没人太关注我，我身边的女生都这了都那了，我倒挺安静。也就是高二毕业的那年夏天，有过大动静，三个男生追我。"她幽默地做了个鬼脸。"一个下午送信，一个夜里劫我，一个早上敲门。"

我可能犯了移情作用。四十年前，我确实觉得很像（觉得）。这和当时的眼光，对她缺少端详的机会有关，和对马克思的精神上极端的崇拜导致的眼光误导有关。这一点很类同于宗教的盲目性了。我给自己一个回答，"不说别的，仅额头饱满这一条，就行了。在中国，这种饱满的额头还是很罕有的。"

"大脑门多了。"

"不不不，当时我们的生活圈子有限，见得还是少，"我不能让她太伤心，无论如何，女人都有自尊和虚荣，"当然，你本身也是很有魅力的。"

从口气听出，这只不过是有经验男人的宽慰。

沉睡四十年的过去一下子又复活了，凤凰再生了，当年的事情全部涌现出来。我们当时没有说过几句话。运动会的两句，晚上拦截的三句，早上到家不知说过还是没说过什么话。加起来不足十句。现在，上帝恩赐机缘，想说什么就说什么吧。倾诉！

那些日子，我整个人都处在一种炙热状态中，青春！生命的最旺盛最混沌最锐利的时期。每个人都在那个生命阶段怪兽般地寻找自己的对应物，无意识地寻找符合自己气质的场域。在读马克思之前我也读了一些书，当然只是"文革"时期的高大全式的读物，也受到过震动和感召。但真正沉迷状的还是看了《马克思传》。它的人类的大命运的话题，它的剧烈的社会动荡，它的阶级的斗争和内部的斗争。伟人之间的友谊、爱情、家庭的具体生活，都强烈如魔地吸引我。每当我放下手中的书，总要仰头看天空，心中一种浩叹！我向往那种逝去的革命生活，更神往一种哲人的思辨。

"我说这些你听得懂吗？"

"似懂非懂。但我想听。"

一个女人对这些不感兴趣，但是，她说"我想听"，是因为她在其中，她在我的故事中，我的青春中，尤其是她在自己完全不知情的时候充当了一个男人生命中的主角，这对一个女人有极大的诱惑。

对终生平静安定的女人来说，一个男人突然跑到她面前，展现青年时代的一场戏剧，这无疑有着难以抵挡的好奇。她说"但我想听"，透露了内心渴求。我的言论，我的言论所展开的过往的日子，尽管荒唐，但对一个女人，一个和她有关的女人，那是荒唐有多少，吸引就有多少，荒唐有多大，吸引就有多大。

我甚至觉得，越是荒唐，基于和她的"同谋"关系，她反倒有种非同寻常的兴趣甚至成就感。

当然这里有个即成的大前提，我说即成的，那就是场域，中学时代我之所以看中她，除了初恋的"额头燕妮"，她本人的言谈举止和我的很接近。进而言之，我对她的单恋之情那是有种精神基础，延伸到四十年后，她也与众不同，不是那种通常的目光短浅，家长里短，鸡毛蒜皮的人，几次相处聊天，已经标识出她是外表丰韵的知识女性。

160

奇怪的是，她并没有提及我给她的器官假说的信的内容。而我以为只要找到她，会从她那里得到某种记忆。在我们的对话中，她除了说处理了（这是意料中的），她并没有对信的内容表示兴趣，"神神道道"是她全部的评价。现在，出现了一个盲区，我没有找到原文或者说底稿，她也没有具体的丝毫的记忆，这个盲区就有了巨大的隐患。

我要从她口里、脑子里一点点地唤起，这不仅为了器官假说，还为了我的唯一痕迹的可能。

我知道这一步非常重要，同时我知道越是强调它的重要，可能因为过度认真，反而会记忆混乱和空白。我采取轻松的话题引入，"说说吧，说说你说的那个神神道道。"

"这么长时间，早忘了。"那是真给忘了并且不值得记的样儿。

"总得有那么一点点印象吧？"

"当时是有，时间太长了，忘了。"

"咱们不说时间长，只说当时，当时你什么印象？"

她停了下来，看着我，分辨这有毛病的话，"当时是有印象，我不是说时间长给忘了吗？"一种在岁月的深处相互凝望。

"我知道，这是两层意思，时间长你给忘了，可是当时总有印象吧？咱就说留存的印象。"我摊开双手，一只手摆着，过滤着什么似的。

她手托着腮帮，闭了双眼，嘟哝句，"想不起来。"

我想到夏帆的梦，醒了以后什么都想不起来，跟没做梦一样。接着往下，"我当时写了五个器官，眼耳鼻舌手，这五个身体器官，应该有印象吧？每个人都有五官，你看了这个关于五官的信……"

她知道我下面要说什么，托腮闭眼，"想不起来。"

"这样，一步步来。"我又想到夏帆在课题组发难的第一问，"那封信有没有题目？"

没有反应。

"那个题目叫'器官假说'，是吗？"我明知不可能。

没有反应。

我背诵信里内容，其实，我背的绝对不是当初的那封信的文字，我背的是多少年里，无论给孟勋讲，给乌女士讲，给陶晋等人士讲，都已经在口头上修改多遍后的定稿。

"我们对外部世界的认识是用五个器官为条件的，如果少一个器官，我们就会对外部世界缺少认识，如果我们多一个，我们就会多一个对外部世界认识的渠道。现在，我们不以五个为限，我们假说是四个，少一个，我们就对外部世界少一种认识，如果我们是六个，我们就会多认识一个外部世界。"

161

她突然抬头睁开眼，看着我，我想一定是唤起了她残存的记忆，她却用质疑和否定的口气说："如果，如果你这样来启发我，注定不会得逞，因为我真的忘了，没一点儿印象。而在这几十年里，人的五官是天天要用的，医院还有五官科呢，我是说，你的器官假说和人的身体太密切，我们又天天用它，你这样讲，我可以听，但不能唤起记忆，因为我不知道重复过无数的五官是不是一种相互叠印。"

"什么意思？"

"当你说耳朵和世界的关系，我想到的是我的孩子有次中耳炎，我想到的是我妈妈经常抱着电话喂喂喂，因为她八十了耳朵背，你说的眼睛我想到的是我的眼里有结石，每个月得去眼科翻开眼皮一个个将小米似的结石挑拨掉。所以，你要唤醒我，你却唤醒了这些，你的唤醒只能唤醒我的痛苦。尽管五官给我们人生带来了极大的幸福，但它是上天赐给我们的，我们与生俱来的，但它有一点麻烦就能记忆一辈子。"

"那我怎么办，给你的第一封情书就这么平白无故地丢了？"

"这怪谁？谁让你不说人话呢！"

"我要说亲呀爱呀，"我调侃，"你会记住。"

"好了好了，"她拍打我手背制止，"一把年龄了说点儿别的。"

我欲罢不能，"这样子，我不强求你记忆什么了，你听听我的内容总可以吧？都是人话，只是太高了就不懂了。"我就接着刚才的讲，用如果的排列和递进往下分析，她听了一半眼光从我的肩头看着我背后，知道影响了我的情绪，咽口强忍的唾沫，终于艰难地听完了，运了运气，表现了足够的修养，如果这修养是房子，都晃晃地纷纷往下掉瓦片。

"你说完了？"

"说完了。"我很失望，就听众的好奇度，她比夏帆还差。

"我好像想起来了。"

这又太意外了，我用眼睛盯着她，盯着。

"如果，如果你当时写的是这些，我想起来了。"她停下。

"说说。"

"说了你又伤心了。"

"只要想起来，绝对高兴。"

"我再问一下，你写的是你刚才说的那些吗？"

"是。"我的声音小得我都听不清。

"那么，我当时应该，我说应该是，看了，你说四页不是？好，那么我应该看了一页就不看了。"

"什么意思？"

"看不懂呀。"

"看不懂再看嘛。人家都给你信了，一字字一行行，你总得看完吧。这一点不真实。"

"这就是咱们这些天见面聊天遇到的一个问题。什么问题，你总在讲你的逻辑，那你太自我了，逻辑，既然你讲逻辑，那么我还有我的逻辑，你怎么不想想我的逻辑？在你的逻辑里，别人只是材料，供你逻辑的材料。"

这简直和夏帆一个腔调，"你说说你的逻辑。"

"你说我是不是应该有自己的逻辑？"

"应该应该，说。"

"我为什么说应该没看完呢？还说最多一页，我的逻辑是这样的，咱们没法说事实了，太远了。只说逻辑，因为我觉得逻辑比事实更可靠。"她停下，"你不要这样严肃嘛。"

我是太紧张，我一紧张就面部表现，我原地不动地活动了嘴脸。

"我的逻辑是这样的，我看不懂，只看一页，为什么没接着看，是和送信的人有关系。这个人我不认识，从我身边冲过去，我还躲闪了一下，"她躲闪了一下，"那人一路小跑，二十来米才回头，叫了个字'信'。转身拐弯就不见了。只一个正面，那人我不认识，我哪里知道是你的信使呀，我就以为是送错了。当时年幼无知，看到什么就以为是什么，为什么送错人呢？除了我不认识之外，写的东西也神神道道，看不懂。关键是不认识。要是个熟人写的就不一样了。看不懂也没关系，知道送给我的。就拿你说吧，如果，如果，是你本人送，我知道是给我的，同样看不懂，但知道是送我的，同学送我了，我就会咬着牙皱着眉，挨到最后一个字，然后哭。"

162

我全明白了，她的逻辑绝对成立，并把我的逻辑给打倒了。相比之下，我的逻辑就成了伪逻辑。"把栏杆拍遍吧。一切的一，全在那个送信的环节上。要是我送，你就会看，要是看了，第二天晚上截着你叫站住你就会站住，然后——"

"然后什么？"她做一脸哭相。

"然后，我就可以给你讲这封信是什么意思了。"

"只能算是你的推测。还有一种可能，我知道是你，我就不知道你为什么给我，因为这信没有情书的一点儿意思，就是个论文，我就会躲避，没有任何铺垫，突然来封信，我知道你知道我家，那天晚上就不一定出门，其实我就去了邻楼的一姐姐家。"

"那陌生人为什么不避？"

"多简单呀，那个人我不认识，他是在街上给我的信，晚上我在家属院里走，安全。"

"结果让我来了一嗓子'站住'。"我做出后悔莫及的样子。

"年龄决定一切，那时候的年龄只能做那种年龄的事。你还别说，在那个年代，像你这样敢想敢爱敢行动的人，太少了。你也真够先锋了。"

"在当时这叫落后。"我接着感叹，"一封信哪！"

"别酸不溜秋，你现在过得不是很好吗？听你说你爱人都能听出你们两口子过得很好。"

"我这是就事论事，在当时我确实少心眼，让人捎信既摆脱了狼狈又显得很时尚。对，我问个事，你说那三天找你三个人，现在我明白了。你还说，除了那三天，好像没什么人找过你？"

"没有。"

"在学校呢，毕业之前？"

"这话你问你呀。"

"我问我？"

"你说你暗恋我半年了，又说我也对你有意思，只差新的证据和行动了，都到这份儿上，不说天天盯着也差不多，有没有别人你应该清楚。"

"没有。"我七分把握三分没把握。

"那时候，男女正面交换个眼神都不敢，谁还敢谈呀。我们都是毛主席的红卫兵。哪像你！"

"你是什么时候发现男生对你有意思的？"

"也就是高中时期，也就是前些天说的三个人，几天内一下子蹿出三个人。过后，一个个都没有了。我真的晕了。女孩子当然希望被男生关注，但忽地一下来了三个，忽地一下子散得无影，这就不好了。那时正在发育，别人发育什么就不说了，可我好像有点与众不同，先集中到了脑门，饱满，不是汉人造型。当时又很闭塞，也没像你想到的西方人种，只是觉得怪。没人欣赏。后来到大专时期，长着长着就长平均了，你发现没，你应该最有资格。"她摸摸额头和脸。

她在高中毕业前集中发育额头，大专时期再一一补上了其他地方，就浑然一体比例合适了。当然还发育了胸部。她的胸部和曾经的额头一样，饱满。此刻，我没有看，她也知道我没有看，余光都没有瞄一下。

"多谢先长了额头。"我是说，燕妮式的。

第七章

蝴蝶从镜子里的飞出

163

　　某天傍晚，我被一场春雨赶到附近的百货大楼，意外地发现这里有各种各样的转笔刀。我激动地指着粉红色转笔刀，买了五个。一个还给她，一个留下来作纪念。我还想象着在真正的恋爱之后，另外三个是我们未来生活的见证。而见证什么我并没有细想。我发觉镜子有股神秘之气，有种使这个世界进入一种透视旋转的魔力。春天的星期天，我拿着镜子走到大街上，隐在一隅，用镜子反射的光斑捕捉女孩子。这种勾当放在别人的眼里，无疑是种无聊的流氓行为。可在我来看，却有着重要的接近圣洁的爱情含义。反射镜片其实是我心灵的光源，女孩子则是我想象的燕妮的代替物。我看一眼镜子，里面留有我的面孔，之后借着阳光把镜片的光斑发送到远处。光斑像一只蝴蝶飞到树上、飞到墙上、飞到开动的汽车上。有时候，我会将镜子的光斑跟着公交车的速度固定在凭窗而坐的女孩子的脸上，而那个女孩子好奇地探头四下寻找光源。那一个多月，我独自漫步时拿着粉红色的转笔刀，随意地在某个建筑物上照着玩，引发住户打开窗户，寻找光源。有时我会对着一个女学生，把她想象成初恋，将光斑射过去追逐她。这些镜片编织的蝴蝶在城市的天空飞舞。因为镜片，我开始收集镜子。那是一个切口又是一条通道，从切口可以看到世界，从这条通道可以窥探人生，从镜片到镜子，从当今的镜子到近代的镜子和更远时间的镜子，从中国镜子到外国镜子，从世俗镜子到宗教镜子。以爱情的名义踏上了收藏镜子的道路。

春天的星期天，我多次拿着镜子跑到街上，用镜面反射的阳光照到远处的一个女孩子身上，因为距离，我有足够的可能性把她想象成初恋。我一点儿没为这种行为感到无聊或是耻辱，而是一种带有创意的自豪和满足。我想象到，等到毕业前我将把这个信息传递给她，让她知道是我而不是别的什么人对她的求爱，除了在街上演练镜子求爱术，我还去图书馆攻读。从我身上反映出青春的两极，爱情和知识。我要用知识武装头脑，我用知识武装头脑主要是解决说话问题，这就是我那个时代的爱情观，拥有知识和才学。我相信当自己和她有那么一天恋爱，一定要说些高深莫测的话。我热恋她，总以为自己要有天大的本领，让她震惊让她佩服，否则这个爱神会认为我平凡而不搭理我。就像马克思的天才征服美如天仙的燕妮一样，我狂热的爱情观不知不觉进入到马克思和燕妮的模式。当我想到这个问题，竟然发现初恋的脸庞与燕妮真有几分相像。心之神往，越看越像。我将《马克思的青年时代》又借了一次，一字字抄录了马克思的高中毕业论文。燕妮美貌而家世高贵，她之所以爱上马克思，正是由于马克思的天才和博学。这种爱情观给我一种启示，那就是和所爱的人谈世界风云，谈真理知识，谈对人世间的发现和贡献。马克思对人类的贡献就是发现剩余价值，我也要有贡献。我翻了大量的哲学书，其实都是千人一面的唯物主义。有天深夜，我脑袋一热，在梦中发现了人体器官假说。

164

"我就将这个梦记录下来，我觉得这个梦是你所赐，就当情书送给你。"

整个春天，我给她讲了那么多的故事。讲我的初恋，和初恋有关的长跑比赛，下雨，唱歌伴奏，戏闹课堂，还有镜片，情书，家属院截路。

我问她："在这些故事里，你觉得哪一个最感人，哪个最好？"我想她一定会说器官假说。

而她指出镜子。"在你的初恋，一面镜子照进去，整个生活就光彩和斑斓了。没有这面镜子，只是一个个普通的故事，其他人身上同样能发生。镜子具有魅惑人的功能。小镜子，它就像一只蝴蝶，跳跃在你的初恋身上。这个美丽画面让人入迷着魔了。"

"那么你没有印象，在你家的墙壁上有跳跃的光斑吗？"

"没有，你拿我的那面镜子，还有吗？"

她没有提及器官假说。尽管它在我的生命中有着超乎寻常的作用。我也就掐断了这个念头。

再次见面，阳光普照。我掏出圆形转笔刀，举在空中，选了个角度，一道看不见的光线直接射向报亭，光斑在上面移动，很快集中到了她的身上，先在她的手上，又在她的脸上，好像一只或是几只蝴蝶，绕着她旋转，她用手无意识地扇了两下，然后，转身寻找光源。我微笑地倚着车门，手里握着一个明亮的光斑。她走过去，坐在车里拿着转笔刀，被这个实物震动了。

四十年了，粉红色的转笔刀，刀片泛黄发暗，还有几粒微小的锈痕。她眼睛湿润。过了一会儿，她把转笔刀的背面，有镜片的一面放在阳光下，镜片先是在轿车里闪动，从车顶到车窗，然后，她选了一个角度，阳光一下子像精灵似的射向了前面，在一个树上飞动，在一个十六七岁的姑娘身上跳跃。像蝴蝶。蝴蝶飞向天空，变成了一只风筝。鱼形一样的风筝。又像条龙，一条长长的带子。春天的天空零零散散飘了许多风筝。

165

我思绪飞扬，飞得我自己都追不上。我对马克思的"狂热崇拜"和对异性的初恋，绝妙地糅合到了一块。互为原料共同燃烧。这种从书上的画像到现实身边的替代品又反作用于对她的钟情，又将这个初恋人物分解成一系列的场景。她在走廊的面孔，和女生的肩并肩行走的姿态，大门口即将消失的背影。

在那个迷醉的青春里，我进入了一种视觉迷途，看不到她的时候，我就翻书看燕妮的像。两人的相似之处，最明显的无可争议的是饱满的额头，圆圆的脸庞，洋溢的青春。常常有这种情景，我想她，越想则越模糊，只得找来《马克思传》。于是燕妮的相片反过来成了她的替代品。也就是说，我可以随时看到燕妮的相片，也就"觉得看到了她"。如此，我就越看越像了，甚至鼻子的种族差异，贵族的高雅，也能在一个中国的穿着普通的平民女生中忽略了。

这种视觉上的幻象已经模糊了两个人的界限，你中有我，我中有你。以至第二天，赶快到教室去看现实中的她，觉得她很陌生，不是她了。这时候，我最渴望一件当时不可能的事，有一张她的照片，好对比两个的差距。

我只有一种方式，在镜子里看。这是一个不会被发现的妙法。而正是这面镜子，我从中看到了我。我要说的是，在那个青春年代，我成了马克思这个"神"的信徒！

基督是来拯救人类的，马克思是来解放人类的。

基督为了穷人而牺牲。马克思一生都在为穷人奋斗，自己也很穷。最困苦的时候，燕妮去向街坊借可怜的两块钱。每当想起这个窘状，就悲苦不堪。那个时间马克思正在为穷人写书，正在领导共产国际解放全世界。两块钱，真是最严重的天地的倾覆。

穷困和崇高是信仰的两翼，我在青春之际，其实是神的"信徒"。因为，我信！

关于宗教，我一直纠结真与假的问题。对佛教，我追问六道轮回在哪里，在它们来看，真的与假的不是问题，信与不信才是问题。还有一个重要的问题，即精神和病理，它们已经脱离了头脑和智力。已经不是头脑的认识，而是一种精神的病情的需求了。所以说，我一直困惑明明没有上帝，他们还非要说有。看来，已经和大脑没关系了，和智力没关系了。精神问题可以直接导致大脑的认知变化。

一个怀疑症的患者，总以为有人害他，就和大脑没关系了。现在，当我回过头看青春时代对马克思的崇拜同样不可思议。但我就是狂热了，自造了一个形而上的现实。在梦中，在现实中，在阅读中，将书中的人物转化到现实中。我就成了信徒！我一直在质疑"神""神在"，而忘却了，我也曾经有过这种强烈的宗教体验。只是四十年来社会的巨大发展，物质的利益，工作的繁忙，西化的意识形态的侵蚀等等，所有的这一切，将那个时代的宗教情怀给驱赶和抹杀了。

166

要不是对初恋的回顾，追寻，求证，这些真切发生的事情，我统统都忘却了，就像没有发生过那样。现在，我要说的是，我在自己身上的返照，并在返照中解开了扣。

如此说来，那个宾馆的晚上，我对乌女士的"真信还是装信"的戏弄，嘲讽，其实是对自己过去的戏弄和嘲讽。

当我进入宗教式的崇拜，我做了在平常状态下根本做不出来的行为。我的梦，是神迹；我的器官假说，也是神迹；将一个中国姑娘演变成一个德国女人，同样是神迹。神迹来自于幻觉。堂吉诃德的杜尔西内娅小姐，风车和羊群统统都是幻觉，是神所召唤出来的幻觉。现在，我看到，在我青年时代的开端，我着了神道而不自知。也就是说，我在那时就有了幻觉。也就是说，我的幻觉在年轻之初就诞生了。

乌女士的轮回，陶晋的"梦牲"，都是在寻找答案。那么，我意外发现我曾经也受到"神"的召唤。进行着一个信徒的追索。

我遥望到四十年前的自己也曾是信徒。当初那种种行为，我读伟人书籍，我做梦，我写"器官假说"，我找初恋的替身，我的镜片像蝴蝶在城市里飞舞，其实都称得上一个信奉"神"的信徒的行为。

我在马克思的神道上奔跑。在奔跑的路途中，我看到伟大，运动，巨著，贫困，爱情；我看到了燕妮，饱满的额头；我看到我的初恋，我的梦，我的器官假说，我的情书，我的镜子；我看到了去她家的后窗照射，去大街上照射，我看到种种称得上在神的光辉照耀下的行为。我在模仿，我在效法。我为它们而狂热。我在那神道上奔跑，我狂热地奔跑。我想，我和那些迷信于基督教、佛教的人又有什么区别呢？只要信奉，所有的都可神化；只要神化，所有的都有了可理解。

第八章

我不认识你

167

四十年来，我们一步步踏向未来，也是不断地向过去遗弃的四十年，不是遗忘而是遗弃。70年代遗弃了60年代，80年代遗弃了70年代，90年代遗弃了80年代，新世纪又遗弃了90年代。新世纪，就是人们从时代的大潮中游离开了，完全走向了自我。也就是在自我和社会中间划了个隔离带。自我成了一条内循环的小溪。任你风疾浪高，我自闲庭信步。在你看它是碎片，对我来说则是宝石。

现在，我和初恋遇到的问题是，在人生这条看不见前方的路，要不要往前走？要不要像对待以往恋人一样，谈情，拥抱，接吻最后上床做爱？这是个有趣的悖论。一方面，应该与初恋之人像样地填补一下空白，画上人生的圆满；另一方面，恰恰正是初恋之人，不能按通常女人去对待。多年来的期待已经演化为一种精神，内化为一种灵魂，成了一种美好的回忆和人生憧憬。如果往前走，初恋就还原为一个女人，而一个女人的本质习性会叫人失望，很可能打破这个形而上的偶像或者童话。

还有一条中间道路，只要让她知道自己爱她就行。重要的是让她知道。不能再像四十年前，一场杜鹃啼血的初恋对方竟然不知。现在，珍藏与无奈互为表里。如果做爱这一方式是我和其他情人的开始，那么，我倒担心做爱会不会成为和初恋的终结。

一个理由往往在需要的时候，可以起到比事实更重要的作用。

我没有向前，没有实质性的肌肤之亲。当试图往这上设想，她身上就绕了一团云雾，朦胧起来了。我知道，她未必拒绝。两人可以像我以往的其他女人那样，经过表面的迂回和蓄积含义的踌躇之后，自然反身上床做爱。我不想进入世俗的程式化中。不想看到我的初恋，包含着纯真、炽热和战栗，期待及幻想的初恋开启封条，被氧化而质地受损，在肉欲的满足中荡然消散。那是一块圣地。人生源头的圣地。在这个世上，守候一块圣地远比闯入十个禁区艰难得多，也更有价值得多。作为男人，我的情感史上已经挂满了各种型号的情感风铃。比如大学时期，有次短暂的恋爱，只发展到拥抱的程度，分手之后的十年，一个意外机缘，我得到了她。三个月的狂热，怅然结束，断绝了来往，连同大学期间那个美好回忆也随之消失。

肉欲一旦形成，男女之间精神上的清澈在化学上发生变化，混同于常规。我并不能保证，一直这样限制保鲜的程度。不定哪一天，还会和她成为床上的关系。我要做的是，尽量延长这个时间的降临。如果，真有那一天，在期待的情况下好推迟它的到来。

我进入了双重世界，当我和她相处时，她是一个具体的、现实中的人物，又是一个过去了的历史。历史是过去了的现实，现实是历史的一种延伸，它们在她的身上得到了重叠。

我最想做的是，将过去发生的事重来一遍。多年来，我最大的梦想就是故地重游，再喊一声"站住！"

168

傍晚，我们吃了饭，驱车去了那个岁月深埋的家属院。下了车，两人身子挨在一起，这里有种幸福的暗喻：两个人的人生之河汇合在这个港湾。人生就是这样，不知要换多少个住处，在飞快的节奏中变换场景。我依稀记得，当年拦她的地方，那棵树长高了，茂密了，自己曾经绝望地背靠着它。此刻，我和她成了一对情侣，恋恋不舍，春情荡漾。

中原春夜的安静，蕴含着微微流动的某种气息。我看到了我，我看到当年的自己从胡同里出来，又看到自己在楼梯口停下来。她一人等在树下。

从十六七岁到五十六七岁，我像游客从一个地方到另一个地方，也不知跑了几万公里。这期间，我和她，同住一座城，却好像迢迢之遥，好像从巴黎到罗马，从东京到纽约。

我抬头望星空，我没有看到四十年前的星河。只是一层层黑灰色的天空。但是，也许是幻觉，当我凝视着遥远的天空，渐渐地，有了点星光，星光又一点点地连在了一起，一条银河缥缈出来了，我看到了四十年前的星空。

我能听到自己的心曲，那就是，自己在这里，在这个地方发生过一次纯洁而幸福的爱恋。它是真挚而有纯度的，漫漫的人生长河因为有过它的浪花而遥远美好。

世事就是如此地一个派生一个来，用道教说就是一生二，二生三，三生万物；整个春夏发生的一系列事情相互交错，勾连，推动。先有引力波，这个假说诱发了另一个假说，另一个假说又激活四十年前的一个梦，梦里涌现初恋。假说又三面出击寻找三个证人，在不同的时间点位上炸开。春夜，黄河岸，终南山，酒楼，梦游。最后，也就是此时，和初恋相依偎着来到旧地，用佛教的轮回说，这就是生命的轮回。

我渴望在这个断魂之地重温一次当年的情景，在生命的故乡里复活一回。原有的现场在拉回逝去的时光，经过细节的再次复读，失败的往事反而升华成为一种人生美妙。

我几次用耳语的声音说："你知道，我想对当年的事情再来一遍。重温一次，这是多年来我在心里常常演的一幕。"

她应道："好吧，我听你的。"

我给她讲当年的情景。我站在楼前，正在绝望之际，看到一个身影从另外一楼的对面走来，当时有灯晃过，应该是手电筒，反正从光线里看见了她，因为很意外，就失控地叫了一声"站住"。你显然被吓着了。回了一句"我不认识你"。我一下就蒙了，怎么来句不认识我。又逼近几步喊了"站住"！跟着你到了门洞儿，看你进去，我绝望地背靠着棵树，就是这棵树。

我拍着身边的老柳树，抓起她的手，握着，她挣两下，有点勉强了，然后手放在手里不动，感到柔软的潮湿。我在她手背上吻一下。这是我第一次的肌肤举动，也是第一次的示爱，她把已经抽了一半的手又放了回去。身子依偎在我起伏的怀里。几分钟后，她按我讲的走到远处，沿着当年的线路反身向这里走来。她向这里走来，向我走来。竟然和当年一模一样。现实和历史在我情爱史的两头融合了。我看到自己站在历史深渊的边缘，俯瞰时间之镜中那个十六七岁的女孩，那个倩丽的影子在朦胧的光线中向自己走来。

我梦一样地迎上去，脱口而出："站住！"

她，燕妮，我的初恋，没有像当年那样躲着，而是绷不住地笑起来。

"我不认识你！"

2019 年 10 月 30 日于郑州

附录

开花三部曲　名家精点评

第一部　《犹大开花》

陈晓明：

杜禅的小说，在艺术表现手法上有着显著的特点，这就是它鲜明的反讽风格。小说叙事的发展不是靠情节的戏剧性和人物之间的性格冲突，而是靠叙述的反讽趣味，靠语言自身的修辞性，来建立小说所有的美学趣味。

这部作品是对 20 世纪 90 年代以来文化人所做的一次全面揭示。这是一场盛大的文化假面舞会，再也没有内在性，没有精神实质，却到处是宏大而泡沫四溢的"文化"现场。这确实是 90 年代中国最奇特的景观。我们可以从中看到，旧的价值体系动摇了，新的还看不到端倪，一切只有陷入暂时的混乱。小说选取某种形态、某种状态，写出那个时期文化与知识分子转型最困难与最混乱的特征，在迄今为止的中国文学表现中，还是很少见的。

因为反讽，这部小说写得如此生动有趣，俏皮幽默，人物一个个都活灵活现，一个个自以为是地登场，然后现形，成为这个时代的"文化"丑角。叙述的语言总是妙趣横生，因为它横扫了一切丑角，穿行在那些欲望化的场景中，与欲望同歌共舞，然后将其撕碎。一边是文化的巡礼，另一边是反讽的凯旋。

令人惊异的是，《犹大开花》刻画人物相当精彩，众多人物嘴脸跃然纸上，且叙事充满了反讽的快乐，分寸把握得很好。通篇反讽，处处洋溢着滑稽的气氛，妙趣横生，痛快淋漓，我认为《犹大开花》

是近年运用反讽最成功的作品。

谢冕：

《犹大开花》展现了社会大转型带来的社会动荡、变异、扭曲及重组的异常生动丰富的事件和场景。我们从作家尖锐反讽的缝隙中，在近于荒唐的失序中，在那些难以掩饰的惶惑、疑虑和激愤中，感到了鲜明而强烈的批判精神和一个热腾腾的知识分子的良心。《犹大开花》是一部从文化侧面深入揭示中国社会变动的揭秘大全，更像是一部新时代的《儒林外史》。

雷达：

《犹大开花》的灵感和才气来源于时代。文化造假和学术欺骗等正在蚕食着当代文化人的良知。庄严的笑话和堂皇的虚伪，都不乏荒诞感和滑稽感，被作者毫不留情地揭露出来后，就更显得可笑、可鄙。《犹大开花》烛照出生活中形形色色的嘴脸，表现了当代文化人在精神上正面临悬崖般的危机，这构成了本书突出的讽刺性和暴露性，使它格外地深刻，成为一本有足够能量和趣味吸引你读下去的书。

李洁非：

经过市场化、商品化社会的冲击，一部分知识分子已经从灵魂可疑"进化"到灵魂崩溃，义无反顾甚至快乐地走入污浊。《犹大开花》是小说版的《编辑部的故事》，或是现代版的《儒林外史》，它不乏令人捧腹爆笑的神来之笔。

孟繁华：

90 年代以来的知识分子形象塑造，既没有表现出现代文学揭示了的这个阶层内心的矛盾冲突，也没有《青春之歌》式的表达知识分子思想改造和身份转换。而在现实中，这个时代为数并不少的某些知识分子，不仅卑微、猥琐、胸无大志，更重要的是，这是一个没有疼痛感、没有耻辱心，甚至没有道德底线的群体。过去所说的"民族的灵魂""民族的脊梁"等等，与这个群体再也没有什么关系了。现在，《犹大开花》让我们的期待有了着落，它笔锋锐利、痛快淋漓地展现了这一群体的精神状态，从而为我们塑造了一组生动的群像，深刻地批判了这个群体在变革时代庸俗无比的灵魂和苍白的内心世界。

《犹大开花》有《围城》之风，写得幽默而不油滑，但它更有大悲愤、大忧愤和大悲伤。作家杜禅不仅看到了这些文化人身上的丑陋和庸俗，更重要的是，他发现了这个群体的精神疾患：这是一个没有羞耻心和疼痛感的群体，是一个见利忘义、浅薄无聊的群体。看到他们，你会对这个群体深感窒息乃至绝望。

白烨：

近年来的小说汗牛充栋，但如此痛陈文化现状病症，如此针砭文人自身病灶的，可说是凤毛麟角。因此，《犹大开花》的出现，就具有了一种颇不寻常的意义。

看得出来，作者杜禅对于不断发生在当下文坛和文人之中的"文化悖论"现象，是确有所感、真有所思，甚至是绕梦萦怀的，这从作品里有关悖论的话题呼之欲出即可窥见。但作者并没有因此而走向概念化和理念化，支撑作品的大量生动又鲜活的情节与细节，以及各有秉性的人物和颇见个性的话语，都使人们有如置身于活生生的文坛现实中，让你感到既熟悉又真实，既可笑又可信。

作品中"悖论"的含义是相当丰富的，它含有愿望与现实的悖论，目标与结果的悖论，也含有知识与伪知识、文人与非文人的悖论。在这个意义上，故事真切而又文字淋漓的《犹大开花》，不失为一面惊人又启人的反光镜。人们从这部现代版的《儒林外史》中，能分明看出作者用心之良苦、手段之强劲。

吴秉杰：

《犹大开花》有着远超过《编辑部的故事》的丰富场景叙事，欲望与矛盾、欢快折腾与心理危机同时降临。它具有充满智性的生动语言和关于当前知识分子境遇的穿透力。更难得的是，在《犹大开花》里，你还能看到自己。

第二部 《圣人开花》

陈晓明：

几年前，杜禅以《犹大开花》引人瞩目，在读者中口碑甚好，不仅因为这部小说表达了对当代文化虚假性的尖锐的批判，它的销售业绩和深度影响，作品的语言和叙述格调、反讽性笔调，也十分受年轻读者欢迎。杜禅以饱满的智趣反讽，别开生面，自成一家。

坚持不懈地戳穿文化的虚假性，揭示生活中某些"存在"的悖论，是杜禅这些年写作的持续性主题，也是他作品的独特意义所在。《圣人开花》，显然是对儒家文化做了一次穿刺，让其"开花"。

杜禅的反讽，并非只是小说中的人物语言或局部的讥嘲，而是整体性的反讽。杜禅的小说的叙事假定性，就建立在反讽上，小说开始叙述、故事进展中，直至结尾，都是在反讽。杜禅在反讽这点上，已然做得更为老练和自然。读他的小说，似乎反讽也生花。

杜禅在小说的故事和叙述之间，在议论和探寻之间，在反讽和批判之间，建立起一种多元复合的交叉关系。也不妨说，杜禅打开了先锋小说叙事艺术的另一向度，它把现实批判性与反讽的话语体系高妙地结合，完成了使阅读更具有趣味性的跨越，从而使蕴含其间的锐利的思想更具锋芒。

反讽性小说叙述在中国当代的小说中并不多见，这由于现代以来的小说多以悲剧为主基调。现代小说家张天翼以讽刺著称，夏至清先生在《中国当代小说史》中对张天翼的讽刺艺术给以高度评价。但在革命文学需要书写自己创建的历史与现实时，就很不容易再有讽刺出现。刘震云的小说以讽刺笔法书写了小人物命运，博得相当高的评价。刘震云小说的反讽艺术更趋于老练和内敛，走向老到和高妙境地。杜禅则带着强烈的现实情绪，他更愿意以直接的尖锐的反讽来展开他的小说叙事。如果说刘震云的反讽是柔性反讽的话，杜禅的反讽艺术则可以说是硬性反讽，即：他摆出的姿态就是在讽刺，他的叙述基调甚至贯穿始终的，都是在反讽。

李佩甫：

《圣人开花》是部想象奇诡、构思玄妙、具有黑色幽默意味的长篇小说。这是部堪与《第二十二条军规》比肩的长篇小说。有点向老前辈发难的意思了。

显然，这部作品是荒诞性大于现实感的，并且它的荒诞性是多重的。读来就像是嚼一枚苦涩的橄榄果，越嚼黑色幽默的意味越重。

《圣人开花》的语言完全是"杜式"的。杜氏语言就像是一把华丽的小刀，一把旋转着的小刀，带钩儿的、有铭文的小刀。初看并不炫目，也不见杀气，它在用的时候却锋利无比。当它一片片切下去的时候，常有灵光一现。这种旋转式的刀法让人想笑的时候不由得一愣，让人想哭的时候不由得一怵，尤其当骨肉分离的时候，你会听到骨头缝隙间撕裂的"咔咔"声。小刀低语时，会有默默的哭声传来。它说：都有道理。

解玺璋：

几年前，读过他的《犹大开花》，他对上世纪九十年代以来文化知识群体层层剥皮式的描述，引起我强烈共鸣，我曾在许多场合推荐、介绍过这部作品。

《圣人开花》之"开花"，显然承续了《犹大开花》，却也有自己的侧重和角度。如果说《犹大开花》侧重于揭露知识分子对良知的出卖和背叛的话，那么，《圣人开花》则进一步昭示了这个群体的虚伪、浅薄和无聊，已经没有资格承担这个民族的良知。

《圣人开花》最精彩的恰恰就是它的反讽叙事，把人物放在"煞有介事"的情境中，虽然要做的事是荒唐的、荒诞的、荒谬的，却必须一本正经地去做，这不同于"知其不可为而为之"的悲壮，只有"自欺欺人"式的滑稽和可笑。

　　如果说《犹大开花》侧重于揭露知识分子或文化人对知识甚至良知的出卖和背叛的话，那么，《圣人开花》则进一步揭露了这个群体的虚伪、肤浅和无聊，已没有资格承担这个民族的良知。我感受到一种悲凉之气弥漫在作者俏皮、幽默的叙事之中。这样的文字在当代文学中是极为少见的。

图书在版编目（CIP）数据

先知开花 / 杜禅著 . -- 北京：作家出版社，2021.2
ISBN 978 - 7 - 5212 - 1334 - 8

Ⅰ. ①先…　Ⅱ. ①杜…　Ⅲ. ①长篇小说 – 中国 – 当代
Ⅳ. ①I247.5

中国版本图书馆 CIP 数据核字（2021）第 016197 号

先知开花

作　　者：杜　禅
责任编辑：田小爽
装帧设计：祝玉华
出版发行：作家出版社有限公司
社　　址：北京农展馆南里 10 号　　　邮　　编：100125
电话传真：86 -10 - 65067186（发行中心及邮购部）
　　　　　86 -10 - 65004079（总编室）
E – mail: zuojia@zuojia. net. cn
http: // www.ZUOJIACHUBANSHE.COM
印　　刷：中煤（北京）印务有限公司
成品尺寸：152 × 230
字　　数：317 千
印　　张：24.25
版　　次：2021 年 4 月第 1 版
印　　次：2021 年 4 月第 1 次印刷
ISBN　978 - 7 - 5212 - 1334 - 8
定　　价：48.00 元